Prolog

Der begehbare Kleiderschrank wäre der Traum eines jeden Mädchens gewesen.

Auf dem Dielenboden lag ein dicker pinkfarbener Teppich, der sich morgens unter nackten Zehen wunderbar weich anfühlte. Regale und Fächer säumten die Wände, gefüllt mit Designerhandtaschen, Schmuck und unzähligen Paar Schuhen. Luxuriöse Kleidungsstücke in allen Farben des Regenbogens hingen sorgfältig aufgehängt an den Kleiderstangen; Blusen und Röcke aus Seide, Kaschmir und Baumwolle.

Für die meisten Mädchen wäre ein solcher Schrank das Paradies gewesen. Für mich war er nur eine weitere Erinnerung daran, dass ich eben dort nicht war.

Neben mir in dem engen Raum stand meine Zwillingsschwester Emma Paxton und strich über die kostbaren Stoffe meiner Kleider. Ihr Herz war zu einem Knoten der Trauer verkrampft. Ihr Haar ist genauso kastanienbraun wie meines, ihre Beine ebenso lang wie meine. Auch ihre Augen sind marineblau und von dunklen Wimpern eingerahmt. Kein Wunder, schließlich sind wir eineiige Zwillinge. Aber obwohl ich direkt neben ihr stand, sah sie in dem dreiteiligen Spiegel am Ende des Schranks nur ihr eigenes Spiegelbild.

Seit ich gestorben war, konnte mich niemand mehr sehen. Aber aus unerfindlichen Gründen hielt ich mich immer noch unter den Lebenden auf, durch Kräfte, die ich nicht verstand, an meine Zwillingsschwester gefesselt, die ich zu Lebzeiten nie hatte kennenlernen dürfen. Die Schwester, die von meinem Mörder dazu gezwungen worden war, mein Leben zu übernehmen. Seit meinem Tod hatte Emma all meine Freunde und meine Familie dazu gebracht, sie für Sutton Mercer zu halten. Und sie kämpfte verbissen darum, herauszufinden, was in der Nacht meines Todes geschehen war. Wenigstens hatte sie es geschafft, die Unschuld meiner Familie und meiner besten Freundinnen zu beweisen. Aber es gab immer weniger Hinweise darauf, wer für meinen Tod verantwortlich war. Die Fährte war nicht mehr frisch. Und der Mörder beobachtete immer noch jede ihrer Bewegungen aus dem Hinterhalt und sorgte dafür, dass sie brav mitspielte.

Emma stand in Socken und Unterwäsche vor meiner Garderobe, einen benommenen Ausdruck im Gesicht. Es kam ihr lächerlich vor, dass sie der einfache Akt des Sich-Anziehens nach allem, was sie durchgemacht hatte – all den Verlusten und dem Schrecken, den sie ertragen musste –, immer noch so überforderte. Aber vielleicht lag es auch gerade an den Verlusten und dem Schrecken, dass ihrem überhitzten Verstand inzwischen auch die einfachsten Entscheidungen schrecklich kompliziert vorkamen. In ihrem alten Leben hatte Emma nie einen solchen Schrank gehabt. Nachdem unsere Mutter Becky sie als Kind verlassen hatte, war sie bei Pflegefamilien im Umkreis von Las Vegas aufgewachsen und hatte nie mehr besessen als ein paar Secondhand-T-Shirts in einer Sporttasche. Ich hatte so viele Klamotten, so viele Kleider: kurze, lange fließende, wild bedruckt oder einfarbig, mit Pailletten, Rüschen oder Spitze verziert. Allein an schlichten schwarzen stand mindestens ein halbes Dutzend zur Auswahl.

Plötzlich begann Emma zu zittern. Sie sank auf den flauschigen Teppich, schlang die Arme um die Knie und ließ ihren Tränen freien Lauf.

»Was ist dir bloß zugestoßen, Nisha?«, flüsterte sie. »Was wolltest du mir sagen?«

Vor knapp zwei Wochen war meine alte Rivalin Nisha Banerjee ertrunken in ihrem Pool gefunden worden.

Die Nachricht löste eine Schockwelle in der Schule aus. Nisha war in unzähligen Clubs gewesen, zwar nicht ganz so beliebt, wie ich es gewesen war, aber alle hatten sie gekannt. Die Gerüchteküche begann beinahe augenblicklich zu brodeln. Nisha war sportlich und eine gute Schwimmerin gewesen – die halbe Schule war schon einmal auf einer ihrer Poolpartys gewesen. Wie hatte sie ertrinken können? War es ein unglücklicher Unfall oder etwas noch Schrecklicheres gewesen? Eine Überdosis? Selbstmord?

Aber Emma und ich wussten es besser. Am Tage ihres Todes hatte Nisha verzweifelt versucht, Emma zu erreichen. Sie hatte sie wieder und wieder vergeblich angerufen. Emma hatte erst spät zurückgerufen, denn sie war an diesem Tag total durch den Wind gewesen. Thayer Vega, mein heimlicher Freund, hatte ihr ins Gesicht gesagt, sie sei anders als früher und er werde der Sache auf den Grund gehen. Als Emma sie endlich anrief, war Nisha bereits tot gewesen. Das konnte kein Zufall sein. Falls Emma recht hatte und Nisha zufällig an Informationen gelangt war, die meinen Tod betrafen, dann war sie das neueste Opfer des tödlichen Spiels, das mein Mörder spielte. Die Person, die mich umgebracht hatte, lief immer noch frei herum – und war bereit, weiter zu töten, um sein oder ihr Geheimnis zu bewahren.

Endlich stand Emma auf und wischte sich ungeduldig die Tränen ab. Um Nisha zu trauern war ein Luxus, den sie sich nicht leisten konnte. Sie musste herausfinden, was in der Nacht meines Todes passiert war, bevor noch jemand anders dafür bezahlen musste – und bevor der Mörder auch sie aus dem Weg räumte.

1

Im Netz der Lüge

»Es sind beinahe zwei Wochen vergangen, seit dieses Mädchen tot im Pool ihrer Familie bei uns in Tucson gefunden wurde«, sagte die Stimme der Nachrichtensprecherin, während ein Foto von Nisha den Bildschirm füllte. Es war ein Samstag Ende November, und Emma stand vor Suttons Computer, betrachtete einen Livestream des Lokalnachrichtensenders und machte sich dabei für Nishas Beerdigung fertig. Sie wusste nicht genau, warum sie sich das ansah, denn die Details kannte sie bereits. Vielleicht würde sie irgendwann glauben, dass Nisha wirklich tot war, wenn sie es nur oft genug hörte.

Die Nachrichtensprecherin, eine schlanke Latina im malvenfarbenen Blazer, stand vor einem modernen Haus im Ranch-Stil, das Emma gut kannte. Nishas Zuhause war der erste Ort gewesen, an dem sie als Sutton aufgetreten war. An ihrem ersten Abend in Tucson hatten Madeline Vega und die Twitter-Zwillinge Lilianna und

Gabriella Fiorello sie von der Parkbank »entführt«, auf der sie auf ihre Zwillingsschwester gewartet hatte. Emma erinnerte sich noch gut, wie verärgert Nisha darüber gewesen war, dass Emma sich auf der Party hatte blicken lassen. Sutton und Nisha waren seit Jahren Erzrivalinnen gewesen. Aber im Lauf des vergangenen Monats hatte Emma es tatsächlich geschafft, sich mit ihrer Co-Tennismannschaftsführerin anzufreunden.

»Das Mädchen wurde am Montag vergangener Woche um kurz nach zwanzig Uhr von seinem Vater gefunden. Wie die Polizei von Tucson mitteilte, liegen keine Hinweise auf Fremdeinwirken vor. Die Ermittler betrachten den Tod des Mädchens als tragischen Unfall. Aber es bleiben auch weiterhin viele Fragen offen.«

Die Kamera zeigte jetzt Clara, ein Mädchen aus Suttons Tennismannschaft. Ihre Augen waren entsetzt aufgerissen, ihr Gesicht leichenblass. »Eine Menge Leute sagen, es könnte … es könnte Mord gewesen sein. Weil Nisha so ehrgeizig war, wissen Sie. Wie viel kann ein Mensch ertragen, bevor er … ausrastet?« Clara liefen Tränen über die Wangen.

Schnitt. Jetzt erschien ein Junge auf dem Bildschirm. Emma traute ihren Augen nicht. Es war ihr Freund Ethan Landry, Nishas Nachbar, wie die Untertitel sagten. Er trug ein schwarzes Hemd und eine schwarze Krawatte und war offenbar schon auf dem Weg zur Beerdigung. Bei seinem Anblick wurden Emma die Knie weich. »Ich kannte sie nicht besonders gut«, sagte Ethan. Seine blauen Augen blickten sehr ernst. »Auf mich hat sie immer sehr ausgeglichen gewirkt. Aber man weiß ja nie, welche Geheimnisse die Menschen verbergen.«

Jetzt erschien die Nachrichtensprecherin wieder auf dem Schirm. »Die Beerdigung findet heute Nachmittag auf dem All-Faiths-Friedhof statt. Die Familie hat statt Blumen um Spenden für das Krankenhaus der University of Arizona gebeten. Dies war Tricia Melendez.« Emma klappte den Laptop zu und ging wieder in den Schrank zurück. Nach dem Geplapper der Sprecherin herrschte jetzt tiefe Grabesstille.

Sie war noch nie auf einer Beerdigung gewesen. Im Gegensatz zu anderen in ihrem Alter, die bereits Großeltern oder Freunde der Familie beerdigen mussten, hatte Emma noch nie jemanden gehabt, den sie verlieren konnte. Sie holte tief Luft und begann Suttons schwarze Kleider durchzusehen und nach etwas Passendem zu suchen.

Ich konnte mich nicht daran erinnern, ob ich schon jemals Trauer getragen hatte, denn seit ich tot war, wies mein Gedächtnis fast nur noch Lücken auf. Ich erinnerte mich an vage, allgemeine Bindungen – an meine Eltern und mein Zuhause –, aber nur an sehr wenig Konkretes. Hin und wieder überflutete mich eine Erinnerung in allen Details, aber ich hatte noch nicht herausgefunden, was sie auslöste oder wie ich den Vorgang gar steuern konnte. Ich versuchte, mich an die Beerdigung meines Großvaters zu erinnern, bei der ich sieben und Laurel sechs gewesen war. Hatten wir uns an den Händen gehalten, als wir zum Sarg gegangen waren?

Emma entschied sich endlich für ein Strickkleid aus Kaschmir, nahm es vorsichtig vom Bügel und zog es sich über den Kopf. Es war figurbetont, aber schlicht geschnitten. Während sie den zarten Strickstoff über ihren Hüften glatt strich, hallten Claras Worte in ihrem Kopf wider. *Es könnte … Mord gewesen sein.*

Am Donnerstag war Thanksgiving gewesen, und obwohl der Feiertag nicht sehr fröhlich verlaufen war, hatte Emma wenigstens ein paar Tage schulfrei gehabt und war nicht den wilden Spekulationen über Nishas Tod ausgesetzt gewesen. Ihr kam der Tratsch nicht richtig vor. Sie war am Wochenende vor Nishas Tod mit ihr zusammen gewesen und da hatte sie überhaupt nicht traurig gewirkt. Was auch immer sie davon abgehalten hatte, sich mit Sutton zu vertragen, schien endlich verschwunden zu sein, was sicher auch an Emmas Freundlichkeit lag. Nisha hatte Emma sogar geholfen, in den Raum einzubrechen, in dem das Krankenhaus die Patientenakten aufbewahrte, damit sie die Wahrheit über die Vergangenheit ihrer Mutter Becky herausfinden konnte. Zwei schreckliche Wochen lang hatte Emma geglaubt, Becky habe Sutton getötet – und sie wollte in ihrer Akte nachlesen, ob ihre Mutter sich schon früher gewalttätig verhalten hatte.

Jetzt nahm Emma Suttons iPhone und scrollte durch die Nachrichten. An Nishas Todestag hatte sie Emma vormittags etliche Male angerufen und ihr irgendwann schließlich eine SMS geschickt: *Ruf mich sofort an. Ich muss dir etwas sagen.* Nur Stunden später war sie ertrunken aufgefunden worden.

Es könnte auch ein Zufall sein, dachte Emma und steckte das Telefon zusammen mit ihrem Geldbeutel in ein schwarz-weißes Handtäschchen. Es gibt keine Hinweise darauf, dass Nisha ermordet worden ist oder ihr Tod irgendetwas mit mir zu tun hat.

Aber noch während sie das dachte, legte sich eine düstere Gewissheit über die Zweifel und die Trauer, die in ihrem Herzen wüteten. Sie konnte es sich nicht länger leisten, an Zufälle zu glauben. Wie viele Unwahrscheinlichkeiten waren schließlich nötig gewesen, um sie hierherzuführen? Travis, ihr ständig bekiffter Pflegebruder, hatte rein zufällig ein Pseudo-Snuff-Video von Sutton im Internet gefunden, auf dem er sie für Emma hielt? Sie war praktischerweise genau an dem Todestag ihrer Schwester in Tucson eingetroffen, nachdem sie achtzehn Jahre lang nichts von deren Existenz geahnt hatte? Und jetzt war Nisha an genau dem Tag gestorben, an dem sie unbedingt mit Emma reden wollte? Nein, das konnten nicht alles Zufälle gewesen sein. Emma fühlte sich wie ein Bauer, der von unsichtbarer Hand in einem Spiel, dessen Regeln sie nicht kannte, über ein Schachbrett geführt wurde.

Und sie konnte sich des Gedankens nicht erwehren, dass Nisha in diesem Spiel das Bauernopfer gewesen war.

Ich betrachtete meine Schwester, die mit einer Handvoll Haarnadeln versuchte, ihr Haar zu einem französischen Knoten aufzustecken.

Emma war hoffnungslos, was Hochsteckfrisuren anging – sie schaffte eigentlich nichts Komplizierteres als einen schlichten Pferdeschwanz. Ich hätte mich gerne hinter sie gestellt und ihr geholfen. Ich hätte mich gerne mit ihr zusammen auf die Beerdigung vorbereitet und am Sarg ihre Hand gehalten. Ich hätte ihr gerne gesagt, dass ich bei ihr war und sie sich nicht so schrecklich einsam fühlen musste.

Es klopfte leise an der Tür. Emma spuckte eine Haarnadel aus und schaute auf. »Komm rein.«

Mr Mercer schob die Tür auf. Er trug einen schwarzen Maßanzug und eine bordeauxrote Krawatte. Seine Haare wirkten ergrauter als noch vor ein paar Wochen; auch er hatte in letzter Zeit viele Geheimnisse bewahren müssen. Emma hatte vor Kurzem erfahren, dass Becky die Tochter der Mercers war – und sie selbst ihre leibliche Enkelin. Seit sie das wusste, sah sie auch die Familienähnlichkeit: Sie hatte Mr Mercers gerade Nase und geschwungene Lippen geerbt. Aber Mr Mercer hatte seiner Frau und Suttons Schwester Laurel verschwiegen, dass Becky wieder aufgetaucht war.

»Hallo, meine Kleine«, sagte er jetzt und lächelte zaghaft. »Wie geht's dir hier oben?«

Emma wollte schon »gut« antworten, aber dann schloss sie den Mund und zuckte nur wortlos mit den

Achseln. Sie wusste nicht, wie sie auf diese Frage antworten sollte, aber »gut« ging es ihr definitiv nicht.

Mr Mercer nickte und atmete dann geräuschvoll aus.

»Du hast so viel durchgemacht.« Er sprach nicht nur über Nisha. Als wäre der Tod ihrer Freundin nicht bitter genug gewesen, musste Emma auch noch damit klarkommen, dass sie kürzlich ihre leibliche Mutter Becky zum ersten Mal seit dreizehn Jahren wiedergesehen hatte – unter schrecklichen Umständen.

Sie hatte es zwar geschafft, zu beweisen, dass Becky Sutton nicht umgebracht hatte, aber das Bild der mit Schaum vorm Mund am Krankenbett festgeschnallten Becky verfolgte sie immer noch bis in ihre Träume. Sie hatte sich so viele Jahre gefragt, was mit ihrer Mutter geschehen war, aber sie hatte nie gewusst, wie krank Becky war. Wie instabil.

Emma nahm ihr mit Taschentüchern gefülltes Täschchen. »Ich bin fertig.«

Ihr Großvater nickte. »Komm doch bitte zuerst ins Wohnzimmer, Sutton. Ich glaube, es ist Zeit für eine Familienkonferenz.«

»Familienkonferenz?«

Mr Mercer nickte. »Laurel und Mom warten schon unten.«

Emma biss sich auf die Lippe. Bei einer Familienkonferenz war sie noch nie gewesen, und sie wusste nicht, was sie erwarten würde.

Unsicher stand sie auf Suttons schwarzen Keilsandalen

auf und folgte Mr Mercer die Treppe hinunter und durch die helle Diele. Strahlendes Frühnachmittagslicht strömte durch das hohe Fenster.

Das Wohnzimmer der Mercers war in den warmen Farben des Südwestens gehalten – erdige Rot- und Brauntöne gepaart mit Navajo-Mustern. An den Wänden hingen Ölbilder von Wüstenblumen und vor einem Fenster glänzte ein Steinway-Flügel in der Sonne. Mrs Mercer und Laurel saßen bereits dicht nebeneinander auf dem breiten Ledersofa.

Genau wie bei Mr Mercer sah Emma inzwischen auch bei ihrer Großmutter, wie ähnlich sie ihr sah. Sie hatten dieselben marineblauen Augen und dieselbe zarte Figur. Mrs Mercer biss sich nervös auf die Lippen und verschmierte dabei ihren Lippenstift. Laurel saß neben ihr, hatte die Beine übereinandergeschlagen und wippte nervös mit dem Fuß. Ihr honigblondes Haar war zu genau dem französischen Knoten aufgesteckt, an dem Emma vorher verzweifelt war. Sie trug einen schwarzen Rock, eine schwarze Bluse und ein schmales Goldarmband mit einem Anhänger in Form eines Tennisschlägers. Unter den hellen Sommersprossen auf ihrer Nase war sie sehr blass.

Emma setzte sich vorsichtig auf den mit Wildleder bezogenen Armsessel gegenüber von Laurel und ihrer Großmutter. Die Standuhr in der Diele schlug laut und dröhnend.

»Die Beerdigung fängt in einer Stunde an«, sagte Laurel. »Sollten wir nicht los?«

»Wir fahren gleich«, sagte Mr Mercer. »Aber eure Mutter und ich wollten euch vorher noch etwas sagen.« Er räusperte sich. »Nishas Tod ist eine Erinnerung daran, was im Leben wirklich wichtig ist. Ihr Mädchen bedeutet uns mehr als alles andere auf der Welt.« Seine Stimme brach, und er schwieg einen Moment, um die Fassung wiederzugewinnen.

Laurel schaute zu Mr Mercer auf und runzelte die Stirn. »Dad, das wissen wir. Das müsst ihr uns nicht sagen.«

Er schüttelte den Kopf. »Eure Mutter und ich sind nicht immer ehrlich zu euch Mädchen gewesen, Laurel, und das hat unserer Familie geschadet. Wir wollen euch jetzt die Wahrheit sagen. Geheimnisse trennen uns nur voneinander.«

Mit einem Mal begriff Emma, wovon er sprach. Weder Mrs Mercer noch Laurel wussten bisher, dass Mr Mercer mit Becky in Kontakt geblieben war. Laurel wusste nicht einmal, dass Becky existierte. Ihres Wissens war Suttons leibliche Mutter eine ihnen völlig fremde Person. Was Mrs Mercer anging, so hatte sie Emmas Mutter schon vor vielen Jahren aus der Familie ausgeschlossen. Emma warf Mr Mercer einen panischen Blick zu. Er klammerte sich an seiner Stuhllehne fest, als wappne er sich gegen einen Sturm.

Mrs Mercer schien Emmas Angst zu spüren und lächelte schwach. »Schätzchen, es ist okay. Dein Vater und ich haben darüber geredet. Ich weiß alles. Du bist nicht in Schwierigkeiten.«

Laurel schaute ihre Mutter scharf an. »Wovon sprichst du?« Ihr Blick wanderte zu Mr Mercer. »Bin ich die Einzige, die keine Ahnung hat, was hier vorgeht?«

Ein verlegenes Schweigen senkte sich über das Zimmer. Mrs Mercer starrte auf ihren Schoß, während Mr Mercer an seiner Krawatte herumspielte.

Emma schluckte entschlossen und blickte Laurel in die Augen. »Ich habe endlich meine leibliche Mutter kennengelernt.«

Laurels Mund klappte auf und sie streckte ruckartig den Kopf vor. »Was? Das ist ja der Wahnsinn!«

»Das ist aber noch nicht alles«, unterbrach Mr Mercer. Sein Mund verzog sich unglücklich. »Laurel, Schatz, die Wahrheit ist, dass wir Suttons leibliche Großeltern sind.«

Laurel erstarrte einen Augenblick. Dann schüttelte sie langsam den Kopf. »Das verstehe ich nicht. Unmöglich. Wie kann Sutton eure …«

»Ihre Mutter – Becky – ist unsere Tochter«, fuhr Mr Mercer fort. »Wir haben sie sehr jung bekommen. Becky ist noch vor deiner Geburt von zu Hause fortgegangen.«

»Aber … warum sagt ihr mir so etwas nicht?« Rote Flecken erschienen auf Laurels Wangen, und wütend fügte sie hinzu: »Das ist doch totaler Schwachsinn!«

»Schatz, es tut mir sehr leid, dass wir dir nichts gesagt haben«, sagte Mr Mercer beinahe flehend. »Wir hielten es für die richtige Entscheidung. Wir wollten euch Mädchen vor unseren Fehlern schützen.«

»Sie ist meine Schwester!«, kreischte Laurel schrill.

Einen Moment lang dachte Emma, sie spreche von Sutton, aber dann kapierte sie, dass Becky gemeint war. »Ihr habt meine Schwester vor mir geheim gehalten!«

Emma umklammerte den Stoff ihres Kleides so fest, dass ihre Knöchel weiß wurden. Überrascht stellte sie fest, dass sie selbst nach allem, was sie durchgemacht hatte, immer noch Angst bekam, wenn einer von Laurels berüchtigten Wutausbrüchen im Anflug war. Aber sie konnte Laurel ihre Reaktion nun wirklich nicht vorwerfen. Emma hatte Becky so lange nur als ihre verschollene Mutter betrachtet, dass sie ganz vergessen hatte, dass Becky und Laurel eigentlich Schwestern waren. Laurel hatte recht: Es war extrem unfair, dass sie nie die Chance bekommen hatte, sie kennenzulernen.

»Wo ist sie? Wie ist sie?«, fragte Laurel herausfordernd.

Emma öffnete den Mund, um zu antworten, aber Mrs Mercer kam ihr zuvor.

»Zerstörerisch.«

Dieses eine Wort, leise ausgesprochen, schien den ganzen Raum auszufüllen. Alle schauten zu Mrs Mercer, die lautlos weinte, die Hand vor den Mund gepresst. Der Anblick ihrer unglücklichen Mutter schien Laurels Ärger verpuffen zu lassen. Sie biss sich auf die Lippe und ihr Blick wurde weicher.

Mrs Mercer ließ ihre Hand auf die Brust sinken und fuhr mit zitternder, kaum hörbarer Stimme fort. »Becky hat deinem Vater und mir sehr wehgetan, Laurel. Es ist unendlich schwierig, sich um sie zu kümmern. Irgendwann haben wir entschieden, dass es für uns alle besser wäre, den Kontakt zu ihr abzubrechen. Sie hat dieser Familie im Laufe der Jahre schon so viel Schaden zugefügt.«

»Aber das ist nicht allein Beckys Schuld«, warf Mr Mercer ein und beugte sich vor. »Sie ist geisteskrank, Laurel, und deine Mutter und ich wussten nicht, wie wir in ihrer Jugend damit umgehen sollten.«

Laurel drehte sich zu Emma um. Ihre Miene war nicht mehr wütend, sondern verletzt. »Und wie lange weißt du das alles schon?«

Emma holte tief Luft. Sie nahm sich von dem nächsten Sessel ein Kissen und drückte es sich wie ein Stofftier an die Brust. Wie würde Sutton auf diese Frage antworten? »Ich habe sie an dem Abend vor Nishas Tennis-Pyjamaparty im Sabino Canyon getroffen.«

Emma hatte versucht, die Nacht meines Todes so gut wie möglich zu rekonstruieren. Außerdem waren einige meiner Erinnerungen zurückgekehrt. Ich hatte Laurel an jenem Abend gesehen, als ich sie angerufen und gebeten hatte, Thayer Vega ins Krankenhaus zu bringen, nachdem jemand – wahrscheinlich mein Mörder – ihn mit meinem Auto angefahren hatte. Laurel war schon lange in meinen heimlichen Freund verliebt gewesen. Ich sah, dass Laurel sich ebenfalls erinnerte. Ihre Augen wurden groß, als ihr der Zusammenhang klar wurde.

»Es tut mir leid, dass ich dir nicht die Wahrheit gesagt habe«, sagte Emma und verzog bei dem Gedanken an das andere schreckliche Geheimnis, das sie vor den Mercers hütete, schmerzvoll das Gesicht. »Es war ziemlich überwältigend und ich konnte einfach noch nicht darüber reden.«

Laurel nickte langsam. Sie spielte mit ihrem goldenen Anhänger, während sich in ihrem Gesicht widersprüchliche Emotionen spiegelten.

Emma wusste genau, wie sie sich fühlte, denn schließlich waren die Entdeckungen über Becky und die Mercers auch für sie noch ganz frisch.

Es war so still, dass sie den Atem von Drake, der Dänischen Dogge der Familie, hörten, die neben dem Kamin in einem riesigen Hundebett döste. Mr Mercer starrte aus dem Fenster. Ein paar Kaktuszaunkönige bauten sich gerade in einer Weide ein Nest. Nach einer langen Pause lachte Laurel leise.

»Was ist?«, fragte Emma erstaunt.

»Mir ist gerade klar geworden, dass du meine Nichte bist«, sagte Laurel und lächelte schief.

Emma lachte ebenfalls leise. »Das stimmt wohl.«

»Technisch gesehen schon«, fügte Mr Mercer hinzu. Er knöpfte sein Anzugjackett auf und zu und wirkte sichtbar erleichtert über ihre Reaktion. »Aber da wir Sutton offiziell adoptiert haben, ist sie vor dem Gesetz deine Schwester.«

Laurel drehte sich wieder zu Emma um, und obwohl ihr Lächeln ein bisschen gezwungen wirkte, blickten ihre Augen warm.

»Das ist alles total verrückt ... aber irgendwie ist es cool, dass wir verwandt sind. Blutsverwandt, meine ich. Du weißt, dass du schon immer meine Schwester gewesen bist. Aber es freut mich, dass wir auch rein biologisch verwandt sind.«

Erinnerungsfragmente von uns beiden als kleine Mädchen schossen mir durch den Kopf. Laurel hatte recht. Wir waren wirklich Schwestern gewesen. Wir hatten uns wie Schwestern gestritten, aber wir hatten uns auch wie Schwestern umeinander gekümmert, so wie es sein sollte.

Mr Mercer räusperte sich und strich sich über den Kiefer. »Da ist noch etwas«, sagte er. Emma schaute überrascht zu ihm hoch. Noch mehr? »Becky hat diesmal ein paar merkwürdige Dinge zu mir gesagt, bevor sie gegangen ist. Es ist bei ihr schwer, Wahrheit von Fantasie zu unterscheiden; in dieser Hinsicht ist Becky nicht sehr ... zuverlässig. Aber irgendwie sagt mir mein Bauchgefühl, dass sie diesmal nicht gelogen hat. Sie sagt, sie habe noch eine zweite Tochter geboren. Suttons Zwillingsschwester.«

Emmas Herz verkrampfte sich in ihrer Brust. Einen endlosen Augenblick lang verschwamm das Wohnzimmer der Mercers vor ihren Augen zu einer Dali-esk verzerrten Landschaft. Sie kannten immer noch nicht die ganze Wahrheit. Als Emma vor zwei Wochen in Beckys Akte geblättert hatte, hatte sie erfahren, dass ihre Mutter noch eine dritte Tochter hatte, ein zwölfjähriges Mädchen, das Beckys Angaben zufolge bei seinem Vater in Kalifornien lebte.

»Zwillinge?«, krächzte Laurel.

»Ich weiß nicht, ob es wirklich stimmt.« Mr Mercer schaute mit schwer zu deutender Miene auf Emma herunter. »Becky schien nicht zu wissen, wo sich deine Schwester – deine Zwillingsschwester – gerade befindet. Aber ihr Name ist Emma.«

»Emma?« Laurel schaute Emma ungläubig an. »So hast du dich an unserem ersten Schultag doch beim Frühstück genannt, oder?«

Emma zupfte an einem losen Fädchen an Suttons Kleid und betete um eine Eingebung. Aber ihr blieb eine Antwort erspart, weil Mr Mercer wieder sprach.

»Becky hat dir an dem Abend im Sabino von ihr erzählt, stimmt's?«, fragte er leise.

Emmas Gedanken überschlugen sich, aber sie schaffte es, zu nicken. Gott sei Dank hatte Mr Mercer ihr eine Erklärung geliefert, die wahrscheinlich sogar der Wahrheit entsprach. Bei Emmas Gespräch mit Becky letzte Woche hatte Becky über Emma geredet, als habe sie sie Sutton gegenüber bereits erwähnt.

»Sie hat mir nur ihren Namen gesagt«, erzählte Emma leise. »Ich hätte es euch sagen sollen. Aber ich war so wütend. Ich wollte wissen, ob ihr auch von ihr wisst, ob ihr auf den Namen reagiert. Ich wollte einen Streit vom Zaun brechen und dann hättet ihr mir die Wahrheit sagen müssen.«

Wieder senkte sich angespanntes Schweigen über das Zimmer. Emma sah aus dem Augenwinkel, wie Drake den Kopf hob und unsicher mit dem Schwanz wedelte. Der Sekundenzeiger von Mr Mercers Cartier-Uhr tickte laut. Gegen Emmas rasendes Herz wirkte er schleppend und träge.

Endlich brach Mrs Mercer das Schweigen. »Es tut mir so leid, dass wir dich angelogen haben, Sutton. Euch beide. Ihr habt jedes Recht dazu, wütend zu sein. Ich hoffe nur, dass ihr uns eines Tages versteht und vielleicht sogar verzeihen könnt.«

Mein eigenes Herz schmerzte, als ich die Qual auf dem Gesicht meiner Mutter sah. Natürlich verzieh ich ihr, auch wenn ich es ihr niemals sagen konnte. Ich hoffte nur, dass sie sich selbst vergeben konnte, wenn die ganze Wahrheit ans Licht kam und sie begriff, wie viel all diese Geheimnisse unsere Familie wirklich gekostet hatten.

Dass jemand sie gegen uns – gegen mich – verwendet hatte, um Emma dazu zu zwingen, nach meinem Tod meinen Platz einzunehmen.

»Und was jetzt?«, fragte Laurel, den Blick auf Emma gerichtet. Ihr Gesicht wirkte entschlossen. »Wir müssen diese Emma finden, richtig? Sie ist schließlich unsere Schwester. Oder unsere Nichte. Oder … äh, was auch immer.«

Mrs Mercer nickte eifrig. »Wir werden versuchen, sie aufzuspüren. Ich möchte, dass wir sie wenigstens kennenlernen und uns vergewissern, dass sie glücklich und in Sicherheit ist, egal, wo sie lebt. Wenn sie möchte, können wir sie in die Familie aufnehmen.« Sie schaute Emma an. »Hat sie dir noch irgendetwas gesagt, Sutton? Wo Emma sein könnte oder wie ihr Nachname lautet?«

Emma biss sich heftig auf die Wange, um ihre Tränen zu unterdrücken. Es war so unfair – sie wollten sie suchen, sie in Sicherheit bringen, und dabei saß sie genau vor ihnen und war in größerer Gefahr als jemals zuvor. »Nein«, flüsterte sie. »Sonst hat mir Becky nichts über sie gesagt.«

Mr Mercer seufzte, beugte sich vor und küsste Emma auf die Stirn. »Mach dir keine Sorgen«, sagte er. »Wir werden sie schon finden. Und von nun an werden wir alle ehrlich zueinander sein, das verspreche ich.«

Einen kurzen, panischen Augenblick lang war Emma versucht, ihnen alles zu gestehen. Der Gedanke jagte ihr schreckliche Angst ein – sie würden am Boden zerstört sein. Sie musste ihnen sagen, dass das Mädchen, das sie als Tochter großgezogen hatten, tot war und sie dabei geholfen hatte, den Mord zu vertuschen. Aber es wäre auch eine große Erleichterung für sie. Dann hätte sie endlich Hilfe bei ihren Nachforschungen, vielleicht sogar Schutz. Und sie wäre endlich das Zentnergewicht los, das seit ihrem ersten Morgen in Tucson auf ihrer Brust lastete.

Aber dann dachte sie daran, dass der Mörder sie ständig beobachtete – ihr Botschaften auf ihrem Auto hinterlassen, sie in Charlottes Haus gewürgt und ihr beinahe einen Scheinwerfer auf den Kopf geworfen hatte. Sie dachte daran, wie Nisha wieder und wieder versucht hatte, sie anzurufen … und dann ganz plötzlich gestorben war. Sie konnte ihre Familie einer solchen Gefahr nicht aussetzen. Das durfte sie nicht riskieren.

Mrs Mercer räusperte sich. »Ich weiß, dass ihr Mädchen das sofort euren Freundinnen erzählen wollt, aber ich fände es besser, wenn wir diese Information fürs Erste noch für uns behalten könnten. Euer Vater und ich überlegen immer noch, wie wir am besten nach Emma suchen können und … wir müssen noch über so vieles reden.«

Laurel verzog kampflustig den Mund, und einen Augenblick lang war Emma sicher, dass sie nicht gehorchen wollte. Aber dann nahm sie nur Mrs Mercers Hand und drückte sie. »Klar, Mom«, sagte sie sanft. »Wir können ein Geheimnis bewahren.«

In der Diele schlug die Standuhr Viertel nach.

»Wir müssen los«, sagte Mr Mercer leise. »Sonst kommen wir zu spät.«

»Ich muss noch schnell aufs Klo«, sagte Emma, die sich kurz beruhigen musste. Sie schnappte sich ihre Tasche und eilte den Flur entlang. Sobald sie alleine im Gästeklo war, beugte sie sich über das Waschbecken und betrachtete sich im Spiegel. Ihre Haut war leichenblass, ihre blauen Augen leuchteten fiebrig. *Ich tue das Richtige,* sagte sie zu sich selbst. Sie musste unter allen Umständen ihre Familie schützen.

Ich war froh darüber, dass Emma sich um meine Familie kümmerte. Aber während ich in ihr Gesicht schaute, das meinem so herzzerreißend ähnlich sah, fragte ich mich nicht zum ersten Mal, wer sich eigentlich um Emma kümmerte.

2

Grabesmienen

»Mit großer Trauer nehmen wir heute von Nisha Abschied. Sie war ein strahlendes, talentiertes Mädchen und wir werden sie sehr vermissen.«

Die Trauerfeier fand am Grab statt, unter den Platanen und Zedern, die den Friedhof überragten. Die Sonne stand herbstlich tief, aber strahlend am Himmel und verlieh den grauen und weißen Grabsteinen einen melancholischen Schimmer. Emma saß auf einem Klappstuhl zwischen Madeline Vega und Charlotte Chamberlain, Suttons besten Freundinnen. Direkt hinter ihnen saßen die Twitter-Zwillinge, die ihre Handys aber ausnahmsweise in ihren Taschen gelassen hatten. Neben ihnen saß Laurel und schluchzte lautlos. Die gesamte Schule war zur Beerdigung erschienen, auch die meisten Lehrer und sogar die Schulleiterin, Ms Ambrose. Emma sah Ethan im Schatten eines Baumes stehen. Er trug das schwarze Hemd, das er vorhin bei dem Interview angehabt hatte.

Die Rednerin, eine vollschlanke Frau im weißen Sari, fuhr fort: »Es ist besonders grausam, einen so jungen Menschen zu verlieren. Nisha hatte so viel Potenzial. Die Versuchung, sich auf all das zu konzentrieren, was sie in ihrem Leben noch alles hätte erreichen können, ist groß. Wir wollen darüber trauern, dass sie die Welt nicht mehr verändern kann und dass sie ihre Ziele nie erreichen wird.«

Hinter der Frau im Sari stand der Sarg aus poliertem Eichenholz, der in der Sonne glänzte. Der Deckel war geschlossen; es hatte keine Aufbahrung gegeben. Die Trauerfeier schien recht kurz zu werden. Bevor die Rednerin ans Mikrofon getreten war, hatten Nishas Freundinnen ein paar kurze Texte verlesen, und der Chor der Hollier Highschool hatte »Wind Beneath My Wings« gesungen. Emma konnte sich vorstellen, dass Nisha von der Liedauswahl nicht begeistert gewesen wäre – sie war kein sentimentales Mädchen gewesen. Aber alle Trauergäste hatten Rotz und Wasser geheult. Charlotte war heftig schluchzend zusammengebrochen und Madeline hatte bleich und zitternd die Fäuste in ihren Rock gekrallt.

Ich betrachtete die Trauernden wehmütig. Würde ich jemals eine Beerdigung bekommen? Und was würde man dann über mich sagen? Würden die Menschen auch um mich weinen? Ich betrachtete den Sarg und das tiefe Loch neben ihm und mir lief ein Schauer über den Rücken. Irgendwo da draußen lagen meine sterblichen

Überreste, die mit Gewalt von meiner Seele getrennt und dem Verfall überlassen worden waren. Ich schaute mich wieder um, in der Hoffnung, Nishas Geist zu entdecken. Aber soweit ich sehen konnte, war ich auch weiterhin das einzige Gespenst.

Die Rednerin hatte eine sonore, wohlklingende Stimme mit demselben schwachen anglo-indischen Akzent wie Dr. Banerjee. »Aber ich glaube, dass wir Nisha keinen Gefallen damit tun, wenn wir uns darauf konzentrieren, was alles hätte sein können. Jetzt, da wir von ihr Abschied nehmen müssen, bitte ich alle darum, sich nicht darauf zu besinnen, was wir verloren haben, sondern darauf, wie sehr Nisha unsere Leben bereichert hat.«

Ein Streichquartett begann leise »Let It Be« zu spielen und die Trauergäste erhoben sich von den Stühlen und nahmen das Gespräch wieder auf.

Charlotte wischte sich mit einem Taschentuch über die Augen, das sie in den Tiefen ihrer Tasche gefunden hatte. Ihre langen roten Locken waren aufgesteckt gewesen, aber ein paar Strähnen hatten sich gelöst und umrahmten ihr rundes, sommersprossiges Gesicht. »Ich kann immer noch nicht glauben, dass es wahr ist. Sie kann doch nicht tot sein.«

»Ich begreife einfach nicht, wie jemand glauben kann, dass sie es absichtlich getan hat«, sagte Madeline mit rot geweinten Augen. Sie schüttelte den Kopf. »Am Sonntag ging es ihr doch gut.«

Am Sonntag hatten sie eine Pseudo-Séance veranstaltet, um einem Mädchen namens Celeste Echols einen Streich zu spielen. Dies war der erste Lügenspiel-Streich gewesen, an dem Nisha aktiv beteiligt gewesen war – nachdem sie bereits ein paarmal das Opfer gewesen war. Es hatte ihr definitiv Spaß gemacht, auf der Macherseite mitzuwirken.

»Ich auch nicht. Es ergibt einfach keinen Sinn. Sie ist eine hervorragende Schwimmerin«, flüsterte Laurel unter Tränen. »Ich meine, sie *war* eine.«

»Was meinst du, Sutton?«, fragte Gabby. Emma schaute abrupt auf. Wie üblich bildeten die Outfits der Twitterzwillinge einen perfekten Kontrast zueinander. Gabby trug ein schlichtes Etuikleid und Perlenohrringe. Ihr Lippenstift war von gedecktem Rot. Lili hingegen trug ein schwarzes Tutu aus dem Secondhandshop und dazu kniehohe Armeestiefel. Sie hatte sich einen kleinen Trauerschleier ins Haar gepinnt.

»Ja, ihr zwei habt euch doch in letzter Zeit angefreundet«, fügte Lili hinzu. »Hat sie auf dich traurig gewirkt?«

»Spielt das wirklich noch eine Rolle?«, fragte Emma. Ihre Stimme brach. »Sie ist tot. Das ›Warum‹ bringt sie uns auch nicht zurück.«

Die Mädchen schwiegen. Emma beobachtete, wie die Rednerin am anderen Ende der Rasenfläche mit Dr. Banerjee sprach, der noch immer mit abwesendem Gesicht auf seinem Klappstuhl saß. Emma hatte Nishas

Vater vor ein paar Wochen kennengelernt. Er war der behandelnde Arzt ihrer Mutter gewesen und war sogar dann geduldig und gütig geblieben, als Becky gewalttätig geworden war. Jetzt war sein schlimmster Albtraum Wirklichkeit geworden – und das so kurz nach dem Tod seiner Frau.

»Entschuldigt mich bitte kurz«, sagte Emma zu ihren Freundinnen und ging zwischen den nun leeren Stühlen hindurch zu Nishas Vater.

Viele Trauergäste nickten ihr zu, als sie an ihnen vorbeiging. Die Tennistrainerin, Maggie, stand bei ein paar Spielerinnen, die alle geschockt und traurig wirkten. Unter ihnen war auch Clara, das Gesicht tränenüberströmt.

Nachdem die Rednerin Dr. Banerjee noch ein letztes Mal umarmt hatte, ging sie zu den anderen Gästen und ließ ihn allein. Emma zögerte. Sie wollte ihm sagen, wie schrecklich leid ihr sein Verlust tat und dass Nisha ihr eine gute Freundin geworden war. Aber noch mehr als das wollte sie herausfinden, was er über Nishas Tod dachte – und wo seine Tochter an dem Tag gewesen war, an dem sie starb.

Bevor sie sich überlegt hatte, was sie sagen würde, setzte sich jemand anders neben Dr. Banerjee. Emma erstarrte, als sie Detective Quinlan erkannte, der seine Festtagsuniform trug und seine Mütze in den Händen hielt. Quinlan war kein Fan von Sutton Mercer – er hatte einen dicken Aktenordner über Suttons Lügenspiel-Streiche auf dem Revier. Außerdem hatte er Emma vor zwei Monaten wegen Ladendiebstahls verhaftet. Instinktiv wich sie zur Seite und duckte sich hinter einen Grabstein dicht neben den beiden Männern.

Quinlan sprach mit leiser, mitfühlender Stimme. Emma lehnte sich gegen den kühlen Marmor und lauschte angestrengt. Sie erhaschte ein »Mein Beileid« und »Tragisch« und wollte sich gerade zurückziehen, als das Wort »Autopsie« in ihre Richtung schwebte.

Dr. Banerjee schüttelte als Reaktion auf Quinlans Erläuterungen heftig den Kopf.

»Hör mal, Sanjay«, sagte Quinlan geduldig, aber bestimmt. »Es gab keinerlei Anzeichen für einen Kampf. Keine Schrammen, keine Blutergüsse, keine Handabdrücke. Es war schlichtweg ein Unfall.«

»Nein.« Dr. Banerjee hielt die Hände weiter im Schoß gefaltet, aber seine Kiefermuskeln zuckten. »Nisha konnte schwimmen, seit sie zwei Jahre alt war. Sie hätte ausrutschen und sich den Kopf stoßen müssen, wenn es ein Unfall gewesen wäre. Keine Blutergüsse? Keine Gehirnerschütterung?« Er presste einen Moment lang verzweifelt die Lippen zusammen, bevor er weitersprach. »Meine Tochter wurde ermordet.«

Quinlan zögerte und verzog unter seinem Schnurrbart unglücklich den Mund. »Da ist noch mehr«, sagte er leise. »Es tut mir leid, dass ich es dir hier sagen muss. Aber der Gerichtsmediziner hat in hoher Konzentration Diazepam in ihrem Blut gefunden. Das ist …«

»Valium. Ich bin Arzt«, blaffte Nishas Vater. Seine Knöchel wurden weiß, so fest hatte er die Hände ineinander verkrallt. »Nisha nimmt aber kein Valium.«

Quinlan rieb sich seufzend das stoppelige Kinn. »Ich weiß. Wir haben ihre Krankenakte durchgesehen.«

»Willst du damit andeuten, dass …«

»Ich weiß, dass das schwer für dich ist. Aber Nisha hatte ein sehr hartes Jahr.« Quinlan wand sich und drehte nervös seine Mütze in den Händen. »Ich will ihr nichts unterstellen, Sanjay. Aber Teenager probieren immer mal wieder neue Dinge aus und kennen oftmals ihre Grenzen nicht.«

Dr. Banerjees Miene war eisig. »Ihr Zimmer war verwüstet, Shane. Jemand hat es durchsucht und auf den Kopf gestellt.«

»Es gab keine Hinweise auf einen Einbruch«, sagte Quinlan skeptisch. »Und wir haben nur deine und ihre Fingerabdrücke in ihrem Zimmer gefunden. Nisha muss das selbst getan haben. Manchmal machen Leute komische Dinge, wenn sie unter Medikamenteneinfluss stehen.«

Dr. Banerjee saß einen langen Augenblick still da und schaute auf seine Hände. Seine Brille hing ihm schief auf der Nase, was ihn leicht irre wirken ließ. Quinlan sah sich Hilfe suchend um und einen Moment lang tat er Emma beinahe leid.

»Hör mal«, sagte er schließlich so leise, dass Emma ihn kaum hören konnte. »Wenn du wegen irgendjemandem ein komisches Gefühl bekommst – wenn Fremde um dein Haus herumlungern oder Jungs sich irgendwie aggressiv verhalten – oder du herausfindest, ob sie irgendwelche Feinde hatte, dann gib mir ihre Namen, und ich gehe der Sache nach. Aber im Moment habe ich nicht die geringsten Hinweise. Gib mir irgendetwas, womit ich arbeiten kann.«

Dr. Banerjee schüttelte den Kopf. »Soviel ich weiß, hatte sie keine Feinde.« Er löste seine Hände voneinander und vergrub das Gesicht in ihnen. »Ich weiß nicht, wer meinem kleinen Mädchen so etwas antun würde«, stöhnte er und begann zu zittern.

Hinter dem Grabstein wurde Emma von Schuldgefühlen überwältigt. Sollte sie ihnen von Nishas Anrufen und panischen SMS erzählen? Ihr Magen verkrampfte sich ängstlich. Quinlan wurde immer sofort misstrauisch, wenn Sutton Mercer in eine Sache verstrickt war. Bestenfalls würde er ihre Angaben als neuen Versuch abtun, sich mit einem dummen Streich Aufmerksamkeit zu verschaffen. Und schlimmstenfalls würde Emma auf einer Verdächtigenliste landen. Ihre eigene Geschichte würde einem Verhör jedoch niemals standhalten.

»Ich brauche etwas zu trinken«, sagte Dr. Banerjee schließlich. Seine Stimme klang angespannt, als kämpfe er darum, die Fassung nicht zu verlieren. Sein Gesicht war wieder ausdruckslos. Nur seine blutunterlaufenen Augen blickten wild und verzweifelt.

Quinlan nickte. »Komm, Sanjay.« Überraschend sanft

half er Dr. Banerjee auf, und die beiden gingen zu dem Getränketisch, der im Schatten einer Zeder stand.

Emma ließ sich mit hämmerndem Herzen gegen den Grabstein sinken.

Nishas Zimmer war also durchsucht worden. Aber was hatte der Mörder gesucht? Und hatte seine Suche Erfolg gehabt oder befand sich die Sache noch in Nishas Zimmer?

Emma starrte einen Moment lang auf Nishas Sarg, der in der Sonne glänzte. »Es tut mir so leid«, flüsterte sie. Ihr Blick fiel auf den Grabstein, hinter dem sie sich versteckt hatte. *Jesminder D. Banerjee,* stand dort. *Geliebte Ehefrau und Mutter.* Nishas Mom. Sie hatte bisher gar nicht darüber nachgedacht, aber natürlich würde Nisha direkt neben ihrer Mutter begraben werden.

Emma rappelte sich auf und ging über den Rasen. Die Trauergäste zerstreuten sich langsam. Aus der Ferne hörte sie, wie auf dem Parkplatz Motoren angingen und Türen zugeschlagen wurden.

Sie ging an ein paar Hollier-Schülern vorbei, die sich bei einem verwitterten Mausoleum zusammengeschart hatten, vor dem eine Urne mit welken Lilien stand. Garrett Austin stand zwischen seiner kleinen Schwester Louisa und seiner neuen Freundin Celeste Echols. Garrett war zum Zeitpunkt von Suttons Tod ihr »offizieller« Freund gewesen, obwohl sie gleichzeitig eine heimliche Affäre mit Thayer gehabt hatte. Als Emma Suttons Platz eingenommen hatte, hatte Garrett ihr seine Jungfräulichkeit als Geburtstagsgeschenk angeboten, und nachdem sie panisch vor ihm geflüchtet war, hatte er mit ihr Schluss gemacht.

Garrett wirkte völlig fertig. Seine Augen waren rot, sein blondes Haar glanzlos und ungewaschen. Er war ein paar Wochen lang mit Nisha zusammen gewesen, und obwohl sie miteinander Schluss gemacht hatten, schien er ihren Tod nicht gut zu verkraften. Er schaute auf, bemerkte Emma und schaute sie mit leeren Augen an, als erkenne er sie gar nicht.

Ertappt machte Emma einen unsicheren Schritt auf ihn zu. »Wie geht es dir?«, fragte sie schüchtern und berührte zaghaft seine Schulter.

Garrett blinzelte und ganz plötzlich verzog sich seine Miene zu einer Grimasse der Wut. Er zuckte vor ihr zurück, den Körper wie eine Stahlsaite angespannt. Instinktiv wich Emma einen Schritt zurück. Einen Moment lang fürchtete sie, er werde sie gleich schlagen.

»Was geht dich das an? Du kanntest sie doch kaum«, zischte er.

Hinter ihm sah Emma Celestes schockiertes Gesicht. Louisa schaute verwirrt zwischen ihrem Bruder und ihr hin und her.

Emma war zur Salzsäule erstarrt. Kanntest sie kaum? Klar, Emma kannte Nisha erst seit ein paar Monaten. Aber Sutton war mit ihr aufgewachsen.

»Garrett, ich weiß, dass du traurig bist …«, begann Celeste und legte ihm die Hand auf den Arm. Er wirbelte heftig herum und baute sich vor seiner Freundin auf. Emmas ganzer Körper spannte sich an, als sie seinen wilden Gesichtsausdruck sah. Sein Mund war höhnisch verzogen.

»Du weißt gar nichts«, blaffte er. »Halt doch einfach mal fünf Minuten lang das Maul. Ich glaube allmählich, Nisha hatte recht, was dich betrifft.«

Emmas Mund klappte auf und Celestes Miene verdüsterte sich.

»Ach ja?«, zischte sie, und ihre Stimme war auf einmal gar nicht mehr hauchig. »Und wann habt ihr zwei euch so traulich über mich unterhalten?«

»Das geht dich nichts an«, brüllte Garrett. Inzwischen hatten sich fast alle anderen Schüler, die bei ihnen gestanden hatten, verlegen verdrückt. Louisa beobachtete ihren Bruder mit besorgtem Blick.

Laurel erschien an Emmas Seite, packte sie am Arm und lenkte sie an Garrett vorbei in Richtung Parkplatz.

»Komm schnell«, flüsterte sie, während hinter ihnen Celeste wütend ihre Stimme erhob. »Bei einer Beerdigung Streit anfangen? Wie schäbig ist das denn?«

»Unglaublich, dass er seine Freundin so anschreit«, sagte Emma ganz benommen. Sie ließ sich von Laurel an den endlosen Reihen von Grabsteinen vorbeiführen.

Laurel blieb einen Moment stehen und zog eine Augenbraue hoch.

»Wie bitte? Ihr zwei hattet euch doch ständig in der Wolle.«

Emma starrte Suttons Schwester verständnislos an.

»Ach, komm schon, Sutton. Er ist ständig ausgeflippt«, sagte Laurel achselzuckend. »Wenn du ihn nicht schnell genug zurückgerufen hast, wenn ihm dein Rock zu kurz war oder du es nicht zu seinen Spielen geschafft hast. Er ist nicht gerade von der ausgeglichenen Sorte.«

»Ja«, stammelte Emma und versuchte ihre Verwirrung zu überspielen. »Schon wahr. Gehen wir.«

Sie gingen weiter. Hinter sich konnten sie Garrett und Celeste immer noch streiten hören. Emma schwirrte der Kopf. Warum hatte er gesagt, sie kenne Nisha kaum?

Ich wusste es auch nicht. Aber irgendetwas sagte mir, dass Emma es schnell herausfinden sollte. Garrett war offenbar ziemlich jähzornig und Emma sollte ihm lieber nicht zu nahe kommen.

3

Endlich allein

Am nächsten Nachmittag gingen Ethan und Emma einen hügeligen Wanderweg in den kahlen Bergen des Tucson Mountain Parks entlang. Emma wickelte sich ihren grauen Kaschmirschal enger um den Hals und fröstelte in der kühlen Winterluft. Die Felsen glühten rotgolden in der Spätnachmittagssonne, und Emma und Ethan liefen nebeneinander her, die Hände ineinander verschränkt.

Emma gefiel die öde Landschaft. Seit ihrer Ankunft in Tucson hatte sie sich immer beobachtet gefühlt, aber in dieser weiten Umgebung gab es kaum Deckung. Suttons Killer würde sich hier oben nicht an sie heranschleichen können.

Während sie wanderten, erzählte Emma Ethan von der Familienkonferenz der Mercers. Er hörte aufmerksam zu, den Blick auf den schmalen Pfad vor ihnen gerichtet.

»Sie werden nach mir suchen, Ethan, und ich habe nicht gerade darauf geachtet, meine Spuren zu verwischen.« Emma dachte an alle CSI-Folgen, die sie jemals gesehen hatte. Es war geradezu lächerlich einfach, jemanden aufzuspüren. Man brauchte dazu nur einen Internetzugang und ein paar Augenzeugen. »Ich weiß nicht, wie lange mir noch bleibt, bevor sie es herausfinden. Und wenn es so weit ist, bin ich sofort die Hauptverdächtige. Dafür hat der Killer gesorgt.«

Sie erreichten einen Felsvorsprung mit überdachtem Picknickbereich, von dem aus man den ganzen Park überblicken konnte. Ein dicker Waschbär schaute gelassen von einem McDonalds-Einwickelpapier auf, als sie ankamen, und watschelte dann gemächlich ins Unterholz. Emma setzte sich auf den Picknicktisch und holte eine Flasche Wasser aus ihrem Rucksack. Sie nahm einen tiefen Schluck und reichte die Flasche dann Ethan.

»Wir sind alle in Gefahr.« Sie schaute kläglich zu ihm auf. »Du, ich und meine Familie. Wir müssen den Fall lösen, und zwar schnell.«

Ethan legte ihr den Arm um die Schultern und zog sie fürsorglich an sich. Ihr Kopf ruhte an seiner Schulter und sie atmete den Duft seines frisch gewaschenen Flanellhemdes ein.

»Okay, wir haben bisher Laurel, Thayer, Madeline, Charlotte, Mr Mercer, Becky und die Twitterzwillinge ausgeschlossen«, zählte Ethan der Reihe nach Suttons Freundinnen und ihre Familie auf. »Ist es völlig ausgeschlossen, dass es ein … Zufallsverbrechen war? Vielleicht hat sie ja ein Landstreicher umgebracht.«

Emma schüttelte den Kopf. »Dafür weiß der Mörder zu viel über Sutton. Wo sie lebt, wann sie wohin geht, wie wichtig ihr Anhänger ist … Der Mörder hat ihn ihr vom Hals genommen und mir umgelegt, weil er wusste, dass ich ohne das Teil keine glaubhafte Suttonkopie abgeben würde.« Sie erschauderte. »Für diesen Mord gab es ganz persönliche Motive.«

Ethan nickte. »Du hast wahrscheinlich recht.«

»Weißt du, wen ich bisher noch nicht überprüft habe?«, sagte Emma leise. »Garrett.« Sie erzählte Ethan von Garretts Kommentar, sie »kenne Nisha kaum«, und Laurels Äußerung, dass er Sutton gegenüber oft jähzornig gewesen war.

»Wow.« Ethan rieb sich nachdenklich den Kiefer. »Ich weiß nicht viel über Garrett. Wir hatten letztes Jahr Geschichte zusammen, aber wir bewegen uns nicht in denselben Kreisen. Ich weiß, dass er letzten Frühling wegen eines Notfalls in der Familie lange gefehlt hat, aber ich habe nie herausgefunden, worum es da eigentlich ging.«

Emma kaute auf ihrem Daumennagel herum. Bei dem einzigen richtigen Date zwischen ihr und Garrett hatte er von seiner Schwester gesprochen. *Charlotte war für mich da, als all das mit Louisa passiert ist.* Damals hatte sie nur nicht gewusst, wie sie ihn fragen sollte, wovon er überhaupt sprach. »Und Louisa? Kennst du sie?«, fragte sie.

Ethan schüttelte den Kopf. »Nicht sehr gut. Sie ist eine Einzelgängerin.«

»Ich habe sie mit Celeste zusammen gesehen. Die beiden scheinen sich gut zu verstehen.« Seufzend trank Emma noch einen Schluck Wasser. »Aber Garrett wirkt auf mich nicht intelligent genug, um eine so aufwendige Intrige zu planen. Der Mörder musste eine Menge Dinge organisieren und koordinieren – Suttons Leiche und ihr Auto verstecken, mich dazu bringen, nach Tucson zu kommen, mich beobachten, um sicherzustellen, dass ich mitspiele. Aber Garrett konnte sich bei unserem Date nicht einmal für ein Restaurant entscheiden. Für jede Kleinigkeit war ich zuständig.«

Sie wickelte sich eine Haarsträhne so fest um den Zeigefinger, dass sie sich das Blut abschnürte. »Aber vielleicht ist er auch einfach ein begnadeter Schauspieler. Ist das nicht typisch für Psychopathen? Dass sie extrem gut manipulieren und anderen etwas vorspielen können?«

Ethan hob eine Augenbraue. »Ich wusste ja gar nicht, dass meine Freundin Expertin auf dem Gebiet der psychischen Krankheiten ist.«

Emmas Mund verzog sich zu einem sarkastischen Grinsen. »Das werde ich zumindest sein, wenn das hier alles vorbei ist.« Ihr kam ein Gedanke und sie setzte sich kerzengerade auf. »Weißt du, ich habe immer noch nicht herausgefunden, wie der Mörder an dem Abend, an dem er mich fast erwürgt hat, in Charlottes Haus gelangt ist.

Aber falls es Garrett war …« Sie schaute Ethan vielsagend an. Sein Kiefer klappte nach unten. »Er war mit Charlotte zusammen, bevor er Suttons Freund wurde.«

»Möglicherweise kannte er den Alarmcode.« Emma legte eine Pause ein. »Und dann war er mit Nisha zusammen.«

Sie schauten sich unsicher an. *Und dann ist auch Nisha gestorben.* Der Satz schwebte unausgesprochen zwischen ihnen.

Ethan leckte sich die Lippen. »Wenn es Garrett war, ergibt das alles einen Sinn. Vielleicht hat Nisha etwas gesehen, während sie miteinander ausgegangen sind, und ihr wurde erst später klar, was es zu bedeuten hatte.«

Emma seufzte. »Aber das sind alles nur Spekulationen, oder? Es gibt keine Beweise dafür, dass er am Tatort gewesen ist.«

»Ja, aber es gibt definitiv genügend Gründe, um ihn zu verdächtigen«, wandte Ethan ein. »Bei Mordfällen überprüft die Polizei fast immer zuerst die Ehemänner und Freunde.«

Emma dachte an den Herbstball zurück, bei dem Garrett sie in einen Besenschrank gedrängt und angeschrien hatte. Er war betrunken und grob gewesen und hatte ihr das Handgelenk verdreht, um sie am Flüchten zu hindern. Und jetzt erinnerte sie sich auch noch an etwas anderes: Er hatte Thayer erwähnt.

Alle haben gesehen, dass ihr euch gestritten habt, bevor er abgehauen ist. Er war verliebt in dich.

»Könnte es sein, dass er von Suttons Affäre mit Thayer erfahren hat?« Bei dem Gedanken wurde Emmas Kehle trocken. »Vielleicht ist er ihr an jenem Abend in den Canyon gefolgt und hat sie in flagranti ertappt.«

»Das wäre ein echtes Motiv«, sagte Ethan.

Emma nickte. Ihre Nackenhärchen stellten sich auf. Auf einmal kamen ihr die Erinnerungen an ihre kurze »Beziehung« mit Garrett ziemlich gruselig vor. Es hatte so gewirkt, als hielte er sie wirklich für Sutton, aber vielleicht hatte er sie auch nur getestet und gleichzeitig mit ihr geübt, damit niemand herausfand, dass Sutton tot war. Sie dachte an Suttons mit Rosenblättern bedecktes Bett und erschauderte. Hatte er die ganze Zeit versucht, Emma in die Sutton zu verwandeln, die er sich die ganze Zeit gewünscht hatte?

Ich zermarterte mir das Hirn nach einer Erinnerung an meinen Sommer mit Garrett. Mir fiel nichts Verdächtiges ein, aber schließlich erinnerte ich mich auch nicht daran, dass wir uns gestritten hatten, wie Laurel behauptete. In meinen ersten Tagen als körperloser Geist hatte ich ein warmes Kribbeln verspürt, wenn Emma Garrett traf oder mit ihm sprach. Ich war mir sicher gewesen, dass ich in ihn verliebt gewesen sein musste, auch wenn ich nicht mehr wusste, warum. Aber jetzt spürte ich nur noch Panik, wenn ich an ihn dachte.

»Ich frage mal herum«, sagte Emma schließlich. »Vielleicht wissen ja Charlotte oder Madeline etwas, das mir weiterhilft.« Oder Thayer, dachte sie, sagte dies jedoch nicht laut. Ethan war vom ersten Augenblick an eifersüchtig auf Thayer gewesen – und es hatte nicht geholfen, dass er ihn vor einer Woche dabei erwischt hatte, wie er Emma küsste. Allein seinen Namen zu erwähnen reichte aus, um Ethan eine halbe Stunde lang in düsteres Schweigen verfallen zu lassen.

Emma schaute auf die Landschaft hinaus. Die Bergluft strömte kühl durch ihre Lungen. Ein paar Meilen weit entfernt sah sie einen Falken in der Luft schweben. Ethan öffnete eine Packung M&Ms und schob Emma eines in den Mund. Sie biss in den Zuckerguss und lächelte ihn an. Plötzlich war sie einfach glücklich darüber, mit Ethan hier draußen ganz alleine zu sein. Sie hatten sich seit dem Abend von Charlottes Party, an dem sie zum ersten Mal miteinander geschlafen hatten, kaum gesehen. Die Erinnerung trieb ihr eine verschämte Glücksröte in die Wangen und machte sie ganz kribbelig.

»Habt ihr früher auch daran geglaubt, was die M&M-Farben zu bedeuten haben?«, fragte sie schüchtern.

Ethan legte den Kopf schief? »Wie bitte?«

»Ach, du weißt schon, diese Kindergartengeschichten?« Sie nahm ihm die Packung aus der Hand und holte ein paar M&Ms heraus. »Orangefarbene bringen Glück«, sagte sie und hielt eines hoch. »Das kann ich definitiv gebrauchen.« Sie schob es sich in den Mund. »Gelbe verschenkt man an Leute, mit denen man nur befreundet sein will.« Sie legte es angewidert in die Packung zurück. »Rote sind Liebeserklärungen … Hier, das ist für dich.

Und grüne?« Sie grinste ihn schelmisch an. »Die gibt man jemandem, den man ... aufregen will.«

Ethans Wangen röteten sich, aber er lächelte verschwörerisch. »Aufregen, so, so.«

Sie hielt ihm eines vor den Mund, aber er schüttelte den Kopf und zog sie plötzlich auf seinen Schoß. »Das brauche ich nicht«, flüsterte er ihr ins Ohr. »Du machst mich auch so schon ganz verrückt.«

Emmas Haut kribbelte, als er sie zu einem leidenschaftlichen Kuss an sich zog, der von weiteren Küssen gefolgt wurde. All ihre Sorgen – wegen des Mörders, wegen Nisha, wegen ihrer Familie – waren verschwunden. Wenn sie in Ethans Armen lag, war sie einfach nur glücklich.

Ich freute mich darüber, dass meine Schwester ein bisschen knutschen durfte. Emma verdiente jeden Trost, den sie kriegen konnte, nach allem, was sie durchgemacht hatte. Obwohl ihre Vorstellung von Antörnen mich wünschen ließ, ich könnte mir die Ohren zuhalten. Aber sie und Ethan waren füreinander geschaffen – und wenn es auch sonst keinen Ausweg aus der Falle gab, die mein Mörder ihr gestellt hatte, war ich wenigstens dafür dankbar.

4

Adieu, liebste Feindin

Ein paar Stunden später lenkte Emma Suttons alten Volvo in Ethans Einfahrt. Auf der anderen Straßenseite ragte dunkel und unheimlich der Sabino Canyon empor. Das Haus der Banerjees nebenan war dunkel und still.

Ethans Zuhause, ein sandfarbener Bungalow, von dem die Farbe abblätterte, gehörte zu den kleinsten der Straße. Früher musste es einmal sehr nett gewesen sein, aber inzwischen war es ziemlich heruntergekommen. Emma vermutete, dass Ethan versuchte, das Haus so gut wie möglich in Schuss zu halten, aber einfach nicht hinterherkam, seit sein Vater weg war. Mr Landry hatte die Familie vor ein paar Jahren verlassen, als bei Mrs Landry Krebs diagnostiziert worden war.

Ethan drehte sich zu ihr um. »Gute Nacht«, flüsterte er, beugte sich über die Schaltkonsole und hauchte den sanftesten Kuss der Welt auf ihre Lippen. Emma schloss die Augen. Einen einzigen kostbaren Moment lang gab es für sie nichts außer der Stelle, an der sich ihre Lippen trafen.

»Gute Nacht«, sagte sie, als er sich von ihr löste. Er schaute sie noch einmal lange an, dann stieg er aus und schlenderte zur Haustür. Die Scheinwerfer warfen tiefe Schatten um ihn herum, lange, dünne Abbilder seines Körpers. Sein Duft nach frischer Wäsche hing immer noch in der Luft, und Emma betrachtete, wie er die Treppe zur Veranda hinaufging und die Haustür aufschloss.

Sie lächelte versonnen und berührte ihren Mund, als könne sie so die Erinnerung an den Kuss dort festhalten. Einen Moment später ging das Licht in Ethans Zimmer an, und sie stellte sich vor, wie er sich an den Schreibtisch setzte, sein Mathebuch aufschlug oder den Laptop einschaltete, die blauen Augen unter den gefurchten Brauen mit nachdenklichem Ausdruck.

Süßer Junge lenkt Amateurdetektivin von der Arbeit ab. Die Schlagzeile erschien wie gedruckt vor ihren Augen, eine alte Gewohnheit. Emma schüttelte den Kopf, legte den Rückwärtsgang ein und verließ die Einfahrt. Als sie auf die Straße bog, fiel ihr Blick auf Nishas Haus. Sie setzte den Fuß auf die Bremse und überlegte. Eine niedrige Mauer mit schmiedeeisernem Aufbau umgab das Grundstück, aber sie konnte sehen, dass die meisten Fenster dunkel waren. Hinter dem Haus sah sie den Pool im Mondlicht schimmern. Ein stechender Schmerz fuhr ihr durchs Herz. Dort war es passiert.

Emma dachte daran, was Dr. Banerjee über Nishas

verwüstetes Zimmer gesagt hatte. Vielleicht hatte der Mörder ja nicht gefunden, was er gesucht hatte? Falls Dr. Banerjee und die Polizei das Zimmer bereits durchsucht hatten, standen Emmas Chancen schlecht. Aber einen Versuch war es dennoch wert. Sie fuhr zum Bordstein und parkte.

Der Bewegungsmelder der Verandalampe ging an, als sie ein paar Meter von der Tür entfernt war. Der Vorgarten der Banerjees war nicht wie der von Ethan mit Unkraut überwuchert, sondern liebevoll mit weißen Flusskieseln und blühenden Kakteen gestaltet. Aber auch hier fanden sich Anzeichen der Vernachlässigung – unter einem Feigenbaum lagen halb verfaulte Früchte und im Wasser der marmornen Vogeltränke schwammen Zweige und Blätter.

Als Emma sich der Veranda näherte, erhob sich eine verfilzte Perserkatze und begann, jämmerlich zu miauen. Ihre Augen leuchteten in der Dunkelheit.

Emma blieb vor der Tür stehen. Die Katze strich um ihre Knöchel und schnurrte hoffnungsvoll. Emma schluckte und ihr Mut schwand. War es unsensibel, einem trauernden Vater Fragen zum Tod seiner Tochter zu stellen? Sie blickte hinter sich zu dem massiven Umriss des Canyons. Es war gut möglich, dass der Mörder sie auch jetzt beobachtete. Würde sie für Dr. Banerjee alles nur noch schlimmer machen? Was war, wenn Suttons Mörder beschloss, dass er zu viel wusste, genau wie seine Tochter?

Sie drückte auf die Klingel, bevor sie es sich anders überlegen konnte. Das schrille Klingeln, das durch den stillen Abend gellte, ließ sie zusammenzucken. Nach einem langen Augenblick hörte sie Schritte und dann riss Dr. Banerjee die Tür auf.

Obwohl es erst kurz nach sieben war, trug er einen offenen Karo-Bademantel über Sportshorts und einem fleckigen T-Shirt mit der Aufschrift »Hollier-Tennis-Papa«. Seine dicke Brille saß ihm schief auf der Nase und vergrößerte eines seiner Augen auf groteske Weise. Sein Haar stand wild zu Berge.

Bevor Emma etwas sagen konnte, huschte die Katze an ihren Beinen vorbei in den dunklen Flur. Dr. Banerjee schaute ihr mit verwirrtem Stirnrunzeln nach. »Agassi?« Dann wanderte sein Blick zu Emma. Einen Moment lang schien er nicht zu wissen, wer sie war. Er blinzelte.

»Sutton«, sagte er schließlich. »Hallo. Hast du Agassi nach Hause gebracht?«

»Äh, ehrlich gesagt wollte ich Sie etwas fragen. Wegen Nisha.«

Sein Blick wurde plötzlich scharf und seine Verwirrung verschwand. »Was ist? Weißt du, was ihr zugestoßen ist?«

Emma biss sich auf die Lippe. »Nein, Dr. Banerjee. Es tut mir leid, aber ich verstehe es auch nicht.« Sie verlagerte ihr Gewicht. »Aber ich habe mich gefragt, ob ich … ob ich in Nishas Zimmer gehen dürfte? Ich bringe nichts durcheinander. Ich will mich nur von ihr verabschieden.«

Dr. Banerjee nahm seine Brille ab und polierte sie an einem Zipfel seines schmutzigen T-Shirts. Als er sie wieder aufsetzte, wirkte sie noch verschmierter als vorher. Ein trauriges Lächeln umspielte kaum merklich seine Mundwinkel. Er streckte die Hand aus und tätschelte Emmas Ellbogen. »Natürlich, Sutton.«

Irgendwo in den Tiefen des Hauses maunzte klagend die Katze. Dr. Banerjee zuckte zusammen. »Ich sollte ihn wahrscheinlich füttern«, sagte er abwesend. Sein Blick wurde wieder trübe, als habe er nicht mehr genug Kraft, um sich zu konzentrieren. Er fuhr sich durchs Haar, das danach noch wilder aussah als vorher. »Du findest sicher allein raus, wenn du fertig bist, Sutton«, sagte er und verschwand in Richtung Wohnzimmer.

Das Haus war beinahe vollständig dunkel. Das blumenförmige Nachtlicht in dem Flur zu Nishas Zimmer gab gerade so viel Licht von sich, dass Emma sich zurechtfinden konnte. Als sie an der glänzenden Küche vorbeikam, sah sie die Überreste von den Essenslieferungen einer ganzen Woche auf dem Tresen stehen. Pizzakartons und Nudelboxen stapelten sich gefährlich hoch. Eine Fliege umkreiste eine halb aufgegessene Samosa auf einem Teller. Vor dem Kühlschrank lag eine ausgelaufene Eispackung in einer Pfütze.

Emma war schon einmal in Nishas Zimmer gewesen, in ihrer zweiten Woche in Tucson. Damals hatte Nisha noch zu den Verdächtigen gehört, und Emma hatte sich während eines Mannschaftstreffens hineingeschlichen, um nach Hinweisen zu suchen. Als sie jetzt das Licht anschaltete, bemerkte sie überrascht, wie wenig sich seit damals verändert hatte. Es gab keine Anzeichen von der Verwüstung, die Nishas Mörder angerichtet hatte – offenbar hatte Dr. Banerjee alles aufgeräumt. Die violette Tagesdecke war glatt gestrichen und am Kopfende des Bettes lehnten acht Kissen wie in der Werbung für ein Nobelhotel. Nishas Bücher standen alphabetisch geordnet in ihren Regalen. Der einzige Hinweis darauf, dass hier vor Kurzem jemand gewütet hatte, war eine kaputte Schublade an der Kommode. Abgesehen davon sah es so aus, als sei Nisha nur kurz aus dem Zimmer gegangen.

Emma blieb unsicher in der Mitte des Zimmers stehen. Sie wusste nicht einmal, wonach sie suchte, und schon gar nicht, wo Nisha es versteckt haben könnte. Sie hoffte einfach darauf, dass sie es erkennen würde, wenn sie es sah. Während sie sich umschaute, schlich sich Agassi durch die Tür und sprang leichtfüßig aufs Bett.

Emma begann mit der Kommode und tastete in jeder Schublade nach einem Geheimfach oder einem an die Rückseite geklebten Zettel. Nisha hatte ihre Kleidungsstücke farblich sortiert und perfekt gefaltet aufbewahrt, und der Anblick ihrer reinweißen Tennissocken, die in Reihen angeordnet waren, ließ tiefe Trauer in Emma aufsteigen. Sie kniete sich hin und überprüfte den Schreibtisch, tastete unter dem Bett und schlug sogar den Teppich zurück. Alles schien an seinem Platz zu sein. Emma blies sich eine Haarlocke aus dem Gesicht und seufzte abgrundtief.

Nisha hatte ihre Fotos auf einer großen Pinnwand zur Schau gestellt, die neben dem Bett hing. Emma kniete sich davor und musterte die Collage. Die meisten Fotos zeigten Nisha beim Tennis. Es gab auch ein paar von ihr mit einer Frau, die wohl ihre Mutter sein musste. Sie war elegant, trug Perlenohrringe und burgunderroten Lippenstift. Auf den Fotos, die Agassi zeigten, wirkte er gepflegt und wohlgenährt.

Dann bemerkte Emma ein neues Bild, das letztes Mal noch nicht da gewesen war. Es war ein älteres Foto, ein bisschen zerknittert und ungerahmt. Es zeigte drei kleine Mädchen auf Schlittschuhen, die sich in den Armen hielten und so sehr lachten, dass eines der Mädchen – ein winziges blondes Ding mit Zöpfen – umzufallen drohte. Sie alle trugen aufgebauschte Partykleider und das Mädchen in der Mitte hatte sich ein Diadem ins dunkle Haar geklemmt. Es waren Laurel, Nisha und Sutton. Sutton fehlte ein Zahn und sie hatte einen violetten Glitzerstern auf der Wange. Emma drehte das Foto um. Es war auf den 20. April datiert und mit den Worten »Mein achter Geburtstag« beschriftet.

Emmas Mund verzog sich schmerzlich. Früher einmal waren Nisha und Sutton Freundinnen gewesen – oder hatten sich zumindest so gut verstanden, dass Nisha sie zu ihrem Geburtstag eingeladen hatte und Arm in Arm mit ihr Schlittschuh gelaufen war. Offenbar hatte Nisha es erst vor Kurzem wieder aufgehängt, seit sie und Emma sich wieder angefreundet hatten.

Einen Moment lang hörte ich aus der Ferne kindliches Gelächter durch die Korridore meiner Erinnerungen hallen. An jenem Tag auf der Eisbahn hatten Nisha und ich versucht, uns ein paar der Tricks beizubringen, die wir bei der Olympiade gesehen hatten.

Bei Michelle Kwan sahen die Toeloops so einfach aus, aber wir fielen meistens nur auf den Hintern und lachten uns kaputt. Ich wusste nicht mehr, warum wir so erbitterte Feindinnen geworden waren. Vielleicht waren wir uns auf die falsche Weise zu ähnlich gewesen. Wir wollten dieselben Dinge und waren bereit, dafür auch gegeneinander zu kämpfen.

Emma rappelte sich auf und seufzte. Wenn es hier irgendwelche Beweise gegeben hatte, dann befanden sic sich bereits in den Händen des Mörders. Schließlich war Suttons Mörder ihr schon seit ihrer Ankunft in Tucson immer einen Schritt voraus gewesen. Warum sollte es diesmal anders sein?

Sie blieb im Türrahmen stehen und schaute sich noch einmal in Nishas Zimmer um. *Auf Wiedersehen, Nisha,* dachte sie. *Es tut mir so leid, dass du in die Sache hineingezogen wurdest.* Sie schaltete das Licht aus und ging den langen Flur entlang. Vor der Küchentür blieb sie stehen und biss sich auf die Lippe. Dann ging sie impulsiv hinein und begann, die leeren Essensverpackungen aufzuräumen. Unter dem Waschbecken fand sie eine Rolle Papiertücher, mit denen sie die Arbeitsflächen abwischte. Dann räumte sie, so leise sie konnte, den Geschirrspüler ein. Irgendwo weiter hinten im Haus hörte sie das leise Murmeln eines Fernsehers.

Als Letztes stopfte sie den Müll in einen Sack und trug ihn an dem Nachtlicht, den schönen Möbeln, den bunten Wandteppichen, den eleganten Vasen und all den anderen Dingen vorbei, die Dr. Banerjee einmal mit seiner Familie geteilt hatte. Hinaus in die Dunkelheit.

Adieu, Nisha, fügte ich meinen Abschiedsgruß dem meiner Schwester hinzu. *Eines verspreche ich dir. Derjenige, der uns das angetan hat, wird dafür bezahlen.*

5

Verräterisches Herz

Als es am nächsten Tag zum letzten Mal geläutet hatte, holte Emma langsam ihre Bücher aus dem Spind. Sie war sich nicht sicher, ob sie schon bereit dafür war, der Tennismannschaft gegenüberzutreten; es würde ein sehr emotionales Training werden. Emma blinzelte eine Träne weg und betrachtete ihr Spiegelbild in dem winzigen Spiegel in Suttons Spind.

Reiß dich zusammen, befahl sie sich und knallte die Tür zu. Dann bekam sie einen Schreck.

Direkt neben ihr stand Thayer Vega und wollte offenbar mit ihr reden.

Mein totes Herz machte einen Sprung, als ich ihn sah. Sein graues langärmeliges Shirt spannte sich über seiner muskulösen Brust und sein dunkles Haar fiel ihm in die Augen. Thayer war der einzige Junge gewesen, den ich je geliebt hatte, der einzige Mensch, der mich wirklich kannte.

»Hi«, sagte Emma, umklammerte ihre Bücher und lächelte ihn unsicher an.

Im vergangenen Monat hatte sich zwischen ihr und Thayer eine vorsichtige Freundschaft entwickelt. Er war ein guter Zuhörer, und als Becky wieder in Emmas Leben aufgetaucht war, gehörte er zu den wenigen Menschen, mit denen sie darüber reden konnte. Sie hatte angefangen zu glauben, die beiden könnten seine Beziehung zu Sutton hinter sich lassen und Freunde werden, aber dann hatte er sie vor beinahe zwei Wochen auf Charlottes Party geküsst. Sie hatte den Kuss zwar abgebrochen, aber da hatte er bereits gemerkt, dass etwas anders war. Zwei Tage später hatte er sie damit konfrontiert und ihr auf den Kopf zugesagt, irgendetwas stimme mit ihr nicht. Sie hatte seine Beschuldigungen zwar abgewiegelt, aber sie wusste, dass er ihr immer noch nicht traute.

Eine Woge der Erleichterung überflutete sie, als sie sich an Mrs Mercers Bitte erinnerte, die Neuigkeiten über Beckys zweite Tochter noch nicht weiterzuerzählen. Wenn Thayer herausfand, dass Sutton eine verschollene Zwillingsschwester hatte, würde es sicherlich nicht lange dauern, bis er begriff, wer sie wirklich war.

»Hi«, sagte er und schob sich den Rucksack auf den Rücken. »Gehst du zum Tennisplatz?«

»Ich hab's nicht eilig«, sagte Emma mit einem wehmütigen Lächeln. »Das wird wie eine zweite Beerdigung.«

»Das verstehe ich.« Er betrachtete sie einen Augenblick lang forschend. »Wie geht's dir?«

»Mir? Ganz okay.« Emmas Stimme klang in ihren eigenen Ohren zu hoch, zu angespannt und zu ängstlich.

Thayer schaute sie nur an. »Komm, ich begleite dich zu den Umkleideräumen«, sagte er dann.

»Hattet ihr ein schönes Thanksgiving?«, fragte Emma im Gehen, um Konversation zu machen.

Er lachte bitter auf. »Wie üblich eben. Mom hat den Truthahn anbrennen lassen und Dad hat ein Weinglas nach ihr geworfen. Mads und ich haben uns irgendwann rausgeschlichen und uns ein paar Burger geholt.«

Emma schaute ihn mitfühlend an. Thayers Familie war bestenfalls unberechenbar und schlimmstenfalls unerträglich. »Sorry, Thayer. Das klingt schrecklich.«

»Ach, das war in der Casa Vega nicht anders zu erwarten«, sagte Thayer achselzuckend. »Und wir hatten sowieso nicht viel Bock auf Feiern.«

Emma nickte. »Wir auch nicht. Mom und Dad haben ein riesiges Essen gemacht, weil sie schon alles gekauft hatten und es nicht wegschmeißen wollten, aber sie hätten das Zeug auch gleich in die Tiefkühltruhe packen können. Außer Drake hatte niemand Appetit.« Sie lächelte bei der Erinnerung daran, wie die riesige Dänische Dogge unbekümmert an der Kochinsel vorbeigeschlendert war und dabei eine Platte mit Süßkartoffeln inhaliert hatte.

Die Flure waren inzwischen schon ziemlich leer, abgesehen von ein paar Kids aus der Theater-AG, die in ihren Kostümen für die Aufführung von »Hexenjagd« herumeilten. Ein pickeliger Junge mit einer Tuba huschte aus dem Musikflügel und verschwand durch die Türen, die zum Footballfeld führten.

Als sie die Pflastersteine eines kleinen Hofs überquerten, hörte Emma ein bösartiges Kichern von einer Bank in der Ecke.

Es war Garrett, der sie böse anstarrte. Er war allein und hatte seine Sporttasche neben sich gestellt. Sein Gesicht wirkte hart und wütend. Die Lippen waren zu einem höhnischen Grinsen verzogen.

»Lass dich bloß nicht von Landry dabei erwischen, wie du mit deinem besten Kumpel hier herumschleichst«, zischte er. »Obwohl es mir gefallen würde, wenn er dir noch einmal den Hintern versohlt, Vega. Das hätte ich schon vor einer Ewigkeit tun sollen.«

»Lass uns in Ruhe, Mann«, schoss Thayer zurück. Er stellte sich breitbeinig vor ihn und verschränkte die Arme vor der Brust. Emma erstarrte neben ihm.

»Es geht dich überhaupt nichts an, mit wem ich herumhänge, Garrett«, blaffte sie. Laurels Worten zufolge war er viel besitzergreifender gewesen, als sie geglaubt hatte. Vielleicht hatte es ihn ja um den Verstand gebracht, dass er Sutton schließlich doch nicht kontrollieren konnte.

Garrett warf ihr einen langen kühlen Blick zu und lächelte dann breit. »Du bist schon eine Nummer, weißt du das? Es ist beinahe so, als glaubst du deine eigenen Lügen.«

Emma atmete heftig ein. Vor Kurzem hätte sie noch angenommen, er spreche von Suttons Untreue. Aber vielleicht meinte er ja Emmas Lügen, weil sie vorgab, Sutton zu sein.

Thayer ballte die Hände zu Fäusten, aber dann entspannte er sich wieder und schüttelte den Kopf. »Mann, es ist vorbei. Das ist sogar für dich erbärmlich. Gehen wir, Sutton.« Er legte ihr sanft die Hand auf den Rücken und lenkte sie durch die Türen des Sportflügels.

Emma schaute ihn aus dem Augenwinkel an. Seine Miene war düster, die Stirne gerunzelt.

Sie biss sich auf die Lippe und holte tief Luft. »Du weißt schon, dass Garrett über uns Bescheid wusste, richtig?«

Thayer nickte. »Ich habe es mir gedacht. Er hat ein paar komische Sachen zu mir gesagt, seit ich wieder hier bin.«

»Komische Sachen?«

»Ach, Macho-Bullshit. Ich soll bloß aufpassen und so Zeug«, sagte Thayer wegwerfend. »Zuerst habe ich es ignoriert. Wir waren noch nie Freunde. Aber bei der illegalen Schulparty vor ein paar Wochen hat er mich dumm angemacht. Er war komplett besoffen und ziemlich aggressiv.«

Emmas Kehle wurde trocken. Sie blieb stehen und legte ihm die Hand auf den Arm. Er starrte einen Augenblick zu lange auf ihre Finger an seinem Ärmel, dann schaute er wieder zu ihr auf. »Thayer, erinnerst du dich an irgendetwas an dem Gesicht, das du an jenem Abend im Sabino Canyon hinter der Windschutzscheibe gesehen hast?«, flüsterte sie. »Könnte es vielleicht Garrett gewesen sein?«

»Garrett?« Er blinzelte überrascht. »Ich weiß es nicht. Es war so dunkel, dass ich eigentlich nichts erkennen konnte.« Er runzelte die Stirn. »Hast du einen Grund zu glauben, dass er es gewesen sein könnte?«

»Nur, dass er so wütend auf uns beide ist«, seufzte Emma. »In meinem Leben gibt es gerade viel zu viel, das keinen Sinn ergibt. Ich wünschte, ich hätte ein paar Antworten.«

Sie blieben in der Vorhalle vor den Umkleideräumen stehen. Nishas Jahrbuch-Porträt, das vergrößert und mit schwarzem Samt gerahmt war, hing an einer Pinnwand neben der Pokalvitrine. Ihr blaues Kleid hob sich hell gegen ihre dunkle Haut ab. Sie schaute ernst in die Kamera und wollte offenbar die würdevolle Elitestudentin darstellen, als die sie sich in ein paar Jahren gesehen hatte. Aber der Fotograf hatte es trotzdem geschafft, den Hauch eines Lächelns auf ihren Lippen einzufangen. Um das Bild herum hatten Mitschüler Briefe, Postkarten, Gedichte und Liedtexte aufgehängt, manche in grell pinkfarbener Glitzertinte, über die sich Nisha sicherlich lustig gemacht hätte.

»Es ist einfach nur schrecklich«, flüsterte Emma. Thayer nickte, und sein Gesicht wurde traurig, als er das Bild betrachtete. Emma seufzte. »Na ja, ich sollte mich wohl umziehen. Danke … fürs Begleiten.«

Thayer drehte sich zu ihr und schaute sie so forschend

und aufmerksam an, als suche er etwas in ihren Gesichtszügen, wisse aber nicht, was. Emma senkte den Kopf. Plötzlich hatte sie vor Thayers braunen Augen Angst.

»Es ist komisch«, sagte er leise. »Irgendetwas an dir hat sich wirklich verändert. Manchmal kommt es mir so vor, als hättest du dich in einen völlig anderen Menschen verwandelt, während ich weg war.«

»Vielleicht bin ich einfach erwachsen geworden«, antwortete Emma. Ihr Magen verkrampfte sich nervös. »Vielleicht bist aber auch du erwachsen geworden und siehst mich einfach anders.«

Thayer schüttelte den Kopf. »Ich weiß nicht viel, Sutton, aber eines weiß ich: Nichts kann etwas daran ändern, was ich für dich fühle.«

Tiefe Erleichterung durchströmte mich – der Junge, den ich so verzweifelt liebte, empfand noch dasselbe für mich. Aber meine Freude mischte sich mit tiefer Trauer. Thayer hatte so viel mehr Erinnerungen an unsere gemeinsame Zeit, während meine nur aus ein paar Fragmenten bestanden. Würde ich diese Erinnerungen jemals zurückbekommen?

Emma war plötzlich außer Atem. Sie schaute in Thayers verletztes und verwirrtes Gesicht und wandte dann schnell den Blick ab. »Ich muss jetzt los.«

»Ja, okay.« Er schob die Hände in die Hosentaschen. »Bis dann, Sutton.« Dann drehte er sich um und ging den Flur entlang.

Emma und ich betrachteten seine sich entfernende Gestalt. Ich wollte nach ihm rufen, ihn aufhalten und ihm irgendwie sagen, dass ich immer noch hier war und ihn immer noch liebte. Aber er drehte sich nicht ein einziges Mal um.

6

Das Geheimnis des Canyons

Am Mittwochmorgen saß Emma im Keramikraum und bemühte sich, einen Henkel an ihrem schiefen Krug zu befestigen. Im Hintergrund summten beruhigend die Töpferscheiben. Sie tauchte die Finger in den Eimer mit Leim, den sie von dem Fass in der Ecke hergeschleift hatte, und tupfte ihn vorsichtig auf ihr Projekt. Madeline rümpfte angewidert die Nase.

»Du hast dir das Zeug auf die Jeans geschmiert«, sagte sie und deutete auf einen Fleck auf Emmas Oberschenkel.

»Igitt. Hoffentlich geht das raus«, grummelte Emma, aber eigentlich hatte sie wichtigere Probleme als Flecken auf Suttons J-Brand-Jeans.

»Wo ist Laurel?«, fragte Madeline und schaute sich um.

»Sie schwänzt wahrscheinlich«, sagte Emma achselzuckend. Laurel schwänzte zwar sonst nicht ohne die anderen Lügenspielclub-Mädchen, aber in letzter Zeit war schließlich so einiges merkwürdig gelaufen.

»Das hätte ich auch machen sollen«, schimpfte Madeline, als ihre Tasse wieder einmal in sich zusammenfiel. »Ich halte das nicht mehr lange aus.«

Charlotte stellte ihre Schüssel ab und klopfte Madeline auf den Rücken.

»Dann habe ich gute Neuigkeiten«, sagte sie lächelnd. »Meine Mom hat beschlossen, dass wir über Weihnachten nach Barbados fliegen. Und natürlich ist Dad einverstanden. Seit Mom eine unanständige SMS auf seinem Handy gefunden hat, tanzt er lammfromm nach ihrer Pfeife. Jedenfalls habe ich gesagt, ich gehe nur mit, wenn ich meine Freundinnen einladen darf. Also packt eure Sachen, denn bald sind wir unterwegs in das Land von Rihanna und Rum.«

Madelines Mund klappte auf. »Ist das dein Ernst?«

»Habe ich schon Mal Witze gemacht, wenn es um Ferien geht?«, fragte Charlotte mit einem Zwinkern.

»In ein paar schlappen Wochen werden wir am Strand liegen, Cocktails aus Kokosnüssen schlürfen und halb nackten Jungs beim Surfen zusehen. Seid ihr dabei?«

»Oh mein Gott!« Madeline gab einen uncharakteristischen Juchzer von sich. Ihre Augen strahlten. »Und wie ich dabei bin!«

Charlotte schaute Emma erwartungsvoll an. »Sutton? Was ist mit dir?«

Emma begriff Charlottes Einladung kaum. Der einzige »Strand«, an dem sie je gewesen war, war ein Haufen Sand in einem Spaßbad bei Vegas gewesen, voller schreiender Kinder und mit einem Strömungskanal, der wahrscheinlich komplett vollgepinkelt war. Bilder von weißem Sand und türkisblauem Wasser stiegen vor ihren Augen auf. Aber sie zögerte. »Ich muss zuerst meine Eltern fragen.«

Das schien Charlotte Bestätigung genug zu sein. »Ach, die überredest du schon, wie immer.« Sie lachte aufgeregt und begann, die Villa zu beschreiben, die ihre Eltern gemietet hatten, die Strandbars, in denen es nachmittags Piña coladas gab, und die Stars, die dort inkognito unterwegs sein würden. »Rob Pattinson auf jeden Fall, der ist immer dort«, sagte sie, aber Emma hörte gar nicht richtig zu.

Die Wahrheit war, dass sie sich eigentlich darauf gefreut hatte, die Feiertage mit den Mercers zu verbringen. Sie hatte im Grunde noch nie ein richtiges Weihnachtsfest erlebt. Einige ihrer Pflegefamilien hatten zwar versucht, die Feiertage zu begehen, aber sie hatten Emma nie mit einbezogen oder als Teil der Familie behandelt. Meist gab es ein paar unpersönliche Geschenke aus irgendwelchen Spendenaktionen – sie hatte drei Jahre nacheinander billige Schreibsets von wohlmeinenden Gebern bekommen – und vielleicht noch einen trockenen Truthahn.

Emma war sicher, dass Weihnachten bei den Mercers ganz anders ablaufen würde. Die Geschenke waren ihr egal, aber sie konnte es kaum erwarten, das weihnachtlich geschmückte Wohnzimmer zu sehen, in dem es nach einem echten Tannenbaum duftete. Sie stellte sich vor, wie Laurel auf dem Flügel Weihnachtslieder spielte, Mr Mercer völlig falsch mitsang und Mrs Mercer in einem hässlichen Weihnachtspulli und mit Nikolausmütze in der Küche Plätzchen backte. Sicher würden sie Socken und Weihnachtsschmuck an den Kaminsims hängen und vor dem Feuer Eierpunsch trinken – obwohl es in Arizona wahrscheinlich nicht kälter als fünfundzwanzig Grad werden würde. Klar war das kitschig, aber Emma war das egal. Sie hatte noch nie ein kitschiges Weihnachten erlebt und freute sich sehr darauf.

Außerdem war Ethan hier und nicht auf Barbados. Und sie hatte schon immer davon geträumt, einen Jungen unter einen Mistelzweig zu ziehen.

In diesem Moment flog die Tür zum Töpferstudio auf und knallte gegen das Regal, das dahinter stand. Die Rektoratssekretärin, eine freundliche Frau namens Peggy, stand im Türrahmen. Ihr normalerweise sorgfältig frisiertes graues Haar hatte sich aus seinem Knoten gelöst. Sie sah sich hektisch um, bis sie Mrs Gilliam entdeckte, eilte zu ihr und flüsterte ihr etwas ins Ohr. Mrs Gilliams Eulenaugen fielen auf Emma.

»Sutton, du sollst ins Rektorat kommen.« Mrs Gilliam bemühte sich offensichtlich, ruhig zu bleiben, aber sie war sehr blass geworden. Ihre Ponyfransen zitterten, als sie auf Emma zukam.

»Ich räume deinen Platz auf; kümmere dich nicht darum. Geh einfach.«

Emma sank vor Schreck das Herz in die Knie. »Was ist los?«, brachte sie mit Mühe heraus.

Jetzt sprach Peggy mit sehr leiser, näselnder Stimme. »Deine Eltern sind hier. Es ist etwas passiert.«

Laurel, dachten Emma und ich gleichzeitig. Laurel war etwas zugestoßen. Das erklärte auch, warum sie nicht im Unterricht gewesen war.

Ohne nachzudenken, sprang Emma auf, raste zur Tür und stürzte in den Flur. »Gehen, nicht rennen, Miss Mercer«, rief Peggy ihr nach, aber Emma rannte mit halsbrecherischer Geschwindigkeit los, vorbei an den Motivations- und Anti-Drogen-Postern. Ihre Schuhsohlen schlitterten gefährlich über das angestoßene Linoleum. Als sie um eine Ecke bog, stieß sie mit der Hüfte einen Papierkorb um, der über den Boden rollte. Aber sie blieb nicht stehen.

Als sie gerade ins Sekretariat stürmen wollte, prallte sie mit jemandem zusammen – einem Jemand, der vertraut nach frisch gemähtem Gras, Pfefferminzkaugummi und Krankenhaus roch. Mr Mercer.

»Gott sei Dank«, murmelte er und musterte sie eindringlich von Kopf bis Fuß. Er zog sie in seine Arme und drückte sie an sich. »Du bist okay.«

Er trug immer noch seinen Arztkittel und Krankenhausausweis, war also wohl direkt von der Arbeit gekommen. Einen Moment lang blieb Emma stocksteif in seinen Armen stehen. Ihr Herz raste. Wie war der Mörder dieses Mal vorgegangen? Würde man Laurels Tod für einen Selbstmord halten, genau wie Nishas?

Dann hörte sie hinter Mr Mercer eine zitternde Stimme. »Sutton, weißt du, was hier los ist?«

Emma löste sich von Mr Mercer und schaute über seine Schulter. Hinter ihm stand Mrs Mercer, die Augen voller Tränen. Und neben ihr stand Laurel.

»Oh Gott«, schrie Emma, rannte zu Laurel und drückte sie fest an sich.

Ausnahmsweise war ich dankbar dafür, dass Emma sich weniger schwer damit tat, ihre Gefühle zu zeigen, als ich. Sie musste Laurel für uns beide umarmen.

»Äh, auch schön, dich zu sehen?«, versuchte Laurel zu scherzen, aber sie wirkte ziemlich mitgenommen. Sie löste sich von Emma und zwirbelte nervös eine Haarsträhne um ihren Finger.

Eine heiße Träne rollte über Emmas Wange. »Ich dachte nur … ich hatte Angst, du … du warst nicht im Unterricht …« Sie schaute stirnrunzelnd zu Mr Mercer hoch. »Was ist passiert, Dad?«

»Gehen wir raus«, sagte er leise, fasste Emma am Ellbogen und führte sie zur Tür. Laurel und Mrs Mercer folgten ihnen.

Sie verließen das Schulhaus beim Schülerparkplatz. Ein schmaler Rasenstreifen verlief zwischen Gebäude und Gehweg, auf dem ein alter, mit Graffiti beschmierter Picknicktisch stand, angekettet an das Schild, das die Behindertenparkplätze auswies. Ein paar Meter von ihnen entfernt glänzte Suttons geliebter Volvo in der Sonne. Mr Mercer führte Emma sanft zum Tisch und bat alle, Platz zu nehmen.

Der Abgrund des Entsetzens, der sich in Emmas Brust geöffnet hatte, klaffte noch weiter auf, als ihr Großvater sich schwer neben sie auf die Bank fallen ließ. Er atmete tief ein und schaute ihr dann endlich in die Augen. Und was sie darin sah, ließ ihr den Atem stocken. Sie wusste schon, was er sagen würde, als er den Mund öffnete.

»Die Polizei hat eine Leiche im Sabino Canyon gefunden«, sagte er. »Sie glauben, dass es sich um deine Schwester handelt.«

Emma krallte ihre Hände in ihre Oberschenkel. Ein Gefühl von Panik stieg so heftig in ihr auf, dass sie es schließlich nicht länger unterdrücken konnte. Sie öffnete den Mund und schluchzte verzweifelt auf.

Der sonnige Nachmittag zerbarst wie ein Spiegel vor meinen Augen in tausend Scherben. Meine Eltern und meine Schwester verschwanden. Und dann befand ich mich wieder im Canyon, am letzten Abend meines Lebens.

7

Eine Hand im Dunkeln

Beckys Schritte verhallen in der samtenen Dunkelheit und dann ist es still im Canyon. Nur der Wind pfeift klagend durch die Baumwipfel. Es ist so spät, dass sogar die Grillen verstummt sind. Der Mond scheint geisterhaft durch die Wolkenfetzen und malt groteske Schattenbilder auf die Lichtung. Weit unter mir breiten sich die Lichter von Tucson aus. Ich fühle mich so einsam wie noch nie in meinem Leben.

Die Brise ist kalt auf meinen feuchten Wangen und einen endlosen Augenblick lang vergrabe ich das Gesicht in den Händen und verstecke mich wie ein kleines Kind vor der Welt. Die Dunkelheit und all die Tränen, die ich heute Abend weinen musste, haben meine Augen sehr angestrengt. Der Druck meiner Hände auf ihnen beruhigt mich und schirmt mich vor meiner Umgebung ab – aber nicht vor den Erinnerungen, die auf mich einstürmen. Der Streit mit Thayer, obwohl ich mich so lange darauf gefreut hatte, ihn wiederzusehen. Der Unfall, das grässliche Knirschen, mit dem Thayers Bein brach, als mein eigenes Auto ihn rammte. Gefahren von einer Person, die ich nicht erkennen konnte. Mein Vater, der mich gesucht hat, um mir zu sagen, dass meine leibliche Mutter seine Tochter Becky ist. Und dann Becky selbst – meine traurige, gequälte leibliche Mutter –, die mir gestanden hat, dass ich irgendwo da draußen eine Zwillingsschwester habe.

Ich denke an meinen alten Traum, in dem mein Spiegelbild lebendig wurde und mit mir spielte. Nach solchen Träumen fühlte ich mich morgens so friedvoll und gleichzeitig so traurig. Ich wollte sie nie verlassen, das andere Mädchen, das aussah wie ich und doch nicht ich war. Ich begreife, dass ich tief im Inneren immer gewusst habe, dass in meinem Leben etwas fehlte. Wut steigt in mir auf, und ich klaube eine Handvoll Kiesel zusammen und werfe sie, so heftig ich kann, in den Canyon hinein, bis meine Schultermuskeln brennen und protestieren. Ich bin wütend auf Becky. Ich bin wütend auf meine Großeltern. Weil sie ihre eigenen Probleme nicht lösen konnten, habe ich meine Zwillingsschwester nie kennengelernt. Man hat mir den einzigen Menschen vorenthalten, der mich vielleicht verstanden und meine Einsamkeit gelindert hätte. Das tut weh, mehr noch als die Erinnerung an die Jahre, in denen ich darüber nachgegrübelt hatte, warum meine leibliche Mutter mich verlassen hatte und meine Eltern Laurel mehr liebten als mich. Es tut weh, weil ich ohne diesen fehlenden Teil von mir niemals vollständig sein werde.

»Egoistisch!«, kreische ich und werfe einen weiteren Stein. »Ihr … seid … alle … so … egoistisch!« Meine Stimme echot durch den Canyon, bis sie schließlich zu einem Flüstern erstirbt.

Meine Hände sind jetzt leer. Ich bleibe einen Moment lang mit geballten Fäusten stehen. Am liebsten würde ich mir noch mehr Steine holen und die ganze Nacht lang weiterwerfen.

Aber plötzlich denke ich an Beckys verlebtes Gesicht, die hageren, tränenüberströmten Wangen. Ich erinnere mich daran, wie entsetzt mein Großvater ausgesehen hat, als ich ihn vorhin angeschrien habe. Und alle Wut rinnt aus mir heraus wie Wasser aus einem Schwamm.

Es wird lange dauern, bis ich ihnen verzeihen kann. Aber vielleicht, ganz vielleicht, haben sie sich ja selbst schon genug für ihre Fehler bestraft. Sie alle haben schon mehr gelitten, als ich ihnen jemals wünschen würde.

In den Büschen knackt ein Zweig. Ich erstarre und lausche mit pochendem Herzen, aber ich höre nichts mehr. Vermutlich ein nachtaktives Tier auf dem Weg nach Hause. Ich wende mich von der Stadt unter mir ab und sacke erschöpft wieder auf die Bank. Wahrscheinlich sollte ich runter zum Parkplatz laufen und bei Nisha um eine Mitfahrgelegenheit bitten. Aber ich will meinen Freundinnen jetzt nicht unter die Augen treten. Sie alle lauern nur zu gierig darauf, dass ich ein Zeichen von Schwäche zeige. Der einzige Mensch, vor dem ich meine Verwundbarkeit nicht verbergen muss, ist Thayer.

Ich hole mein Handy heraus und scrolle zu Thayers Nummer. Hier draußen habe ich zwar keinen Empfang, aber ich will auch nur sein Foto betrachten. Es ist mein Lieblingsfoto von ihm, auf dem er versunken den Wasson Peak betrachtet. Normalerweise lächelt Thayer für Kameras, und obwohl ich sein freches Grinsen liebe, freue ich mich darüber, dass ich dieses Foto gemacht habe, ohne dass er es bemerkte. Der nachdenkliche, ernste Thayer ist der, mit dem ich am liebsten allein bin.

Seufzend betrachte ich das Foto und blinzele die Tränen zurück. Ich liebe Thayer. Wenn wir nicht streiten, passen wir perfekt zusammen und machen uns gegenseitig stärker. Uns trennen nur die Lügen und Geheimnisse, mit denen unsere Beziehung behaftet ist. Thayer war derjenige, der unsere Affäre geheim halten wollte. Und ich war derselben Meinung. Ich wollte weder Garrett noch Laurel oder Madeline verletzen. Aber ich habe genug von den Lügen. Unsere Heimlichtuerei ist genauso schlimm wie das Geheimnis, das meine Eltern vor mir verborgen haben. Wir haben uns selbst und anderen dadurch geschadet. Ich habe keine Angst mehr davor, wie echt und intensiv unsere Liebe ist, und es ist mir egal, wer davon weiß.

Ich atme die frische, kühle Nachtluft tief ein. Ich werde mit Garrett Schluss machen und offiziell Thayers Freundin werden. Garrett wird das nicht gut wegstecken. Sein Gesicht wird vor Wut violett anlaufen und er wird mich übelst beschimpfen. Aber ist es nicht auf lange Sicht gesehen besser, das Pflaster jetzt abzureißen? Je länger ich noch mit ihm zusammenbleibe, desto schlimmer wird der Betrug an ihm.

Ich öffne Thayers und mein geheimes E-Mail-Konto und beginne zu tippen, denn plötzlich überwältigt mich das Bedürfnis, all meine Gefühle niederzuschreiben, solange sie noch frisch und aufwühlend sind. Lieber Thayer, *beginne ich. Und dann schreibe ich einfach weiter. Ich sage ihm alles, was ich so lange zurückgehalten habe. Dass ich dazu bereit bin, unsere Bezie-*

hung öffentlich zu leben. Dass ich ihn liebe. Alles, alles strömt aus mir heraus.

Und dann höre ich es wieder: Ein leises Rascheln in den Büschen. Ich halte inne, meine Nerven flattern. Das klingt nicht nach einem Tier.

Jemand ist mit mir im Canyon.

»Hallo?«, rufe ich. Vielleicht ist Becky zurückgekommen, um mir mehr über meine Schwester zu erzählen. Vielleicht ist auch mein Dad wieder da, um mich abzuholen.

Aber niemand antwortet mir.

Mein Puls beschleunigt sich, mein Blut beginnt zu kochen. Ich speichere meinen Entwurf und stehe auf, aber ich kann hinter der Lichtung, auf der ich mich aufhalte, nichts erkennen. Es könnte auch Madeline sein – vielleicht hat Thayer sie aus dem Krankenhaus angerufen und sie gebeten, mich abzuholen. Es wäre ihr durchaus zuzutrauen, dass sie mir vorher noch ordentlich Angst einjagen will, um mich dafür zu bestrafen, dass ich mich hier heimlich mit ihrem Bruder getroffen habe. Ich verdiene es.

»Ist da jemand? Hallo?«, schreie ich. Es klingt mutiger, als ich mich fühle. »Komm schon. Es ist spät und ich habe keine Lust auf diesen Scheiß.«

Ich mache ein paar Schritte auf die Geräuschquelle zu und zwinge mich dazu, meine Angst nicht zu zeigen. Es kann gut sein, dass mich zwischen den Bäumen gerade jemand filmt. Beim Lügenspiel weißt du nie, ob deine Freundinnen dich gerade mit schwachsinniger Miene für die Ewigkeit festhalten. Du wartest ständig darauf, dass du reingelegt wirst. Das hat mir früher Spaß gemacht. Ich war süchtig nach diesem Adrenalinrausch, dem Gefühl, ein bisschen die Kontrolle über die Situation zu verlieren. Aber das war damals, als wir noch eine Notbremse hatten. Bevor ich sie zerstört habe.

Es ist noch nicht lange her, da habe ich so getan, als wäre mir mitten auf dem Bahnübergang das Auto abgesoffen. Ein guter Streich. Aber während der Aktion habe ich etwas Unverzeihliches getan: Ich habe »Ich schwöre es bei meinem Leben« gesagt, den Codesatz, den wir nur aussprechen dürfen, wenn wir wirklich in Schwierigkeiten stecken.

Damals habe ich das für eine gute Idee gehalten. Unsere Streiche waren allmählich langweilig und vorhersehbar geworden. Wir hatten uns so sehr an unsere Tricks gewöhnt, dass wir uns gegenseitig immer aushebelten, bevor der Streich richtig gut werden konnte. Den Bann des Codesatzes zu brechen, war die einzige Möglichkeit gewesen, das Spiel interessant zu halten.

Aber seitdem war es ein bisschen zu interessant geworden. Meine Freundinnen haben mich nur eine Woche später entführt und meine Schwester dabei gefilmt, wie sie mich mit meiner eigenen Halskette bis zur Bewusstlosigkeit würgte. Die Male, die dieser Streich an meinem Hals hinterlassen hatte, ließen sich nur mit Unmengen Make-up verdecken. Garrett sah sie einmal, als wir im Cafe Poca Cosa auf einen Tisch warteten, und flippte völlig aus. Er fragte mich immer wieder, was mir passiert sei, aber ich ignorierte ihn. Was beim Lügenspiel passiert, wird nicht weitergetratscht.

Vor jenem Abend hatten wir uns nie gegenseitig körperlich

verletzt. Die Regeln haben sich geändert, und das ist nicht so lustig, wie ich erwartet hatte – seitdem bin ich ständig nervös und wittere überall nur noch Fallen. Aber es gibt kein Zurück mehr. Wenn eine solche Regel einmal gebrochen wurde, lässt sich das nicht ungeschehen machen.

»Mads? Char?« Ich mache noch einen Schritt auf die Bäume zu und spähe mit zusammengekniffenen Augen in die Dunkelheit. Mein Mund ist trocken, und ich denke an den Fremden am Steuer meines Wagens, der Thayer angefahren hat. Vielleicht ist diese Person noch hier draußen und lauert in den Schatten auf mich. Ich versuche zu schlucken, aber meine Kehle fühlt sich wie Sandpapier an. Ein paar Meter entfernt ruft leise eine Eule und ich zucke zusammen.

»Mädels?« Meine Stimme ist piepsig. Ich räuspere mich und versuche es noch einmal. »Von mir aus. Auf euer lahmes Getue falle ich nicht rein.« Mit zitternden Händen drehe ich mich zur Bank um, werfe mir meine Tasche über die Schulter und laufe zum Wanderpfad.

Ich habe genug davon, niemandem trauen zu können – nicht einmal meinen besten Freundinnen. Vielleicht ist es an der Zeit, den Lügenspielclub aufzulösen. Ich versuche, mir vorzustellen, wie die anderen auf einen solchen Vorschlag reagieren werden. Charlotte wird sich aufplustern und mir sagen, dass ich nicht im Alleingang über so etwas entscheiden kann. Madeline wird versuchen, mich umzustimmen. Laurel wird schmollen und behaupten, ich wolle sie nur ärgern, weil sie sich so angestrengt habe, um endlich Mitglied zu werden. Aber ich finde es einfach entsetzlich, dass ich ausgerechnet heute Abend, nach allem, was ich mitgemacht habe, vor Angst beinahe ausflippe, weil ich meinen Freundinnen alles zutraue. Eigentlich sollte Freundschaft anders aussehen.

Der Weg zum Parkplatz ist steil und tückisch, voller spitzer Felsbrocken und dicker Wurzeln. Ich steige langsam hinunter und lehne mich dabei nach hinten, um das Gleichgewicht nicht zu verlieren. Als der Mond hinter einer dicken Wolke verschwindet, muss ich mir den Weg ertasten. Und da spüre ich eine Hand auf meiner Schulter.

»Sutton«, knurrt eine raue, wütende Stimme hinter mir. Eine ekelhafte Mischung aus Whiskey- und Kaugummigeruch steigt mir in die Nase. Aber ich kenne diese Stimme. Als mir klar wird, wer das ist, weiß ich, dass ich wirklich in Schwierigkeiten stecke.

8

Jetzt wird es ernst

Emma bekam keine Luft. Es war, als hätten sich ihre Lungen verkrampft, so sehr rang sie nach Atem. »Meine … meine Schwester?«

Auf der anderen Seite des Tisches unterdrückte Mrs Mercer ein Schluchzen und Laurel legte ihr tröstend den Arm um die Schultern. Emma drehte sich zu Mr Mercer um und bemerkte jetzt erst den Matsch an den Ellbogen seines Arztkittels, den Zweig, der sich in seinen Schnürsenkeln verfangen hatte.

»Es tut mir leid, Sutton«, murmelte er. »Ja. Es war Emma. Ich habe die Leiche identifiziert.«

Die Leiche. Jemand hatte endlich meine Leiche gefunden. Nach so langer Zeit fühlte es sich beinahe unwirklich an.

Emma rang immer noch so verzweifelt nach Luft, dass sie kurz vorm Hyperventilieren war. Sie sah alles nur verschwommen. Natürlich hatte sie die ganze Zeit gewusst, dass Sutton tot war, aber irgendwie wurde es erst jetzt zur Gewissheit, als jemand anders es aussprach.

»Das heißt«, fuhr Mr Mercer mit gequälter Miene fort, »zumindest das, was sich noch identifizieren ließ. Ihre Leiche war … in schlechtem Zustand. Aber man hat ihren Führerschein in ihrer Tasche gefunden.« Seine Stimme brach. »Das Foto. Mein Gott, Sutton, sie sah genauso aus wie du!«

Emmas Magen hob sich. Ihr Führerschein? Emmas Führerschein? Ihr Geldbeutel und ihre Reisetasche waren ihr kurz nach ihrer Ankunft in Tucson gestohlen worden. Wenn die Polizei ihn bei der Leiche gefunden hatte, bedeutete das zweierlei: Erstens, dass der Mörder ihre Sachen gestohlen hatte. Das hatte sie zwar vermutet, aber bisher nicht beweisen können. Zweitens war der Mörder an den Tatort zurückgekehrt und hatte dort falsche Beweise hinterlassen.

»Garrett ist dorthin zurückgekehrt«, korrigierte ich meine Schwester lautlos. Ich spürte immer noch seine Hand auf meiner Schulter, die Stimme in meinem Ohr, als sei seit jenem Abend im Canyon kein Augenblick vergangen. Garrett. Es war so offensichtlich. Er war so eifersüchtig und gewalttätig gewesen. Warum war ich bei ihm geblieben, obwohl ich das wusste? Wie hatte ich nur so dumm sein können?

»Die Polizisten dachten zuerst, du seiest es. Sie glaubten, es handele sich um einen gefälschten Ausweis«, sagte Mrs Mercer leise. Ihre Strickjacke war falsch zugeknöpft, und ihre Hände wanderten nervös zu ihrem Mund, als wollte sie ihre Worte wieder hineinstopfen. »Aber du wurdest ja nicht vermisst und die Leiche war schon seit … mindestens ein paar Monaten im Canyon gewesen. Sie haben uns angerufen und wir haben ihnen von Becky erzählt. Und davon, dass wir erst vor Kurzem herausgefunden haben, dass Emma existiert.«

Emma schlug die Hände vors Gesicht. Ihr Herz hämmerte so laut in ihren Ohren, dass sie nichts anderes mehr hörte. Sie versuchte, nicht an Suttons Leiche zu denken – ein Mädchen, das genauso aussah wie sie, aber … na ja, verwest. Aber jetzt, da sie wusste, dass es real war, konnte sie das Bild nicht mehr abschütteln. »Wer hat sie gefunden?«, flüsterte sie durch ihre Finger.

»Ein Student«, sagte Mr Mercer. »Ist im ersten Jahr an der Uni hier. Er ist querfeldein gewandert und hat sie am Boden einer Schlucht gefunden. Sie war mit Blättern zugedeckt, sodass sie vom Pfad aus nicht zu sehen war. Aber er ist über ihren … Fuß gestolpert.«

Ich strengte mich an und versuchte, mich selbst mit dem leblosen Körper zu verbinden, den man im Canyon gefunden hatte. Auch wenn Emma sich die Leiche nicht vorstellen wollte, konnte ich nicht anders. War ich jetzt ein Skelett, dessen leere Augenhöhlen den Himmel anstarrten? Meine Überlegungen waren seltsam distanziert. Obwohl ich achtzehn Jahre lang in diesem Körper gelebt hatte, war diese Leiche nicht ich. Nicht mehr.

Emma hob den Kopf und holte tief Luft. Endlich füllten sich ihre Lungen wieder. Die Welt erschien ihr auf einmal grell und surreal, Himmel, Bäume und Berge von Farbe übersättigt. Laurel starrte sie mit verkniffenem Mund an. Mrs Mercers Augen standen voller Mitgefühl. Mr Mercer legte ihr eine Hand auf den Rücken und rieb ihn sanft.

Niemand schien den Verdacht zu haben, die Leiche könnte nicht Emma sein. Wenigstens etwas.

»Wie ist sie gestorben?«, flüsterte Emma.

Mr Mercer zögerte und wechselte einen Blick mit seiner Frau. Ein schwer zu deutender Ausdruck huschte über sein Gesicht.

»Das können sie erst nach der Autopsie eindeutig sagen«, sagte er. »Offenbar ist sie von der Klippe gefallen. Sie hatte eine Menge Knochenbrüche.«

Natürlich. Der Mörder hatte versucht, Suttons Tod wie einen Unfall aussehen zu lassen – oder einen Selbstmord, genau wie bei Nisha. Es würde so aussehen, als sei Sutton Mercer – oder vielmehr Emma Paxton – tragisch in den Tod gestürzt.

Würde man jemals herausfinden, dass ich ermordet worden war? Ich versetzte mich wieder in den Moment, in dem ich Garretts Hand auf meiner Schulter gespürt hatte, und hoffte, dadurch den Rest der Erinnerung freizulegen. Aber es war genauso vergeblich wie wieder einzuschlafen, um einen unterbrochenen Traum weiterzuträumen. Ich schaffte es nicht.

»Man wollte mir keine Fragen beantworten, als ich

die Leiche identifiziert hatte«, fuhr Mr Mercer fort. »Sie haben gesagt, die Untersuchung sei noch nicht abgeschlossen, was auch immer das heißen mag. Wir müssen auf den Obduktionsbericht warten, um sicher zu sein.« Er rieb sich mit den Händen so heftig über die Augen, als wollte er die Erinnerung an das Bild wegwischen. »Als ich sie gesehen habe, war ich zuerst sicher, du seist das. Obwohl mir mein Verstand sagte, dass das unmöglich ist, weil ich dich heute Morgen gesehen habe und sie schon lange tot ist. Ich war mir absolut sicher, dass du da liegst. Sie trug einen rosafarbenen Kapuzenpulli, in dem ich dich auch schon mal gesehen habe. Ich habe noch nie im Leben solche Angst gehabt.« Er zog sie abrupt an sich. »Aber es geht dir gut. Gott sei Dank geht es dir gut.«

Mrs Mercers Schultern zuckten und sie begann wieder zu weinen. Laurel wühlte in ihrer Handtasche, fand eine Packung Tempos und reichte sie ihrer Mutter. Emmas Lippen begannen ebenfalls zu zittern, als sie ihre Großmutter so aufgelöst sah. Sie schlug sich die Hand vor den Mund, um einen Schluchzer zu unterdrücken.

»Ich weiß einfach nicht, was ich fühlen soll«, schluchzte Mrs Mercer. »Ich bin so erleichtert, dass es nicht unser Baby ist. So dankbar. Aber Emma … Emma war auch unsere Enkelin. Wir haben sie zwar nie kennengelernt, aber trotzdem … Nun können wir das auch nicht mehr.«

Der Anblick der weinenden Mrs Mercer war zu viel für sie. Sie hielt das nicht mehr aus. Es war nicht fair. Die

Mercers hatten ein Recht darauf, zu erfahren, dass doch ihr Kind da unten im Canyon gelegen hatte. Sie hatten das Recht dazu, um Sutton zu trauern.

»Ich muss euch etwas sagen«, sagte sie. Ihre Stimme klang weit entfernt in ihren Ohren.

»Nein!«, schrie ich und versuchte, irgendwie Emmas Aufmerksamkeit zu erregen und sie dazu zu bringen, mich wenigstens einmal zu hören. Ich respektierte ihre Beweggründe, aber sie würde nichts damit erreichen, wenn sie jetzt die Karten auf den Tisch legte. Wie wollte sie denn hinter Gittern den Mord an mir aufklären?

»Ich …« Emma starrte über den Parkplatz, unfähig, Suttons Familie in die Augen zu sehen. Die Sonne glitzerte auf den Windschutzscheiben. Von ihrem Platz aus konnte sie Suttons alten Volvo sehen, den ihre Schwester mit Mr Mercers Hilfe selbst restauriert hatte.

»Was denn, Schätzchen?«, fragte Mrs Mercer sanft. Aber Emma antwortete nicht. Sie hatte gerade etwas entdeckt. Ein Zettel steckte hinter dem Scheibenwischer des Volvos.

Eiskalte Ruhe senkte sich über Emma. Sie stand auf, ging wie ein Roboter völlig emotionslos zu dem Auto und hob vorsichtig den Scheibenwischer. Sie spürte, dass die Mercers sie beobachteten. Emma wusste, ohne hinzusehen, von wem der Zettel stammte, aber sie öffnete ihn nicht. Solange sie die vertraute Druckschrift nicht sah, konnte sie immer noch so tun, als sei dies einfach irgendein Zettel. Von irgendjemandem. Ein Flyer für eine Party. Ein Strafzettel. Ein Liebesbrief. Nur nicht das, was es wirklich war.

Aber sie musste den Zettel lesen. Weil die Person, die ihn geschrieben hatte, sie wahrscheinlich gerade beobachtete.

Sie faltete ihn auf. Es war dasselbe linierte Heftpapier wie bei den anderen Botschaften, die sie bekommen hatte. Die Schrift war krakelig, die Buchstaben so tief ins Papier gegraben, dass es an einigen Stellen angerissen war.

Sutton hat nicht getan, was ich von ihr verlangt habe,
und sie hat dafür bezahlt. Mach nicht denselben Fehler.
Spiel weiter mit, oder Nisha wird nicht die Letzte bleiben,
die wegen dir ums Leben kommt.

Emma schaute panisch auf und blickte sich auf dem Parkplatz um. Wer hatte den Zettel geschrieben? Wie lange steckte er schon dort? Wie hatte der Mörder so schnell erfahren, dass die Leiche gefunden worden war? Der Parkplatz glitzerte friedlich in der Sonne. Ein paar Reihen vor ihr stiegen zwei Mädchen mit Pilotenbrillen aus einem silbernen Miata und nippten an ihren Frappuccinos. Dann schaute Emma zur Schule und ihr Blut gefror zu Eis.

Ein Junge starrte aus einem Fenster, ein Heft offen vor sich auf dem Tisch. Seine Lippen waren zu einem hässlichen, wissenden Grinsen verzogen und in seinen Augen glitzerte entzückte Bosheit. Er beobachtete sie hungrig, als sei er gespannt darauf, was sie als Nächstes tun würde.

Es war Garrett.

Emma weigerte sich, den Blick abzuwenden. Adrenalin strömte durch ihren Körper und sie hielt Garretts Blick stand. Sie war entschlossen, sich ihre Angst nicht anmerken zu lassen.

»Sutton?«

Mr Mercer hatte ein paar unsichere Schritte in ihre Richtung gemacht. Mrs Mercer und Laurel betrachteten sie mit großen Augen vom Picknicktisch aus. Emma lehnte sich am Auto an.

»Was ist das? Alles okay?«, fragte Laurel mit gerunzelter Stirn. »Du siehst aus, als hättest du ein Gespenst gesehen.«

Schön wär's, dachte ich frustriert.

»Flyer. Für eine Autowäsche«, murmelte Emma und schüttelte den Kopf. »Sorry. Ich … ich glaube, ich stehe unter Schock.« Sie schaute wieder zu Garrett. Er hatte sich wieder seinem Heft zugewendet und schrieb eifrig hinein. Dann hob er das Heft, ohne sie anzusehen, und hielt es so, dass sie lesen konnte, was dort stand.

Miststück.

Liniertes Papier, Druckbuchstaben. Mit enormer Kraft geschrieben.

Emmas Knie begannen zu zittern. Garrett, der immer noch stur nach vorn starrte, legte das Heft wieder ab. Er schaute sie nicht mehr an, aber das musste er auch nicht.

Sie wusste, dass er bereits alles gesehen hatte, was er sehen wollte.

»Gehen wir nach Hause«, sagte Mr Mercer und ließ sie alle in sein SUV einsteigen. Als sie von der Schule wegfuhren, riskierte Emma noch einen Blick zurück zum Fenster, aber die Nachmittagssonne blendete sie so, dass sie Garrett nicht mehr sehen konnte.

Das war egal. Ich konnte ihn mir so gut vorstellen, als stehe er vor mir. Garrett – der nette, liebevolle Garrett, mein allzu eifriger Freund – hatte eine dunkle Seite. Eine wütende Seite. Eine jähzornige. Und an jenem Abend im Canyon hatten sie sich in einem Gewaltausbruch entladen.

9

Ein gnadenloser Bulle

»Ich geh ran«, rief Emma in Richtung Küche und schnappte sich das Geld, das Mrs Mercer auf das Tischchen in der Diele gelegt hatte. Es klingelte wieder. Da keiner in der Familie Lust gehabt hatte zu kochen, hatten sie sich eine Feinschmeckerpizza von einem Lieferservice bestellt.

Emma hatte den ganzen Nachmittag lang immer wieder den Zettel auseinandergefaltet, auf die wütende Schrift gestarrt und an den Ausdruck auf Garretts Gesicht hinter der Fensterscheibe gedacht. *Nisha wird nicht die Letzte bleiben, die wegen dir ums Leben kommt.* Sie las die Worte wieder und wieder. Der Gedanke lähmte sie. Alle, alle befanden sich jetzt in Gefahr – und der Mörder war ihr stets einen Schritt voraus. Sie konnte nichts unternehmen, ohne die Menschen zu gefährden, die sie liebte.

Seit sie zu Hause angekommen war, kamen ständig SMS für sie an, aber sie schaltete das Handy aus, ohne sie zu lesen. Mads und Char. Thayer. Ethan. Der Gedanke, mit ihnen zu reden, bereitete ihr Übelkeit. Vor allem machte sie sich Sorgen um Ethan. Was, wenn ihre Nachricht irgendwie abgefangen wurde? Wenn der Mörder herausfand, dass Ethan ihr Geheimnis kannte? In dem ersten Drohbrief, den sie erhalten hatte, hatte ausdrücklich gestanden, sie solle niemand davon erzählen.

»Ich komme«, rief sie, als der Pizzabote klopfte. Sie öffnete die Tür. »Danke, dass Sie gewartet …« Aber die Worte erstarben ihr auf den Lippen. Es war nicht der Pizzabote.

Es war Detective Quinlan.

Er trug einen schlecht sitzenden, aber tadellos sauberen und gebügelten braunen Anzug und seine Schuhe glänzten wie neu. Sein dichter Oberlippenbart machte es unmöglich, seinen Gesichtsausdruck zu deuten. Seine Augen waren so grau und so kalt wie Granit.

»Guten Abend, Miss Mercer«, sagte er. »Mein Beileid.«

Emma nicke fahrig und versuchte ruhig zu bleiben. Sie hätte damit rechnen müssen, dass die Polizei Fragen hatte. Die Mercers waren schließlich Emmas nächste Verwandte.

Meine Schwester musste aufpassen. Ich hatte einen Großteil meines Lebens damit verbracht, diesen Mann immer wieder an der Nase herumzuführen, und er war nicht so dumm, wie er aussah.

Hinter Emma erklangen Schritte, als Mr Mercer in die Diele kam. »Detective«, sagte er und gab dem Mann die Hand. »Ich hatte Sie erst morgen erwartet.«

»Sie wohnen auf meinem Heimweg. Ich dachte, ich komme mal vorbei und schaue nach, wie es Ihnen geht.«

Mr Mercer lächelte matt. »Wir stehen ein bisschen unter Schock. Kommen Sie rein.«

Quinlans Schnauzer zuckte beinahe unmerklich. »Vielen Dank.«

Mr Mercer führte den Detective in die Küche und Emma folgte ihnen mit heftig klopfendem Herzen.

Mrs Mercer und Laurel standen an der Kücheninsel und deckten sie für die Pizza. Beide erstarrten, als sie Quinlan sahen. Er lächelte sie entschuldigend an. »Sorry, dass ich Sie beim Essen störe. Ich weiß, es war ein langer Tag.«

»Aber nicht doch«, sagte Mrs Mercer. Sie stellte den Stapel Teller ab. »Etwas zu trinken, Detective? Soll ich Kaffee aufsetzen?«

»Machen Sie sich keine Umstände, Mrs Mercer.« Quinlan schaute sich in der Küche um, nahm einen ananasförmigen Servierteller vom Tresen und begutachtete ihn.

Emma ging zu Laurel, die ihr einen Seitenblick zuwarf. Mrs Mercer bot Quinlan einen Stuhl an und setzte sich ihm gegenüber. Ihr Mann stellte sich hinter sie und legte ihr die Hand auf die Schulter.

Der Detective nahm ein winziges Notizbuch aus der Brusttasche und klappte es auf. »Ich habe mit Las Vegas telefoniert und bislang Folgendes herausgefunden: Emma Paxton wird seit dem 1. September vermisst. Sie ist nach einem Streit mit ihrer Pflegefamilie verschwunden. Seitdem hat niemand etwas von ihr gehört. Ihre Pflegemutter hat sie als vermisst gemeldet, aber da es keine Hinweise auf eine Entführung oder ein Verbrechen gab, wurde sie als Ausreißerin eingestuft. Pflegekinder hauen ständig ab. Emma war beinahe achtzehn, also nahm die Behörde an, dass sie sich einfach ein bisschen früher selbstständig gemacht hatte.« Er klickte an seinem Kuli herum und schaute Emma an. »Wir versuchen herauszufinden, wie sie hier gelandet ist. Kannst du mir dazu irgendetwas sagen, Sutton?«

Emma holte tief und bewusst Luft und versuchte die in ihr aufsteigende Panik zu bezwingen. Wenn die Polizei im Fall Emma Paxton ermittelte, würde es nicht mehr lange dauern, bis sie Suttons Facebook-Account durchsuchten und herausfanden, dass die Zwillinge Kontakt gehabt hatten. Sie musste Quinlan so viel wie nötig von der Wahrheit erzählen, ohne sich selbst zu verraten – sonst würde man sie bei einer noch viel größeren Lüge erwischen.

Sie befeuchtete sich die Lippen. »J… ja«, stammelte sie. »Sie hat mir am Tag ihres Verschwindens eine Facebook-Nachricht geschickt. Wir haben uns für den Abend im Canyon verabredet.«

Mr und Mrs Mercer rissen die Köpfe herum und starrten sie an. »Wie bitte?«, fragte Mr Mercer so erstaunt, dass seine Augenbrauen in seinen Haaren zu verschwinden drohten. Mrs Mercer war leichenblass geworden und Laurel klappte der Mund auf.

Emma starrte auf ihre Schuhe – sie traute sich nicht, den anderen in die Augen zu sehen. »Es tut mir leid, dass ich das nicht schon früher gesagt habe«, log sie, was das Zeug hielt. »Ich wusste nicht, ob die Nachricht echt war oder nicht. Sie ist zu unserer Verabredung nicht aufgetaucht, also habe ich angenommen, dass es sich um eine Art Streich handelt.« Sie dachte an den betreffenden Abend zurück. Sie war so froh und hoffnungsvoll gewesen, so aufgeregt, weil sie endlich ihre Familie kennenlernen würde. Trauer schnürte ihr die Kehle zusammen.

Laurel schob ihren Arm beruhigend unter Emmas.

»Wolltest du uns *das* heute Nachmittag an der Schule sagen?«

»Ja«, nickte Emma schnell, dankbar für Laurels Erklärung. »Ich habe stundenlang auf sie gewartet.«

Quinlans Stift flog über die Seite, das einzige Geräusch in der beklemmenden Stille. Emma schaute zu den Mercers hoch, die sie traurig und verwirrt ansahen. Die graue Strähne in Mrs Mercers Haar stach deutlicher hervor als sonst und ihr Gesicht schien eingefallen. Sie wirkte auf einmal seltsam alt.

»Und du hast niemandem davon erzählt? Dir keine Sorgen um deine Schwester gemacht?«, fragte Quinlan skeptisch.

Emma schaute Quinlan in die Augen. Ihr Herz raste, ihre Nerven flatterten. Aber sie hielt seinem Blick stand. »All das geschah, kurz nachdem ich meine leibliche Mutter zum ersten Mal getroffen hatte, Detective Quinlan. Wissen Sie etwas über meine leibliche Mutter?«

Quinlan schaute Mr Mercer an. Becky war während ihres letzten Aufenthalts in der Stadt festgenommen worden, weil sie einen psychotischen Schub gehabt und einen Fremden mit gezücktem Messer bedroht hatte. Emma war sicher, dass dies nicht ihre erste Begegnung mit der Polizei gewesen war.

»Ja«, sagte er schließlich. »Ich weiß über deine Mutter Bescheid.«

Emma spürte, wie ihre Lippen zitterten, aber sie senkte den Kopf nicht. Mr Mercer machte einen Schritt auf sie zu, als wolle er sie trösten, aber sie wandte den Blick nicht von Quinlan ab.

»Becky hat Probleme«, sagte sie. »Sie verschwindet jedes Mal, wenn ihr etwas zu viel wird. Woher sollte ich wissen, dass Emma nicht genauso ist?« Die Bitterkeit in ihrer Stimme und ihre Wut auf Becky waren echt. Eine Träne rollte ihr über die Wange. »Und wie gesagt hielt ich das Ganze ja zuerst auch für einen Streich. Ich wollte nicht, dass alle sehen, wie … verzweifelt ich nach diesem Strohhalm gegriffen habe.«

Mrs Mercer stöhnte auf und vergrub das Gesicht in den Händen. Mr Mercer sah aus, als wisse er nicht, wen er zuerst trösten sollte. Aber bevor er sich bewegen konnte, ergriff Laurel das Wort.

»Falls es Ihnen noch nicht aufgefallen ist«, sagte sie knapp, »wir sind in Trauer.«

Dankbarkeit für meine Schwester stieg in mir auf.

Quinlan schürzte die Lippen, schrieb noch etwas auf und blätterte dann ein paar Seiten zurück. »Okay«, sagte er. »Wir vermuten, dass Miss Paxton am 31. August oder 1. September gestorben ist. Warst du zu dem Zeitpunkt im Sabino Canyon?«

Laurel zuckte zusammen, und Emma wusste, was sie dachte. Am 31. hatten Sutton und Thayer ein Date im Canyon gehabt und Thayer war angefahren worden. Laurel hatte ihn ins Krankenhaus gebracht. Aber es war Mr Mercer, der antwortete.

»Sutton und ich waren beide am 31. August im Sabino Canyon.« Er schaute Mrs Mercer an. »Wir haben uns dort mit Becky getroffen. Es war ein ziemlich emotionaler Abend, denn Sutton hatte bis zu diesem Zeitpunkt nichts von ihrer Mutter gewusst.«

Quinlan richtete seinen stählernen Blick auf Emma. »War das bevor oder nachdem du Emma auf Facebook gefunden hast?«

»Kurz vorher«, sagte Emma. »Becky hat mir von Emma erzählt und ein paar Stunden später habe ich die Facebook-Nachricht erhalten.«

Quinlan zog die Augenbrauen hoch. »Ganz schön großer Zufall.«

Emma brach der Schweiß aus, aber sie erwiderte achselzuckend: »Ich nahm an, dass Becky Emma kontaktiert hatte, bevor sie zu mir kam. Schließlich ist Emma der Zwilling, den Becky aufgezogen hat. Ich bin diejenige, die sie weggegeben hat. Die sie nicht wollte.« Sie ließ ihre Stimme zittern und hoffte, dass sie nicht zu dick auftrug. »Wenn sie wollte, dass wir uns nach all den Jahren endlich treffen sollten, wäre es nur logisch, dass sie sich zuerst bei Emma meldet.«

Ein langes, unangenehmes Schweigen folgte ihrer Rede. Mrs Mercer verbarg immer noch das Gesicht in den Händen und weinte lautlos. Laurel begutachtete den braunen Mosaikfußboden. Emma schluckte mühsam.

»Okay«, sagte Quinlan gedehnt. »Kannst du mir dann erklären, warum du zwei Tage später auf die Wache gekommen bist und dich als Emma Paxton ausgegeben hast?«

Die Frage schlug ein wie eine Bombe. Mrs Mercer riss die Hand vom Gesicht und starrte Emma an. Laurel erstarrte. Mr Mercer starrte Quinlan mit offenem Mund an.

»Was hat sie getan?«, fragte er mit leichenblassem Gesicht.

»Jepp. Am ersten Schultag kam Sutton auf die Wache und behauptete, sie sei nicht Sutton, sondern Emma, und ihrer Zwillingsschwester sei etwas Schreckliches passiert. Ich habe das als dummen Streich abgetan, aber jetzt …« Er schüttelte den Kopf. »Jetzt bin ich mir da nicht mehr so sicher.«

Emmas Kragen drohte sie zu ersticken. Sie schluckte mühsam und zwang sich, Quinlan weiter anzusehen.

»Tja«, sagte sie leise. »Es war auch ein Streich. Ich

hatte gerade erst herausgefunden, dass ich eine Zwillingsschwester habe. Ich wusste nicht, ob ihr etwas passiert war. Wie gesagt, war sie zu unserer Verabredung nicht erschienen.« Sie versuchte, sich wie Sutton zu verhalten. Wie würde die reagieren, wenn sie zum Tod ihrer lange vermissten Zwillingsschwester verhört wurde?

»Ich war wütend. Wütend auf meine Eltern, wütend auf Becky und wütend auf Emma, weil sie mich versetzt hatte. Ich habe gehofft, Sie würden mich bei meinen Eltern verpfeifen. Ich dachte, so finde ich wenigstens heraus, ob es Emma wirklich gibt.«

Sie schaute ihre Großeltern an. Mrs Mercer starrte sie mit tränennassen Augen traurig an. Mr Mercer schaute einen Augenblick streng, als wolle er sie tadeln, aber dann wandte er beschämt den Blick ab.

»Es tut mir leid«, sagte Mr Mercer langsam. »Du hast recht, Sutton. Wir hätten dir schon viel früher die Wahrheit sagen sollen.«

Nicht schlecht, dachte ich, auf eine merkwürdige Art stolz auf Emmas Vorstellung. Sie war wirklich gut als wütende Sutton Mercer. Offenbar hatte ich doch auf sie abgefärbt.

Emma schämte sich entsetzlich. Jetzt machte sich Mr Mercer völlig zu Unrecht Vorwürfe. *Ich hoffe, du kannst mir eines Tages vergeben,* dachte sie. Aber sie sagte nur: »Das ist jetzt nicht mehr wichtig.«

Quinlan saß reglos in seinem Stuhl und schaute sie an. Er schwieg einen Augenblick zu lange, bevor er weitersprach. »Ich habe noch eine Frage und danach lasse ich Sie alle für heute Abend in Ruhe. Sutton, wir haben Nishas Anrufliste überprüft, weil wir rekonstruieren wollen, was in den Stunden vor ihrem Tod geschehen ist. Es sieht so aus, als habe sie dich insgesamt …«, er schaute auf seine Notizen, »achtmal per Anruf und SMS erreichen wollen.«

Emma nickte. Sie hatte diese Frage schon seit der Beerdigung erwartet. »Ich war beschäftigt und bin nicht rangegangen. Später, nach dem Tennis, habe ich versucht, sie zurückzurufen, aber …« Sie verstummte hilflos.

Der Detective schaute sie zweifelnd an. »Du hast also keine Ahnung, worum es bei der Sache ging?«

»Nein. Ich wünschte, ich wüsste es.« Emmas Stimme brach. »Vielleicht hätte ich ihr helfen können.« Laurel schaute Emma voller Mitgefühl an und drückte ihren Arm. »Ich habe Dr. Banerjee danach gefragt, aber er wusste es auch nicht.«

»Was hat das denn mit Sutton zu tun?«, fragte Mr Mercer stirnrunzelnd.

Quinlan schüttelte den Kopf. »Wahrscheinlich nichts«, sagte er. »Aber es wirkte ungewöhnlich. Nisha hat sonst nie so besessen versucht, jemanden zu erreichen. Ich will nur sichergehen, dass wir nichts übersehen haben.«

Der Detective stand auf, schloss sein Notizbuch und steckte es sich in die Tasche. »Sutton, ich muss unbedingt diese Facebook-Nachrichten einsehen. Sie würden uns dabei helfen, die Ereignisse, die zu Emmas Tod geführt haben, chronologisch zu ordnen. Kannst du am Freitag auf die Wache kommen?«

Emma hatte auch ein paar Fragen an Quinlan – in welchem Zustand die Leiche gewesen war, ob es Hinweise auf Mord oder Fußspuren in der Nähe gegeben hatte –, aber er schaute sie ohnehin schon seltsam genug an, und sie wollte nicht noch mehr Alarmglocken in seinem Kopf auslösen. Stattdessen nickte sie nur. »Klar. Ich komme nach der Schule vorbei.«

Quinlan schaute alle der Reihe nach noch einmal an. Auf Emma ruhte sein Blick am längsten. »Ich sollte Sie warnen. Morgen geht die Sache an die Öffentlichkeit.«

»An die Öffentlichkeit?«, fragte Emma verständnislos.

»Für acht Uhr morgens ist eine Pressekonferenz angesetzt. Die Medien werden sich auf die Sache stürzen, das garantiere ich Ihnen. Bereiten Sie sich darauf vor.«

Mrs Mercer erhob sich. »Können Sie die Sache nicht erst mal unter Verschluss halten?«, fragte sie bittend. »Wir haben das alles noch gar nicht richtig begriffen.«

Quinlan schaute sie mitfühlend an, schüttelte aber den Kopf. »Es kreisen bereits ein halbes Dutzend Nachrichtenhubschrauber über der Stelle, an der sie gefunden wurde. Ich fürchte, die Sache wird hohe Wellen schlagen.« Er zog seinen Geldbeutel aus der Tasche und reichte ihnen eine Visitenkarte. »Die lasse ich Ihnen hier. Rufen Sie mich an, falls Ihnen noch etwas einfällt, das nützlich sein könnte.«

»Natürlich«, murmelte Mr Mercer. »Ich bringe Sie zur Tür.«

Der Detective folgte Emmas Großvater zur Eingangstür. Als er an Emma vorbeiging, warf er ihr mit glitzernden Augen einen forschenden Blick zu. Dann war er weg.

Emma stützte sich auf die Kücheninsel, denn auf einmal verließen sie alle Kräfte. Sie hatte es geschafft, noch einmal mit einer Lüge davonzukommen. Aber sie hatte das Gefühl, dass Quinlan noch nicht mit ihr fertig war. Wie lange konnte sie ihre Identität noch verbergen, jetzt da Suttons Leiche gefunden worden war?

Emmas Geheimnisse – und meine – drohten jeden Augenblick ans Licht zu kommen, egal wie viele neue Lügen Emma auch auf sie schaufelte. Und ich wusste aus Erfahrung, was am Ende eines Lügenspiel-Streiches passiert.

Man wird erwischt.

10

Stand by your Man (und umgekehrt)

Das letzte Dämmerlicht erhellte die rissigen Stufen, die zu Ethans Veranda führten, als Emma ein paar Stunden später vor seinem Haus hielt. Ethan saß auf der quietschenden Verandaschaukel, eine Dose Rootbeer in der Hand. Seinen Laptop hatte er auf eine riesige Holzspule gestellt, die er als Verandatisch benutzte. Als er Emma sah, sprang er auf und ging schnell auf sie zu. Sein Gesicht lag im Schatten, als er den warmen Lichtschein der Veranda hinter sich ließ.

»Was ist los?«, fragte er, noch bevor sie etwas sagen konnte. »Charlotte und Madeline sagten, du seiest aus dem Unterricht geholt worden, und ich konnte dich nirgends finden. Warum hast du auf meine SMS nicht geantwortet?«

Emma taumelte in Ethans Arme. »Sie haben Suttons Leiche gefunden«, flüsterte sie und vergrub ihr Gesicht in seinem T-Shirt. »Im Sabino Canyon.«

Sie spürte, wie er erst erstarrte und dann beschützend die Arme um sie schloss. »Das erklärt alles.« Sie schaute fragend zu ihm auf. Statt einer Antwort nickte er in Richtung des Canyons. »Ich habe heute Nachmittag hier draußen gesessen und einen Streifenwagen nach dem anderen auf den Parkplatz fahren sehen. Es hat auch vor Reportern gewimmelt.«

Emma stöhnte auf. »Morgen halten sie eine Pressekonferenz ab, Ethan«, sagte sie. »Es kommt alles ans Licht. Und schau mal.«

Sie reichte ihm den zerknüllten Zettel, den sie nachmittags an ihrer Windschutzscheibe gefunden hatte. Er löste seine Arme einen Moment von ihr und strich das Papier auf seinem Oberschenkel glatt. Dann hielt er es ins Licht. In Emma stieg ein Schluchzer auf, während er stumm auf die Nachricht starrte.

»Der Mörder bedroht jetzt auch meine Familie und meine Freunde!«, würgte sie hervor. »Ethan, diese Person beobachtet mich ununterbrochen, um sicherzustellen, dass ich nicht aus der Rolle falle. Ich bringe die Mercers in Gefahr! Ich bringe dich in Gefahr!« Tränen strömten ihr über die Wangen. »Ich war so egoistisch! Ich hätte dir niemals die Wahrheit sagen dürfen! Ich hätte niemals zulassen dürfen, dass du mir dabei hilfst, den Fall aufzuklären. Und jetzt müssen wir uns nicht mehr nur um den Mörder Sorgen machen.« Sie löste sich von ihm und wich ein paar Schritte zurück. »Die Polizei. Die Medien. Sie werden es rauskriegen und ich will dich da nicht mit hineinziehen. Ich könnte es nicht ertragen, wenn dir etwas passiert!« Emma schaute sich panisch um, denn plötzlich hatte sie Angst, der Mörder könnte sie auch in diesem Augenblick beobachten. Die Straße war jetzt still, aber die Dunkelheit bot unzählige Versteckmöglichkeiten.

Ethan kam zu ihr und zog sie wieder an seine Brust. Einen Moment lang wehrte sie sich dagegen, aber dann sank sie willenlos in seine Arme.

»Ich lasse dich das nicht allein durchstehen«, sagte Ethan entschlossen. »Es ist mir egal, was die anderen denken. Ich bin für dich da, Emma, komme, was wolle. Ich bin auf deiner Seite. Du kannst mich jetzt nicht verlassen.«

»Wenn sie herausfinden, wer ich bin, werden sie glauben, dass *ich* sie ermordet habe. Und dich werden sie für meinen Komplizen halten.« Sie drückte ihr Gesicht an seine Schulter.

»Das ist mir egal«, sagte er gedämpft, das Gesicht in ihrem Haar vergraben.

Ihre Tränen sickerten in sein Baumwoll-Shirt. »Ethan, ich will nicht, dass dir dasselbe zustößt wie Nisha.«

Ethan packte Emmas Schultern und schob sie so weit zurück, dass er ihr in die Augen sehen konnte. Sein Gesicht lag im Halbschatten, aber seine Augen leuchteten entschlossen.

»Das werde ich nicht zulassen.«

Emma wollte ihm so gerne glauben. Die Vorstellung,

die Ermittlungen ohne ihn durchstehen zu müssen, jagte ihr tausend Messer ins Herz.

»Ethan«, flüsterte sie. »Ich glaube, dass Garrett der Mörder ist.«

Er riss die Augen auf. »Hast du Beweise dafür?«, fragte er.

Sie erzählte ihm davon, dass Garrett sie dabei beobachtet hatte, wie sie die Botschaft las. »Er saß die ganze Zeit lang grinsend an seinem Pult und hat sich darüber amüsiert, wie geschockt ich war.«

Ethan biss die Zähne zusammen. Nach einem letzten Blick in Richtung Canyon nahm er Emmas Hand und führte sie auf die schwach beleuchtete Veranda. Zwei kleine braune Nachtfalter stürzten sich in die nackte Glühbirne, die über der Hausnummer baumelte. Ethans Teleskop stand am Geländer, gen Himmel gerichtet. Nebenan in Nishas Haus war alles dunkel und still. Emma fuhr sich nervös durchs Haar. Die ganze Straße wirkte plötzlich gespenstisch auf sie. Ethans Laptop stand offen auf der Spule, der Cursor blinkte auf einem leeren Textdokument. Daneben lag aufgeschlagen Dostojewskis »Verbrechen und Strafe«.

»Oh, sorry. Störe ich dich bei den Hausaufgaben?«, fragte Emma schuldbewusst. Sie fragte sich, wie oft sie Ethan seit ihrer Ankunft in Tucson schon am Lernen gehindert hatte.

Er setzte sich auf die Schaukel und nahm den Rechner auf den Schoß. »Das muss ich erst Ende des Monats abgeben. Ich habe nur schon mal angefangen.« Mit diesen Worten schloss er das Dokument und öffnete Facebook. Emma gefiel es, wie flink seine Hände über die Tastatur jagten. Er benutzte nie das Touchpad, sondern erledigte alles mit den Tastenkürzeln, die er selbst programmiert hatte. Obwohl sein Computer alt und verbeult war, hielt Ethan das Innenleben der Maschine in Eigenregie auf dem neuesten Stand.

»Was hast du vor?«, fragte sie und setzte sich neben ihn auf die Schaukel. Ihre Tränen waren versiegt, aber durch das Salz auf ihren Wangen fühlte sich ihr Gesicht wie eingefroren an. Sie rieb sich die Wangen, kuschelte sich an Ethans Schulter und schaute zu, wie er Garretts Profil aufrief.

»Ich will wissen, was Garrett am Abend des Mordes gemacht hat«, sagte Ethan. Er reichte ihr seine Getränkedose und sie nahm einen kleinen Schluck. Die Kohlensäure blubberte in ihrem nervösen Magen.

»Gut, dass sein Profil öffentlich zugänglich ist«, sagte Emma und linste auf den Schirm. »Freunde sind wir definitiv nicht mehr.«

Der Bildschirm füllte sich mit unzähligen Fotos von Garrett – nach einem Fußballtor, mit nacktem, eingeöltem Oberkörper am Strand, beim Zuprosten in einem schicken Restaurant. Ein paar Bilder zeigten ihn mit seiner Schwester, die er jedes Mal beschützend im Arm hielt.

Seine neueste Statusmeldung lautete: *RIP Nisha. Wir*

werden dich vermissen, Kleine. Davor hatte er allerdings nur Banalitäten gepostet. *Habt ihr heute* The Voice *gesehen? Cee Lo hat seinen Papagei mitgebracht!!* Oder *Nur noch fünf Monate, dann muss ich nie wieder eine Mathearbeit schreiben.* Manchmal verlinkte er Fußballnachrichten oder Videoclips. Er schien mehrmals täglich zu posten.

»Geh zum Abend des 31. August«, sagte Emma, die Hand auf Ethans Schulter gelegt. Er scrollte durch die Chronik und wurde langsamer, als er beim September ankam. Emma verzog das Gesicht, als sie sah, dass er an ihrem Geburtstag seinen Beziehungsstatus auf *Single* geändert hatte.

»Nichts Interessantes«, sagte Ethan. Emma beugte sich vor und betrachtete den Bildschirm. Dann fiel ihr Blick auf Garretts letzte Statusmeldung vor Suttons Tod, vom Nachmittag des 30. August.

Habt ihr auch manchmal genug davon, ständig angelogen zu werden?

Emma und Ethan wechselten einen Blick. »Das könnte etwas mit Sutton und Thayer zu tun haben«, sagte Emma leise. Ethan nickte. Dann sah Emma die Statusmeldung vom 1. September und schluckte. Sie war um halb drei Uhr morgens gepostet worden.

Irgendwann bekommt jeder das, was er verdient.

Ich starrte auf den Bildschirm. Meine Gedanken rasten, und ich versuchte meine Erinnerungen zum Leben zu erwecken, damit ich zu meinem letzten Abend zurückkehren und endlich erfahren konnte, wie er mich ermordet hatte. Aber das Letzte, woran ich mich erinnerte, war, dass er mich an der Schulter gepackt und meinen Namen geknurrt hatte. Als wäre das die schlimmste Beleidigung, die ihm enfiel.

»Garrett wusste wahrscheinlich von dem Snuff-Video«, sagte Emma leise und las den Status vom 1. September noch einmal. »Es wäre für ihn kein Problem gewesen, es sich von Laurels Computer herunterzuladen. Er war ja ständig bei uns zu Hause.«

Irgendwo in der Ferne jaulte die Sirene eines Krankenwagens auf. Die Hunde der Straße jaulten zurück. Emma betrachtete den Canyon, der wie ein Schatten, wie ein dunkles Geheimnis neben ihnen aufragte.

»Ich kapier's noch nicht«, sagte Ethan. »Wieso klaut er es und hofft dann, dass du es zufällig siehst? Das ist so ... kompliziert. Er hätte dir doch einfach von Suttons Konto aus eine Nachricht schicken können.«

»Als ich noch Emma war, habe ich Facebook kaum genutzt. Viele Freunde hatte ich ja nicht. Mein Profil war nicht öffentlich.« Sie seufzte. »Und Garrett musste schließlich dafür sorgen, dass ich so schnell wie möglich nach Tucson komme und Suttons Leben übernehme. Wenn er Nachforschungen über mich angestellt hat, dann wusste er mit Sicherheit von Travis. Also war es eine sichere Sache, das Video ›Sutton in Arizona‹ zu nennen und es meinem schleimigen Pflegebruder zuzuspielen. Es war ja klar, dass ich nach dem Mädchen suchen würde, das genauso aussah wie ich. Sobald ich Sutton per Facebook kontaktierte, hat er mir an ihrer Stelle geantwortet.«

Ethan starrte sie an. »Emma, das klingt so, als hätte er die Sache von langer Hand geplant. Als hätte er schon von Anfang an vorgehabt, dich zu benutzen, um den Mord an Sutton zu vertuschen. Das bedeutet, er wusste schon vorher, dass du irgendwo da draußen bist.«

Der Gedanke jagte Emma einen eiskalten Schauer über den Rücken. Wie hatte Garrett von Emma wissen können, wenn noch nicht einmal die Mercers etwas von ihrer Existenz geahnt hatten? Aber schließlich hatte er ja auch Travis gefunden.

Emma schaute zu Nishas dunklem Haus hinüber. Sie fragte sich, ob Dr. Banerjee gerade bei Freunden oder Verwandten wohnte. Vielleicht war er auch im Krankenhaus und vergrub seine Trauer unter Arbeit, wie er es auch nach dem Tod seiner Frau getan hatte. Sie sah die zarten Organza-Vorhänge, die reglos an Nishas Fenster hingen.

»Aber wie können wir beweisen, dass er es getan hat?«, fragte sie und lehnte den Kopf an die Holzverschalung des Hauses. Ethan starrte nachdenklich auf den Bildschirm.

»Wenn wir Zugang zu Garretts SMS oder Mails hätten, könnten wir herausfinden, ob er den Link geschickt hat«, sagte er. »Selbst wenn er die Nachrichten gelöscht hat. Auf dem Server wird das Zeug ewig archiviert; man muss nur wissen, wie man rankommt.«

»Ich behalte ihn im Auge«, sagte Emma. »Vielleicht schaffe ich es irgendwie, ihm sein Handy abzuluchsen.«

»Sei vorsichtig.« Ethan wirkte besorgt. »Er ist gefährlich, Emma. Besonders jetzt, wo er in die Ecke getrieben ist.«

»Das gilt auch für mich«, sagte Emma, aber sie fühlte sich lange nicht so abgebrüht, wie sie klang.

Und mir ging es genauso. Ich hatte mich noch nie so hilflos und hoffnungslos gefühlt. Ich wusste endlich, wer mich getötet hatte – aber sagen konnte ich es keiner Menschenseele.

11

Reality-Show

»Die Leiche des Mädchens wurde eine knappe halbe Meile neben der Upper Sabino Canyon Road gefunden, unterhalb dieses Aussichtspunkts.« Dieselbe Nachrichtensprecherin, die erst vor ein paar Tagen über Nishas Tod berichtet hatte, trug jetzt eine gelbe North-Face-Daunenjacke. Emma vermutete, dass dies ihr »Outdoor-Look« sein musste. Sie stand vor einem Picknickplatz mit überdachten, grün gestrichenen Bänken und ihr Pferdeschwanz wippte im Wind.

Mrs Mercer reichte Emma einen Korb mit dampfenden Brötchen, starrte dabei aber gebannt auf den kleinen Fernseher, den sie auf die Kücheninsel gestellt hatte. Die Mercers aßen beinahe nie vor dem Fernseher, aber heute hatten sich alle wortlos darauf geeinigt, genau das zu tun.

Es hatte sowohl Emma als auch Laurel überrascht, dass die Mercers sie heute nicht zur Schule geschickt hatten – bis sie aus dem Fenster geschaut und die Ü-Wagen auf der Straße vor dem Haus gesehen hatten. Die Mercers hatten die Tür nicht geöffnet, aber jedesmal wenn die Reporter ein Familienmitglied am Fenster sahen, schrien sie ihre Fragen: »Sutton! Sutton, hast du Emma gekannt? Was, glaubst du, ist ihr zugestoßen, Sutton?« Deswegen hatten Laurel und Emma den Tag in der Küche verbracht, Kekse gebacken und in Zeitschriften geblättert. »Du suchst an der falschen Stelle nach Antworten«, hatte Emmas Horoskop ihr verraten, aber sie hatte nur die Augen verdreht. Sag mir doch was, das ich nicht weiß.

Emma hatte schon seit ihrer Kindheit davon geträumt, eines Tages Reporterin zu werden. Aber jetzt, wo sie selbst von den Medien belagert wurde, war sie sich nicht mehr so sicher, ob dies wirklich ihr Traumberuf war. Die Reporter kamen ihr vor wie Geier, die über ihrer Familie kreisten und nur auf ein Anzeichen von Schwäche warteten, um sich auf sie zu stürzen.

Auf dem Bildschirm war nun ein junger Mann mit Brille und langem blondem Pferdeschwanz zu sehen, der vor einem Studentenwohnheim stand. »Sie war mit Blättern und Ästen zugedeckt«, sagte er mit brechender Stimme. »Ich konnte nur ihren … ihren Fuß sehen. Er ragte in einem komischen Winkel heraus.« Er wirkte völlig verängstigt und blinzelte wie ein nachtaktives Tier verstört im Sonnenlicht. *Der Anblick wird ihn für den Rest seines Lebens verfolgen*, dachte Emma traurig.

Die Nachrichtensprecherin fuhr fort: »Die Leiche wurde als Emma Paxton aus Las Vegas, Nevada, identifiziert.« Emmas Jahrgangsfoto vom letzten Jahr erschien auf dem Schirm. Emma hatte ein grünes Wickelkleid getragen, das sie auf einem Flohmarkt in Green Valley ergattert hatte. Damals war ihr Pony kürzer gewesen. Sie hatte ihn wachsen lassen, damit ihre Frisur Suttons glich. Sie lächelte etwas wachsamer als Sutton und strahlte etwas weniger Selbstbewusstsein aus. Aber das Bild versetzte den Mercers trotzdem einen Schock.

Mr Mercer ließ die Gabel auf seinen Teller fallen, auf dem eine Portion nicht angerührte Lasagne lag, und auch Mrs Mercer konnte den Blick nicht vom Fernseher wenden.

»Das ist so schräg«, sagte Laurel. »Sie sieht genauso aus wie du.«

Emma konnte nur nicken.

Reportagen über ihren eigenen Tod zu betrachten, war schwindelerregend und surreal. Wenn ihr Bild auf dem Fernsehschirm auftauchte, fühlte sie sich seltsam bloßgestellt, als würden die Mercers jetzt auf einmal erkennen können, dass das Mädchen auf dem Foto direkt neben ihnen saß. Die Reporter hatten ihren Namen so oft wiederholt, dass sie allmählich beinahe selbst glaubte, dass das Pflegekind Emma Paxton wirklich tot war – und sie selbst jetzt tatsächlich Sutton Mercer.

Auch für mich war es schräg. Ich beobachtete, wie meine Eltern um ein Mädchen trauerten, dass sie nicht kannten, während doch ihre eigene Tochter gestorben war. Würde man mich in Las Vegas begraben, weit weg von meiner Familie und meinen Freunden? Würde der Name meiner Schwester auf meinem Grabstein stehen? Und was, wenn Emma meinen Mörder niemals fand? Würde sie bis an ihr Lebensende mein Leben weiterleben, bis sie irgendwann mit neunzig Jahren als Sutton Mercer begraben wurde?

»Paxton verschwand vor beinahe drei Monaten in Las Vegas, nach einem Streit mit ihrer Pflegefamilie. Ihre damalige Pflegemutter Clarice Lambert hat mit unserem Korrespondent in Nevada gesprochen.«

Emma verschluckte sich und bekam Wasser in den falschen Hals. Sie hustete und hielt sich die Kehle.

»Schätzchen?« Mrs Mercer legte ihr besorgt die Hand auf den Rücken.

»Alles okay«, keuchte Emma. »Hab nur zu schnell getrunken.«

Sie holte tief Luft und wischte sich die Augen. Auf dem Bildschirm standen Clarice und ihr Sohn Travis vor dem kleinen Bungalow, in dem sie einige Wochen lang gewohnt hatte. Clarice trug ein Trägerkleidchen, für das sie viel zu alt war. Ihr platinblondes Haar war zu einer Hochsteckfrisur aufgetürmt. Sie schaute einigermaßen geschockt in die Kamera. Travis lungerte neben ihr, seine Baseballkappe schief auf dem Kopf und ein scheinheiliges Lächeln auf den breiten Fischlippen.

»Sie hatte ganz offensichtlich Probleme«, sagte Clarice.

»Sie hat mich bestohlen und mich angelogen. Als ich sie bestrafen wollte, ist sie mitten in der Nacht abgehauen, ohne Nachricht, ohne Anruf. Natürlich habe ich mir Sorgen gemacht, aber ich konnte ja nichts tun. Sie war schließlich beinahe volljährig.«

Emmas Arme zuckten unwillkürlich. Clarice hatte sie so gut wie aus dem Haus geworfen, als Travis behauptet hatte, sie habe Geld aus der Handtasche seiner Mutter geklaut. Warum redeten die Reporter überhaupt mit ihr? Sie wusste überhaupt nichts über Emma.

Jetzt hatte Travis das Mikro. »Emma war ganz schön wild«, sagte er mit einem Grinsen. »Sie hat eine Menge verrückter Sachen angestellt. Ich habe online ein Video von ihr gefunden, auf dem sie sich festhalten, würgen und …« Seine nächsten Worte wurden durch ein lautes Piepen übertönt. »Sie hatte auch immer Geld. Vielleicht hat sie sich von Männern bezahlen lassen, die einen Würge-Tick haben.«

Ich starrte auf den Fernseher. Würden sie jetzt das Snuff-Video zeigen? Ich wollte auf keinen Fall, dass meine Eltern mich so sahen. Beide schauten auf den Bildschirm, mein Vater verwirrt, meine Mutter verstört. Ich fragte mich, ob ihnen überhaupt klar gewesen war, dass es Männer mit einer solchen Fixierung gab. Mit Sicherheit hätten sie sich nie träumen lassen, dass so etwas in Zusammenhang mit einer Person stehen könnte, mit der sie verwandt waren.

Auf der anderen Seite des Tisches stellte Laurel mit

einem lauten Knall ihr Glas ab. Emma schaute zu ihr rüber und dachte daran, was sie über das Snuff-Video wusste. Laurel hatte sich diesen Streich überlegt – und sie war diejenige gewesen, auf deren Festplatte der Film gespeichert gewesen war. Hatte sie begriffen, wovon Travis da redete? Aber Laurel spielte nur nachdenklich mit dem Essen auf ihrem Teller.

Jetzt erklang wieder die Stimme der Nachrichtensprecherin. »Ermittler haben versucht, das Video zu finden, blieben aber erfolglos. Entweder wurde es inzwischen vom Netz genommen oder es handelt sich um eine andere Person. Die Nachforschungen laufen noch. Inzwischen hat die Polizei von Las Vegas, die mit der Tucsoner Polizei zusammen diesen Fall bearbeitet, ein Schließfach am Busbahnhof der Stadt entdeckt, das dem vermissten Mädchen gehört hat. Darin befanden sich Kleidungsstücke, Tagebücher und ungefähr zweitausend Dollar in bar.«

Emmas Magen hob sich. Sie hatten ihre Tagebücher? Ihre Wangen brannten, als sie sich vorstellte, wie die Polizisten die billigen Hefte durchblätterten und darüber kicherten, dass sie in der sechsten Klasse statt i-Pünktchen Herzen gemalt und sich ständig Schlagzeilen ausgedacht hatte. *Mädchen geht allein zum Schulball und verbringt den ganzen Abend am Buffet* – sie konnte sich vorstellen, wie Quinlan und seine Kumpel sich die Tagebücher vorlasen und dabei kaputtlachten. Sie hätte sich am liebsten die Hände vors Gesicht gelegt.

Die Kamera wechselte wieder zur Nachrichtensprecherin, die sich das Mikrofon an die Lippen hielt und mit ernster Miene in die Kamera schaute. »Die Polizei von Tucson hat noch keine offizielle Todesursache bekannt gegeben, da die Ermittlungen noch nicht abgeschlossen sind. Aber wir wissen aus sicheren Quellen, dass Paxton sich in Tucson mit ihren leiblichen Verwandten treffen wollte. Es ist noch unklar, ob sie ihnen das mitgeteilt hat. Die Familie war bisher noch nicht zu einer Stellungnahme bereit.« Nach diesen Worten schaltete Mrs Mercer den Fernseher auf stumm.

»Und warum wohl?«, schrie sie den Fernseher an. »Weil ihr wie die Geier schon den ganzen Tag in unserem Vorgarten lauert!« Dann seufzte sie und sammelte das Geschirr ein. »Die arme Emma. Es hört sich so an, als hätte sie unsere Hilfe gebrauchen können.«

»Wie meinst du das?«, fragte Emma und schaute zu ihrer Großmutter hoch.

»Na ja, wenn sie wirklich so schlimme Probleme hatte, wie diese Leute da gesagt haben ...« Mrs Mercer verstummte und schüttelte den Kopf. Ihre Miene verdüsterte sich. »Ich wünschte, wir hätten von ihr gewusst. Das ist alles Beckys Schuld. Es ist immer Beckys Schuld. Sie lügt, sie stiehlt, sie verschweigt alles, und es ist ihr egal, wem sie damit schadet.«

»Kristin«, sagte Mr Mercer leise. Aber seine Frau verzog nur das Gesicht und griff so heftig nach der Lasagneform auf dem Tisch, dass Tomatensauce auf ihren Pulli spritzte. Sie schien es nicht zu bemerken.

»Du weißt, dass das stimmt. Wir waren wegen ihr ständig in Sorge, weil wir nicht wussten, wo sie war und ob es ihr gut ging. Und aus irgendwelchen wahnsinnigen Gründen hat sie uns nichts von dem anderen kleinen Mädchen erzählt, um das wir uns hätten kümmern können …« Tränen stiegen ihr in die Augen. »Wir hätten sie retten können!«

Mr Mercer stand auf und nahm ihr sanft die Form aus der Hand. Er stellte sie auf den Tisch zurück und zog seine Frau an sich. Sie brach schluchzend an seiner Brust zusammen. Er streichelte ihr den Rücken. Laurel und Emma schauten sich stumm und beklommen an. Emma hatte Mrs Mercer noch nie so aufgelöst gesehen, und Laurels Miene nach zu urteilen, diese auch nicht.

Insgeheim gab Emma Mrs Mercer recht. Sie wollte Becky so gerne vergeben – schließlich war sie ihre Mutter –, aber manchmal war sie so wütend auf sie, dass sie am liebsten geschrien hätte. Warum hatte sie Emma bei sich behalten, nur um sie fünf Jahre später zu verlassen? Was hatte sie sich dabei gedacht, die Zwillinge voneinander zu trennen?

Es war so unfair. Wenn Sutton nicht gestorben wäre und Emma sie nicht in Tucson gesucht hätte, wäre alles ganz anders gelaufen, da Becky Mr Mercer endlich von ihr erzählt hatte. Wie wäre es gewesen, wenn die Familie Mercer mit ihr in Kontakt getreten wäre? Sie stellte sich vor, wie sie in Henderson aus dem Unterricht gerufen worden wäre, genau wie an dem Tag, an dem Suttons

Leiche gefunden wurde. Aber in diesem alternativen Universum hätte ihre Familie auf sie gewartet. Ihre leibliche Familie. Sie stellte es sich bildhaft vor: Mr Mercer sanft und beruhigend, Mrs Mercer mit einem nervösen, aber freudigen Lächeln. Laurel skeptisch aus Angst vor einer neuen Rivalin, aber auch voller Hoffnung auf eine neue Freundin. Und Sutton. Ihre Schwester. Ihr Zwilling.

»Wie war sie?«, fragte Laurel leise und riss Emma aus ihren Träumereien. Emma zuckte zusammen und versetzte sich hastig wieder in die Gegenwart. In der Sutton tot und sie ganz allein war.

»Wer?«, fragte sie.

Laurel schüttelte ungeduldig den Kopf. »Emma«, sagte sie. »Du hast doch mit ihr gesprochen, oder?«

Emma fuhr über das Kondenswasser an ihrem Glas. »Nur kurz. Ich wusste kaum etwas über sie.« Aber dann konnte sie nicht widerstehen und fügte hinzu: »Ich weiß, dass ihre Pflegemutter sie rausgeworfen hatte. Die klang schrecklich.«

»Wer? Die Frau mit dieser Kellnerinnenfrisur?«, fragte Laurel. »Die sah auch schrecklich aus.«

»Na, na«, sagte Mr Mercer, der immer noch seine Frau in den Armen hielt. Er schaute sie streng an. »Lasst uns nicht vorschnell urteilen. Es ist sehr schwer, sich angemessen um eine verhaltensauffällige Jugendliche zu kümmern. Ich bin sicher, die Frau hat ihr Bestes gegeben.«

Emma wusste, dass er eigentlich über seine eigene

Beziehung zu Becky sprach, aber sie war doch froh darüber, dass wenigstens Laurel ihrer Meinung war.

Mrs Mercer wischte sich mit einer mit Ananas bedruckten Stoffserviette über die Augen und löste sich dann von ihrem Mann. »Will jemand Nachtisch? Im Kühlschrank ist noch Eis.«

»Nein danke, Mom.« Laurel legte ihre Serviette beiseite. Auch Emma schüttelte den Kopf. Ihr Magen fühlte sich an wie ein bleierner Klumpen.

Mr Mercer zog einen Stuhl für seine Frau heran. Sie setzte sich mit feuchten Augen und er räumte das restliche Geschirr ab. Die Teller und das Besteck klapperten laut durch die stille Küche. Im stumm geschalteten Fernseher lieferte der Nikolaus auf seinem Schlitten Pizzas aus.

»Müssen wir morgen zur Schule gehen?«, fragte Laurel und biss sich ängstlich auf die Lippe. Mr und Mrs Mercer tauschten einen unsicheren Blick. Dann kam Mr Mercer wieder an den Tisch und wischte sich die Hände an einem Geschirrtuch ab.

»Ich wünschte, ich könnte euch für immer vor dieser Sache beschützen, Mädels«, sagte er. »Aber ich glaube, ihr solltet nicht noch mehr Schultage versäumen. Wir haben heute Nachmittag mit der Schulleiterin geredet, und sie hat mir versprochen, dass keine Reporter auf das Schulgelände gelassen werden. Ich weiß, dass es schwierig werden wird. Eure Freundinnen haben bestimmt auch eine Menge Fragen.«

Emma verdrehte die Augen. Das war die Untertreibung des Jahres. Sie hatte den ganzen Tag lang SMS von Madeline und Charlotte bekommen. *Was ist los???*, hatte Charlotte gefragt, und Madeline hatte aufgeregt geschrieben, dass ein »supersüßer« Reporter sie vor dem Schulgelände abgefangen und gefragt hatte, ob sie Sutton kenne. *Das ist so irre,* hatte sie gesimst und ein Foto von all den vor dem Schulgelände aufgereihten Ü-Wägen angehängt.

Die Tweets der Twitter-Zwillinge waren praktisch eine Liveübertragung dieses chaotischen Schultags. Frühmorgens hatte Gabby getweetet:

Medienzirkus an der Hollier. Wie haben mich die Paparazzi bloß gefunden?

Lili hatte kurze Zeit später getweetet:

Die Lebenserwartung junger Mädchen in Tucson scheint rapide zu sinken. Seid alle vorsichtig.

Sie hatten über alle Gerüchte berichtet, die nach und nach die Runde machten, und während der Schulversammlung, in der über den Leichenfund berichtet wurde, live gebloggt. Gabbys letzter Tweet lautete:

Die Hollier High braucht eine Heldin. Sutton Mercer, komm zurück und führe dein Volk!

Emma wusste, dass die Gerüchteküche morgen brodeln und sie selbst der Mittelpunkt sein würde. Die Vorstellung ließ ihr Herz schneller schlagen – aber nicht so schnell, wie es einen Augenblick nach der Werbeunterbrechung schlug.

Ein Journalist mit glatt gegeltem Haar stand vor einem Café und sprach mit einem Mädchen, das eine Schürze über ihrem alten Bad-Religion-T-Shirt trug. Sie trug eine schwarze Plastikbrille und ihr dunkles Haar war kurz geschnitten und zu Stacheln gesprayt. In ihren Augen glitzerten Tränen. Emma schaltete schnell den Ton wieder an.

»... verstehe einfach nicht, wie das passieren konnte«, sagte das Mädchen und wischte sich die Augen. »Emma war meine beste Freundin.«

Ohne nachzudenken, sprang Emma auf und stieß sich das Knie am Tisch an. Schmerz schoss durch ihr Bein, aber sie ignorierte ihn.

Das Mädchen auf dem Bildschirm war Alex Stokes – Emmas beste Freundin aus Henderson. Die einzige Person aus ihrem alten Leben, mit der sie seit ihrer Ankunft in Tucson Kontakt gehabt hatte. Sie stand vor dem Café, in dem sie nach der Schule kellnerte.

Die Mercers starrten Emma erstaunt an. Sie hatte ihren Stuhl umgeworfen und klammerte sich mit weißen Knöcheln an der Tischplatte fest. Ihr Großvater schaute mit verblüffter Miene zwischen ihr und dem Fernseher hin und her. »Kennst du das Mädchen?«

Emma setzte sich langsam und schüttelte den Kopf, aber ihre Familie guckte sie immer noch an. Laurel hielt ihr Glas wie erstarrt in der Luft. Mrs Mercers Blick war nun besorgt. Emma räusperte sich und zwang sich zu sprechen. »Sie ist die Einzige, der Emmas Tod etwas auszumachen scheint. Niemand sonst vermisst sie offenbar. Das ist so schrecklich traurig.«

Emma starrte ihre Freundin an. Alex war der einzige Mensch, dem etwas an ihr lag. Und außerdem war sie die Einzige, die Emmas Tarnung auffliegen lassen konnte.

Seit ihrer Ankunft in Tucson hatte Emma Alex nur noch angelogen, genau wie alle anderen. Sie hatte ihrer alten Freundin erzählt, Sutton und sie seien die besten Freundinnen und die Mercers hätten sie mit offenen Armen aufgenommen. Sie hatte Alex in den vergangenen drei Monaten immer wieder gesimst – auch lange nach »Emma Paxtons« angeblichem Todeszeitpunkt.

Und jetzt konnte Alex ihre Lügen aufdecken. Sie musste nur die SMS erwähnen, die sie von ihrer besten Freundin »aus dem Jenseits« bekommen hatte. Dann war alles vorbei.

»Wir waren unzertrennlich«, sagte Alex. Und dann schaute sie mit tränenfeuchten Augen direkt in die Kamera und sagte: »Wir haben uns immer an der Turnhalle getroffen und stundenlang geredet.«

Und Emma wurden vor Erleichterung die Knie schwach. Alex würde sie nicht entlarven. Alex deckte sie. »Turnhalle« war ihr Codewort für alle möglichen Regelverstöße gewesen. Es hatte begonnen, als Emma noch bei den Stokes gewohnt hatte. Eines Abends hatte sich Alex aus dem Haus geschlichen, weil sie ein Date mit einem Studenten hatte. Als Alex' alleinerziehende Mutter nach Hause gekommen war und Emma fragte, wo ihre Tochter sei, hatte Emma gestammelt, sie trainiere in der Turnhalle. Die beiden Freundinnen hatten später sehr darüber gelacht. *Gut, dass die Schichtarbeit meiner Mutter jedes Zeitgefühl geraubt hat,* hatte Alex sie geneckt. *Sonst hätte sie sicher wissen wollen, warum die Turnhalle an einem Schultag um Mitternacht noch offen hat.* Ab diesem Augenblick war »Turnhalle« gleichbedeutend mit »Ich decke dich«.

Emma vermisste ihre ehemalige beste Freundin in diesem Augenblick schrecklich. Die Nachricht von ihrem eigenen Tod zu hören, hatte ihre Einsamkeit nur noch verstärkt – als sei sie ein lebendiger Geist, unsichtbar für die Menschen um sie herum. Aber Alex hatte ihr gerade eindeutig erklärt, dass sie auf ihrer Seite stand.

»Ich glaube, ich muss mich ein bisschen hinlegen«, sagte Emma vorsichtig. »Würdet ihr mich entschuldigen?«

»Natürlich.« Mrs Mercer schaute sie immer noch besorgt an. »Brauchst du irgendwas, Schätzchen?«

»Nein, alles okay.« Emma lächelte matt. »Nur müde.« Sie stand auf und schob ihren Stuhl sorgfältig unter den Tisch. Die Blicke ihrer Familie folgten ihr auf ihrem Weg zur Küchentür.

Sie zwang sich dazu, nicht drei Stufen auf einmal zu nehmen, sondern langsam die Treppe hinaufzugehen, vorbei an der Fotogalerie, die dort hing. Sie kannte die Fotos inzwischen auswendig, die Lächeln, die Outfits, die Muster auf dem Geschenkpapier der Weihnachts- und Geburtstagsbilder. All dies waren Highlights aus Suttons Leben, nicht aus ihrem – aber sie spielte ihre Rolle nun schon so lange, dass es manchmal schwer war, das nicht zu vergessen.

In Suttons Zimmer wühlte Emma in der größten Schreibtischschublade, in der sie den alten Blackberry versteckt hatte, den sie aus Vegas mitgebracht hatte. Wie erwartet, hatte Alex ihr gesimst: *Was zum Teufel ist da los? Bist du o.k.?*

Emma verzog das Gesicht und wünschte sich, Alex wäre hier, damit sie sie in die Arme schließen konnte. Sie drückte auf Antworten:

Ich kann jetzt nichts erklären. Bitte kontaktiere mich nicht mehr, es ist zu gefährlich. Danke für alles. Hab dich lieb.

Es schmerzte sie, dass sie den Kontakt zu dem einzigen Menschen aus ihrem alten Leben, der sie wirklich kannte und mochte, so abbrechen musste, aber sie zwang sich dazu, die SMS zu schicken. Dann schaltete sie den Blackberry aus. In Suttons Unterwäscheschublade fand sie eine Schachtel Tampons – ihr bevorzugtes Geheimversteck aus ihrer Zeit als Pflegekind. Niemand kam auf die Idee, in einer fremden Tamponschachtel zu wühlen. Sie steckte das Handy hinein und schob sie dann ganz nach hinten in die Schublade.

So. Hoffentlich würde Alex stillhalten, bis alles vorbei war und Emma sich erklären konnte. Sie wollte auf keinen Fall, dass ihre beste Freundin auf der Abschussliste des Mörders landete – oder Emma mit ihrer Aussage ins Gefängnis brachte.

Aber ich wünschte mir, Emma hätte das Handy zerbrochen und die Stücke weggeworfen. Ihr Schließfach hatten sie ja schließlich auch gefunden. Es war nichts mehr sicher. Emma musste schleunigst beweisen, dass Garrett mich getötet hatte – bevor er ihr den Mord in die Schuhe schob.

12

Ab durch die Mitte

»Ich habe das Gefühl, als hätte sie auch ihr Tagebuch angelogen«, sagte Emma, die bäuchlings auf Suttons luxuriösem Bett lag. Da sie keine weiteren Hinweise verfolgen konnte, suchte sie nun wieder in Suttons kryptischem Tagebuch nach Antworten. Aber es war auch jetzt noch genauso verwirrend wie die letzten Male, die sie darin gelesen hatte – trotz Ethans Interpretationshilfe. Es war ungefähr zehn Uhr abends und die beiden telefonierten schon beinahe eine Stunde miteinander und zerpflückten die verschiedensten Einträge. Leider ohne Erfolg.

»20. Juli. C ist ein richtiges Miststück. Wann kommt sie endlich darüber hinweg?« Emma blätterte um. *»21. Juli. Mmm, lecker, habe G zum Einmonatigen Burberry Sport geschenkt und er riecht soooo gut.* Nirgendwo steht was über Garretts Jähzorn. Nix über Streitereien oder die Tatsache, dass sie heimlich eine Affäre mit Thayer hatte. Sutton hat

ihre Geheimnisse offenbar nicht einmal sich selbst gestanden.« Frustriert klappte Emma das Buch zu.

»Durchaus begreiflich.« Am anderen Ende der Leitung hörte sie ein leises Krachen. Sie stellte sich vor, wie Ethan mit auf das Geländer gestützten Beinen auf der Veranda saß, eine Schale salziges Popcorn knabberte und sein blaues T-Shirt trug, das immer nach Vanille roch. Das Bild ließ ihr einen angenehmen Schauer über die Wirbelsäule laufen.

»Ihre Freundinnen haben immer nach Wegen gesucht, ihr eins auszuwischen. Sie wollte ihnen sicherlich keine Munition für einen Streich liefern.«

Emma seufzte, drehte sich auf den Rücken und öffnete das Buch zum hundertsten Mal. Wie wäre es im umgekehrten Fall gewesen? Hätte Sutton anhand von Emmas Tagebüchern herausgefunden, wer sie wirklich war? Ihre Zwillingsschwester wäre wahrscheinlich genauso genervt gewesen wie Emma jetzt – schließlich enthielten weder ihre lustigen Pseudo-Schlagzeilen noch ihre Listen besonders viele Informationen. Emma hatte immer sehr darauf geachtet, nur wenige Details und Namen aufzuschreiben. Als Pflegekind wusste man nie, wer sein Tagebuch in die Finger bekommen und darin herumschnüffeln könnte.

»Je mehr wir nachforschen, desto weniger finden wir«, sagte sie. »So kommt es mir allmählich vor. Ich habe alle Seiten markiert, in denen G auftaucht, aber sie nützen uns alle nichts.«

»Wir müssen weitersuchen. Der Typ ist schlau – aber irgendwo hat er einen Fehler gemacht, da bin ich mir sicher. Und den müssen wir finden.«

Es klopfte leise an der Tür. »Moment, bitte«, rief Emma, wobei sie den Hörer zuhielt. Dann flüsterte sie: »Du, ich muss auflegen. Bis morgen, okay?«

»Lieb dich«, flüsterte Ethan.

Emma freute sich bis in die Zehenspitzen, als sie seinen verführerischen Bariton diese zwei Worte sagen hörte. Einen Augenblick lang drückte sie sich das Handy an die Brust und lächelte. Dann kletterte sie vom Bett, strich sich das Haar glatt und ging an die Tür.

Mr Mercer stand in einer kurzen Wolljacke vor der Tür und hielt Drakes Leine in der Hand. »Sieht so aus, als hätten die Reporter für heute Feierabend gemacht. Kommst du mit auf einen Spaziergang?«

»Ja!« Emma hatte bereits den Hüttenkoller. Sie war beinahe erleichtert darüber, dass sie morgen wieder zur Schule gehen musste. Alles war besser, als zu Hause zum Nichtstun verdammt zu sein.

Drake hatte die Leine gesehen und tobte bereits in der Diele herum, als sie die Treppe hinunterkamen. Er wedelte wild mit dem Schwanz und traf dabei den Beistelltisch am Fuß der Treppe. Die Fotos von Sutton und Laurel, die darauf standen, fielen um wie Dominosteine. Er stellte sich auf die Hinterbeine, legte Mr Mercer die Pfoten auf die Brust und winselte aufgeregt.

»Sitz!«, sagte Mr Mercer und versuchte streng zu klingen, aber Emma musste bei Drakes Anblick unwillkürlich lächeln. Sie zog sich die violette Daunenjacke an, die sie in Suttons Schrank gefunden hatte, während Mr Mercer den Hund anleinte.

Die Nachtluft war kühl und so klar, dass die Sterne wie Löcher im Himmel wirkten. Immer mehr Nachbarn hatten ihre Häuser bereits weihnachtlich geschmückt. An ein paar Einfahrten prangten Weihnachtssterne in Tontöpfen und eine Familie hatte den riesigen Saguaro-Kaktus in ihrem Vorgarten mit Lichterketten ausstaffiert. Die Paulsons waren völlig durchgedreht – sie hatten eine riesige aufblasbare Schneekugel aufgebaut, in der ein Ventilator falschen Schnee über eine Szenerie wirbelte, in der der Weihnachtsmann mit seinen Rentieren tanzte. Als Emma und ihr Großvater bei der Einfahrt waren, reagierte ein versteckter Bewegungsmelder, und aus einem Lautsprecher neben dem Briefkasten erklangen plötzlich blecherne Weihnachtslieder. Drake betrachtete das Schauspiel misstrauisch und drückte sich beschützend gegen Emmas Beine, während sie daran vorbeigingen.

Mr Mercer schienen die Dekorationen genauso zu überraschen wie Emma, als hätte er ganz vergessen, welcher Monat es war. »Ich habe euch Mädchen ja noch gar nicht gefragt, was ihr euch zu Weihnachten wünscht«, sagte er.

»Oh, richtig«, sagte Emma, und trotz der Kälte wurde ihr plötzlich warm. Bislang hatte sie noch nie jemand gefragt, was sie sich zu Weihnachten wünschte. Sie wusste, dass Sutton kein Problem damit hatte, ihre Eltern um Designerklamotten und andere Luxusartikel zu bitten, aber Emma wollte eigentlich nur den Mord an ihrer Schwester aufklären. Und ein Teil dieser Familie bleiben.

Mr Mercer seufzte, sein Atem bildete in der kalten Nachtluft weiße Wölkchen. »Ich weiß, dass es in einer solchen Situation eigentlich zu viel verlangt ist, an Geschenke zu denken.«

»Ach, mir fällt da schon was ein«, sagte Emma trocken, und er musste lächeln.

Sie liefen eine Weile schweigend nebeneinander her. Mr Mercer hatte die Schultern hochgezogen, als schütze er sich vor einer Kälte, die Emma nicht spürte. Er wirkte müde und nachdenklich, und sie fragte sich, ob ihn der Verlust einer Enkeltochter, die er nicht gekannt hatte, so tieftraurig machte oder ob es an etwas anderem lag.

»Hast du von Becky gehört?«, fragte sie vorsichtig.

»Nein«, sagte er leise. Er blickte in die Dunkelheit. »Ich würde ihr gerne Bescheid sagen, aber ich habe keine Ahnung, wo sie sein könnte. Aber vielleicht ist es auch besser, dass sie es nicht weiß. Was würde es schon ändern? Sie hat Emma schon vor langer Zeit aus den Augen verloren. Wahrscheinlich wäre es am besten, wenn sie nie erfährt, was ihr zugestoßen ist.«

Bei seinen Worten bekam Emma einen Kloß im Hals. Becky war schon seit dreizehn Jahren nicht mehr Teil ihres Lebens, aber bei der Vorstellung, sie könnte sterben und Becky würde es nie erfahren, kam sie sich sehr klein und einsam vor. Sie hätte an jedem Tag ihres Lebens, seit Becky sie verlassen hatte, entsetzlich leiden oder schon hundertmal sterben können, und Becky hätte keine Ahnung davon gehabt. Das war ihr vorher noch nie bewusst geworden, aber jetzt legte sich der Gedanke wie ein kalter Eisenring um ihr Herz.

Ich wusste, wie Emma sich fühlte. Jedes Mal wenn ich sah, wie mein Adoptivvater ihr den Arm um die Schultern legte, war ich mir sicher, dass er diesmal merken würde, dass sie nicht ich war. Dass er endlich begreifen würde, dass es mich nicht mehr gab. Es war nicht Eifersucht, die dieses Gefühl in mir auslöste – ich gönnte Emma diese Liebe von Herzen –, aber die Welt drehte sich weiter, und es war niemandem aufgefallen, dass das Mädchen, das mein Leben lebte, nicht ich war.

Emma spielte mit dem Reißverschluss an ihrer Jacke und fragte zaghaft: »Dad, hattest du einen Verdacht? Ich meine, bevor Becky es dir erzählt hat? Hast du jemals gedacht, dass ich vielleicht eine Zwillingsschwester haben könnte?«

Mr Mercer schaute sie nachdenklich an. »Nein. Aber *du* warst schon eine solche Überraschung für uns, dass ich nicht wusste, was ich denken sollte. Becky war erst achtzehn, als sie dich zu uns brachte. Wir hatten sie über ein halbes Jahr nicht mehr gesehen und nicht einmal gewusst, dass sie schwanger war. Und dann klingelte sie plötzlich und stand mit dir in den Armen vor der Tür. Es war kurz vor Thanksgiving und du warst erst ein paar

Wochen alt.« Ein liebevolles Lächeln umspielte seinen Mund. »Du warst so ein süßes Baby. Und so unglaublich winzig. Becky sagte uns, du seiest ein Frühchen gewesen, aber jetzt ist natürlich klar, dass du so klein warst, weil du noch einen Zwilling hattest.« Seine Stimme brach, und er hielt einen Augenblick inne, bis er sich wieder gefasst hatte. »Wir haben dich vom ersten Augenblick an geliebt. Wir hätten euch auch beide geliebt, wenn wir es nur gewusst hätten.«

Emma nickte. »Mom nimmt es sehr schwer, oder? Dass Emma tot ist?«

Sie liefen unter einer Straßenlaterne vorbei und in dem grellgelben Licht sah sie die tiefen Schatten in Mr Mercers Gesicht. »Natürlich tut sie das. Wir beide fühlen uns schrecklich. Sutton, Emma war am Anfang genau wie du. Es ist schwer, daran denken zu müssen, dass sie kein schönes Leben hatte. Denn genauso gut hätte es dich treffen können. Becky hätte auch dich vor uns geheim halten können. Und jetzt ... jetzt ist es zu spät. Wir können nichts mehr für Emma tun und das bricht deiner Mutter und mir das Herz.«

Als sie um die Ecke bogen, flammten Autoscheinwerfer hinter ihnen auf. Emma schaute sich um und sah, dass ein Audi mittlerer Größe langsam hinter ihnen her fuhr. Sie holte tief Luft, augenblicklich angespannt. »Gehen wir hier lang«, sagte sie, hakte sich bei Mr Mercer unter und zog ihn in eine Seitenstraße. Drakes Hundemarke klimperte, als er an ihnen vorbeitrabte. Emma wollte wissen, ob der Audi ihnen folgen würde. Und tatsächlich bog er ab.

»Kennst du das Auto?«, fragte Mr Mercer und sah sich ebenfalls um. Emma beschleunigte ihre Schritte und zog ihn mit sich. Sie kamen an einem mit Lamettagirlanden umwickelten Briefkasten vorbei und bogen wieder rechts ab. Wen kannte sie, der einen Audi fuhr? Im Dunkeln war die Farbe kaum zu erkennen, aber möglicherweise war er weiß. Oder vielleicht silbern?

»Silbern«, flüsterte ich, und plötzlich wusste ich, wem das Auto gehörte. Ich war im vergangenen Sommer fast jeden Tag damit gefahren.

Garrett, dachte Emma nur einen Augenblick später.

Ihr Herz hämmerte, als das Auto näher kam. Garrett hatte sie am Abend ihres Picknicks mit diesem Auto abgeholt. Sie umklammerte Mr Mercers Arm. »Wir müssen nach Hause«, murmelte sie drängend.

»Was ist los, Sutton?«, sagte er und versuchte, sich das Auto genauer anzusehen. »Wer ist das?«

»Vertrau mir einfach. Geh weiter.« Sie hielt ihn am Arm fest und ging über den Rasen des Eckhauses, um den Abstand zwischen ihnen und dem Auto zu vergrößern. Einen Moment lang überlegte sie, einfach loszurennen, aber das würde nichts nützen. Garrett würde sie problemlos einholen. Er hatte schon einmal jemanden mit dem Auto angefahren; falls er es wieder tun wollte, könnte ihn nichts und niemand aufhalten.

Mit aufheulendem Motor schoss das Auto um die

Ecke, stellte sich schräg vor ihnen auf den Gehweg und blockierte ihnen den Weg. Drake bellte wütend. Mr Mercer packte Emmas Arm fester, und sie begann zu zittern, als die Autotür aufging. Schon wappnete sie sich dafür, sich dem wütenden Garrett entgegenzustellen und Mr Mercer notfalls aus der Gefahrenzone zu schubsen.

Aber es war nicht Garrett. Es war ein dürrer Mann mit spitzem Kinn, der eine Jeansjacke und einen abgetragenen braunen Wollschal trug. Er hatte eine Brille und fummelte mit einem digitalen Diktiergerät herum, als er auf sie zukam.

»Ted und Sutton Mercer?« Er grinste sie schamlos an. »Wie wäre es mit einer Stellungnahme für das Real Deal Magazine?«

Mr Mercer war empört. Er richtete sich kerzengerade auf und zog Emma mit der freien Hand an sich. »Sie haben uns beinahe überfahren!«

Das Dauergrinsen blieb. »Ich wollte nur Ihre Aufmerksamkeit erregen. Kommen Sie schon, alter Junge, wollen Sie nicht, dass Ihre Seite der Geschichte bekannt wird?«

In Emma stieg Zorn auf. »Nicht von einem talentlosen Schreiberling bei einem zweitklassigen Klatschblatt.«

Der Mann lachte laut. »Das habe ich alles schon hundertmal gehört. Spar dir deine Beleidigungen für die fetten Mädchen in der Schule auf.«

Drake hörte auf zu bellen und knurrte jetzt leise und bedrohlich.

»Wir möchten uns im Augenblick nicht zu der Sache

äußern«, sagte Mr Mercer fest. Emma bemerkte, dass er die Leine lockerer ließ, sodass Drake auf den Reporter zugehen konnte. Dem war das auch aufgefallen. Er hielt abwehrend die Hände in die Luft und wich langsam zurück.

»Steht Ihnen frei. Aber das wird eine Riesenstory und dabei kommen viele unschöne Dinge ans Tageslicht. Das garantiere ich Ihnen.« Er beugte sich langsam vor und legte eine Visitenkarte auf den Bordstein. »Falls Sie das Gefühl bekommen, dass die Medien Sie nicht angemessen darstellen, rufen Sie mich an. Meine Nummer steht auf der Karte.«

Der Reporter ging zu seinem Auto und suchte nach dem Türgriff, ohne Drake dabei aus den Augen zu lassen. Dann fuhr er los und ließ Emma, Mr Mercer und Drake in einer Abgaswolke zurück.

Emma ging zu der Karte und hob sie auf. Dann zerriss sie sie in winzige Stücke und warf sie in die Luft. Mr Mercer beobachtete sie mit unergründlicher Miene.

»Wusstest du, dass das ein Reporter ist?«, fragte er.

»Ich … ich habe es vermutet«, stammelte Emma.

Seufzend legte er ihr eine Hand auf die Schulter. »Ich würde dich gerne vor all dem beschützen, Sutton. Diese Typen werden nicht lockerlassen.« Er streichelte Drake zwischen den Ohren und der Hund wedelte wild mit dem Schwanz. Dann lachte Emmas Großvater plötzlich. »Zweitklassiges Klatschblatt?«

Emma grinste verlegen. »Genau. Diese Typen sollten

sich lieber Bodyguards zulegen.« Sie hob die Fäuste und boxte in die Luft.

Ich schwebte hinter meinem Vater und meiner Schwester her, während sie nach Hause gingen. Auch ich wünschte, Dad könnte Emma beschützen – und sie vor all den Gefahren bewahren, die sie bedrohten. Aber ich wusste genauso gut wie Emma, dass es umgekehrt sein musste. Sie war die Einzige, die ihn beschützen konnte. Heute Abend hatte nicht Garrett im Auto gesessen, aber früher oder später würde er seine Drohung wahr machen. Er würde unsere Familie angreifen. Und für diesen Augenblick musste Emma bereit sein.

13

Sister Act

Seit Emma vor drei Monaten Suttons Platz eingenommen hatte, war es für sie zur Normalität geworden, dass die meisten Schüler der Hollier High einen großen Bogen um sie machten. Sutton war schließlich berüchtigt und niemand wollte in der Schusslinie eines Lügenspiel-Streichs landen. Aber als sich am folgenden Tag die Menge vor ihr und Laurel teilte, als sie den Flur entlanggingen, fühlte sich das anders an als sonst. Sie hörte auf beiden Seiten kaum unterdrücktes Flüstern.

»Hast du gehört, dass das tote Mädchen ihre Schwester gewesen sein soll?«

»Ihre Zwillingsschwester.«

»Na klar. Jetzt hat sie einen *Zwilling*. Das ist doch bloß wieder ein Streich. Weißt du noch, wie sie letztes Jahr erzählt hat, sie sei in ihrem Auto entführt worden?«

Emma versuchte ruhig und gleichmäßig zu atmen und sich nicht von ihrer Panik überwältigen zu lassen. Sie hatte sich noch immer nicht daran gewöhnt, dass alle sie anstarrten, und heute machten sich die anderen nicht einmal mehr die Mühe, es zu verbergen. Wenn sie jemals Suttons kratzbürstige Haltung gebraucht hatte, dann jetzt.

Sie bog um die Ecke und sah Charlotte und Madeline vor ihrem Schließfach stehen. Als sie Emma sahen, eilten sie auf sie zu. Beide waren blass und wirkten besorgt. Charlotte hielt zwei Pappbecher mit Kaffee in den Händen und versuchte ihr einen zu reichen und sie gleichzeitig zu umarmen.

»Da bist du ja«, murmelte sie leise. »Alles okay?« Emma nahm dankbar den Becher entgegen. Am Vorabend hatte sie eine Videokonferenz mit Charlotte und Madeline abgehalten und ihnen berichtet, was passiert war. Sie wollte das Ganze nur einmal erzählen müssen. Die beiden hatten zu diesem Zeitpunkt bereits die Nachrichten gesehen – Madeline wiederholte immer wieder, wie »schräg« sie die Sache fand, und Charlotte wirkte beinahe verletzt, weil »Sutton« ihnen nichts von ihrer Zwillingsschwester erzählt hatte. Aber man musste ihnen zugutehalten, dass sie sich hauptsächlich um Sutton Sorgen zu machen schienen.

»Musst du nicht dringend wohin?«, bellte Madeline einen kurz gewachsenen Jungen im Flanellhemd an, der ein paar Schritte neben ihnen herumlungerte und sie offenbar belauschte. Er zuckte zusammen und eilte mit ängstlicher Miene davon. Seufzend strich sie sich durch das glatte nachtschwarze Haar.

Emma lächelte dankbar. »Unglaublich, diese Typen.«

»Ich finde es unglaublich, wie ruhig du bist«, sagte Charlotte und musterte Emma. »Ich wäre total aus dem Häuschen.«

»Tja, meine Schwester ist eine großartige Schauspielerin«, sagte Laurel und schaute Emma dabei unverwandt an.

Die wand sich unter den forschenden Blicken ihrer Freundinnen und rückte den Schulterriemen ihrer Tasche zurecht. »Stimmt. So ruhig wie ich aussehe, bin ich nicht. Ehrlich gesagt, brauche ich frische Luft. Ich gehe mal einen Moment lang raus, okay?«

Bevor die anderen reagieren konnten, eilte sie durch die Glastür hinaus in den Hof. Dort holte sie tief Luft. Bald würde sie wieder ein Klassenzimmer betreten und sich erneut den Fragen, den Blicken und dem Flüstern stellen müssen, aber hier hatte sie wenigstens einen Moment lang Ruhe.

Der Hof lag im Schatten, denn die Morgensonne stand noch zu tief, um den kleinen Platz zu beleuchten. Sie war allein – alle anderen waren auf dem Weg zum Unterricht. Ein paar Akazienbäume in Tontöpfen säumten den Platz. Sie machte einen Schritt auf die schattigen Bänke zu, die darunter standen. Da schoss eine Hand aus dem Schatten und packte ihr Handgelenk. Sie schrie auf und wich instinktiv zurück, aber die Hand packte sie nur noch fester. Dann sah sie, wem sie gehörte. Thayer.

Er hatte dunkle Ringe unter den Augen und schaute

mit dem Ausdruck eines Besessenen auf sie herab, ihren Arm immer noch fest im Griff. Emma wurde plötzlich schrecklich bewusst, wie viel größer und stärker er war als sie.

»Du musst mir die Wahrheit sagen«, zischte er. »Und zwar jetzt.«

Emma schaute sich panisch um, aber niemand konnte sie sehen. Drinnen läutete es zur ersten Stunde.

»Lass mich los, Thayer«, sagte sie streng.

Thayer kniff die Augen zusammen, aber er ließ ihren Arm so plötzlich los, als sei er glühend heiß geworden. »Ich weiß, dass du nicht Sutton bist«, sagte er. Dann holte er tief Luft und fuhr sich wie ein Irrer durch das Haar. »Du bist die Zwillingsschwester, richtig? Du hast mit ihr den Platz getauscht. Ich weiß nicht, wie oder warum. Aber ich weiß genau, dass du nicht sie bist. Ich weiß es schon, seit ich dich zum ersten Mal gesehen habe.«

Thayer. Ein Teil von mir wollte, dass Emma ihn berührte, sodass auch ich ihn wenigstens eine Sekunde lang spüren durfte.

Aber sie warf nur ihr Haar zurück, starrte ihn kühl an und versuchte, ihren Schrecken zu verbergen. »Thayer, das ist verrückt. Ich habe Emma kein einziges Mal gesehen.«

Bei diesen Worten schrie Thayer erstickt auf, packte Emmas Shirt und riss sie an sich. Seine Halsmuskeln waren zum Zerreißen gespannt. »Sag mir die Wahrheit«, knurrte er, sein Atem heiß auf ihrem Gesicht. Wimmernd versuchte Emma sich zu befreien, aber er ließ sie nicht los. »Lüg mich nicht an! Was hast du mit ihr gemacht?«

»Hör auf, Thayer!«, schrie ich vergeblich. »Sie versucht mir zu helfen.« Aber ich war machtlos – ich konnte weder mit ihm sprechen noch ihn beruhigen. Ich konnte nur tatenlos zusehen. Tränen stiegen Emma in die Augen. Einen Moment lang war Thayers Gesicht eine groteske, vor Wut verzerrte Maske, aber als er Emma weinen sah, veränderte sich seine Miene. Er ließ sie so abrupt los, dass sie zurücktaumelte. Dann verfiel er in ein ruheloses Auf- und Abgehen, wie ein eingesperrter Panther.

Emma schlang heftig zitternd die Arme um sich und ließ ihren Tränen freien Lauf. Thayer hatte die Hände zu Fäusten geballt. Seine Bewegungen wirkten so angespannt, als halte er sich nur mühsam im Zaum. Aber als er stehen blieb und sich wieder zu ihr umdrehte, war die Wut aus seinem Gesicht verschwunden. Nur noch die Qual war übrig geblieben.

»Bitte«, flüsterte er. Er machte einen Schritt auf sie zu, blieb aber stehen, als sie zurückzuckte. »Ich muss es einfach wissen. Ist sie …« Er brachte es kaum über die Lippen. »Ist sie tot?«

Thayers braune Augen schauten sie mit verzweifelter Sehnsucht an. Er musterte ihre Gesichtszüge und versuchte das Mädchen, das er liebte, in ihnen zu finden. Emmas Herz verkrampfte sich in ihrer Brust. Sie hätte ihm so gerne gesagt, wie ausweglos ihre Situation war. Wie sehr auch sie trauerte. Wie leid es ihr tat, dass sie ihn verletzt hatte. Aber eine grausame, unerbittliche Stimme flüsterte ihr ins Ohr: *Sutton hat nicht getan, was ich von ihr verlangt habe, und sie hat dafür bezahlt. Spiel weiter mit, oder Nisha wird nicht die Letzte bleiben, die wegen dir ums Leben kommt.*

Garrett hatte Thayer bereits mit ihrem Auto angefahren. Wenn er Thayer nun umbrachte, könnte sie sich das nie verzeihen. Sie rang verzweifelt um alle Sutton-Mercer-Arroganz, die sie noch übrig hatte, und schaute den Jungen vor sich mit eisenhartem Blick an.

»Wie kannst du es wagen?«, fragte sie mit einer Stimme, so kalt und hart wie Glas. Thayer öffnete den Mund, um etwas zu sagen, doch sie schnitt ihm das Wort ab. »Meine Schwester ist in diesem Canyon gestorben, und die ganze Schule glotzt mich an, als sei ich ein Freak. Und jetzt wirfst du mir auch noch vor, ich hätte in einer perversen Version vom *Doppelten Lottchen* die Plätze mit ihr getauscht?« Sie richtete sich zu ihrer vollen Größe auf und bohrte ihm den Zeigefinger in die Brust. »Bist du high? Oder nur eifersüchtig? Du fändest es wohl toll, wenn ich Emma wäre, weil ich dann nicht wegen Ethan mit dir Schluss gemacht hätte. Aber weißt du was? Genau so war es. Du warst weg. Ich habe mich in Ethan verliebt. Ende der Geschichte. Was zwischen uns beiden war, ist vorbei … und vielleicht sollten wir lieber keinen Kontakt mehr miteinander haben, wenn du so grausam zu mir sein willst.«

Thayers Hände sanken schlaff herab, und er schaute

sie so benommen an, als habe sie ihn geschlagen. Emma kämpfte gegen den Drang, ihn zu umarmen und alles zurückzunehmen. Sie hätte bei jedem ihrer Worte am liebsten gewürgt. Aber ihn zu verletzen, war die einzige Möglichkeit, ihn zu schützen. Sie nahm ihre Tasche, drehte sich um und ging in Richtung Schulhaus.

»Hey, Emma?«

Und ohne nachzudenken, blieb sie stehen.

»Das dachte ich mir«, sagte er leise.

Emma drehte sich um und wollte ihren Schnitzer irgendwie wieder ausbügeln, aber Thayer war bereits fort.

Ich hatte all diese Monate darauf gewartet, dass irgendjemand merkte, dass Emma nicht ich war. Aber jetzt, da es endlich passiert war, erfüllte mich nur nacktes Grausen.

Denn was Thayer wusste, konnte ihn das Leben kosten.

14

Sherlock Holmes ist nichts dagegen

Emma fand Ethan auf dem Weg zum Französischunterricht. »Thayer weiß es«, flüsterte sie drängend. Ethan blieb wie angewurzelt stehen und seine Kiefermuskeln spannten sich an.

»Was? Wie?«, brachte er schließlich hervor. Emma zog ihn zu einer Nische hinter einer Topfpflanze. Das große Panoramafenster neben ihnen ging auf das Fußballfeld hinaus. Emma biss sich auf die Lippe. Thayer war misstrauisch gewesen, seit er sie auf Charlottes Party geküsst hatte. Ethan wusste von dem Kuss – er hatte sie dabei erwischt –, aber sie wollte nicht noch einmal davon anfangen.

»Er hat mich Emma genannt, und ich habe reagiert«, gestand sie beschämt. »Ich bin eine Idiotin.«

»Nein, das bist du nicht«, sagte Ethan heftig. Emma schaute in seine dunkelblauen Augen, in denen sich Sorge mit etwas anderem mischte – Beschützerinstinkt vielleicht. Und obwohl sie wusste, dass Ethan sie nicht wirklich schützen konnte, falls der Mörder noch einmal töten wollte, waren seine Festigkeit und Stärke doch tröstlich. Sie spürte, wie sich ihre Muskeln langsam entkrampften, so sehr beruhigte sie seine Gegenwart.

Seufzend legte sie ihren Kopf an seine Schulter. »Ich meine … er kann es nicht beweisen. Aber was ist, wenn er mich bei einer Lüge erwischt? Was, wenn er Nachforschungen anstellt?«

Ethan kniff die Augen zusammen. »Ganz sicher könnte er nur sein, wenn er es getan hätte. Ich halte ihn immer noch für verdächtig.«

Emma schüttelte ungeduldig den Kopf. »Thayer war auf dem Weg ins Krankenhaus, als Sutton starb. Er kann auf keinen Fall mit einem gebrochenen Bein in den Canyon zurückgegangen sein. Da war er wahrscheinlich schon mit Schmerzmitteln vollgepumpt.«

Ethan schnaubte wortlos, was wahrscheinlich »Na gut, er hat ein Alibi, aber das muss mir nicht gefallen« bedeutete. Sie öffnete den Mund, um ihm zu erzählen, wie verzweifelt Thayer gewirkt hatte, dass er wirklich nur wissen wollte, ob das Mädchen, das er liebte, am Grunde des Canyon gelegen hatte, aber bevor sie etwas sagen konnte, wanderte Ethans Blick an ihr vorbei. Er starrte auf etwas vor dem Fenster.

»Schau mal!«, zischte er.

Garrett und Celeste waren auf dem Fußballplatz aufgetaucht. Emma konnte durch die Scheibe nichts hören, aber es war offensichtlich, dass sie sich anschrien. Celeste schüttelte immer wieder ablehnend den Kopf, wodurch ihre langen blonden Zöpfe wild tanzten. Garretts Gesicht war knallrot und wutverzerrt. Er wedelte wild mit den Händen vor ihrem Gesicht herum und sah aus, als hätte er sie am liebsten erwürgt.

Ich kannte diesen Gesichtsausdruck. Ich kannte dieses Gesicht, und es überraschte mich, wie vertraut es mir auf einmal war. Neue Erinnerungen schwebten langsam an die Oberfläche. Ich erinnerte mich an seine Launen, seinen Jähzorn. Daran, dass er ein Spind so heftig geboxt hatte, dass das Metall zerdellt wurde. Daraufhin war er wütend davongestürmt. Ich erinnerte mich daran, wie das Blut von seinen Fingern auf den sauberen Linoleumboden tropfte.

»Wow«, hauchte Emma. Beide beobachteten, wie Celeste resigniert die Hände hob, sich dann umdrehte und zur Schule zurückging. Garrett starrte ihr nach, vor Wut nach Atem ringend. Dann drehte er sich um und stürmte über den Platz, zu der Pflanzung, die das Schulgelände von der angrenzenden Straße trennte.

»Das war … heftig«, sagte Ethan unsicher.

»Das ist unsere Chance«, sagte Emma und richtete sich auf.

Ethan runzelte die Stirn.

»Wofür?«, fragte er, aber sie schaute sich nur auf dem leeren Flur um, nahm dann seine Hand und eilte zu den Schließfächern der Zwölftklässler.

Garretts Spind befand sich in einer Sackgasse neben dem Getränkeautomaten. Es war offensichtlich, welches ihm gehörte: Das Motivationsposter, das die Fußball-Cheerleader für das Finale gebastelt hatten, hing immer noch rot und golden glitzernd an der Tür.

Emma begutachtete das Schloss.

»Was hast du vor?«, flüsterte Ethan.

»Etwas, das wir schon lange hätten tun sollen«, sagte sie entschlossen. »Steh Schmiere, okay?«

Er nickte, lehnte sich an die Spindreihe und schaute über ihren Kopf hinweg.

Emma drehte das Zahlenschloss langsam auf null, holte dann tief Luft und trat kurz gegen das untere Ende der Spindtür. Die Tür sprang mit einem blechernen Knarren auf. Emma blickte sich um, aber es war niemand da, der sie gehört haben könnte.

»Wo zum Henker hast du denn das gelernt?«, fragte Ethan beeindruckt.

Emma grinste. »Das hat mir meine Freundin Alex in Henderson beigebracht.«

Das Schließfach roch stark nach Erdnussbutter und einem süßlichen Aftershave. Ein Kapuzenpulli hing an dem Haken. Auf dem Regalbrett lagen ordentlich gestapelte Bücher und eine Menge Krimskrams – ein Plastikkamm, ein paar Münzen, eine Zahnschutzschiene in einer Plastikdose. An der Tür hingen ein magnetischer Spiegel, ein verblasstes Poster, auf dem eine Sportlerin barbusig einen Sieg feierte, ein Foto von Garrett und

Louisa im Grand Canyon und ein Schnappschuss von Celeste, die in einer Bibliothek in einem Ledersessel saß.

»Wonach suchst du?«, fragte Ethan und linste ebenfalls in das Schließfach.

Emma schüttelte den Kopf. »Keine Ahnung. Vielleicht ist es sinnlos. Er hat bestimmt keinen Zettel mit seinem Geständnis hier drin.« Sie biss sich auf die Lippe und musterte Garretts Habseligkeiten. »Ich habe mal gelesen, dass die meisten Mörder Andenken von ihren Verbrechen aufheben, damit sie sie später noch einmal durchleben können.« Sie erschauderte, als sie sich vorstellte, was Garrett sich als Souvenir mitgenommen haben könnte. Es wäre grässlich gewesen, hier eine Locke von Suttons Haar, ein Kleidungsstück oder etwas noch Schlimmeres zu finden.

Emma kauerte sich nieder und öffnete den Reißverschluss der Sporttasche, die auf dem Spindboden stand. Aber darin befanden sich nur Schienbeinschoner, weiße Socken, Sportshorts, eine riesige grüne Wasserflasche aus Plastik – und ein Flachmann, der verdächtig nach Whiskey roch. Sie schloss den Reißverschluss wieder, verlagerte ihr Gewicht auf die Fersen und seufzte.

»Das war wohl nichts«, sagte sie enttäuscht. Ethan antwortete nicht. Sie schaute mit gerunzelter Stirn zu ihm auf. Er schaute auf etwas auf dem obersten Regal, streckte dann langsam den Arm aus und nahm mit spitzen Fingern einen winzigen Schlüssel mit einem Metallanhänger heraus.

»Ethan?« Emma stand langsam auf. »Was ist das?«

Sie streckte die Hand aus und er ließ den Schlüssel hineinfallen. Er war klein, viel zu klein für einen Hausschlüssel. Auf dem Metallschildchen sah sie das Wort »Rosa«. Es stand noch ein zweites Wort darauf, das jedoch zerkratzt und unlesbar war. Darunter stand die Nummer 356.

Emma runzelte die Stirn. »Sagt dir das etwas?« Sie kannte niemanden namens Rosa an der Hollier.

»Dreh es um«, sagte Ethan mit großen Augen. Sie drehte das Schildchen um und starrte darauf. Auf der Rückseite hatte jemand die Initialen S. M. in das Metall geritzt. Emmas Hand begann so stark zu zittern, dass die Buchstaben vor ihren Augen verschwammen. Ethan legte ihr beruhigend die Hände auf die Schultern.

»Was bedeutet das?« Emmas Stimme war nur ein heiseres, flehendes Flüstern.

Bevor Ethan antworten konnte, hörten sie Schritte. Emma schob den Schlüssel in ihre Tasche, ging mit zwei Schritten zum Schließfach und schloss es lautlos. Dann schaute sie sich panisch um.

»Komm«, hauchte Ethan, drängte sie sanft gegen die Wand und schaute ihr tief in die Augen. Sie wehrte sich einen Augenblick verwirrt, wurde aber ruhig, als ihr klar wurde, was er vorhatte. Er legte seine Lippen auf ihre, und obwohl ihr das Blut in den Ohren rauschte, gewann für einen köstlichen Augenblick der Kuss die Oberhand, und ihre Panik verebbte.

»Oh! Sorry!«

Beide blickten auf und sahen Celeste, die bei ihrem Anblick wie angewurzelt stehen geblieben war. Sie trug ihr übliches Elfenoutfit, eine grüne, mit keltischen Knoten bedruckte Tunika und ein paar Leggins. Armreifen klimperten an ihren Handgelenken und ihre Ohren zierten verschiedenste Silberringe. Ihre Augen waren gerötet, ihre Stimme tränenerstickt. Sie wischte sich heftig übers Gesicht und zwang sich zu einem Lächeln. »Ich wollte nicht … stören.«

Emma schob Ethan sanft zur Seite. Celeste war unsicher auf dem Flur stehen geblieben und mied ihre Blicke. Emma sah einen gefalteten Zettel in ihrer Hand. Sie war auf dem Weg zu Garretts Schließfach gewesen, um ihm eine Nachricht zu hinterlassen.

»Alles okay mit dir?«, fragte Emma.

Celeste verlagerte das Gewicht, begleitet vom Klimpern ihrer Armreifen. Normalerweise wirkte sie luftig und beinahe feenhaft schwebend, aber heute schien sie ein Zentnergewicht auf den Schultern zu tragen.

»Ja, alles klar. Du weißt ja, wie Garrett ist.«

Celeste wollte sie offenbar beruhigen, aber ihre Worte trafen Emma wie ein Stromschlag. Sie kannte Garrett nicht wirklich, aber vor ihr stand jemand, der es tat. Sie schaute Ethan an, der ein bisschen zur Seite gewichen war und versuchte, Celeste nicht anzusehen. »Hey, Ethan, können wir später weiterreden?«

Überrascht blickte er auf. Sie riss vielsagend die Augen auf und er erfasste die Botschaft und nahm seinen Rucksack. »Oh, äh, klar. Ich muss sowieso zum Unterricht. Bis dann, Celeste.«

Er sprintete den Flur hinab. Der Colaautomat summte laut. Emma spielte mit dem Träger ihrer Tasche. »Ich weiß, dass wir nicht gerade Freundinnen sind, Celeste, aber … ich will nicht, dass du verletzt wirst.«

Celeste seufzte und schaute Emma durch tränennasse Wimpern an. »Er ist ein Widder. Die sind nun mal sehr temperamentvoll, weißt du?«

»Äh, klar«, sagte Emma. Sie biss sich auf die Lippe und dachte daran, was sie gerade auf dem Fußballplatz gesehen hatte. Garrett hatte nicht temperamentvoll ausgesehen, sondern gewalttätig. »Wir haben uns auch oft gestritten. Er ist … schrecklich jähzornig.«

Celeste lehnte sich an die Schließfächer und beobachtete Emma abschätzend, als überlege sie, ob sie ihr vertrauen sollte. Emma konnte ihr das nicht vorwerfen – vor ein paar Wochen war sie schließlich Opfer eines Lügenspiel-Streichs geworden. Aber nach einem Moment des Schweigens begann Celeste mit leiser, nachdenklicher Stimme: »Es hängt alles mit Louisa zusammen. Aber paradoxerweise geht es Louisa selbst ganz gut. Ihre Mom hat ihr eine Therapeutin besorgt, also hatte sie Hilfe. Aber die Sache hat ihn irgendwie … gebrochen. Seine Seele ist schwer verwundet. Ich bitte ihn immer wieder, mit mir zu meditieren. Das hat mir viel geholfen, als meine Eltern sich scheiden ließen. Aber er will es nicht einmal versuchen.«

Emma nickte vorsichtig. »Du glaubst also, er ist nur … wegen Louisa so wütend?«

Celeste sah sie merkwürdig an. »Ja. Natürlich.«

»Na ja, ich habe nie die ganze Geschichte erfahren. Ich wusste natürlich, dass es ihn belastet, aber ich hatte keine Ahnung, was genau passiert ist«, stammelte Emma.

Celeste wurde leichenblass. Sie schaute sich um, als suche sie nach Spionen. »Dann hätte ich nichts sagen dürfen. Ich will nicht tratschen.«

Emma fluchte stumm. Die Gerüchteküche in Hollier brodelte ständig, nur nicht das einzige Mal, an dem sie es gebraucht hätte.

»Ich frage nicht aus Neugier«, wehrte sie schnell ab. »Ich finde nur, du solltest vorsichtig sein. Ich meine … Garrett ist ziemlich unberechenbar, Celeste.«

Celeste kniff misstrauisch die Augen zusammen. Sutton Mercer war nicht gerade dafür bekannt, dass ihr das Wohlergehen ihrer Mitschülerinnen am Herzen lag.

»Na dann mach's gut«, nutzte Emma die Chance zu verschwinden. Sie klemmte sich Suttons Tasche unter den Arm und drehte sich um.

»Sutton?«

Emma blieb stehen und drehte sich um. Celeste stand auf dem Flur und hatte die Arme um sich geschlungen.

»Ich habe das mit deiner Schwester gehört«, sagte sie. »Mein Beileid.« Dann drehte sie sich um, verschwand und ließ Emma mit mehr Fragen als Antworten zurück.

Aber in mir hatten Celestes Worte eine seltsame,

kribbelnde Erinnerung in den Hinterkopf gerufen. Sie blieb ganz knapp außer Reichweite in meinem Unterbewusstsein, aber dort konnte ich sie spüren. Irgendetwas war Garretts Schwester zugestoßen – etwas sehr, sehr Schlimmes.

Vielleicht so schlimm, dass es ihren Bruder zum Mörder gemacht hatte.

15

Im Feindesland

Garrett wohnte in einem kleinen Haus im Hazienda-Stil in einer ruhigen Straße beim Country Club. Es war von Schieferplatten, niedrigen Steinbänken und Sukkulenten in Tontöpfen umgeben. Riesige Goldfische schwammen träge in einem von dornigen Bäumen beschatteten Becken. Ein dunkelblauer Subaru Outback stand in der Einfahrt, aber Garretts silberner Audi war nirgends zu sehen. Emma saß schon seit zehn Minuten in Suttons Auto auf der anderen Straßenseite, atmete tief durch und beobachtete das Haus. Endlich riss sie sich zusammen und stieg aus. Die Schule war gerade erst aus. Garrett würde noch mindestens zwei Stunden mit dem Rest der Fußballmannschaft im Kraftraum der Hollier-Turnhalle trainieren. Auch wenn die Saison vorbei war, trainierte die Mannschaft weiter. Emma war den ganzen Tag über von Gedanken an Garrett verfolgt worden. Wie rot und wütend sein Gesicht gewesen war, als er Celeste anschrie. Das Grinsen, mit dem er das Blatt mit der Aufschrift MISTSTÜCK ans Fenster gehalten hatte. Der winzige Schlüssel, auf dessen Schildchen die Initialen ihrer Schwester eingeritzt waren. Sie hatte den Unterricht wie im Nebel durchgestanden und war nur in der vierten Stunde – Französisch – aufgewacht, um Garretts Hinterkopf so intensiv anzustarren, als könnte sie so seine Gedanken lesen. Irgendwann hielt sie es nicht mehr aus. Sie wollte endlich Antworten bekommen – selbst wenn sie dafür ihr Leben aufs Spiel setzen musste.

Sie würde versuchen, sich in Garretts Schlafzimmer zu schleichen. Niemand wusste, dass sie hier war. Sie hatte es nicht einmal Ethan gesagt. Er hätte einen Weg gefunden, sie davon abzubringen, aber sie würde die Beweise, die sie brauchte, niemals finden, wenn sie es nicht wenigstens versuchte.

Garretts Straße hatte seltsam verlassen gewirkt, als Suttons GPS sie hierhergelotst hatte. Es herrschte kein Verkehr und niemand in der Nachbarschaft arbeitete im Garten oder genoss die goldene Novembersonne. Nur das leise Gezwitscher der Vögel in den Bäumen war zu hören. Ein paar Straßen weiter schrie jemand im Country Club »Match!«, gefolgt vom Geräusch eines aufprallenden Tennisballs.

Als Emma den Vorgarten der Austins betrat, zerriss ein gellendes Kreischen die Luft. Emma zuckte zusammen und Panik breitete sich in ihr aus. Ein weiteres Kreischen folgte, und dann noch eins. Es hallte ohrenbetäubend von den Steinplatten wider. Es klang wie die Stimme eines Mädchens, das vor Schmerzen schrie.

Jedes Kreischen bohrte sich wie ein Messer in Emmas Herz. Sie drehte sich um sich selbst und suchte nach der Quelle des Geräuschs. Einen Moment lang war sie davon überzeugt, dass Garrett auf seinem Grundstück noch ein weiteres Opfer misshandelte. Aber dann schlenderten zwei riesige Pfauen aus dem Hintergarten. Ihre Schweife schleiften hinter ihnen her. Einer warf den Kopf zurück und gab das Kreischen von sich, das sie für menschlich gehalten hatte. Emma quiekte, als die Vögel eilig auf sie zukamen. Sie sprang auf eine Steinbank neben dem Teich und die Vögel blieben erst dicht vor ihr stehen. Sie hatten sie eingekreist, legten die Köpfe schief und starrten sie mit ihren glasigen Vogelaugen an.

Die Haustür öffnete sich und eine vollschlanke Frau mit sandfarbenem Haar streckte den Kopf heraus. »Rocko! Salvador!«, rief sie. Dann sah sie Emma auf der Bank kauern.

Sie riss die Augen auf und kam eilig in den Garten. Die Pfauen drehten ihre langen Hälse nach ihr. Einer stakste hoffnungsvoll auf sie zu und beäugte ihre Hand. »Schleicht euch!«, sagte sie. »Ich habe keinen Mais dabei, ihr Halunken!«

Das musste Garretts Mom sein. Sie hatte dasselbe Haar und dieselben schokoladenbraunen Augen – aber im Gegensatz zu ihrem muskulösen Sohn war sie unter ihren Leinenhosen und ihrem braunen Pulli so rund und weich wie ein Teddybär. Bernsteinringe glänzten an ihren Fingern, Bernsteintropfen baumelten von ihren Ohren, und um ihren Hals hing eine altmodische Brille an einer Bernsteinkette.

Emma hielt den Atem an, während die Frau die Vögel wegscheuchte, die sie enttäuscht anstarrten. Sie hatte keine Ahnung, was Garrett seiner Mutter über das Ende seiner Beziehung zu Sutton erzählt hatte. Sie wusste nicht einmal, wie Suttons Verhältnis zu ihr gewesen war.

Aber als die Pfauen endlich wieder in den Hintergarten stolziert waren, lächelte die Frau Emma strahlend an.

»Sutton!«, rief sie und reichte ihr die Hand, um ihr von der Bank zu helfen. »Mensch, ist das lange her! Sorry wegen der Biester«, sagte sie seufzend. »Sie sind in letzter Zeit sehr aggressiv. Ich weiß auch nicht, was mit ihnen los ist.«

Emma lächelte die Frau schüchtern an. »Entschuldigung, dass ich die beiden so … aufgeregt habe. Und danke, dass Sie mich gerettet haben, Mrs Austin.«

Sobald sie zu Ende gesprochen hatte, verdüsterte sich die Miene der Frau.

»So heißt Garretts Stiefmutter, meine Liebe«, sagte sie kühl. »Weißt du noch? Ich bin wieder Ms Ramsey.«

Emma verfluchte sich innerlich. Natürlich: Garretts Eltern waren geschieden. Aber die Frau lächelte schon wieder. »Wieso überhaupt so förmlich? Früher hast du mich doch Vanessa genannt.«

Vanessa. In meinem Gedächtnis regte sich etwas. Wie

üblich konnte ich keine konkrete Erinnerung festhalten, aber Fragmente kamen zurück. Ich erinnerte mich an ein Picknick mit Garretts Familie auf dem Wohnzimmerboden. An meinen Eindruck, dass Garretts Mutter immer traurig wirkte, obwohl ich nicht wusste, warum. Lag es an ihrer schwierigen Scheidung oder war es etwas Schlimmeres? Ich kämpfte um eine Erinnerung an Garretts Schwester – was war ihr zugestoßen? –, fand aber nichts.

Emma holte tief Luft. »Sorry, Vanessa. Es ist lange her.«

Die Frau klopfte Emma wehmütig lächelnd auf die Schulter. »Da hast du recht. Aber wie schön, dass du da bist! Heißt das, ihr seid wieder Freunde, Garrett und du?«

Emma zögerte. Garretts Mom war ganz anders, als sie erwartet hatte. Sie war so nett, dass der Gedanke, sie anzulügen, Emma wirklich unangenehm war. Aber sie musste irgendwie in Garretts Zimmer kommen.

»Wir versuchen es«, sagte sie ausweichend. Vanessa nickte und einen Augenblick lang wirkte sie sehr müde.

»Ich weiß, dass er manchmal sehr schwierig sein kann«, sagte sie leise. »Aber du hast ihm so viel bedeutet. Es freut mich, dass ihr an eurem Verhältnis arbeitet. Ich fand immer, dass du ihm guttust, Sutton.«

Emma biss sich auf die Lippe. »Ehrlich?«

»Natürlich.« Wie Garrett hatte auch Vanessa ein Grübchen in der linken Wange. Als sie lächelte, fielen die Jahre von ihr ab. »Du warst die einzige Freundin, die ihm nicht alles durchgehen ließ.«

Emma lachte gekünstelt. »Ach, ich weiß nicht.« Sie räusperte sich. »Ich bin vorbeigekommen, weil ich glaube, dass Garrett noch mein Wildcats-Sweatshirt hat. Ist er hier?«

Vanessa schüttelte den Kopf. Ihre Bernsteinohrringe wippten. »Nein, leider ist er noch in der Schule und stemmt Gewichte.« Sie lachte japsend und atemlos. »Er ist erst in ein paar Stunden wieder hier.«

Gespielt enttäuscht schürzte Emma die Lippen. »Ach, Mist. Ich wollte das Sweatshirt am Wochenende unbedingt tragen. Sie spielen gegen New Mexico, und ich trage das Ding immer, wenn ich mit meinem Dad zu einem Spiel gehe.«

»Geh doch einfach in sein Zimmer und schau, ob du es findest.«

Die Freundlichkeit der Frau machte Emmas Schuldbewusstsein beinahe unerträglich. »Wäre das okay?«

»Aber natürlich. Wenn du den Mut hast, dieses Chaos zu betreten, dann hast du meinen Segen.« Vanessa öffnete lachend die Haustür. Emma folgte ihr in eine Diele mit Kirschholzparkett und auf alt getrimmten Bronzelampen. Das Bleiglasfenster über der Tür zeigte einen Sonnenaufgang über den Bergen und filterte das Licht, das in den Raum drang, orange. Emma schaute sich einen Moment lang um. So hatte sie sich Garretts Zuhause nicht vorgestellt. Alles war luxuriös und exzentrisch eingerichtet. Garrett hatte auf sie immer eher nichtssagend gewirkt.

Aber offensichtlich wusste Emma gar nichts über Garrett.

Sie drehte sich um und schenkte Vanessa ihr nettestes Schwiegertochter-Lächeln. »Vielen, vielen Dank. Ich mache ganz schnell.«

»Lass dir Zeit, Herzchen.« Garretts Mutter schloss sie in die Arme. Sie duftete nach Jasminparfüm und Blumenerde. Emmas Herz zog sich schmerzhaft zusammen. Vanessa erinnerte sie an die Mutter ihrer besten Freundin Alex, die sie immer wie einen Teil der Familie behandelt hatte.

Sie winkte Garretts Mom noch einmal zu und eilte dann mit klopfendem Herzen die Treppe hinauf. Sie mündete auf eine Galerie, die über dem Wohnzimmer verlief. Die hohe, schräge Decke war aus rotem, mit einem aufwendigen Rankenmuster geprägten Blech. Unter der Tür eines der Schlafzimmer klang gruselige Trance-Musik heraus. In Augenhöhe hing eine große Collage an der Tür – es sah aus, als habe die Künstlerin Bilder von Models zerrissen und die Einzelteile zu surrealen, außerirdisch wirkenden Formen zusammengefügt, manche mit Tierkörpern, andere mit mechanischen Körperteilen. Es war unschwer zu erraten, dass es sich um Louisas Zimmer handeln musste. Danach kam ein gelb und blau gefliestes Bad und die nächste Tür musste zu Garretts Zimmer gehören. Vorsichtig öffnete Emma sie einen Spalt und spähte ins Innere.

Bingo.

Vanessa hatte nicht übertrieben. Garretts Zimmer sah aus, als sei eine Bombe darin explodiert. Seine dunkelgrüne Tagesdecke hing halb auf dem Boden, überall lagen schmutzige Kleidungsstücke herum, und es roch nach verschwitzten Socken. Leere Kraftriegelverpackungen und Gatorade-Flaschen sammelten sich auf allen Oberflächen. An den Wänden hingen Poster von Fußballspielern und italienischen Rennwagen und an einer Siegestrophäe auf seinem Schreibtisch baumelte ein Suspensorium.

Emma schaute sich unsicher um. Falls Garrett ein Souvenir von dem Mord an Sutton aufbewahrt hatte, wo – und vor allem was – konnte es sein? Sie öffnete Schreibtischschubladen, wühlte in Heftklammern, Textmarkern und Reißzwecken. Es gab Hinweise auf seine Romanze mit Celeste, und zwar in Form eines violetten Quarzsteins neben seinem Computer – sollte wahrscheinlich sein Chi bündeln oder so. Dahinter lehnte ein Foto von Celeste auf einer Schaukel.

Ein paar Fotos auf dem Schreibtisch waren umgefallen, als eine Jacke darauf gelandet war. Emma nahm sie und drehte sie um – und ihr blieb beinahe das Herz stehen.

Auf einem strahlte Nisha im Tennisdress in die Kamera. Und auf dem anderen schmollte Sutton wie ein Filmstar auf einem Liegestuhl, gekleidet in einen jadegrünen Bikini und einen geblümten Sarong.

Ihre Hände begannen zu zittern. Warum standen diese

Fotos auf seinem Schreibtisch? Beide Mädchen hatten doch mit ihm Schluss gemacht.

Ich starrte auf die Fotos. Woran dachte er, wenn er sie ansah? Durchlebte er noch einmal, was er uns angetan hatte? Sagte er sich, dass ich den Tod verdient hatte, weil ich ihm untreu gewesen war? Ein Schauder durchfuhr mich, als ich mein für alle Ewigkeit eingefrorenes neckisches Lächeln betrachtete.

Emma stellte die Fotos wieder an ihren Platz. Auf einmal fühlte sie sich überhaupt nicht mehr sicher hier. Sie wich zur Tür zurück und stolperte dabei über einen auf dem Boden liegenden Wanderstiefel. Dabei stieß sie gegen eine Tablettendose, die über den Boden rollte. Ein paar Tabletten klapperten noch darin herum. Mit gerunzelter Stirn hob Emma sie auf.

Es war Valium.

Die Zeit blieb stehen. Emma starrte so lange auf die gedruckte Aufschrift, bis die Buchstaben keinen Sinn mehr ergaben und wie unleserliche Runen aussahen. Sie hörte Detective Quinlans Stimme. *Der Gerichtsmediziner hat in hoher Konzentration Diazepam in ihrem Blut gefunden.* Nisha hatte kein Valium verschrieben bekommen. Aber Garrett.

»Was machst du denn hier drin?«

Die Stimme drang wie ein Messer durch Emmas Gedanken. Sie zuckte zusammen, ließ die Dose fallen und sah Garretts Schwester im Türrahmen stehen.

Louisa trug abgeschnittene Jeans-Shorts, leuchtend

grüne Strumpfhosen, Wanderstiefel und ein weites schwarzes T-Shirt, das ihr von der Schulter gerutscht war. Ihr violett gefärbtes Haar war kurz und fransig geschnitten und sie trug jede Menge schwarze Plastikarmbänder. Ihre Miene war gleichzeitig neugierig und genervt. Emma hatte nicht einmal gehört, dass sie die Tür geöffnet hatte.

»Oh ... äh, hi Louisa«, stammelte sie und setzte ein strahlendes Lächeln auf. »Lange nicht gesehen.« Louisa zog skeptisch eine Augenbraue hoch. Emma schluckte. »Deine Mom hat mich reingelassen. Ich glaube, ich habe ein Sweatshirt hier vergessen, aber ich finde es nicht. Falls man in dem Chaos hier überhaupt etwas finden kann.« Sie lachte nervös, aber Louisa lächelte nicht.

Das jüngere Mädchen schaute sie unverwandt an. Emma wich ihrem Blick aus. Sie kam sich vor wie bei einer polizeilichen Gegenüberstellung. Aber schließlich sprach Louisa.

»Du solltest dich von Garrett fernhalten.«

Emma blinzelte. Louisa klang nicht bösartig, sondern sachlich. Aber sie hatte besorgt die Stirn gerunzelt.

»Ich will keinen Ärger machen«, sagte Emma vorsichtig, aber Louisa winkte ab.

»Darum geht's nicht. Sutton, ich will dich nicht piesacken, aber es geht ihm deutlich schlechter, wenn du in der Nähe bist. Keine Ahnung, was zwischen euch beiden vorgefallen ist, aber er ist seit ein paar Monaten völlig fertig. Ich weiß, dass ihr auf keinen Fall wieder Kumpel seid, okay? Lass ihn einfach in Ruhe. Das schuldest du ihm.«

Emma lief es kalt den Rücken hinunter. »Geht es ihm schlecht, seit wir Schluss gemacht haben?«

Louisa schnaubte ungeduldig. »Es ging ihm schon vorher schlecht. Am Abend vor Nishas Party kam er völlig hysterisch um drei Uhr nachts nach Hause. Er wollte mir nicht sagen, wo er gewesen ist, aber er hat hyperventiliert und konnte keinen Augenblick still sitzen. Es hat die ganze Nacht gedauert, bis er sich wieder beruhigt hatte.« Sie seufzte. »Ich dachte, du hättest mit ihm Schluss gemacht, aber dann habe ich euch bei Nishas Feier zusammen gesehen, also war ich mir nicht mehr sicher.« Sie lächelte Emma beinahe entschuldigend an. »Ich will damit nicht sagen, es sei deine Schuld, Sutton. Wir beide wissen, dass mein Bruder Probleme hat. Aber du machst alles so viel schlimmer. Wenn du wirklich sein Bestes willst, dann halte dich von ihm fern.«

Und damit ging sie.

Emma blieb wie angewurzelt in Garretts Zimmer stehen. Louisas Worte rasten durch ihren Kopf. *Wir beide wissen, dass mein Bruder Probleme hat … aber du machst alles so viel schlimmer.*

Entsetzliche Angst überkam sie. Am Abend vor Nishas Party war Sutton gestorben. War er so in Panik gewesen, weil er Sutton gerade kaltblütig ermordet hatte?

Ich hätte vor Frust schreien können. Ich erstickte beinahe an all den Informationen, die ich Emma nicht geben konnte. Wenn ich ihr nur meine Erinnerungen geben könnte. Wenn ich ihr nur zeigen könnte, was ich wusste – dass Garrett mit mir im Canyon gewesen war. Dass er mich getötet hatte.

Ich hätte ihn am liebsten selbst umgebracht, aber dank ihm war ich weniger als ein Schatten. Stumm, körperlos – und hilflos.

16

Law and Order – Vermisste-Zwillings-Abteilung

Später am Nachmittag fuhr Emma mit Suttons Volvo auf einen Parkplatz vor dem Polizeirevier, um sich von Quinlan verhören zu lassen. Mr Mercer hatte ihr angeboten, sie dort zu treffen, aber sie hatte abgelehnt. Sie hatte die Mercers schon genug angelogen; sie wollte nicht, dass ihr Großvater sich auch noch hier ihre Lügen anhören musste. Mittlerweile war ihr das düstere graue Gebäude vertraut. Hier hatte sie ganz zu Anfang versucht, Suttons Verschwinden zu melden, was ihr nur die Anschuldigung eingebracht hatte, sie wolle falschen Alarm schlagen. Hierher war sie auch nach ihrem Ladendiebstahl gebracht worden und hatte in Quinlans Akte über ihren Zwilling gelesen.

Bisher war die Atmosphäre immer schläfrig und gelangweilt gewesen, fast als läge das Revier unter Wasser. Aber nun schritten Polizeibeamte schnell und zielgerichtet durch das Labyrinth aus Schreibtischen hinter dem Empfangsbereich. Telefone schrillten schrecklich dissonant aus jeder Ecke. Ein Flachbildfernseher war an der Wand im Wartebereich installiert worden, auf dem die Landesnachrichten liefen. Der Ton war aus, aber die Schlagzeile zog eilig über den unteren Bildschirmrand. Sie erschrak, als sie erkannte, dass der CNN-Reporter mit dem Silberhaar draußen vor dem Besucherzentrum des Sabino Canyon stand. Seine Lippen bewegten sich lautlos. MÄDCHENLEICHE AM MITTWOCH GEFUNDEN, sagten die blockartigen Buchstaben unter seinem schönen Gesicht. NOCH KEINE STELLUNGNAHME DER POLIZEI ZUR OFFIZIELLEN TODESURSACHE.

Es ist also inzwischen landesweit bekannt, dachte Emma grimmig. Kein Wunder, dass das Revier aufgeweckter wirkte als sonst.

Hinter ihr wurde eine Tür geöffnet und dann geschlossen, ein Sonnenstrahl durchschnitt den Raum und verschwand wieder. Sie wendete ihren Blick vom Fernseher ab und keuchte. Travis Lambert, ihr ehemaliger Pflegebruder, stand jetzt so schmierig wie immer im Raum, obwohl er offensichtlich versucht hatte, sich schick zu machen. Er trug ein durchgeknöpftes Hemd, das sich um seine Taille wickelte, wo er es schlecht hineingestopft hatte, und er hatte das lächerliche kleine Haarbüschelchen auf seiner Oberlippe abrasiert. An seiner Seite war ein mittelalter Mann mit Glatze, der einen maßgeschneiderten grauen Anzug trug. Er hatte einen Koffer bei sich, den er wie eine Waffe vor und zurück schwingen ließ. Sie liefen zum Empfang, wo eine Polizeibeamtin mit dünnen angemalten Augenbrauen saß und etwas in einen altertümlich anmutenden Computer tippte.

»Mein Klient verlangt, mit Detective Ostrada zu sprechen«, sagte der Mann mit dem Koffer affektiert. Die Polizistin schenkte ihm einen skeptischen, unbeeindruckten Blick, bevor sie einen Telefonhörer anhob und einen Knopf drückte.

»Ostrada? Der Zeuge, den Sie bestellt haben, ist hier.«

Emma wich ein paar Schritte zurück und setzte sich auf die niedrige Bank im Wartebereich. Sie versuchte wie ein ganz normaler Bürger auszusehen, der mit einem Polizisten reden möchte. Bleib ruhig, befahl sie sich selbst. Er hat dich nicht gesehen. Und selbst wenn er dich sieht, bist du Sutton Mercer. Du hast keine Ahnung, wer zur Hölle er ist. Ihr Blick wurde weicher, um den Anschein zu erwecken, sie würde ins Nichts sehen, und gleichzeitig Travis in ihrem Sichtfeld zu behalten. Sie wollte auf gar keinen Fall Augenkontakt herstellen. Die Polizistin legte den Hörer auf und erhob sich. »Bitte folgen Sie mir«, sagte sie und klang dabei, als wäre es ihr vollkommen gleichgültig, ob sie das nun taten oder nicht. Sie öffnete die Schranke, die den Rezeptionsschalter vom Rest des Reviers trennte, und der Anwalt lief hindurch.

Travis blieb für einen Moment mit der Hand an der Schranke stehen. *Mach schon,* drängte ihn Emma. *Ab durch die Schranke und raus aus meinem Sichtfeld.* Aber stattdessen schwenkte er langsam herum, und in seinen Pupillen glühte ein Wiedererkennen auf, als sein Blick auf sie fiel. Emma kämpfte darum, ein neutrales Gesicht zu wahren, so zu tun, als wäre er nur irgendjemand, für den ein Mädchen wie sie nicht einmal die Uhrzeit hätte. Sie war jetzt Sutton Mercer – nicht die arme, machtlose Emma Paxton mit ihrem ganzen Tagebuch voller Retourkutschen, die ihr zu spät eingefallen waren. Sie tat so, als sei sie von einem Polizeiposter an der Wand über seinem Kopf gefesselt, auf dem »McGruff der Spürhund« argwöhnisch über den Kragen seines Trenchcoats glotzte.

»Travis?«, sagte der Anwalt leicht ungeduldig. »Kommen Sie schon, wir haben einen Termin.«

»Ich komme«, sagte er mit leiernder Stimme. Dann starrte er Emma direkt an, schürzte die Lippen und warf ihr einen Luftkuss zu, bevor er sich durch die Schranke schob und verschwand.

Emmas Magen drehte sich um. Sie begann zu zittern und fühlte sich plötzlich krank. Natürlich war sie immer noch die arme, machtlose Emma. Solange der Mörder mit ihr spielte, als wäre sie seine Marionette, solange sie die Wahrheit vor jedem, den sie liebte, verbergen musste, würde sie weiterhin ihr eigenes Schicksal so wenig in der Hand haben wie als Pflegekind in Vegas.

Emma streckte die Beine aus, schlug sie dann wieder übereinander und verlagerte ihr Gewicht auf der Bank, während sie sich fragte, warum um alles in der Welt

Travis überhaupt hier war. Vielleicht hatte die Polizei noch jemanden gebraucht, der die Leiche identifizieren konnte. Vielleicht war er da, um noch mehr Lügen über Emma zu verbreiten, darüber, wie wild und verdorben sie gewesen war. Ihre Gedanken wurden von Detective Quinlan unterbrochen, der nun an der Schranke stand und sie für sie offen hielt.

»Danke, dass Sie gekommen sind, Miss Mercer. Bitte folgen Sie mir.«

Als Quinlan sie zwischen unzähligen Schreibtischen hindurchführte, war ihr sehr bewusst, dass ihnen alle Blicke folgten.

Jeder im Revier schien zu wissen, wer sie war und warum sie hier war. Ein schmerbäuchiger Polizist mit Igelfrisur gaffte sie offen an, als sie vorbeiging. Eine Frau, deren schwarzes Haar auf ihrem Kopf zu einer Turmfrisur aufgedreht war, machte verstohlen ein Handyfoto von ihr.

Wer hätte gedacht, dass die Polizei auch nicht besser ist als ein Haufen Schüler, dachte ich erbittert.

Quinlan führte sie einen mit Linoleum ausgelegten Gang entlang zu einem Verhörzimmer, das sich an der Rückseite des Reviers befand. Wie jeder andere Raum in diesem Gebäude war auch dieser düster und industriegrau. Ein verblichener künstlicher Feigenbaum stand in einem Plastikeimer in der Ecke, eine dicke Staubschicht auf seinen falschen Blättern.

Emma schaute Quinlan nervös an. »Wieso sind wir in

einem Verhörraum?«, fragte sie betont lässig. »Brauche ich, ähm, einen Anwalt?«

Quinlans Schnurrbart zuckte leicht. »Nein, nein, Miss Mercer. Keine Sorge. Dies ist nur ein normales Gespräch.« Er ging auf die andere Seite des Tisches und schleuderte zwei braune Aktenordner auf den Tisch. Auf dem Etikett des dickeren stand »Sutton Mercer«, auf dem anderen »Emma Paxton«.

Emma starrte auf den dünnen Ordner, auf dem ihr Name stand.

Was konnte da nur drinstehen? Sie hatte in ihrem alten Leben nur ein einziges Mal Ärger mit dem Gesetz bekommen, und zwar in der Nacht, in der sie und Alex sich aus dem Haus geschlichen hatten, um sich ein Punkkonzert auf dem UNLV-Campus anzuhören. Der Polizeibeamte hatte noch nicht einmal ihre Personalien aufgenommen, sondern sie einfach nach Hause gefahren und Alex' stinksaurer Mutter übergeben, was schlimm genug gewesen war. Enthielt der Ordner nur den Bericht über die Leiche, die sie in der Schlucht gefunden hatten? Sie hätte ihn unglaublich gern geöffnet, aber das war natürlich unmöglich, solange Quinlan direkt vor ihr stand.

Ich wollte genauso gerne in den Ordner schauen wie Emma, vor allem, weil sich in dieser Akte wahrscheinlich Informationen über meine sterblichen Überreste befanden. Jedesmal wenn ich versuchte, mir meine Leiche vorzustellen, überkam mich eine überwältigende Neugier. Als ich noch am Leben war, hatte ich gruselige Dinge nie gemocht – ich schaute mir nie Horrorfilme oder Arztdramen oder Ähnliches an. Aber der Drang, meinen toten Körper zu sehen, plagte mich wie ein nicht verschwinden wollender Juckreiz. Er würde erst nachlassen, wenn ich mich gekratzt hatte.

Quinlan war währenddessen damit beschäftigt, an einem digitalen Aufnahmegerät herumzuspielen, das er auf den Tisch gestellt hatte. »Können Sie bitte Ihren Namen und Ihr Geburtsdatum nennen, Miss Mercer?«

Emma nannte Suttons Namen und ihren Geburtstag, und nachdem er die Aufnahme noch einmal abgespielt hatte, um sicherzugehen, dass das Gerät funktionierte, faltete er die Hände und ließ sie auf dem Tisch ruhen. »Okay. Können Sie mir bitte noch einmal erzählen, was Sie über Emma Paxton wissen?«

Emma schluckte mühsam. Das Diktiergerät beruhigte sie, war ihr aber gleichzeitig auch unangenehm – ihr gefiel der Gedanke nicht, dass all die Lügen, die sie gleich erzählen musste, aufgezeichnet werden würden, aber andererseits wurde so auch alles, was Quinlan sagte, dokumentiert. Diesmal konnte er sie nicht schikanieren oder einschüchtern – jedenfalls nicht, wenn er die Aufnahme als Beweismittel nutzen wollte.

»Wie schon gesagt«, begann sie langsam, »habe ich meine leibliche Mutter zum ersten Mal am 31. August im Sabino Canyon getroffen. Sie erzählte mir, ich hätte eine Zwillingsschwester namens Emma.

In derselben Nacht bekam ich auf Facebook eine

Nachricht von einem Mädchen namens Emma Paxton. Auf ihrem Foto sah sie genauso aus wie ich. Wir schrieben uns eine Weile und verabredeten uns für den nächsten Abend im Sabino. Ich ging also am folgenden Abend dorthin, um sie zu treffen, aber sie kreuzte nicht auf. Deshalb ging ich etwas später zu Nisha Banerjees Party. Danach habe ich nicht mehr oft an sie gedacht. Ich nahm an, die Facebook-Nachrichten seien entweder ein dummer Streich von meinen Freundinnen gewesen oder Emma sei genauso unzuverlässig wie meine leibliche Mutter.«

»Können Sie mir diese Facebook-Nachrichten zeigen?«, fragte Quinlan. Emma nickte, lud sie auf ihrem iPhone und reichte es ihm über den Tisch. Gestern Abend hatte sie sich ihren Facebook-Chat mit Sutton noch einmal genau angesehen und überprüft, ob irgendetwas darin sie belasten könnte. Aber soweit sie es beurteilen konnte, waren die Nachrichten harmlos.

Quinlan schaute zu ihr auf. »Sag niemandem, wer du bist, bis wir uns getroffen haben – es ist gefährlich!«, las er laut vor. »Was sollte das denn?«

Emmas Kehle war trocken. »Ich wollte meine Eltern mit ihr überraschen«, sagte sie. Schweißperlen sammelten sich an ihren Schläfen. »Ich hatte Angst, jemand könnte ihr begegnen und sie für mich halten. Ich wollte nicht, dass sie mir die Überraschung verdirbt.«

Quinlans Augenbrauen zuckten, aber ansonsten war seine Miene unbewegt. Irgendwo über ihnen schaltete sich die Klimaanlage ein und ein Schwall kalter Luft ließ Emma frösteln.

»Komischer Zufall, wirklich«, sagte Quinlan. »An dem Abend, an dem Sie von ihrer Existenz erfahren haben, hat sie Sie zum ersten Mal kontaktiert?«

Emma nickte achselzuckend. »Ja. Ich weiß, dass das schräg ist. Das dachte ich auch. Aber ich habe Ihnen ja schon gesagt, dass auch Becky ziemlich schräg ist. Vielleicht hatte sie auch zu Emma Kontakt aufgenommen.«

Quinlan schob das Handy wieder über den Tisch. Emma steckte es in ihre Tasche zurück. Unter seinem forschenden Blick wurde ihr ganz mulmig. Er betrachtete sie unverwandt mit seinen stechenden grauen Augen. Sie versuchte seinem Blick standzuhalten.

»Wissen Sie etwas über Emmas Pflegefamilie?«, fragte er dann. Sie schüttelte den Kopf.

»Ich habe sie gestern in den Nachrichten gesehen, aber sie hatte mir nichts über sie erzählt.« Sie runzelte die Stirn. »Aber ich glaube, ich habe ihren Pflegebruder – heißt er nicht Travis? – draußen im Wartebereich gesehen. Weiß er etwas darüber, was meiner Schwester zugestoßen ist?«

Wieder zuckte Quinlans Augenbraue. »Wir hoffen, dass er uns dabei helfen wird, die Chronologie besser zu verstehen«, sagte er. Er nahm Emmas Akte und öffnete sie dicht an seinem Körper. Sosehr sich Emma auch anstrengte, sie schaffte es nicht, einen Blick hineinzuwerfen.

»Okay. Und was können Sie mir über Nisha Banerjee sagen?« Quinlan sprach im Konversationston, und seine Miene war neutral und sachlich, aber Emma durchfuhr ein kalter Schauer. Sie schaute ihn verständnislos an.

»Was ist mit ihr?«, fragte sie und kämpfte den Impuls nieder, an ihren Fingernägeln zu kauen. Stattdessen schob sie ihre Hände unter ihren Po. Quinlan schaute sie mit gespieltem Erstaunen an.

»Nun, ihre Telefondaten zeigen, dass sie Sie am Tag ihres Todes wieder und wieder angerufen hat. Offenbar wollte sie Ihnen etwas sehr Wichtiges sagen. Was war denn so dringend?«

Emma versuchte, nicht verängstigt, sondern wehmütig dreinzublicken, und sagte achselzuckend: »Ich habe doch schon gesagt, dass ich das leider nicht weiß. Sie ist gestorben, bevor sie es mir sagen konnte. Aber was hat das mit Emma zu tun?«

»Ich weiß es nicht, Sutton. Sag du es mir.« Quinlan schloss die Akte, legte sie auf den Tisch und verschränkte die Arme vor der Brust. Er starrte sie einen langen Augenblick an, als warte er darauf, dass sie ein Geständnis ablegte.

In meinem Kopf schrillten Alarmglocken los. Ich kannte dieses Spiel nur zu gut. Quinlan und ich hatten im Laufe der Jahre oft Katz und Maus gespielt. Er war nicht so dumm, wie er aussah – und er roch Lügen auf hundert Kilometer gegen den Wind. Emma musste jetzt sehr, sehr vorsichtig sein.

Quinlan lehnte sich jetzt in seinem Stuhl zurück und verschränkte die Hände hinter dem Kopf. »Weißt du, als ich von der Sache erfuhr, war ich mir sicher, dass es ein Streich ist. Sutton kann keinen Zwilling haben – eine von euch ist mehr als genug. Und ich glaube immer noch, dass irgendetwas hier nicht stimmt.«

Emma richtete sich auf. Ihre Hände zitterten, aber sie warf ihr Haar zurück. »He, danke, dass Sie das aufnehmen. Ich freue mich darüber, dass alle, die es sich anhören, Zeugen davon werden, wie Sie einen trauernden Teenager fertigmachen, wenn die Eltern nicht dabei sind.«

Das schien ihn aufzurütteln. Er schaute auf das Aufnahmegerät und dann zu ihr. »Hör mal, ich meine ja nur, dass deine Geschichte schon sehr weit hergeholt wirkt.«

»Tja. Leider habe ich das Drehbuch für mein Leben nicht selbst geschrieben«, zischte Emma. Und das stimmte leider, dachte sie. »Tut mir leid, dass Ihnen die Handlung nicht gefällt.«

Quinlan hob abwehrend die Hände. »Okay, bitte entschuldige. Du hast recht.« Er seufzte. »Aber kannst du mir einen Gefallen tun?«

»Was denn?«, fragte sie und kniff die Augen zusammen.

»Kann ich einen Abstrich von deiner Wange machen?«

Sie runzelte die Stirn, aber er fuhr fort.

»Ich will nicht zu sehr ins Detail gehen, aber die Leiche deiner Schwester war in einem sehr schlechten Zustand, als wir sie gefunden haben. Wir möchten absolut sichergehen, dass sie deine leibliche Zwillingsschwester ist. Ein kurzer DNA-Test würde das Ganze ein für allemal abklären.«

Emma biss sich auf die Lippe. Die Bitte gefiel ihr nicht – nach Quinlans Kreuzverhör fühlte sie sich verwundbar und verwirrt. Aber der DNA-Test würde sie nicht belasten – Sutton und sie waren eineiig. Und sich zu weigern, hätte verdächtig gewirkt. Also nickte sie.

Quinlan zog ein Stäbchen aus einer kleinen Plastikröhre, die er aus seiner Aktentasche holte. Emma öffnete den Mund und er fuhr an der Innenseite ihrer Wange entlang und schaute ihr dabei fast wie ein Zahnarzt in den Mund. Dann steckte er das Stäbchen in das Röhrchen zurück und knallte seine Aktentasche zu.

»Warte hier«, sagte er. »Ich bin in ein paar Minuten zurück.«

Damit drehte er sich zur Tür um und ging hinaus.

In der Stille, die nach seinem Abgang herrschte, beschlich mich ein mulmiges Gefühl. Ich traute Quinlan nicht. Er war beinahe so gerissen, wie ich es gewesen war. Und jetzt war er außer Sichtweite. Aber das bedeutete auch, dass Emma mit den Aktenordnern, die er auf dem Tisch hatte liegen lassen, alleine war. Es war endlich an der Zeit, zu erfahren, wie ich gestorben war.

17

Corpus Delicti

Emma hielt den Atem an und zählte bis zehn, wobei sie lauschte, wie sich Quinlans Schritte auf dem Flur entfernten. Irgendwo öffnete und schloss sich eine Tür, dann war es still.

Erst jetzt griff sie nach der Aktenmappe, die ihren Namen trug. Sie schlug sie auf – und ließ sie augenblicklich fallen. Der Ordner landete offen vor ihr auf dem Tisch. An das Deckblatt war das Foto eines Skeletts geheftet.

Emmas Kehle wurde trocken. Sie hatte gewusst, dass der Ordner Fotos der Leiche enthalten würde, aber sie hatte sich keine Gedanken darüber gemacht, wie die aussehen würden. Sie konnte nicht schlucken; ihre Zunge fühlte sich an wie Sandpapier. Aber sie holte tief Luft und straffte die Schultern. Vielleicht gab es Hinweise, die die Polizisten übersehen hatten. Sie musste sich die Bilder ansehen.

Die leeren Augenhöhlen der Leiche starrten zum Himmel hinauf. Bunte Blätter bedeckten einen Teil des Körpers mit einem roten, goldenen und braunen Teppich. An den Knochen hingen noch Hautfetzen, und das lange Haar breitete sich wie ein Schleier um den Schädel aus, von der Sonne und den Elementen ausgedörrt und rötlich gebleicht. Das schreckliche Grinsen des Schädels bildete einen seltsamen Kontrast zu dem verblichenen rosaroten Kapuzenpulli, der immer noch den Torso umhüllte.

Ich konnte meine Augen nicht von den traurigen Überresten des Körpers abwenden, den ich zurückgelassen hatte. Der nackte Schädel rief schwache Erinnerungen an meine Gesichtszüge in mir wach – meine hohen Wangenknochen, mein schmales Kinn. Aber ich spürte kaum eine Verbindung zu den Knochen auf dem Bild. Sie hatten nichts mehr mit mir zu tun. Seltsamerweise fühlte sich Emmas Körper mehr wie mein eigener an als dieser.

Hinter dem obenauf angehefteten Foto kamen noch weitere, die die Leiche aus verschiedenen Blickwinkeln zeigten. Es sah aus, als habe Sutton an dem Abend, an dem sie in den Canyon gegangen war, gelbe Baumwollshorts getragen. Nahaufnahmen enthüllten geborstene Knochen und auf einer sah man ein gezacktes Loch in der Schädeldecke.

Je länger Emma die Bilder betrachtete, desto merkwürdiger fühlte sie sich. Sie hatte seit Monaten gewusst, dass ihre Schwester tot war. Nachdem der Mörder sie in Charlottes Küche gewürgt, ihr in der Aula beinahe einen

Scheinwerfer auf den Kopf geworfen und schließlich auch Nisha getötet hatte, war in ihr kein Raum für Zweifel geblieben. Aber dennoch, dennoch hatte sie im tiefsten Inneren gehofft, dass Sutton irgendwann in die Stadt zurückstolzieren und über den Erfolg ihres ausgeklügelten Lügenspiel-Streichs lachen würde. Jetzt starrte Emma auf die Bilder der Leiche in dem grausamen Bewusstsein, dass ihre Hoffnungen und Träume hinfällig waren.

Dies war ihrer Schwester zugestoßen. Und diese Leiche war alles, was von ihr noch übrig war.

Natürlich hielten alle das Skelett für Emma.

Sie waren nicht zu unterscheiden – nicht einmal durch die DNA. Suttons Leiche zu betrachten, war ungefähr so, als sähe sie sich selbst tot dort liegen.

Ihr Magen verkrampfte sich und sie schmeckte bittere Galle im Mund. Emma ging zu dem niedrigen Mülleimer aus Blech und spuckte hinein. Hätte sie Quinlan doch nur um ein Glas Wasser gebeten.

Sie ging zum Tisch zurück. Zitternd versuchte sie, ihre Übelkeit zu unterdrücken, und wendete sich wieder dem Ordner zu. Geordnet und zusammengeheftet, fand sie verschiedene Formulare und Berichte. Sie nahm sich das Polizeibild, auf dem eine junge Frau von vorn und im Profil abgebildet war. Es war beinahe gruseliger als die Leiche, ihr eigenes Gesicht von jemandem gezeichnet zu sehen, der ihr nie begegnet war, sondern das Bild auf der Grundlage der Knochen ihrer Schwester erstellt hatte. Alle Details stimmten. Der Künstler hatte die Gesichtszüge perfekt rekonstruiert – nur die Augen und Lippen stimmten nicht ganz. Aber die waren auch schwer zu erraten, wenn man nur ein Skelett als Vorlage hatte.

Als Nächstes nahm sie eine Darstellung des Tatorts in die Hand, der aus verschiedenen Blickwinkeln skizziert worden war. Auf einer Karte waren sowohl die Entfernung der Leiche von der Straße als auch der vermutete Absturzort hoch über der Schlucht eingetragen. Emma stockte der Atem, als sie das Gebiet erkannte: Sutton war von einer Klippe gefallen, die ganz in der Nähe der Stelle lag, wo die Mädchen vor ein paar Wochen ihre falsche Séance abgehalten hatten. Sie dachte an die leise, vertraute Stimme zurück, die sie an jenem Abend gehört hatte. Sie hatte ihr befohlen zu rennen. Sie schien von weit, weit weg zu kommen. Aber vielleicht war sie ihr näher gewesen als gedacht.

Es war meine Stimme gewesen.

Schließlich kam Emma zum Obduktionsbericht. Der Pathologe hatte Suttons Verletzungen aufgelistet – und es war eine lange Liste. Auf einer Seite hatte er auf einem schematischen Umriss ihres Körpers alle Wunden und Knochenbrüche eingezeichnet.

Das Opfer weist mehr als zehn Prellungen und dreizehn Platzwunden an Extremitäten und Rumpf auf. Das linke Schienbein und drei Rippen des Opfers sind gebrochen, die linke Schulter ist luxiert. Außerdem liegt eine Impressionsfraktur über der rechten Augenhöhle mit einhergehendem Subduralhämatom und großflächigen Einblutungen vor.

Emma biss sich auf die Wange und schmeckte salziges, metallisches Blut. Ihre Schwester war unter schrecklichen Schmerzen gestorben, und laut einer Bemerkung des Pathologen sah es so aus, als hätten Tiere »an dem Leichnam gerührt«. Daran wollte Emma nicht denken. Sie blätterte um.

All diese Verletzungen passen zu einem Unfall.

Der Satz ließ sie zu Eis erstarren. Unfall?

Auch ich erstarrte. Sie konnten meinen Tod doch nicht für einen Unfall halten! Wie war das möglich? Ich suchte panisch in meinen Erinnerungen nach dem letzten Bild, das ich von meinem Abend im Canyon hatte. Wieder spürte ich Garretts Hand auf meiner Schulter, seine Stimme in meinen Ohren. Ich versuchte, mich dazu zu zwingen, mich umzudrehen, ihn anzusehen und herauszufinden, was er mir angetan hatte – aber die Erinnerung verdunkelte sich. Ich spürte nur wieder den schrecklichen Schwindel, der mich erfasst hatte, als Quinlan sagte, ich sei zu Tode gestürzt. Garrett musste mich gestoßen haben. Aber es musste doch einen Hinweis darauf geben, irgendein Indiz dafür, dass es nicht einfach so passiert war. Was mir zugestoßen war – und Emma und Nisha nach mir –, hatte sich nicht zufällig ereignet.

Emmas Gedanken rasten. Es war genau wie bei Nishas Tod, der auch wie ein Unfall ausgesehen hatte.

Aber dann fiel ihr Blick auf zwei fett gedruckte Zeilen am unteren Seitenrand.

Todesursache: Zerebrale Kontusion durch stumpfe Gewalteinwirkung.

Todesart: Noch unbekannt.

Sie blinzelte. Noch unbekannt. Vielleicht waren die Polizisten ja doch nicht so sicher, dass es ein »Unfall« gewesen war.

Emma blätterte weiter. An eine ausgedruckte E-Mail vom Besucherzentrum des Sabino Canyon waren grobkörnige Überwachungsfotos angeheftet. Die Mail war an Quinlan adressiert.

Natürlich möchten wir gerne helfen, hatte der Absender geschrieben. *Die Kamera nimmt immer zur vollen Stunde ein Bild auf. Wir haben sie vor drei Jahren installiert, nachdem wir einige Fälle von Vandalismus auf dem Parkplatz hatten. Die Wanderwege werden von ihr nicht erfasst.* Emma fuhr mit dem Finger schnell über die Datumsangaben der Bilder, bis sie diejenigen fand, die am Abend des 31. August aufgenommen worden waren. Sie suchte nach bekannten Autos oder bekannten Personen. Hinweise, auf die sie bisher noch nicht gestoßen war.

Den Fotos nach zu urteilen, war an jenem Abend kaum jemand im Canyon gewesen. Sie erkannte keines der Autos. Auch Suttons Volvo war nirgends zu sehen.

Vielleicht hatte der Mörder ihn bereits gestohlen, als das Bild aufgenommen worden war. Es konnte aber auch sein, dass Sutton und Thayer woanders, an einer abgelegenen Stelle geparkt hatten.

Bild um Bild, Stunde um Stunde leerte sich der Parkplatz. Einmal tauchten zwei neue Autos auf – Autos, die sie kannte. Mr Mercers SUV und Beckys rostiger Buick. Da musste Sutton ihrem Vater und kurz danach Becky begegnet sein. Eine Stunde später waren beide Autos verschwunden. Vielleicht war der Mörder ja zum Tatort gelaufen oder hatte sich wie Emma am folgenden Tag von einem Taxi zum Canyon bringen lassen.

Sie blätterte um und mich durchfuhr ein elektrischer Schock. Um Mitternacht stand im gelblichen Schein der Laterne ein silberner Audi, der mir sehr bekannt vorkam. Ich sah den Fußball-Aufkleber auf der Stoßstange.

Ja, ich kannte dieses Auto. Ich kannte den dunklen nierenförmigen Fleck auf dem Beifahrersitz, wo ich einen Becher Kaffee verschüttet hatte. Ich kannte die kitschige Lammfelldecke auf dem Rücksitz, auf der ich mich zusammengerollt und den Fahrer zu mir gewinkt hatte, zum Knutschen. Ich kannte die Beule in der Tür hinter dem Fahrersitz, die er hineingetreten hatte, als ich ihm eines Abends die Schlüssel wegnahm, weil er zu viel getrunken hatte. Ich sah sein muskulöses Fußballerbein sogar jetzt noch vor mir. Das Material hatte keine Chance gehabt.

Es war Garretts Auto. Und jetzt sah ich auch noch mehr. Ich spürte die Erinnerung kommen, bevor sie mich überwältigte. Sie sog mich in sich hinein, tiefer und tiefer – zurück zu den letzten Augenblicken meines Lebens.

18

Wie man sich bettet …

Als sich die Hand auf meine Schulter legt, wirbele ich herum. Angst schnürt mir die Kehle zu und einen Moment lang traue ich meinen Augen nicht. Garrett steht nur Zentimeter weit hinter mir, das Gesicht zu einer wütenden Fratze verzogen. Er ist mir so nahe, dass ich den Whiskey in seinem Atem riechen kann. Sein Haar ist verstrubbelt, er trägt kakifarbene Cargoshorts und hat sich das Knie aufgeschlagen. Blut läuft ihm die Wade hinunter.

»Was machst du denn hier?«, japse ich und taumele ein paar Schritte zurück. Der Pfad hinter mir geht steil bergab, und ich halte mich an einem Felsbrocken fest, um das Gleichgewicht nicht zu verlieren.

Er lacht schneidend auf. Inzwischen habe ich mich an Garretts Launen und sein unberechenbares Verhalten gewöhnt, aber das heißt nicht, dass es mir gefällt. Der gute Garrett ist wie ein süßer, treuherziger Welpe – liebenswert, gutmütig und ein bisschen verletzlich –, aber der böse Garrett spielt in einer ganz anderen Liga. Und bei meinem Glück ist es nicht schwer zu erraten, welcher von beiden heute Abend hier ist.

Er schaut mich mit zusammengekniffenen, blutunterlaufenen Augen in der Düsternis an. »Was du hier machst, ist ja klar«, höhnt er. »In diesen Shorts siehst du wie eine Nutte aus.«

Ich sollte ihn ignorieren, mich einfach umdrehen und ohne ein Wort den Berg hinunterlaufen. Aber wie immer schafft es Garrett, mich zu provozieren. »Vor ein paar Tagen haben dir die Shorts noch gut gefallen«, zische ich. Vor ein paar Tagen waren wir im Kino, ich hatte ihm die Beine auf den Schoß gelegt, und wir bekamen nicht viel von dem Film mit.

»Da hast du sie auch nicht mitten in der Nacht in der Wildnis getragen«, sagt er. Oder vielmehr lallt er. »Willst du, dass dich jemand angreift?«

Ich weiß, warum er so redet, woher das Gift in seinen Worten stammt, aber sie schmerzen mich trotzdem. Ich wende mich ab, um die Tränen in meinen Augen zu verbergen. »Geh nach Hause, Garrett. Du bist betrunken und benimmst dich wie ein kolossales Arschloch.«

Aber er greift nach meinem Arm. »Hör endlich auf, die Unschuldige zu spielen«, zischt er. »Tu nicht so, als sei ich hier der Böse. Ich weiß genau, was abgeht.«

»Du weißt gar nichts«, blaffe ich wütend. Nach allem, was ich heute Abend durchgemacht habe, fehlt mir die Geduld für Garretts Tobsuchtsanfälle. »Und ich finde es ganz schön scheinheilig, dass du so tust, als wäre ich sonst was für eine Nutte, nur weil ich …« Ich kann den Satz nicht beenden. Den ganzen Sommer lang hatte ich gehofft, dass Garrett und ich

unsere Beziehung endlich besiegeln und auf die nächste Ebene heben würden. Ich glaube, tief im Inneren hatte ich gehofft, dass ich mich richtig in ihn verlieben würde, wenn wir miteinander schlafen würden. Dass ich mich ganz auf ihn einlassen und Thayer – und mit ihm all die Lügen und Geheimnisse – aufgeben könnte. Ich habe Garrett unzählige Male die Chance gegeben, mich zu verführen, aber er hat mich jedes Mal abblitzen lassen. Das hätte mich ziemlich fertiggemacht, wenn ich nicht gewusst hätte, dass Garrett einfach eine Menge Hemmungen hat. Was Sex angeht, ist er komisch, seit das mit seiner Schwester passiert ist.

Aber jetzt bin ich froh, dass wir es nicht getan haben. Ich will nicht länger mit ihm zusammen sein. Was Thayer und mich verbindet, ist viel echter und intensiver als meine Gefühle für Garrett. Unglaublich, dass ich das erst jetzt gemerkt habe.

»Ich weiß, was du hier draußen tust, und ich weiß, mit wem du hier warst«, sagt Garrett. Er lässt mich abrupt los und ich taumele zurück. Mein Handgelenk schmerzt von seinem Griff.

»Warum? Hast du mir nachspioniert?« Ich denke an das Gefühl, beobachtet zu werden, das mich schon den ganzen Abend lang verfolgt. Ich bekomme eine Gänsehaut. »Das ist ja ekelhaft, Garrett.«

Er schnaubt verächtlich. »Weißt du, dass ich heute Abend bei Nisha war? Um nach meiner Freundin zu suchen?« Er spricht das Wort beinahe sarkastisch aus. »Weil du mir gesagt hast, du würdest den ganzen Abend lang dort sein? Aber die Mädels hatten dich nicht gesehen.«

»Ich wollte nicht auf Nishas langweilige Party. Na und?«, sage ich achselzuckend.

»Als ich gerade aus der Einfahrt fuhr, habe ich dich den Wanderweg hinaufrennen sehen. Ich wollte dich hier oben überraschen. Aber du warst nicht allein hier, richtig?«

Die Wolken ziehen über den Mond und werfen seltsame Schattenfetzen auf den Pfad. Zu meiner Linken glitzert Tucson wie eine riesige zusammengeknäuelte Lichterkette. Zu meiner Rechten ist der Abgrund, der hinunter zum Hohlweg führt. Vor diesem Teil des Pfads hat mein Vater mich immer gewarnt – als ich noch klein war, musste ich auf diesem Abschnitt immer an seiner Hand gehen. Er hat sogar gesagt, die Klippe sei zu steil, um sich daran abzuseilen, und unten in der Schlucht lägen Leichen, die man nicht bergen könnte. Ein Schauder läuft mir über das Rückgrat.

»Gib es zu«, sagt Garrett gequält. »Du warst mit Thayer hier.«

Mein Mund wird trocken, und ich habe nicht mehr das Herz, es abzustreiten. Aber die Wahrheit will ich ihm jetzt auch nicht sagen – nicht hier in der Wildnis, wenn er so betrunken und wütend ist. Bevor ich etwas sagen kann, reißt er einen Schößling mitsamt Wurzeln aus der Erde und bricht ihn mit einem wütenden Aufschrei in der Mitte durch.

»Verdammt, Sutton!« Seine Stimme hallt von den Wänden der Schlucht wider. Er wirft die beiden Hälften des kleinen Baums über den Rand, und ich sehe, wie die Dunkelheit sie verschluckt. »Wie konntest du mir das antun? Ich liebe dich.«

Er rauft sich mit beiden Fäusten die Haare.

Entsetzen steigt in mir auf, und plötzlich denke ich an die schattenhafte Gestalt am Steuer meines Volvos, der Thayer niedergestreckt hat. An den Menschen, der mein Auto gestohlen hat, um den Jungen zu überfahren, den ich liebe. Und endlich zähle ich zwei und zwei zusammen. Ich weiche einen Schritt vor ihm zurück. »Wie lange bist du schon hier?«

»Lange genug«, zischt er. Mein Herz verkrampft sich.

Aber das ist doch nur Garrett, sage ich zu mir. Der liebe, treudoofe Garrett. Er würde niemanden absichtlich überfahren – nicht einmal Thayer. Oder?

Aber dann tritt der Mond hinter den Wolken hervor und ich sehe seine zum Zerreißen gespannten Hals- und Schultermuskeln, seine kaum unterdrückte Wut. Ein irres Grinsen liegt auf seinem Gesicht. Seine Augen blitzen. Und bei meinem nächsten Herzschlag kommt mir der Gedanke, dass vielleicht gar nicht der böse Garrett vor mir steht. Vielleicht ist das hier ein Garrett, den ich bisher noch nie gesehen habe. Der wahnsinnige Garrett. Der gewalttätige Garrett.

»Was hast du getan?«, hauche ich.

Er lacht und es ist ein bitteres, gebrochenes Lachen. »Ich muss mich vor dir nicht rechtfertigen.« Er macht, immer noch grinsend, einen Schritt auf mich zu.

Rasende Wut überwältigt mich und spült meine Angst fort. Einen Moment lang höre ich wieder das grässliche Knirschen, mit dem Thayers Knochen brechen, die schwache Stimme, mit der er voller Schmerz nach mir ruft. Ich balle die Fäuste und baue mich vor Garrett auf. »Du gestörter Mistkerl«, flüstere ich. Er reißt die Augen auf.

»Ich bin gestört?« Er macht noch einen Schritt auf mich zu. Ich weiche nicht von der Stelle, obwohl er mir ganz nah ist. »Wer ist hier der Lügner? Wer ist hier die Schlampe?« Mit dem letzten Wort gibt er mir einen festen Stoß. Ich schwanke, kann aber gerade noch das Gleichgewicht halten. »Wer … kann … einfach … nicht … die … Wahrheit … sagen?« Mit jedem Wort stößt er mich weiter zurück. Mein Blut rauscht in meinen Ohren, und diesmal sowohl vor Wut als auch vor Angst.

»Es ist vorbei, Garrett!« Ich starre ihn an, und es ist, als sähe ich ihn zum ersten Mal. Den netten Jungen, der mir bei unserem ersten Date Maiglöckchen geschenkt hat, mir haufenweise Playlists mit Songs, die mich an ihn erinnern sollten, gemacht hat, der so unschuldig meine Hand hielt, wenn wir spazieren gingen. Hat er jemals existiert? Die Person vor mir ist ein Monster, irreparabel beschädigt.

Er erstarrt und einen Moment lang sind nur seine Augen lebendig. Sie brennen lichterloh, und ich weiß nicht, wie ich sie jemals für empfindsam halten konnte. »Es ist erst vorbei, wenn ich das sage«, presst er heraus.

Kiesel rutschen unter meinen Füßen weg, und ich sehe, dass er mich bis an den Rand des Abgrunds gedrängt hat. Tintenschwarze Dunkelheit erstreckt sich unter mir. Ich kann nicht sagen, wie weit es hinuntergeht.

Er bewegt sich blitzschnell. Auf einmal hat er mich am Pulli gepackt. Meine Füße verlassen den Boden, mein Kragen schneidet mir in den Hals. Ich wimmere und trete nach ihm, treffe ihn jedoch nicht. Unter mir gähnt hungrig der Abgrund. Garrett *zieht mich so nah an sein Gesicht, dass ich von den Whiskeyschwaden in seinem Atem würgen muss.*

»Warum machst du mich so wahnsinnig?«, fragt er, und seine Stimme bricht vor Seelenqual.

Und dann lässt er mich los.

19

Guter Bulle, böser Bulle

Auf dem Flur näherten sich schwere Schritte und Emma stopfte hastig die Blätter in den Ordner zurück. Kurz darauf öffnete sich die Tür und Detective Quinlan betrat das Zimmer.

Ohne zu zögern, schoss Emma hoch. »Detective Quinlan, ich glaube, ich weiß, wer meine Schwester ermordet hat.«

»Ja, sag es ihm«, drängte ich. Mir war immer noch schwindelig, wenn ich mich daran erinnerte, wie Garrett mich über dem Abgrund hochgehoben hatte.

Quinlan blieb wie angewurzelt stehen und zog skeptisch eine Augenbraue hoch. »Wie interessant. Ich wollte Ihnen gerade genau dasselbe sagen … Emma.«

Einen Moment lang begriff Emma seine Worte nicht. Sie blieb wie zur Salzsäule erstarrt stehen und konnte keinen Muskel bewegen, während ihr Verstand auf Hochtouren arbeitete. Was passierte hier gerade?

Quinlan lächelte sie kühl an. »Als ich den Abstrich gemacht habe, ist mir aufgefallen, dass Sie zwei Füllungen in Ihren Backenzähnen haben. Und die Sache ist die: Sutton Mercer hat noch nie in ihrem Leben Karies gehabt. Wahrscheinlich wegen des guten Bio-Essens, das die Mercers kaufen. Aber laut der zahnärztlichen Unterlagen, die wir aus Las Vegas bekommen haben, hat Emma Paxton zwei Plomben. Genau da, wo Ihre sind, übrigens.« Er warf ein paar Röntgenbilder auf den Tisch.

Emma starrte stumm auf die Bilder. Adrenalin pulste durch ihren Körper. Einen wahnsinnigen Moment lang überlegte sie, einfach abzuhauen. Aber was dann? Sie würde höchstens bis in den Flur kommen, wo sie von Polizisten umzingelt war. Die schreckliche Wahrheit war nicht mehr zu leugnen: Es gab keinen Ausweg. Sie setzte sich langsam wieder.

Quinlan zog sich einen Stuhl heran und setzte sich ebenfalls. Einen Moment lang wurden seine Gesichtszüge weich, als er sie beobachtete. Emma hatte den Eindruck, dass sie ihm beinahe leidtat. »Es ist an der Zeit, die Wahrheit zu sagen, Miss Paxton. Kommen Sie, machen Sie es sich nicht noch schwerer. «

Emma schaute mit wild rasenden Gedanken auf ihre Hände, die auf dem Tisch vor ihr lagen. Wie viel wusste er bereits?

Seufzend legte Quinlan die Fingerspitzen aneinander. Er sah sie nachdenklich an. »Kommen Sie schon, Emma. Ich kann Ihnen nur helfen, wenn Sie ehrlich zu mir sind.«

Er öffnete Emmas Akte, zog die Fotos vom Tatort heraus und legte sie vor ihr auf den Tisch.

»Vielleicht war es nur ein Unfall«, sagte Quinlan sanft. »Sie waren mit Ihrer Schwester im Canyon, es kam zum Streit, es gab ein Handgemenge, und Sutton ist einfach … abgestürzt. Sie hatten nicht die Absicht, ihr etwas anzutun. Aber Sie müssen mir helfen, Emma. Sie müssen mir die Wahrheit sagen.«

Ich beobachtete die beiden misstrauisch. Da ich viele Stunden lang von Quinlan verhört worden war, wusste ich genau, was er tat. *Ein Adoptivkind zu sein, ist sicher sehr schwer für dich, Sutton. Warum sagst du mir nicht einfach die Wahrheit?* Er versuchte, meine Schwester zu manipulieren und ihr so ein Geständnis zu entlocken.

Seine steingrauen Augen waren undurchdringlich. Bevor Emma verarbeiten konnte, was er gerade gesagt hatte, warf er die Hände hoch, als habe er stundenlang an ihre Vernunft appelliert und sei mit seiner Geduld am Ende. »Von mir aus. Dann schauen wir mal, was sich hinter Türchen Nummer eins verbirgt.«

Mit knackenden Knien stand er langsam auf und schob dabei seinen Stuhl zurück. Er öffnete die Tür einen Spalt, streckte den Kopf hindurch und redete leise mit jemandem auf dem Flur. Emma reckte den Hals und versuchte zu erkennen, wer draußen stand, aber sein Körper versperrte ihr die Sicht.

Dann öffnete sich die Tür ganz und eine Polizeibeamtin führte Alex Stokes ins Zimmer.

Sie trug Handschellen.

Emmas Mund klappte auf. Ihre beste Freundin stand stumm und beschämt vor ihr und starrte auf das Schachbrettmuster der Turnschuhe, die sie seit zwei Jahren täglich trug.

Sie war ein kleines, elfenzartes Mädchen und wirkte neben der amazonenhaften Beamtin neben ihr geradezu winzig. Sie hatte geweint und ihr türkisfarbener Eyeliner war auf ihren Wangen verschmiert. Quinlan gab ihr einen kleinen Stups und sie stolperte nach vorn und richtete ihre tränennassen Augen auf Emma.

Ein Zentnergewicht senkte sich auf Emmas Herz. Alex steckte in Schwierigkeiten. Und sie war schuld daran.

Quinlans Lippen kräuselten sich zu einem grausamen Lächeln. »Wir können deiner Freundin hier ein halbes Dutzend Vergehen vorwerfen. Beihilfe, Behinderung der Justiz, Vertuschung. Und wenn der Richter Fantasie hat, auch Komplizenschaft in einem kaltblütigen Mord.« Er schnalzte abfällig mit der Zunge. »Wir haben einen Durchsuchungsbefehl für ihr Handy bekommen, und es hat sich herausgestellt, dass sie seit drei Monaten mit ihrer lieben Freundin Emma Paxton in Kontakt steht. Und Emma hatte ihr viele interessante Geschichten über ihr Leben in Tucson zu erzählen. Wie nahe sie Sutton stand, wie toll das Leben bei den Mercers war. Und die letzte kam …« Er schaute demonstrativ auf das Blatt Papier in seiner Hand. »Gestern! Schau einer an!«

Emma schoss wieder hoch und ihre Angst war jetzt

mit Wut durchsetzt. »Alex hat nichts mit der Sache zu tun. Das dürfte offensichtlich sein, wenn Sie die SMS gelesen haben.«

»Vielleicht«, sagte Quinlan achselzuckend. »Vielleicht kommunizieren Sie beide aber auch in einem Geheimcode. Woher soll ich das wissen, wenn Sie mir nicht die Wahrheit sagen?«

Emma starrte ihn an. Vor Wut kochend, ballte sie die Fäuste und grub ihre Fingernägel in das weiche Fleisch ihrer Handballen. »Ich habe versucht, Ihnen die Wahrheit zu sagen. Und zwar an dem Tag, an dem ich hier ankam.« Diesmal musste sie nicht Sutton bemühen, um die richtige Haltung einzunehmen. Sie war außer sich. »Falls Sie Alex irgendetwas anlasten wollen, müssen Sie auch sich selbst anzeigen – wegen Fahrlässigkeit, weil Sie sich im September nicht die Mühe gemacht haben, meine Geschichte zu überprüfen.«

Es wurde still im Zimmer. Irgendwo weiter unten im Flur klingelte ein Telefon wieder und wieder. Die Beamtin schaute Quinlan unsicher an. Sein Grinsen war erstorben, aber als er sprach, mied er Emmas Blick.

»Bring sie hier raus«, murmelte er und nickte in Richtung Alex. Die Beamtin zögerte, aber als Quinlan nichts weiter unternahm, berührte sie Alex am Arm und führte sie aus dem Zimmer. Emma wünschte, sie könnte ihrer Freundin nachrufen und sie um Verzeihung bitten, aber sie wusste, dass sie sich vor Quinlan keine Schwäche erlauben durfte.

»Dann erzählen Sie mal Ihre Geschichte«, sagte Quinlan schließlich und verschränkte die Arme vor der Brust.

»Wollen Sie für den Teil des Verhörs Ihr Diktiergerät nicht anschalten?«, fragte Emma schnippisch. Quinlan runzelte die Stirn und schaltete das Gerät an. Sie lehnte sich in ihrem Stuhl zurück. »Ich bin am 1. September hierhergekommen, um mich mit Sutton zu treffen. Aber sie hat mich im Sabino Canyon versetzt, zumindest dachte ich das damals. Ich habe eine Ewigkeit gewartet, aber sie ist nicht aufgetaucht. Madeline Vega und die Fiorello-Zwillinge haben mich auf der Bank entdeckt und für Sutton gehalten. Die Nachricht hatte mich davor gewarnt, meine Identität preiszugeben, also habe ich mitgespielt. Ich habe geglaubt, Sutton würde jeden Augenblick auftauchen und die Sache aufklären.« Emma bekam einen Kloß im Hals, als sie an die Hoffnung zurückdachte, die sie an jenem ersten Abend erfüllt hatte. Sie hatte sich so darauf gefreut, Sutton kennenzulernen, endlich eine Familie zu haben. Irgendwo dazuzugehören. Tränen brannten in ihren Augen, aber sie reckte trotzig das Kinn und hielt Quinlans Blick stand. »Dann bekam ich eine Botschaft, in der stand, Sutton sei tot und ich müsse mitspielen. Den Zettel habe ich noch – und auch die anderen, die mir der Mörder zugespielt hat. Ich habe sie in ein violettes Zierkissen auf Suttons Bett eingenäht. Das können Sie überprüfen.«

Quinlan grunzte ungeduldig, und seine Augen glitzerten gefährlich, als er sich über den Tisch beugte. »Lassen

Sie mich mal erzählen, was ich von der Sache halte. Ich glaube, Sie haben Ihrer Schwester lange Zeit nachgestellt und sie auf Facebook und Twitter verfolgt. Vielleicht haben Sie sogar mal einen kleinen Ausflug nach Tucson gemacht, um sie zu beobachten. Sutton hatte alles, was Sie sich gewünscht haben, alles, was Sie nie hatten: Geld, Beliebtheit, ein schönes Haus, eine liebevolle Familie. Und Sie haben beschlossen, es ihr wegzunehmen. Sie kamen ohne Gepäck und ohne Ausweis hier an, weil Sie wussten, dass Sie das nicht brauchen würden. Sie hatten von Anfang an geplant, ihr Leben zu übernehmen.« Emma schüttelte heftig den Kopf, aber er tippte mit dem Zeigefinger auf die Tatortfotos zwischen ihnen. »Sie haben Ihre Schwester in den Abgrund gestoßen. Und ab da war es einfach. Sie mussten nur in ihre Rolle schlüpfen. Sie haben einen Abend lang gewartet, sind dann zu Nishas Party gegangen und haben sich Sutton genannt. Zu Ihrem Glück war Ihre Zwillingsschwester für ihre Streiche berüchtigt, also war es Ihnen ein Leichtes, Unstimmigkeiten als Streich abzutun. Sie kamen sogar hierher und taten so, als seien Sie Sie selbst. Damit wollten Sie sich ein Alibi verschaffen, falls die Wahrheit ans Licht kommen würde. Ganz schön schlau, die Wahrheit wie eine Lüge aussehen zu lassen. Aber nicht schlau genug.«

»Das stimmt nicht«, sagte Emma und schlug mit der flachen Hand auf den Tisch. Ihre Wut überraschte sogar sie selbst. Als Emma Paxton hatte sie es nie gewagt, einer

Respektsperson zu widersprechen. Sie war immer umgänglich gewesen, ein Pflegekind, das keine Probleme machte, ein Chamäleon, das sich in die Art von Person verwandeln konnte, die den Erwachsenen in ihrem Leben gerade passte. Aber jetzt war sie von ihrem ganz eigenen rechtschaffenen Zorn erfüllt. »Während Sie mich hier triezen, lacht sich der wahre Mörder ins Fäustchen. Verstehen Sie denn nicht? Jemand will mir das Ganze anhängen.«

Quinlan sah sie abschätzend an. Dann biss er die Zähne zusammen.

»Ich will ehrlich sein. Sutton Mercer hat mir eine Menge Ärger gemacht.« Seine raue Stimme war tödlich ruhig. Plötzlich war es so still im Zimmer, dass Emma den Sekundenzeiger an Quinlans Armbanduhr ticken hörte. »Aber sie war nur ein Teenager. Sie hat nicht verdient, was ihr zugestoßen ist. Ich kann nicht beweisen, dass Sie sie umgebracht haben. Noch nicht. Aber ich werde es mir zur Aufgabe machen, jeden Ihrer Schritte zu verfolgen, bis Sie einen Fehler machen. Denn das werden Sie, Emma. Verbrecher machen immer Fehler.«

»Ich kann also gehen?«, fragte Emma mit zitternder, aber klarer Stimme.

Quinlan nickte. »Klar. Aber wir brauchen sowohl Ihren Blackberry als auch Suttons iPhone. Und Suttons Auto wird als Beweismittel beschlagnahmt. Ein Beamter wird Sie fahren. Ich hoffe, es versteht sich von selbst, dass Sie die Stadt nicht verlassen dürfen.«

Emma nickte. »Und Alex? Werden Sie Anzeige gegen Sie erstatten?«

»Das wissen wir noch nicht«, sagte er achselzuckend. »Das hängt davon ab, wie gut Sie mit uns kooperieren. Heute Abend schicken wir Alex zu ihrer Mutter nach Hause. Wir haben derzeit nicht vor, sie zu belangen, aber wir behalten sie im Auge.«

Eine neue Woge an Schuldgefühlen stieg in Emma auf, als sie daran dachte, dass Alex' Mutter sich bestimmt schreckliche Sorgen machte. Sie stand auf und nahm ihre Tasche. Hinter ihr hörte sie Quinlan weitersprechen: »Ich glaube, dies ist der Teil Ihres Streichs, an dem alle aus dem Hinterhalt springen und ›Erwischt!‹ schreien, Miss Paxton.«

Sie starrte ihn an. Sein Lächeln war voller Hohn. »Die Katze ist aus dem Sack. Jeder Mensch dieser Stadt wird gleich erfahren, dass Sie die ganze Zeit gelogen haben – einschließlich der Mercers. Das Spiel ist aus.« Er öffnete die Tür des Verhörzimmers und machte eine ironische Verbeugung.

Es hätte mich beinahe gerührt, dass Quinlan so fest entschlossen war, meinen Mörder hinter Schloss und Riegel zu bringen, wenn er sich nicht wie der größte Schwachkopf aller Zeiten benommen hätte. Es war schon schlimm genug, dass ich tot war. Aber jetzt waren die Cops obendrein noch hinter der falschen Person her.

20

Zu Hause ist es am schönsten

Ein paar Minuten später stand Emma am Empfang, ohne Erinnerung daran, wie sie hierhergelangt war. Alle Wut war aus ihrem Körper gewichen, und ihre Glieder fühlten sich an wie Steine, so schwer und steif, dass sie sich kaum bewegen konnte. Sie stand wie betäubt da, bis eine Beamtin mit violetten Fingernägeln einen Kollegen dafür gefunden hatte, sie nach Hause zu fahren. Schließlich stand ein groß gewachsener Cop mit kurz geschnittenen kastanienbraunen Haaren vor ihr. Auf seinem Namensschild stand Corcoran.

»Emma Paxton?«

Sie nickte stumm und er lotste sie durch die Glastüren nach draußen.

Die Sonne war untergegangen. Hinter dem Parkplatz schob sich der Feierabendverkehr vorbei und rote Bremslichter glühten in der Dämmerung.

Corcoran sagte nicht viel, während er Emma zu den

Mercers fuhr. Sie starrte aus dem Fenster, vor dem weihnachtlich dekorierte Geschäfte und Restaurants vorbeizogen, und hörte mit halbem Ohr dem Polizeifunk zu. »… Vandalismus in der Tankstelle an der Valencia«, sagte eine gedämpfte weibliche Stimme. »Einheit 53, bitte zum Tatort.«

»Hast du es getan?«

Sie drehte sich zu dem Beamten um und zog eine Grimasse. Dachte er wirklich, falls sie einen Mord begangen hätte, würde sie ihn beiläufig einem Streifenpolizisten gestehen, nachdem Quinlan sie bereits verhört hatte? Aber er starrte nur mit ernstem Gesicht und gefurchten Brauen auf die Straße, als ob ihm irgendetwas an der Sache nicht einleuchte.

»Ich war auch ein Pflegekind«, sagte er sachlich. »Hier in Tucson.«

Emma nickte stumm. Sie hatte keine Ahnung, worauf er hinauswollte.

»Ich weiß nicht, warum, aber die Leute misstrauen dir, wenn du keine Familie hast. Selbst wenn es nicht deine Schuld ist«, fuhr er achselzuckend fort. »Man wird zum Sündenbock für alles, was schiefgeht, nur weil man nicht in das normale Raster hineinpasst.«

Emma schluckte mühsam. Sie schaute wieder aus dem Fenster, weil sie sich nicht dazu entschließen konnte, zu sprechen. Wollten die Polizisten sie jetzt mit einem guten Bullen aus dem Konzept bringen? Sollte sie zu einem Geständnis gebracht werden, indem ein attraktiver

Typ, der nicht viel alter war als sie, so tat, als verstehe er ihre Lage?

Aber Corcoran sagte nichts mehr, ganz so als habe er wirklich nur seine Meinung kundtun wollen.

Als sie in die Straße der Mercers einbogen, riss Emma fassungslos den Mund auf. Es wimmelte von Reportern. Die ganze Straße war hell erleuchtet, ein Dutzend Ü-Wagen parkte auf beiden Straßenseiten. Reporterinnen überprüften ihr Make-up in den Seitenspiegeln und probten ihren Text, stoppelbärtige Männer mit riesigen Kameras auf den Schultern folgten ihnen. Es sah aus, als werde Mr Paulson, der nächste Nachbar der Mercers, gerade in seiner Einfahrt interviewt. Sein Haar klebte ihm wie ein Helm am Kopf. Ein anderer Reporter schien gerade mitten in einem Bericht zu sein, für den er das Haus der Mercers als Hintergrund nutzte.

Ich hatte immer davon geträumt, berühmt zu sein, von Paparazzis verfolgt und um Interviews angebettelt zu werden. Aber nicht so.

»Bleib, wo du bist«, sagte Corcoran zu Emma und parkte das Auto mitten in der Straße. Dann öffnete er die Fahrertür. Sofort erfüllte ein Stimmengewirr den Streifenwagen.

»Bist du Emma Paxton oder Sutton Mercer?«

»Emma, warum hast du es getan?«

»Hattest du einen Komplizen bei dem Mord an deiner Schwester?«

Corcoran ignorierte die Meute. Er ging zur Beifahrerseite, öffnete die Tür und stellte sich beschützend vor Emma, um die kreischenden Reporter auf Distanz zu halten.

Sie schaute ihm in die Augen. Sie waren ruhig und von einem klaren Blau, und obwohl sie nicht sagen konnte, ob er sie für unschuldig hielt oder nicht, sah sie eine entschlossene Überzeugung in ihnen. Dieser Typ wollte, dass sie fair behandelt wurde. Ob sie nun unschuldig war oder nicht, ob sie gelogen oder die Wahrheit gesagt hatte, war egal. Er wollte, dass sie nicht vorverurteilt wurde.

»Bereit?«, fragte er. Emma nickte und fühlte sich ein bisschen stärker. Dieser Beamte war vielleicht nicht ihr Verbündeter – aber im Moment stärkte er ihr den Rücken.

Er half ihr aus dem Auto und führte sie dann schnell durch die Menge.

»Emma! Hast du wirklich geglaubt, du kommst damit durch?«

»Hältst du die Geisteskrankheit deiner Mom für genetisch bedingt?«

»Hat Sutton sich gewehrt?«

Corcoran stellte sich mit verschränkten Armen an die Grenze des Grundstücks. »Nun geh schon«, sagte er. »Ich warte hier, bis du drin bist.«

Emma nickte und schaute sehnsüchtig zur Haustür der Mercers. Sie wollte nur noch drinnen sein, sich mit ihrer Familie zusammensetzen und ihnen alles erzählen, so wie sie auch ihr alles erzählt hatten. Auf dem Weg zur Tür hörte sie das Klicken unzähliger Kameras. Ein

Mann im dunkelroten Blazer versuchte, sich mit ausgestrecktem Mikrofon an Corcoran vorbeizudrängen, aber der Beamte packte ihn am Hemdkragen und zog ihn zurück.

Emma erreichte die Veranda und stand endlich vor der Eichentür mit dem löwenförmigen Türklopfer. Sie zog ihre Schlüssel aus der Tasche, aber sie rutschten ihr durch die fahrigen Finger und landeten klimpernd auf dem Verandaboden. Mit brennenden Wangen hob sie sie auf. Aber als sie die Tür aufschließen wollte, passte der Schlüssel nicht.

Ihr Herz verkrampfte sich bereits, bevor ihr Verstand begriff, was geschehen war. Das Schloss war ausgewechselt worden. Sie war nicht länger willkommen.

Ich starrte auf den Schlüsselbund in der Hand meiner Schwester. Um den Haustürschlüssel nicht suchen zu müssen, hatte ich ihn mit rosarotem Nagellack bemalt. Wie oft hatte ich ihn benutzt, ohne dass mir jemals bewusst war, was für ein Glück ich hatte, weil es ein Zuhause gab, in das ich zurückkehren konnte? Wie oft war ich nach Hause gekommen, ohne jede Dankbarkeit für dieses Glück!

Mit zitternden Fingern drückte Emma auf die Klingel. Drinnen hörte sie Drakes tiefes, heiseres Bellen. Die Rollläden waren heruntergelassen, aber durch die Lamellen schimmerte es gelb, und es schien, als brenne jedes Licht im Haus.

Hinter der Tür raschelte etwas. Sie wartete. Hinter ihr

brüllten die Reporter ihre Fragen und übertönten sich gegenseitig so rücksichtslos, dass man kein Wort mehr verstand. Corcoran stand immer noch mit vor der Brust verschränkten Armen am Bordstein und starrte stoisch über die Menge hinweg.

Plötzlich hörte Emma eine Stimme hinter der Tür. »Du kannst nicht hier bleiben.« Mrs Mercers Stimme klang erstickt. Offenbar hatte sie geweint.

»Bitte, Mrs Mercer. Ich will doch nur alles erklären.« Emma wollte das nicht auf der Türschwelle tun, im Beisein von Reportern und Fotografen. Sie beugte sich zur Tür vor und hoffte, dass dies ihr Gesicht vor den Kameras verbergen würde. »Bitte geben Sie mir die Chance, alles zu erklären.«

Ohne Vorwarnung wurde die Tür aufgerissen.

Mir brach es das Herz, als ich meine Mutter in der hell erleuchteten Diele stehen sah. Ihr Gesicht war völlig verheult, die Züge von Trauer und Wut verzerrt. Sie trug immer noch ihre Arbeitskleidung, eine graue Wollhose und eine rosarote Bluse, aber sie war barfüßig und wirkte derangiert. Sie starrte Emma an, als erkenne sie sie nicht.

»Ich will, dass du jetzt gehst«, sagte sie schrill, mit blitzenden Augen.

»Mrs Mercer, bitte …«

»Du bist genau wie deine Mutter«, zischte die ältere Frau. Emma wich unwillkürlich einen Schritt zurück. »Ihr seid beide Lügnerinnen. Ihr seid beide wahnsinnig.

Es ist euch egal, wen ihr verletzt, solange ihr bekommt, was ihr wollt.«

»Ich bin nicht wie Becky!«, keuchte Emma. Verzweiflung breitete sich in ihr aus. Sie musste sich ihrer Großmutter begreiflich machen. »Es tut mir leid, dass ich euch angelogen habe. Es tut mir so leid! Aber ich hatte keine andere Wahl!«

Mrs Mercer schluchzte erstickt auf und in ihren Augen sammelten sich Tränen. »Du hattest sehr wohl eine Wahl und du hast sie getroffen.«

Hinten im Flur bewegte sich ein Schatten, als höre dort jemand zu. Emma reckte den Hals, erkannte aber nicht, wer es war. »Wo ist Da … ich meine Mr Mercer? Kann ich mit ihm reden?«

Ihre Großmutter schüttelte heftig den Kopf. »Nein, das kannst du nicht. Er will nicht mit dir reden. Nicht nach dem, was du uns angetan hast.«

»Bitte hören Sie doch wenigstens kurz …«

Mrs Mercers Atem ging keuchend. Dann stürzte sie sich auf Emma, die zusammenzuckte, weil sie einen Schlag erwartete. Aber Mrs Mercer riss ihr nur die Kate-Spade-Tasche von der Schulter.

»Die Tasche gehört meiner Tochter«, schluchzte sie, und Tränen liefen ihr übers Gesicht. Dann packte sie Emmas Jacke und zog sie ihr aus den Armen. »Und die Jacke auch. Sie gehört nicht dir.«

Emma erstarrte. Nur ihre Lippen zitterten. Sie wehrte sich nicht, denn dazu hatte sie nicht den Mumm. Mrs

Mercer hatte recht. Nichts hier gehörte ihr. Weder die Kleider noch das Haus und die Familie. Sie besaß nichts auf der Welt.

»Und jetzt verschwinde verdammt noch mal von meinem Grundstück«, zischte Mrs Mercer.

Ich hatte meine Mutter noch nie fluchen hören, nicht einmal, wenn sie völlig frustriert war. Ich bekam Angst. Sie benahm sich wie ein anderer Mensch. Es war, als sei meine Mom, die ich so sehr geliebt hatte, die am Tag meiner ersten Periode mit mir Eis essen gegangen war und mit mir an verregneten Sonntagen alte Liebeskomödien geschaut hatte, verschwunden. Übrig war nur diese bittere, hasserfüllte, wütende Hülle. Und plötzlich wurde mir klar, dass dies die Bedeutung war, die mein Tod für meine Familie hatte. Weit entfernt von kindischen Fantasien, in denen ich alle auf meiner Beerdigung Lobeshymnen auf mich singen hörte und dann auf einer Wolke zum Himmel aufstieg. Meine Mutter hatte gerade erfahren, dass sie mich verloren hatte, und das zerstörte sie. Dies war das Vermächtnis, das mein Mörder – Garrett – hinterlassen hatte.

Mrs Mercer zog die Tür zu, aber als sie noch einen Spaltbreit offen stand, hielt sie inne. »Sag mir nur eines.« Ihre Stimme war jetzt sehr leise.

»Alles«, flüsterte Emma.

Die Augen ihrer Großmutter musterten forschend ihr Gesicht, als suche sie nach etwas. Emma wusste nicht, wonach.

»Hast du es getan? Wie alle behaupten?«

Emma holte zitternd Atem. »Nein.«

Mrs Mercer starrte sie stumm an, und ihre blauen Augen, die Emmas so sehr ähnelten, waren plötzlich weich. Emma hätte gerne noch mehr gesagt, aber sie wusste nicht, wo sie anfangen sollte. Sie wollte Mrs Mercer sagen, wie gerne sie Sutton kennengelernt hätte. Wie leid es ihr tat, wie viel Angst sie gehabt hatte, wie verzweifelt sie sich gewünscht hatte, die Wahrheit sagen zu können. Aber vor allem wollte sie ihr sagen, dass die letzten Monate die Erfüllung ihres größten Traums gewesen waren – dass sie nie eine solche Familie gehabt hatte und wie viel ihr die Erfahrung bedeutete. Aber bevor sie etwas sagen konnte, verhärteten sich Mrs Mercers Gesichtszüge wieder.

»Ich weiß einfach nicht, wie ich dir glauben soll.«

Sie schaute Emma noch einmal lange und forschend an, ihr Gesicht eine einzige Wunde. Dann knallte sie die Tür zu. Das Schloss rastete ein.

Langsam drehte sich Emma zur Straße um. Corcoran ließ die Reporter nicht aus den Augen. Die Journalisten flippten aus, hielten Mikrofone in die Luft und kreischten Fragen und ihren Namen. Schritt um Schritt ging sie über die Steinplatten. Sie fühlte sich, als wate sie durch tiefes Wasser, so schwer und träge war ihr Körper. Jemand hielt ihr ein Mikrofon unters Kinn. Sie schaute auf und sah die Lokalreporterin, die auch über Nishas Tod berichtet hatte. Jetzt trug sie einen kobaltblauen Anzug.

Ihre Haare wirkten in echt noch auftoupierter als im Fernsehen.

»Tricia Melendez von Channel Four. Kannst du mir sagen, ob die Gerüchte stimmen? Bist du das Mädchen, das für tot gehalten wurde?«

Corcoran bahnte sich einen Weg durch die Menge und verscheuchte die Reporter mit grimmigem Blick. Sie machten ihm Platz, als sie seine Uniform sahen. Er legte Emma eine Hand auf den Rücken und schob sie sanft zum Auto. Als sie sicher im Inneren saßen, schaute er sie an. »Wo soll ich dich hinfahren?«

Sie zögerte. Ethans Gesicht erschien vor ihrem inneren Auge, aber sie wollte ihn nicht in dieses Spektakel hineinziehen. Sie hatte schon Alex in Schwierigkeiten gebracht und wollte nicht, dass noch jemand ihretwegen leiden musste.

Aber sie konnte nirgendwo sonst hin.

Ich schaute aus dem Rückfenster. Mein Zuhause wurde kleiner und kleiner, bis wir um die Ecke bogen und es verschwand. In mir öffnete sich ein Abgrund der Leere. Meine Mutter wusste nicht, dass sie nicht nur Emma verbannt hatte, sondern auch mich. Es war schon schwer genug für mich gewesen, meine Familienmitglieder nicht berühren oder mit ihnen reden zu können. Jetzt konnte ich sie noch nicht einmal mehr sehen.

Es war, als hätte ich sie noch einmal verloren.

21

Ein sicherer Hafen

Emma hielt sich an ihrem Sitz fest, während der Beamte um eine Ecke raste. Sie reckte den Hals und beobachtete die Reporter, die sie verfolgten; Ü-Wagen und billige Mietautos klebten an der Stoßstange des Streifenwagens wie ein Rudel hungriger Wölfe. Sie warf einen Blick auf Corcoran. Seine Lippen waren zu einer dünnen Linie zusammengepresst.

»Können wir sie irgendwie abschütteln?«, fragte Emma, ihre Stimme kaum ein Flüstern.

Corcoran antwortete nicht. Er schaute in den Rückspiegel. Dann riss er ohne Vorwarnung das Steuer herum und fuhr in ein Gässchen, das hinter einem Starbucks und einem italienischen Imbiss verlief. Emma sah, wie drei Ü-Wagen an der Abzweigung vorbeifuhren. Corcoran, die Hände fest am Steuer, gab Gas, und der Streifenwagen schoss mit quietschenden Reifen über die Kreuzung, als die Ampel gerade auf Rot sprang.

Ich dachte plötzlich daran, wie Mads, Thayer und ich auf unserer alten Playstation GTA gespielt hatten, damals, als mir noch gar nicht aufgefallen war, wie süß Thayer ist. Das hier war sogar noch besser. Aber Emma schien es nicht zu gefallen. Ihr rauschte das Blut in den Ohren und sie umklammerte den Türgriff.

»Wow, Sie können fahren«, murmelte sie mit großen Augen.

Der Hauch eines Lächelns umspielte Corcorans Lippen, aber er erwiderte nichts.

Den Rest des Weges zu Ethan fuhren sie eine Menge Umwege und kamen erst einige Zeit später zu den Ausläufern der Berge, wo er wohnte. Auf der Fahrt beobachtete Emma Corcoran aus dem Augenwinkel. Sie war sich nicht sicher, was sie von ihm halten sollte, aber er hatte sich auf jeden Fall sehr viel Mühe gegeben, um sie vor den Reportern zu schützen, was Quinlan sicher nicht getan hätte.

Corcoran parkte vor Ethans Haus. Emma blieb noch einen Moment sitzen und betrachtete den schäbigen Bungalow. Das Verandalicht warf einen trüben Schein über die Stufen und die Schaukel.

»Ich warte, bis du drinnen bist«, sagte Corcoran.

»Danke«, sagte Emma leise und stieg aus dem Auto.

Als sie auf halbem Weg zum Haus war, sprang die Tür auf, und Ethan rannte ihr entgegen. Er sah besorgt aus. Sein Haar wirkte in der Dunkelheit pechschwarz, aber sein Gesicht war blass.

»Was ist los?«

»Die Polizei weiß es.« Emma taumelte, ihr wurde plötzlich schwindelig. Ethan schloss sie in die Arme und stützte sie. »Quinlan hat anhand meiner Zahnfüllungen herausgefunden, dass ich nicht Sutton bin. Er hat meine Freundin Alex aus Henderson im Visier – er weiß, dass ich ihr die ganze Zeit als Emma gesimst habe.«

Ethan sog scharf den Atem ein. »Und sie glauben, du hast es getan?«

Emma nickte und rieb sich mit der Faust über die Augen. Sie schmiegte sich in seine starken Arme und drückte die Wange an seine Brust. Auf seinem T-Shirt war ein mexikanischer Zuckerschädel aufgedruckt, in dessen leere Augenhöhlen sie nun starrte. Sie musste an den Tatort denken, an die Leiche ihrer Schwester, von der Zeit und den Elementen verwüstet.

Sie kniff die Augen zusammen, drängte den Gedanken beiseite und atmete Ethans warmen Vanillegeruch ein.

»Wer ist das?«

Emma schaute auf und sah, dass Corcorans Auto immer noch wartete.

Sie spürte Dankbarkeit in sich aufsteigen. Es war zu dunkel, um das Gesicht des Mannes hinter der Windschutzscheibe zu erkennen, aber sie wusste, dass er warten würde, bis sie sicher im Haus war.

»Suttons Auto wurde als Beweismittel beschlagnahmt, also hat er versucht, mich nach Hause zu fahren. Aber … die Mercers …« Ihre Lippe zitterte. »Sie sind schrecklich wütend, Ethan. Sie glauben, ich hätte Sutton umgebracht.«

Ethans Brust hob und senkte sich unter ihr, als er seufzte. »Komm«, sagte er und führte sie die Treppe hinauf zur Haustür.

In Ethans Haus herrschte eine Atmosphäre von gepflegter Schäbigkeit. Die Dielenböden waren angestoßen, aber blitzsauber. Die Einrichtung war altmodisch – Blümchentapete à la Großmutter – und die Luft stickig, als seien die Fenster schon lange nicht mehr geöffnet worden. Nirgendwo lang Krimskrams herum, weder geöffnete Post noch Wäsche. Emma wurde schwindelig und ihre Knie gaben nach. »Gehen wir in die Küche«, sagte Ethan schnell und stützte sie. »Du siehst aus, als könntest du ein Glas Wasser brauchen.«

Er führte sie durch den kurzen Flur zur Küche der Landrys. Sie war das genaue Gegenteil der fröhlichen Küche der Mercers mit ihrem Ananasdekor, ein leerer und seelenloser Raum mit grauer Arbeitsfläche und hässlichen Geschirrtüchern. An der Wand hing ein zwei Jahre alter Kalender mit dem Bild einer Perserkatze. Er stand auf März.

Sie bemerkten Ethans Mutter erst, als sie das Licht anschalteten. Sie hatte stumm und regungslos im Dunkeln an dem quadratischen Tisch am Fenster gesessen. Sie war knochendürr, ihr Haar stumpf und leblos, ihre Augenwinkel so runzelig wie altes Pergament. Als sie die beiden sah, fuhr sie nervös zusammen.

»Hi, Mrs Landry«, sagte Emma schüchtern. Sie hatte keine Ahnung, wie viel Ethans Mutter wusste – verfolgte sie die Nachrichten? Würde sie jemanden in ihrem Haus willkommen heißen, der so viel Drama mit sich brachte?

Die Frau schwieg und starrte Emma mehrere Sekunden lang an. Emma glaubte, einen Anflug von Angst in ihren Augen zu sehen, aber vielleicht bildete sie sich das auch nur ein. Sie weiß es, dachte sie mit schwerem Herzen. Zumindest weiß sie, was mir vorgeworfen wird.

Einen Augenblick später stand Mrs Landry langsam auf und schlurfte wortlos zum Flur. Ethan sah seine Mutter nicht einmal an, als sie sich an ihm vorbeischob. Er zog Emma einen Stuhl heran und bugsierte sie sanft darauf.

»Kriegst du Ärger, wenn du mich bei dir aufnimmst?«, fragte Emma ängstlich.

»Keine Sorge«, sagte er. »Meine Mom … ist einfach keine Gäste gewöhnt. Sie kommt drüber weg.«

Obwohl sie nur selten darüber sprachen, wusste Emma, dass Ethan ein angespanntes Verhältnis zu seiner Mutter hatte. Sein Dad war abgehauen, als Mrs Landry an Krebs erkrankt war, und Ethan hatte sich während der gesamten Behandlung um sie gekümmert. Doch als sein Vater begann, Mrs Landry zu misshandeln, und Ethan ihn schlug, um ihn zu stoppen, hatte sie ihm die Polizei auf den Hals gehetzt. Nicht seinem Vater. Emma wusste das nur, weil sie vor ein paar Wochen auf der Suche nach

Beckys Krankenakte in der Psychiatrie auf Ethans gestoßen war. Er hatte ihr die ganze Geschichte gestanden.

So viele unglückliche Familien, dachte sie traurig.

Als Ethan zwei Gläser mit Wasser füllte, drehte sich Emma um – und sah Suttons Geist in der Fensterscheibe. Sie sprang beinahe an die Decke.

Aber dann schaute sie noch einmal hin – und natürlich war es nicht Suttons Geist. Es war Emmas Spiegelbild, gehetzt und bleich in der Scheibe, hinter der die dunkle Nacht lauerte. Ihr Haar war wirr, ihr Gesicht tränenverschmiert.

Ethan reichte ihr das Wasser in einem Miss-Piggy-Glas.

»Das ist noch nicht alles«, sagte Emma. »Ethan, Garrett war an dem Abend im Canyon. Ich habe die Akte zu dem Mordfall durchgesehen, während Quinlan nicht im Zimmer war. Sein Auto stand auf dem Parkplatz.«

Ethan riss die Augen auf. »Bist du sicher, dass es seins war?«

»Ja.« Sie holte tief Luft. »Und heute Nachmittag war ich bei ihm zu Hause, bevor ich zur Polizeiwache gefahren bin.«

Ethan verschluckte sich und spuckte das Wasser aus, das er noch im Mund hatte. »Wie bitte?«

»Sorry, dass ich es nicht mit dir abgesprochen habe«, sagte Emma schnell. »Aber ich habe keine Lust mehr, nach Garretts Regeln zu spielen. Es ist an der Zeit, offensiv vorzugehen. Jedenfalls habe ich mit Louisa gesprochen. Sie sagte, dass er an dem Abend, als Sutton gestorben ist, völlig aus dem Häuschen war, total die Kontrolle verloren hat. Und Ethan … er hat ein Rezept für Valium.« Sie senkte wieder die Stimme. »Und das wurde nach Nishas Tod in ihrem Blut gefunden.«

Ich dachte wieder an die Wut auf Garretts Gesicht. Ich wusste, warum er mich an jenem Abend im Canyon getötet hatte – er war vor Eifersucht rasend gewesen, nachdem er mich und Thayer gesehen hatte. Aber der Mord an Nisha wirkte nicht wie ein impulsiver Akt. Sie unter Drogen zu setzen und in den Pool zu werfen, war eiskalt geplant gewesen. Warum hatte er beschlossen, dass auch sie sterben musste?

Ethan runzelte besorgt die Stirn. »Du hättest da nicht hingehen dürfen. Er hat dir befohlen, nicht mehr herumzuschnüffeln. Was wird er tun, wenn seine Mom oder seine Schwester ihm sagen, dass du dort warst?«

Emma schlug frustriert auf den Tisch.

»Ethan, was kann er mir denn noch antun? Ich werde bereits verdächtigt, Sutton ermordet zu haben. Wenn ich nicht bald beweisen kann, dass er es war, wandere ich in den Knast … und er kommt ungeschoren davon. Das kann ich nicht zulassen.«

»Ich weiß«, seufzte Ethan und rieb sich das Gesicht. »Ich mag es nur nicht, wenn du solche Risiken eingehst.« Er starrte in sein Wasserglas. »Also deutet alles auf Garrett hin …«

Emma nickte. Alle Puzzleteile passten zusammen –

und sie hatte Garretts Jähzorn selbst miterlebt. Man konnte sich leicht vorstellen, dass er zu einem Mord fähig war. »Aber ich habe immer noch nichts in der Hand, was ich der Polizei vorlegen kann.«

»Was ist mit dem Schlüssel?«, fragte er und lehnte sich in seinem Stuhl zurück. Emma suchte in ihrer Hosentasche nach dem winzigen silbergrauen Schlüssel. Sie hielt ihn in der Hand, kniff die Augen zusammen und versuchte noch einmal zu erkennen, was auf dem Metallschildchen daran stand.

»Er ist zu klein für ein Auto oder ein Haus. Wozu gehört so ein Schlüssel?« Sie seufzte. »Vielleicht zu seinem Fahrradschloss.«

»Hm, meinst du?« Ethan berührte die Rückseite des Schildchens, auf der unverkennbar S. M. eingeritzt war. »Das sind ihre Initialen.«

Sie betrachteten einen Moment lang schweigend den Schlüssel. Emma gingen die Ereignisse des Abends im Kopf herum. Innerhalb weniger Stunden hatte sie den Ort, der ihr Zuhause geworden war, und die Familie, die sie inzwischen liebte, verloren.

»Was soll ich bloß machen?«, fragte sie leise und strich mit dem Finger über ihr beschlagenes Wasserglas. »Ich habe kein Geld und kann nirgendwo hin. Die paar Sachen, die ich nach Tucson mitgebracht habe, sind jetzt Beweismittel, und alles andere hat Sutton gehört. Ich besitze nicht einmal Kleider zum Wechseln.«

Ethan legte ihr die Hand aufs Knie und drückte es beinahe schmerzhaft heftig. »Du bleibst hier. Zumindest bis wir das Ganze geklärt haben.«

»Nein, Ethan. Ich kann dich nicht in Gefahr bringen. Alex steckt schon in Schwierigkeiten, weil sie mir geholfen hat. Und was ist mit deiner Mom? Sie will mich nicht hier haben.«

Ethan stellte sein Glas ab und starrte sie mit einem ernsten, zärtlichen Ausdruck im Gesicht an. »Emma, ich liebe dich. Ich weiß, dass noch nie jemand an deiner Seite war, wenn du in Schwierigkeiten warst. Aber egal was es kostet, ich werde dich davon überzeugen, dass ich derjenige bin, der das tut. Ich lasse dich nicht im Stich.«

Emmas Herz machte einen Sprung. Ethan hatte recht – sie hatte sich noch nie auf jemanden verlassen können. Nachdem Becky verschwunden war und nach den unzähligen enttäuschenden Pflegeeltern, die ihr gefolgt waren, hatte Emma früh lernen müssen, dass sie sich um sich selbst kümmern musste. Ihre Freundschaften und Beziehungen waren deshalb auch oberflächlich und kurz geblieben, schnell geschlossen und ohne Trauer beendet. Bis Ethan in ihr Leben getreten war.

»Ich will dich da nicht reinziehen«, flüsterte sie. »Sie wollen Alex wegen Beihilfe anzeigen – vielleicht sogar als Mittäterin. Das könnte dir auch passieren.«

Er zog sie an sich. »Mir passiert nichts.« Er hob sanft ihr Kinn an und schaute ihr in die Augen. »Bleib bei mir. Lass mich dir durch die Sache hindurchhelfen. Lass zu, dass ich dich beschütze.«

Emma seufzte und kuschelte sich zufrieden an seine Brust.

»Was würde ich nur ohne dich machen?«

»Machst du Witze? Ich weiß nicht, was ich ohne dich tun würde. Gott, Emma …« Seine dunkelblauen Augen blickten sie ernst an. »Ich glaube nicht, dass ich wusste, was Liebe ist, bevor ich dich getroffen habe.«

Sie verschränkte ihre Finger mit den seinen und ihr Herz sang in ihrer Brust.

»Du bleibst also?«, fragte er und streichelte ihr Handgelenk mit den Fingerspitzen. Sie erschauerte und zum ersten Mal seit Tagen war es nicht vor Angst.

»Ich bleibe.«

»Dann ist das ja geklärt.« Er lächelte schief und nahm ihre Hand. »Willst du fernsehen und dich ein bisschen ablenken?«

Emma folgte Ethan durch den Flur und fragte sich plötzlich, wo sie heute Nacht schlafen würde. Ihre Wangen wurden warm, als sie sich Ethans großes, ordentlich gemachtes Bett vorstellte. Würden sie es sich teilen?

Das Wohnzimmer war in einem staubigen Rosaton gestrichen und unterhalb der Decke durch eine aufgedruckte Weinranke verziert. Eine Uhr, auf deren Zifferblatt anstelle von Zahlen amerikanische Vögel prangten, hing über dem Fernseher, und ein prächtiger, vergoldeter Spiegel über dem zugigen Kamin ließ den Raum doppelt so groß erscheinen. Wie auch der Rest des Hauses war das Zimmer blitzsauber, auch wenn das blaue Chintzsofa an den Lehnen durchgewetzt und der geblümte Teppich voller Flecken war.

Emma setzte sich neben Ethan, zog die Beine unter sich und schmiegte sich an seine Schulter. Der Fernseher ging mit einem lauten Summen an – und beinahe sofort erschienen Fotos von Nisha Banerjee auf dem Bildschirm. Emma stockte bei dem Anblick der Atem.

»Laut Polizeibericht kannte der Einbrecher den Sicherheitscode des Hauses, weshalb die Alarmanlage nicht ausgelöst wurde. Doch Mr Banerjee befand sich im Haus und sah die maskierte Person, bevor er oder sie entfloh«, sagte eine vertraute Stimme. Es war Tricia Melendez in den Abendnachrichten.

Ethan runzelte die Stirn. »Ich wollte dich doch ablenken«, sagte er und griff nach der Fernbedienung.

Emma packte ihn am Arm.

»Warte«, flüsterte sie.

Tricia Melendez fuhr fort: »Polizeibeamte waren nur Minuten später am Haus, aber der Verdächtige war bereits geflüchtet. Dr. Banerjee konnte nur angeben, dass die Gestalt mindestens einen Meter achtzig groß war und einen dunklen Kapuzenpulli trug.«

Die Kamera schnitt zu Quinlan, dessen Gesicht im grellen Scheinwerferlicht tiefe Falten aufwies. »Möglicherweise war es nur ein dummer Streich. Miss Banerjees Tod hat viel Aufsehen erregt und leider kann das manchmal solche Folgen nach sich ziehen. Zum Glück wurde nichts entwendet oder zerstört.«

Emma starrte mit offenem Mund auf den Bildschirm, sprang dann auf, rannte zum Fenster und zog die avocadogrünen Vorhänge beiseite. Das Haus der Banerjees neben ihnen war dunkel und still. Sie sah Nishas Fenster. Die Gardinen wirkten im Mondlicht geisterhaft.

»Weißt du, was das bedeutet?«, rief Emma.

Ihr Spiegelbild starrte sie aufgeregt an. Sie spürte Ethan hinter sich und drehte sich zu ihm um. »Das bedeutet, dass Garrett noch nicht gefunden hat, was Nisha versteckt hat.« Sie fasste nach Ethans Flanellhemd. »Der Beweis ist noch dort!«

Ethan wurde blass.

»Jesus«, murmelte er. »Emma, ich hoffe nicht, dass du auch dort einbrechen willst. Dr. Banerjee wird dich niemals ins Haus lassen, jetzt, wo er weiß, wer du bist.«

Aber Emma spürte auf einmal neue Energie in sich. Sie war so lange hilflos gewesen, aber jetzt hatte sie die Chance, alles zum Guten zu wenden. Garrett hatte Nisha ermordet, weil sie einen Beweis gegen ihn gefunden hatte. Sicherlich konnte sie ihn damit als Mörder von Sutton entlarven. Vielleicht sogar als Mörder beider Mädchen.

»Wir müssen zu dem Haus«, sagte sie. »Wir sollten jetzt gleich gehen, bevor Garrett es noch einmal versucht.«

Sie war schon beinahe an der Tür, als Ethan sie am Handgelenk packte und zu sich herumdrehte. »Bist du verrückt?«, fragte er mit heiserer Stimme. »Emma, Garrett war hier. Im Nebenhaus. Er ist weggerannt, als er von Dr. Banerjee ertappt wurde. Aber diesen Fehler wird er nicht noch einmal machen. Und wer weiß, was er tun wird, wenn er dich in Nishas Haus gehen sieht!«

Emma starrte ihn ungläubig an. »In Nishas Haus befindet sich etwas, das diesem Spuk ein Ende bereiten kann. Das ist das Risiko wert!« Sie umfasste seine Hand und drückte sie fest. »Wenn ich diesen Fall lösen kann, bin ich frei. Und wir beide können zusammen sein, ohne diesen ... diesen Wahnsinn, der uns überallhin folgt.«

Ethans Mundwinkel verzogen sich und er packte ihre Schultern. »Wenn Garrett dich dort drüben sieht, bringt er dich um. Emma. Bitte.« Er holte tief und zitternd Atem. »Außerdem beobachtet nicht nur Garrett dich. Wenn die Bullen dich bei einem Einbruchsversuch erwischen, stecken sie dich sofort in den Knast. Du hast doch selbst gesagt, dass sie nur nach einem Anlass suchen.«

Emma schaute zum Fenster und ihr Elan wich allmählich dem Gefühl von Frustration. Die Antworten waren zum Greifen nah und doch kam sie nicht an sie heran. Aber wahrscheinlich hatte Ethan recht. Sie stand zu sehr unter Beobachtung. Widerwillig setzte sie sich wieder aufs Sofa, die Hände zu Fäusten geballt.

Aber wenigstens gab es Hoffnung.

Sie schaute wieder zum Fenster, wo Suttons Geist ihr zublinzelte, hoffnungsvoll und verängstigt zugleich. *Ich verspreche dir, wir lösen den Fall,* dachte sie verzweifelt und hoffte, dass ihre Schwester sie hören konnte. Und dann sah sie, wie winzige Stücke von Suttons Gesicht sich auflösten, als verwese sie langsam.

Emma machte einen Schritt aufs Fenster zu. Es regnete. Die Regentropfen liefen über die Scheibe, verwischten ihr Spiegelbild und zerstörten den zarten Moment der Verbindung zu ihrer toten Schwester.

Sei nicht blöd. Sutton war gar nicht hier, sagte sie sich. Aber sie konnte das schmerzhafte Verlustgefühl nicht abschütteln, das sie auf einmal spürte.

»Ich bin bei dir«, flüsterte ich. Wie immer versank meine Stimme in dem endlosen Abgrund zwischen uns. Aber ich fühlte mich besser, nachdem ich es ausgesprochen hatte. Jetzt, da Emma aus meinem Zuhause verbannt worden war, blieb mir nur noch sie. Wir beide mussten das zusammen durchstehen – ob sie es nun wusste oder nicht.

22

Emma non grata

Emma und Ethan verließen das Haus das ganze Wochenende lang nicht. Offenbar hatten Corcorans Abschüttelmanöver gewirkt, denn vor dem Haus der Landrys tauchten keine Journalisten auf. Aber sie wollten ihr Glück nicht herausfordern, also ließen sie die Jalousien herunter, hielten sich von den Fenstern fern und rollten sich auf der Couch zusammen, um den Star-Trek-Marathon zu schauen, der auf einem Kabelsender lief. Hin und wieder machten sie eine Pause, besprachen die Details des Falls oder holten sich Snacks. Ethans Küche war nicht besonders gut ausgestattet, aber es gab genug für stapelweise Sandwiches, und am Samstag zeigte Emma Ethan ihr Geheimrezept dafür, wie man eine Tomatensauce aus dem Glas wie selbst gemacht schmecken ließ: Olivenöl, eine Prise Zucker und ein Schlückchen Wodka.

Am Sonntag steckten die beiden Emma in ein geblümtes Hemdblusenkleid von Ethans Mutter, damit sie unerkannt zum Secondhandshop gehen konnten. Ethan zauberte sogar eine blonde Fransenperücke aus Mrs Landrys Schrank hervor. Beide lachten über Emmas Spiegelbild – es sah aus, als sei sie seit den 1970er-Jahren in einem Bunker gefangen gewesen. Aber draußen war sie froh über die Verkleidung. Zum ersten Mal seit langer Zeit schenkte ihr niemand Beachtung, weder der extrem beliebten Sutton noch der mordverdächtigen Emma.

Aber am Montag würde ihr keine Verkleidung der Welt dabei helfen, den Schultag in der Hollier High durchzustehen. Sie stand vor dem Spiegel im Gästebad der Landrys und flocht ihr Haar zu einem langen Seitenzopf, eine Frisur, die sie als Sutton nie getragen hätte. Zum ersten Mal seit Monaten war sie wie sie selbst angezogen. Sie trug ein verblichenes blau-weißes T-Shirt mit Raglanärmeln und ein paar perfekt zerrissene Rag & Bone Jeans, die sie für fünf Dollar ergattert hatte. Sie betrachtete ihr Spiegelbild und fühlte sich verwundbar und ausgeliefert. Sie hatte sich seit Monaten hinter Suttons Fassade versteckt und ihr wahres Selbst nur Ethan gezeigt. Jetzt würden alle die wirkliche Emma kennenlernen. Der Gedanke jagte ihr schreckliche Angst ein.

Sie hatte bisher nicht den Mut gehabt, Suttons Freundinnen zu kontaktieren. Ihre Beziehung zu ihnen basierte auf einer Lüge – und jetzt wussten sie das.

Es klopfte leise an der Tür. »Bist du bereit?«, fragte Ethan.

»Soweit das möglich ist«, antwortete sie und öffnete die Tür.

Er lächelte sie an, griff nach ihrem Zopf und zog spielerisch daran. »Es ist seltsam, dich so zu sehen. Als hätte sich Sutton als Emma verkleidet.«

»Ich weiß«, gestand Emma. »Es kommt mir immer noch so vor, als würde ich eine Rolle spielen.«

»Wir alle spielen Rollen«, sagte Ethan achselzuckend. »Du musst nur diejenige finden, die dir am besten gefällt.«

Sie pikste ihn in die Rippen. »Und welche Rolle spielst du?«

Er schaute sie gespielt verletzt an. »Natürlich den Prinzen.«

Lachend folgte Emma ihm den Flur entlang zur Haustür. Bei Ethan zu wohnen, war die einzige positive Nebenwirkung dieses Albtraums. Sie hatte vorher noch nie so viel Zeit mit einem Jungen verbracht, aber es fühlte sich … genau richtig an. Sie passten perfekt zusammen.

Auf dem Weg zur Schule legte Ethan ein altes Arcade-Fire-Album auf und summte leise mit. Emma öffnete und schloss das Handschuhfach und versuchte, sich gegen das zu wappnen, was ihr bevorstand.

Vor dem Schulgelände wimmelte es von Ü-Wagen. Das hatte Emma erwartet. Sie setzte ihre Sonnenbrille auf und zog sich die Kapuze ihres Pullis tief ins Gesicht.

»Du siehst aus wie ein Terrorist«, sagte Ethan.

»So erkennen sie wenigstens mein Gesicht nicht«, gab sie zurück.

Etliche Schüler schlenderten zwischen den Reportern umher und versuchten ins Fernsehen zu kommen. Emma sah, wie Celeste Echols in das Mikrofon sprach, das Tricia Melendez ihr unter die Nase hielt. Sie stöhnte laut auf. Celeste hatte schon bei ihrer ersten Begegnung behauptet, mit ihrer »Aura« stimme etwas nicht. Sie würde das jetzt unendlich breit walzen.

Ethan parkte den Wagen und sie traten in den bleichen Wintermorgen hinaus. Die Mondsichel stand noch tief über dem Horizont. Emma erwiderte Ethans fragenden Blick mit einem entschlossenen Nicken.

Die Schüler, die auf dem Parkplatz herumlungerten, starrten sie schamlos an. Ein paar sportlich aussehende Typen, die spielerisch miteinander gerauft hatten, stellten augenblicklich ihre Knüffe ein, als sie an ihnen vorbeiging, und glotzten ihr nach. Zwei dünne Neuntklässlerinnen stoben vor ihr davon, als habe sie sie bedroht. Sie erspähte eine Handvoll Mädchen aus der Tennismannschaft beim Fahnenmast. Sie verstummten, als sie sich ihnen näherte, und sahen sie mit blassen Gesichtern und großen Augen an. Ethan nahm Emmas Hand, und sie umklammerte sie und versuchte, weder nach links noch nach rechts zu schauen. Sie konzentrierte sich darauf, langsam und bewusst zu gehen, auch wenn sie am liebsten zu den gläsernen Eingangstüren gerannt wäre.

Dann sah sie, wer am Eingang wartete.

Rektorin Ambrose stand mit verschränkten Armen

breitbeinig vor der Tür. Sie trug ein Jackett mit Zebramuster und violette Hosen. Ihre Haut war normalerweise blass und faltig, aber heute hatte sie türkisfarbenen Lidschatten bis zu den Augenbrauen aufgelegt.

Ich konnte mich des Eindrucks nicht erwehren, dass sich unsere Schulleiterin wegen all der Reporter so aufgehübscht hatte. Ich konnte sie geradezu hören: *Sutton Mercer war ein ganz besonderes Mädchen*, mit Tränen in den Augen. *So lebendig. Ich war immer eine Art Mentorin für sie.* Dabei hatte Ambrose nur die paar Mal mit mir geredet, die ich bei einem Lügenspiel-Streich erwischt worden war.

Emma blieb unsicher ein paar Schritte vor der Schulleiterin stehen. Sie schaute Ethan an, der seltsam blass geworden war, dann wieder Ms Ambrose. Die Rektorin presste die Lippen zusammen.

»Du hast nicht die Erlaubnis, das Schulgebäude zu betreten«, verkündete sie selbstgefällig. »Emma Paxton geht nicht auf die Hollier.«

Emma blinzelte fassungslos. »Aber … wo soll ich denn zur Schule gehen?«

»Sicherlich darfst du im Gefängnis deine Abschlussprüfung machen«, sagte Ms Ambrose achselzuckend. »Und jetzt geh, bevor ich dich wegen Hausfriedensbruchs anzeige.«

Die Schüler im Eingangsbereich verstummten augenblicklich. Hundert Ohren waren gespitzt, um ja kein delikates Detail zu verpassen.

»Kann ich wenigstens mein Schließfach ausräumen?«, fragte Emma leise. Ihre Handflächen waren auf einmal schweißnass. Sie ließ Ethan los und umklammerte stattdessen ihre Rucksackträger.

»Die Sachen gehören dir nicht«, sagte Ms Ambrose schlicht. »Die Polizei hat den Inhalt von Miss Mercers Schließfach konfisziert.«

Emma wich zwei Schritte zurück. Tränen brannten in ihren Augen. Wie hatte sie nur so dumm sein können? Sie hätte das vorhersehen müssen. Sie wollte gerade losrennen, als Ethan ihre Hand ergriff. »Hier«, sagte er und gab ihr seine Autoschlüssel. »Geh nach Hause und ruf mich an, falls du etwas brauchst.« Mit diesen Worten küsste er sie demonstrativ auf die Lippen. Dann löste er sich von ihr, grinste die Rektorin frech an und drängte sich an ihr vorbei in die Schule.

Gestärkt von Ethans Kuss drehte sich Emma um und ging so würdevoll wie möglich zu seinem Auto. Sie war so darauf konzentriert, möglichst schnell von hier zu verschwinden, dass sie völlig überrascht stehen blieb, als plötzlich Madeline und Charlotte vor ihr standen.

Madeline sah für ihre Verhältnisse völlig verwahrlost aus. Ihr Haar war kaum frisiert und heute wirkte sie nicht zart und elegant, sondern mit ihren dunklen Augenringen wie ein Gerippe. Charlotte stand mit leichenblassem Gesicht neben ihr. Sie hatte nicht einmal Make-up aufgelegt.

»Sag uns, dass das ein Streich ist«, sagte Madeline mit

zitternder Stimme. »Bitte. Sag uns, dass das der beste Streich aller Zeiten ist.«

Emma starrte Suttons beste Freundinnen an und wünschte sich verzweifelt, sie könnte ihnen sagen, was sie hören wollten.

Obwohl ihre Freundschaft auf einer Lüge basierte, hatte sie die Mädchen aufrichtig ins Herz geschlossen. Hinter den kleinlichen Eifersüchteleien und Streichen waren die Lügenspielclub-Mädchen loyale Feundinnen. Emma wusste gar nicht, wann sie aufgehört hatte, sie als Suttons Freundinnen zu betrachten. Inzwischen kamen sie ihr wie eigene Freundinnen vor – aber wie alles andere aus Suttons Leben gehörten sie ihr ganz und gar nicht.

Emma betrachtete ihre Schuhe und mied Madelines Blick.

»Es ist kein Streich«, sagte sie leise.

Madeline schlug sie so heftig ins Gesicht, dass ihre Wange brannte. »Du Miststück!«, kreischte sie, gut eine Oktave höher als sonst. »Was hast du mit meiner besten Freundin gemacht?«

Emma hielt sich die Wange und blinzelte ihre Tränen zurück. Die beiden Mädchen verschwammen vor ihren Augen, als weitere Tränen kamen.

»Ihr müsst mir glauben«, flehte sie. »Ich habe nicht getan, was alle behaupten. Ich wollte nie, dass das passiert – und ich wollte euch niemals anlügen.«

Charlotte war unter ihren Sommersprossen noch blasser geworden. Ihre Augenbrauen waren ohne Make-up rotgolden und sie sah wild und verzweifelt aus.

»Wir haben dir vertraut«, zischte sie. »Wir haben dir alle möglichen Geheimnisse erzählt, dich in unsere Autos und unsere Häuser gelassen … nachdem du unsere beste Freundin ermordet hast!«

»Ich habe niemanden ermordet!«, sagte Emma lauter als beabsichtigt. Ihre Worte hallten über den Parkplatz. Ein paar Meter weiter flogen ein paar Tauben erschrocken auf. Emma holte tief Luft und sagte leise. »Ich versuche schon seit meiner Ankunft hier herauszufinden, was Sutton zugestoßen ist. Wenn ihr mir helft, können wir es vielleicht gemeinsam aufklären.«

Madeline lachte bitter auf. »Dir helfen? Du hast Nerven. Warum sollten wir jemandem helfen, der uns seit Monaten anlügt?«

»Madeline, wir haben ein Spiel erfunden, das auf Lügen basiert«, schrie ich genervt. »Und ihr müsst ihr helfen! Sie ist meine einzige Hoffnung!« Aber natürlich hatte ich auch diesmal kein Stimmrecht.

»Ich hoffe, du verrottest im Gefängnis«, sagte Charlotte hasserfüllt. »Und ich hoffe, du träumst jede Nacht für den Rest deines Lebens von Sutton. Hoffentlich sucht sie dich bis zu deinem Tod heim.«

Und dann eilte sie, ohne sich umzudrehen, zur Schule.

Madeline warf Emma einen letzten, angeekelten Blick zu und folgte Charlotte.

Emma blieb wie zur Salzsäule erstarrt stehen und

schaute ihnen nach, bis ihr klar wurde, dass der ganze Parkplatz voller Schüler war, die sie alle anglotzten. Sie blickte sich nervös um, setzte sich in Ethans Auto und verriegelte die Türen.

Im Rückspiegel konnte sie den Schuleingang sehen. Rektorin Ambrose stand immer noch dort und starrte sie unverwandt an. Nun da die Show vorbei war, strömten die meisten Schüler in das Gebäude. Es war zwei Minuten vor acht. Die Glocke würde gleich läuten.

Plötzlich erkannte Emma eines der Gesichter. Garrett stand allein im Schatten eines drei Meter hohen Saguaro-Kaktus am Rande des Parkplatzes.

Seine Augen waren wie Laserstrahlen auf meine Schwester gerichtet.

Er starrte sie einen endlosen Augenblick mit unbewegtem Gesicht an. Ich starrte zurück und wünschte mir, ich könnte meine ganze Wut auf ihn loslassen. Diese Augen hatten mich getäuscht, als ich noch am Leben war, aber im Tod hatte ich die Wahrheit erfahren: Sie waren die Fenster zu einer Seele, die so tot und verrottet war wie meine Leiche.

23

Spaziergang im Park

Emma ließ Ethans Auto an und hatte anfangs Probleme mit der Kupplung, sodass es ein paar Hüpfer machte, bevor der Gang endlich drin war. Sie lenkte den Honda zum Ausgang und fuhr beinahe ein pummeliges Mädchen mit einem Pandarucksack über den Haufen. Ein paar Meter weiter stand Tricia Melendez neben ihrem Kameramann. Emma biss die Zähne zusammen. Ohne auf den Verkehr zu achten, trat sie aufs Gas und bog in die Straße ein, als die Reporterin auf das Auto zurannte. Beim Wegfahren hörte sie noch, wie Tricia rief: »Emma! Emma! Emma, was werden Sie jetzt tun?«

Sie hatte ihren eigenen Namen noch nie so sehr gehasst wie in diesem Moment.

Ihre Augen standen voller Tränen, als sie ein Viertel mit pastellfarbenen Bungalows erreichte. In einem Vorgarten rannte ein Terrier am Zaun entlang und bellte wild ihrem Auto hinterher. Ein wackeliger alter Mann, der eine Heckenschere in der Hand hielt, schaute sie misstrauisch an.

Dann schaute Emma in den Rückspiegel und ihr wurde das Herz schwer. Ein dunkelblauer BMW folgte ihr. Sie erkannte ihn sofort – es war Thayers Auto. Er hupte leise und signalisierte ihr, rechts ranzufahren. Ihr Herz begann zu rasen. Wenn schon Madeline und Charlotte sauer auf sie waren, würde er vor Wut rasen.

Trotzdem holte Emma tief Luft und hielt dann am Straßenrand. Es hatte sie bei lebendigem Leibe aufgefressen, ihm nicht erzählen zu können, dass Sutton tot war. Er verdiente es, die Wahrheit zu erfahren, und ein Teil von ihr glaubte auch, dass sie verdiente, was er ihr an den Kopf werfen würde.

Sie kurbelte das Fenster herunter. Thayer schaute sie lange schweigend an.

»Ich wusste, dass etwas an dir anders ist«, sagte er schließlich. »Ich wusste es.«

Emma schluckte mühsam. Ihr Puls hämmerte in ihren Ohren. »Ich habe versucht, es allen zu sagen. Aber niemand hat mir zugehört.« Sie senkte den Kopf und wappnete sich gegen die Anschuldigungen, die jetzt folgen würden.

Aber Thayer nickte nur. Er war unheimlich ruhig. »Ich weiß. Laurel hat es mir gesagt.«

Mit einem Seufzer der Erleichterung stieg Emma aus dem Auto und folgte Thayer zu einem verlassenen Spielplatz an der nächsten Ecke. Ein verrostetes Karussell drehte sich langsam im Wind. Das Klettergerüst hatte die Form einer riesigen roten Spinne, an deren langen Metallbeinen Kletterhilfen befestigt waren.

Emma setzte sich auf eine Schaukel. Sie hatte keinen Funken Energie mehr. Thayer lehnte sich an einen der Stützpfeiler und verschränkte die Arme vor der Brust.

»Du warst zu nett«, sagte Thayer.

Emma schaute verwirrt zu ihm auf. »Wie bitte?«

»Das hat Laurel gesagt. Du warst zu nett, um Sutton zu sein. Du hast deine Rolle nicht sehr gut gespielt. Na ja. Offenbar gut genug«, sagte Thayer achselzuckend. »Alle haben es geglaubt. Aber es wäre auch irre gewesen, es nicht zu tun. Ich meine, *ich* kam mir schon fast verrückt vor.«

»Thayer, es tut mir so schrecklich leid«, begann Emma, aber Thayer schnitt ihr das Wort ab.

»Spar's dir«, sagte er knapp und betrachtete sie forschend. »Sag mir nur – hast du Sutton getötet?«

»Nein.« Emma schüttelte den Kopf und blickte zu Boden. Auch wenn die ganze Welt dachte, sie hätte es getan, tat es besonders weh, dass Thayer glaubte, sie könnte ihrer eigenen Schwester etwas zuleide getan haben. »Ich versuche schon die ganze Zeit herauszufinden, wer es getan hat.« Sie schaute zu Thayer hoch, der ins Leere starrte. »Frag Laurel – an meinem ersten Morgen hier klemmte eine Botschaft an mich an ihrer Windschutzscheibe. Sie dachte, es sei ein Liebesbrief. Aber es war ein Drohbrief von dem Mörder. Darin stand, ich solle weiterhin so tun, als sei ich Sutton, sonst wäre ich als Nächstes dran. Der Brief ist noch in Suttons Zimmer, falls die Polizisten ihn nicht mitgenommen haben.« Eine Wolke zog vor die Sonne, und die Farben verblassten mit einem Mal, als habe jemand am Dimmer gedreht. »Ich habe drei Drohbriefe bekommen, seit ich hier bin. Ich habe Quinlan davon erzählt. In Suttons Zimmer liegt ein violettes Kissen mit einer aufgerissenen Naht. Ich habe die Zettel hineingeschoben und es wieder zugenäht. Frag Laurel, ob die Polizisten es schon geholt haben.« Emma starrte auf ihren Schoß. »Und er hat nicht nur mich bedroht. Er sagte, er bringt euch alle um, wenn ich nicht tue, was er sagt. Dich. Laurel. Suttons Eltern. Alle.«

Thayer umklammerte den Stützpfeiler. »Also beobachtet dich dieser Irre seit Monaten, um sicherzugehen, dass auch wirklich alle glauben, du seiest Sutton?« Die Skepsis in seiner Stimme war nicht zu überhören.

»Ich weiß, dass sich das verrückt anhört. Es ist auch verrückt. Aber … ja. Suttons Mörder beobachtet mich auf Schritt und Tritt.« Emma machte eine Pause und fuhr dann fort: »In meiner ersten Woche hier hat mich jemand mit Suttons Halskette beinahe erwürgt und mir dabei befohlen, weiter mitzuspielen. Dann ist mir bei der Probe für den Herbstball beinahe ein Scheinwerfer auf den Kopf gestürzt. Und …« Ihre Stimme zitterte, aber sie sprach weiter. »Und ich glaube, Suttons Mörder hat auch Nisha umgebracht. Ich bin mir beinahe sicher, dass Nisha etwas darüber erfahren hat, wie Sutton gestorben ist. Und das hat auch sie das Leben gekostet.«

Thayer wurde blass, aber er rührte sich nicht, sondern starrte Emma nur mit seinen braungrünen Augen an. »Das erklärt wohl, warum du mir so viele komische Fragen gestellt hast, als ich im Knast saß. Du dachtest eine Zeitlang, ich sei der Mörder, richtig?«

Emma zögerte, nickte dann aber. »Ich weiß jetzt, dass du zu so etwas niemals fähig wärst. Aber als ich hier ankam, kannte ich niemanden von euch. Anfangs wart ihr alle verdächtig. Du, Mads, Charlotte, Gabby und Lili.« Sie legte eine kurze Pause ein. »Sogar Laurel.«

Emma verstummte und erschauderte in der morgendlichen Brise. Ein paar Minuten lang hörte man nur das Zwitschern der Vögel in den niedrigen Baumwipfeln. Eine Kinderfrau im College-Alter, die ein Trägerkleid und Strumpfhose trug, schob einen Buggy die Straße entlang. Sie wollte offenbar auf den Spielplatz, überlegte es sich aber anders, als sie sah, dass dort zwei die Schule schwänzende Teenager herumhingen.

Emma schaukelte sanft hin und her und ließ die Scharniere der Ketten quietschen.

»Und jetzt?«, fragte Thayer schließlich. »Wen hast du jetzt im Verdacht? Gibt es neue Hinweise?«

Emma zupfte an der Nagelhaut ihres Zeigefingers und dachte nach.

Thayer verfügte möglicherweise über Informationen, die sie brauchte, wenn sie Garrett überführen wollte, bevor er es schaffte, ihr den Mord anzuhängen. Dann wäre dieser Albtraum endlich vorbei. Aber sie dachte an die Warnungen, die sie erhalten hatte. Garrett war ihr seit ihrer Ankunft in Tucson einen Schritt voraus. Ethan war bereits in Gefahr, weil er ihr geholfen hatte. Sie wollte nicht noch mehr Leben riskieren.

»Nein«, log sie. »Außerdem will ich dich da raushalten. Es ist zu gefährlich.«

Thayer machte einen raschen Schritt auf Emma zu. »Ich bin nicht blöd, Emma. Ich weiß, dass du jemanden verdächtigst.« Er senkte die Stimme. »Du glaubst, es war Garrett, stimmt's? Deshalb hast du mir vor ein paar Tagen all diese Fragen über ihn gestellt.«

Emma zögerte.

Thayer schien aus ihrer Miene herauszulesen, dass sie Angst hatte. Er schüttelte ungeduldig den Kopf. »Ich lasse nicht locker.« In seinen Augen stand eine so qualvolle Trauer, dass Emma den Blick abwenden musste. Seine Stimme brach. »Jemand hat mir Sutton weggenommen«, sagte er heftig. »Und ich will, dass dieser Jemand zur Rechenschaft gezogen wird.«

Der Schmerz in Thayers Stimme traf mich wie ein Schlag und in meinem Herzen kämpften Angst und Liebe um die Vorherrschaft. Ich wollte unbedingt, dass Thayer sich nicht in Gefahr brachte und sich auch weiterhin von Garrett fernhielt. Aber gleichzeitig freute es mich, dass er so starke Gefühle hatte. Thayer liebte mich – und er würde Garrett nicht ungeschoren davonkommen lassen.

Emma umklammerte die Schaukelketten und senkte seufzend den Kopf. Einen Moment später kniete Thayer neben ihr.

»Emma?«, sagte er auffordernd.

»Okay«, sagte sie halblaut. »Aber mach bloß keine Dummheiten, Thayer. Du kannst dir Garrett nicht vorknöpfen, sonst endest du im Gefängnis. Im besten Fall.«

»Das ist mir egal«, schoss er zurück und ballte die Fäuste. Sie zerrte an seinem Ärmel und zwang ihn, sich zu ihr umzudrehen.

»Sutton wäre es aber nicht egal«, sagte sie leise.

Sie hatte recht. Die Vorstellung, dass Thayer im Gefängnis sitzen und für den Rest seines Lebens nur Rigipswände anstarren würde, drehte mir den Magen um. Aber noch schlimmer wäre die Möglichkeit, dass Thayer wie ich enden würde. Ermordet, seinen Freunden und seiner Familie für immer entrissen.

Emma hielt seinen Blick fest. »Versprich es mir. Um Suttons willen.«

Er biss die Zähne zusammen und drehte den Kopf weg. Aber einen Augenblick später nickte er knapp. Emma schaute über die braun schimmernden Berge hinaus, über denen Schäfchenwolken durch den tiefblauen Himmel wanderten. »Garrett war auf jeden Fall im Canyon, als Sutton gestorben ist«, sagte sie leise und schlang die Arme um die Knie. »Als die Cops mich verhört haben, habe ich ein Überwachungsfoto gesehen, auf dem sein Auto deutlich zu erkennen war. Und Louisa hat gesagt, er sei an dem Abend erst mitten in der Nacht nach Hause gekommen. Sie hat sich daran erinnert, weil er völlig aufgelöst war. Irgendetwas hat ihn schwer mitgenommen. Sie dachte, Sutton habe mit ihm Schluss gemacht.«

Thayer blieb regungslos sitzen, aber sie sah, dass sich seine Schultermuskeln verspannten.

»Aber ich kann es nicht beweisen, denn das sind alles nur Indizien. Hast du an dem Abend irgendetwas Verdächtiges bemerkt?« Emma schaute ihn aus dem Augenwinkel an. Sein Gesicht hatte sich verdüstert, als warte ein Sturm nur darauf, auszubrechen. Plötzlich bekam sie Angst. Hatte sie Thayers Selbstbeherrschung überschätzt? Würde er es überhaupt schaffen, sein Versprechen zu halten? Vor seiner Entziehungskur war sein Jähzorn beinahe genauso berüchtigt gewesen wie Garretts. So wie er jetzt aussah, traute sie ihm durchaus zu, dass er sich bei nächster Gelegenheit auf Garrett stürzen und ihm den Kopf abreißen würde.

»Außer den Scheinwerfern, die direkt auf mich zukamen? Nein.« Thayer kniff die Augen zusammen. »Du glaubst also, Garrett war auch derjenige, der mich überfahren hat?«

Emma nickte und pulte an einem der kleinen Löcher in ihrer Jeans. »Er ist gewalttätig. Zuerst dachte ich, es läge daran, dass Sutton mit ihm Schluss gemacht hat. Aber ich glaube, es geht tiefer.« Sie begegnete seinem Blick. »Alle deuten an, dass Louisa vor Kurzem etwas Schreckliches passiert ist. Weißt du, worum es sich handelt?«

Thayer blinzelte überrascht. »Ja. Das war ziemlich beschissen.«

Ich spitzte die Ohren.

Thayer holte tief Luft. »Letztes Jahr hat Garrett Louisa auf eine Party mitgenommen. Hauptsächlich als Witz – sie war eine linkische, naive kleine Neuntklässlerin. Ich glaube, er wollte sie damit ins Highschool-Leben einführen, ihr zum ersten Mal Alkohol geben und sie all seinen Freunden vorstellen. Aber die Party lief ziemlich aus dem Ruder.« Thayer erschauderte. »Ich war auch dort, aber ich erinnere mich an nichts – ich war total dicht. Irgendwann verlor Garrett Louisa aus den Augen. Zuerst hat er sich keine Sorgen gemacht, es war schließlich eine Party. Er nahm an, sie würde tanzen oder eine Runde im Pool schwimmen oder so. Aber nach einer Weile geriet er in Panik. Seit Stunden hatte sie niemand gesehen und allmählich gingen die Leute nach Hause. Er stellte die ganze Bude auf den Kopf und suchte sie. Schließlich rief er die Polizei.«

Emma merkte plötzlich, dass sie den Atem angehalten hatte, und holte tief Luft. Ein Teil von ihr ahnte, was gleich folgen würde, und wollte es nicht hören – aber sie musste die Wahrheit erfahren.

Thayer schaute mit glasigem Blick ins Leere und sprach weiter. »Man fand sie bewusstlos im Poolhaus. Ziemlich übel zugerichtet.« Er kräuselte angewidert die Lippen. »Sie war vergewaltigt worden.«

»Oh mein Gott«, flüsterte Emma. Ihr wurde schlecht.

»Sie haben den Typen erwischt«, fuhr Thayer fort. »Sein Name war Daniel Preuss. Er war da schon auf dem College, hatte aber in der Schule noch Fußball gespielt. Er gehörte zu Garretts besten Freunden.«

Während er sprach, stieg die Erinnerung in mir auf. Ich war nicht bei dieser Party gewesen, sondern mit dem Rest der Tennismannschaft bei den Staatsmeisterschaften in Glendale. Garrett und Louisa waren ein paar Wochen lang nicht in der Schule gewesen, aber ich erinnerte mich noch genau an den Tag, an dem er zurückkam. Er hatte so verletzlich und verloren ausgesehen. Das machte es mir leicht, seine Launen und Zornausbrüche zu ignorieren, denn nach jedem Wutanfall war er am Boden zerstört. Ich hatte jedes Mal Entschuldigungen für ihn gefunden.

Aber er war gebrochener gewesen, als mir klar war. Ich dachte an sein zu einer wütenden Maske verzerrtes Gesicht an jenem Abend im Canyon, an die Gemeinheiten, die er mir an den Kopf geworfen hatte. Wie eifersüchtig er gewesen war, weil ich mit Thayer dort gewesen war. Wie er mich wegen meiner Shorts eine Nutte genannt hatte, sein Atem heiß und nach Whiskey stinkend. Er hatte es gehasst, dass ich mit ihm schlafen wollte – und sich selbst dafür gehasst, dass er es auch wollte. Was Louisa zugestoßen war, hatte ihn zerbrochen, und er hatte mich für seine eigene Angst und den Selbstekel bestraft, den er empfand, weil er sie nicht hatte beschützen können.

Emmas Magen zog sich zusammen. Ihr schwirrte der Kopf. »Das ist … schrecklich«, hauchte sie.

Thayer nickte. »Ja. Garrett hat sich nie wieder richtig erholt.«

Trotz allem schoss Mitgefühl durch Emmas Brust. Garrett und Louisa hatten Unvorstellbares durchgemacht. Aber das hatte sie auch – jemand hatte ihrer Schwester Schlimmes angetan, und damit musste sie leben. Sutton hatte ihr Schicksal genauso wenig verdient wie Louisa.

Sie schaute auf. Thayer betrachtete sie forschend. »Glaubst du, Louisas Vergewaltigung hat ihn durchdrehen lassen?«, fragte er.

Emma setzte sich auf und streckte die Beine aus.

»Möglich. Aber das ist auch egal, oder? Er hat meine Schwester getötet. Dafür gibt es keine Entschuldigung! Er ist gefährlich und ich muss das irgendwie beweisen.«

Thayer schwieg einen Moment und studierte ihr Gesicht.

»Weißt du was? Du bist ihr sehr ähnlich.« Er lächelte traurig. »Nicht nur äußerlich. Wenn du so entschlossen dreinblickst, erinnerst du mich so sehr an sie.«

Emma merkte, dass sie sich ganz leicht an seine Schulter gelehnt hatte. Ihre Arme berührten sich. Sie wusste, dass sie ihr Gewicht verlagern und Abstand zwischen sich und Thayer legen sollte, aber sie konnte sich nicht bewegen. Einen Herzschlag lang zogen sie und Thayer sich magnetisch an.

»Aber ich bin nicht sie«, sagte sie schließlich leise und richtete sich widerwillig wieder auf. »Und du musst dein Versprechen halten. Ich weiß nicht, was ich tun würde, wenn Garrett dir auch etwas antut.«

Thayers Kiefer verspannte sich und er ballte die Fäuste. Aber dann holte er tief Luft und stand auf. Sein Blick war wieder klar. »Ich verspreche es. Du weißt ja, wo du mich findest, wenn du mich brauchst ... Emma.« Mit diesen Worten drehte er sich um und ging zu seinem Auto.

Ich schaute ihm nach und hoffte inständig, dass Emma das Richtige getan hatte, als sie ihn einweihte. Und genauso inständig hoffte ich, dass Garrett ihn nicht auch noch töten würde.

24

Ach, googele dich doch selbst!

Emma fuhr über Umwege zurück zum Haus der Landrys, denn sie wollte den Tag nicht alleine im Haus eingesperrt verbringen. Sie kreuzte eine Weile an Bio-Märkten und Edelboutiquen vorbei, die mit Girlanden, Schleifen und Lichterketten weihnachtlich dekoriert waren. Sie überlegte kurz, ob sie in die Stadtbibliothek gehen sollte – dort konnte sie online gehen und Nachforschungen anstellen –, aber die Erinnerung daran, wie die Reporter ihren Namen gekreischt hatten, hielt sie davon ab. Sowie sie sich in der Öffentlichkeit zeigte, riskierte sie, die Aufmerksamkeit der Presse auf sich zu ziehen.

Bald verschwanden die Geschäfte hinter ihr und wurden von großen, eleganten Häusern am Fuße der Catalina Mountains abgelöst. Sie fuhr in Ethans Viertel und parkte im Carport der Landrys. Der Eingang zum Canyon auf der anderen Straßenseite war immer noch mit Polizeiband abgesperrt. Sie fragte sich, ob die Ermittler auch jetzt noch dort waren und sorgfältig den Boden durchkämmten. Ihr Nacken kribbelte wie immer, wenn sie die Bank sah, auf der sie an jenem ersten Abend auf Sutton gewartet hatte. Manchmal kam es ihr so vor, als habe der Canyon Augen.

Eine Bewegung auf dem Nachbargrundstück erregte ihre Aufmerksamkeit. Sie verharrte mitten im Aussteigen, die Schlüssel in der Hand. Nebenan schob Dr. Banerjee gerade einen alten Koffer in seinen Kofferraum. Es sah aus, als lägen auf dem Rücksitz bereits ein paar Taschen. Nishas Vater wirkte ausgezehrt, seine Augen waren vor Erschöpfung geschwollen. Aber er wirkte gepflegter als das letzte Mal. Sein Haar war gekämmt und er trug ein zwar zerknittertes, aber sauberes Hemd.

Als er einstieg, fiel sein Blick auf Emma. Sie hob die Hand, um zu winken, und machte einen Schritt auf ihn zu. Beinahe hätte sie ihm zugerufen, zu warten – falls Nisha Beweise dafür gefunden hatte, dass Garrett Suttons Mörder war, gab es außer Dr. Banerjee niemanden mehr, der ihr dabei helfen konnte, sie zu finden. Aber dann sah sie den Ausdruck auf seinem Gesicht. Seine Augen waren Schlitze, sein Mund war angeekelt verzogen. Emmas Hand fiel schlaff herab. Er hielt sie für eine Mörderin – genau wie alle anderen. Kopfschüttelnd fuhr er rückwärts aus der Einfahrt. Seine Lippen bewegten sich, als rede er mit sich selbst. Dann bog er in die Straße ein und fuhr mit quietschenden Reifen davon.

Mit hängenden Schultern drehte sich Emma um. Sie

hatte verloren. Offenbar verließ Dr. Banerjee die Stadt, und mit ihm verschwand ihre letzte Chance darauf, das Geheimnis zu finden, für das Nisha gestorben war.

Sie ließ sich mit Ethans Schlüssel in das Haus der Landrys ein. Als sie die Tür aufschob, fragte sie sich, ob sie hätte klopfen sollen. Aber drinnen war alles düster und still. Die Geräusche einer Talkshow drangen gedämpft unter Mrs Landrys geschlossener Tür hervor und Emma seufzte erleichtert. Sie gab es nur ungern zu, aber Ethans Mom zu begegnen – und den ängstlichen Ausdruck in ihren mausgrauen Augen zu sehen –, kostete sie jedes Mal den letzten Nerv.

Sie holte sich eine Cola aus dem Kühlschrank und ging in Ethans Zimmer. Sein Bett war perfekt gemacht, mit ordentlich glatt gezogener Überdecke. Die weißen Kissen waren wie vorschriftsmäßig am Kopfende aufgereiht. Sie hatte Ethan heute Morgen dabei zugesehen, wie er es machte – die Zunge konzentriert zwischen die Zähne geschoben. Leicht pedantisch, aber süß. Sie errötete, als sie sich auf das Bett setzte und daran dachte, dass sie und Ethan erst vor ein paar Stunden hier gekuschelt hatten.

Sie stopfte sich ein paar Kissen hinter den Rücken und zog seinen Laptop auf ihren Schoß. Auf einer Haarsträhne kauend, tippte sie »Emma Paxton« in das Suchfeld – und bereute es beinahe sofort. Der Fall war überall und Emma war der Star der Show. Sie befand sich in einer Albtraumversion der Schlagzeilen, die sie früher über sich selbst geschrieben hatte, denn jetzt waren sie echt. *Aus der Gosse in die High-Society,* verkündete die Website eines Klatschblattes in riesigen Lettern, und darunter stand: *Emma Paxton träumte davon, ihrer ärmlichen Existenz zu entfliehen. Wie weit würde sie gehen, um zu bekommen, was sie wollte?* Alle schlechten Schnappschüsse, die jemals von ihr gemacht worden waren, befanden sich jetzt online. Und auf allen sah sie wie eine Verbrecherin aus. Sie erkannte Clarices Haus in einigen Bildern – Travis hatte sie offenbar ständig heimlich abgelichtet. Ein Foto zeigte sie sogar schlafend. Ihr Mund stand offen und der Träger ihres Tops war ihr von der Schulter gerutscht.

Auf einer Website fand sie sogar ein Interview mit Clarice. Emma scrollte durch die Seite, vorbei an Bildern ihres alten Zimmers und Geschichten darüber, wie gestört sie gewirkt hatte. *Sie hat mir erzählt, sie arbeite bei der Achterbahn. Aber später habe ich gehört, sie sei Stripperin gewesen. Sie ist hier immer in Shorts und knappen Tops herumstolziert, aber ich bin so naiv, dass ich nicht kapiert habe, was da vor sich ging.*

Emma klickte Link um Link an und ihr Herz wurde immer schwerer. Niemand schien auch nur in Betracht zu ziehen, dass sie unschuldig sein könnte. Eine Vereinigung namens VEZ – Verband Eineiiger Zwillinge – nannte sie ein Monster und forderte ihre Verhaftung. Ehemalige Klassenkameraden aus Vegas, an die sich Emma kaum erinnerte, stellten sie als zwielichtige, berechnende Proletin hin. Auf einem anderen Blog wurden Hollier-

Schüler interviewt, die Stein und Bein schworen, dass sie Emma die ganze Zeit verdächtigt hatten.

Inzwischen hatte jemand von der Hollier eine Sutton-Mercer-Gedächtniswebsite eingerichtet, die mit Fotos von Sutton gefüllt war. »Candle in the Wind« von Elton John lief als Hintergrundmusik. Das Gästebuch war bereits mit Kommentaren von Suttons Mitschülern gefüllt.

Ich las die Einträge über Emmas Schulter hinweg mit. Würden alle davon reden, dass ich sie drangsaliert hatte? Würde dort stehen, dass ich verdient hatte, ermordet zu werden? Würde mich überhaupt jemand vermissen? Aber die meisten Kommentare waren oberflächlich. *Ich werde mich immer daran erinnern, wie hübsch sie auf dem Abschlussball in der zehnten Klasse aussah,* schrieb der User wildcat_chick. *Ich war in der achten Klasse total in sie verknallt,* stand darunter, und: *Erinnert ihr euch noch an die Party zu ihrem sechzehnten Geburtstag? Der Abend wird auf ewig legendär bleiben!* Offensichtlich hatte niemand hinter meine glänzende Maske der Beliebtheit geblickt. Aber ich hatte auch fast niemandem erlaubt, mir wirklich nahezukommen.

Emma schien dasselbe zu denken. Sie öffnete Twitter, weil sie sicher war, dass Gabby und Lili etwas geschrieben hatten. Und tatsächlich hatten sie die ganze Situation kommentiert.

Ich sage, das ist ein Streich. Das ist zu verrückt, um wahr zu sein.

Sutton Mercer würde sich nie von einer zweitklassigen Kopie ausschalten lassen.

Es ist nicht mehr witzig. Ich schwöre es bei meinem Leben?

Und dann, ein paar Stunden später, nur noch:

Sutton, wir lieben dich und werden dich für immer vermissen.

Beide hatten ihre Fotos gegen schwarze Quadrate ausgetauscht. Emma tat das Herz weh. Sutton und ihre Freundinnen waren recht ruppig miteinander umgegangen, aber sie wusste auch, dass sie einander aufrichtig liebten.

Dann wurde ihr plötzlich bewusst, dass auch Gabby und Lili Zwillinge waren. Ob sie auch glaubten, dass Emma ihre eigene Zwillingsschwester ermordet hatte? Vielleicht waren sie bereits dem VEZ beigetreten.

Emma saß stundenlang vor dem Rechner, las unzählige Artikel und suchte nach Hinweisen. Als draußen eine Autotür ins Schloss fiel, stellte sie erschrocken fest, dass es schon drei Uhr war. Sie schlich sich an das Fenster, das zur Vorderseite des Hauses hinausging, und schob die Lamellen der Jalousie auseinander. Dann erstarrte sie.

Ein Streifenwagen stand in der Einfahrt und Ethan war gerade ausgestiegen. Er sagte etwas zu dem Beamten am Steuer – es war wieder Corcoran. Sie erkannte das kurz geschnittene Kastanienhaar. Dann nickte Ethan und ging aufs Haus zu.

Sie wartete in der Diele auf ihn. Er wirkte müde, aber gefasst.

»Was ist passiert?«, rief Emma.

»Alles okay.« Er kam zu ihr und ließ seinen Rucksack neben sich auf den Boden fallen. Als er sich aufrichtete, sah sie eine Narbe an seiner Schläfe, die ihr noch nie zuvor aufgefallen war. Sie endete in seinen Haaren. Emma hätte sie am liebsten geküsst. »Ich bin freiwillig auf die Wache gegangen.«

Emma schaute ihn mit offenem Mund an. »Wie bitte?«

»Ich konnte nicht untätig bleiben. Die Polizei muss erfahren, dass du unschuldig bist.« Er legte ihr die Hand auf die Wange. »Ich habe ihnen gesagt, dass es mich völlig überrascht hat, dass du Emma bist, aber dass es mir egal ist. Ich sagte, ich würde dich lieben, egal, welchen Namen du trägst. Und dass ich an deine Unschuld glaube.«

Seine Berührung machte Emma ein bisschen schwindelig. Die Gänsehaut, die der Anblick des Streifenwagens bei ihr hervorgerufen hatte, machte einem warmen Kribbeln Platz.

Ethan senkte die Stimme. »Und ich habe ihnen gesagt, dass ich Garrett am Abend von Suttons Tod in den Canyon rennen sah.«

Emma blinzelte. »Warte mal, was? Warum hast du mir nicht gesagt, dass du Garrett am Abend des Mordes gesehen hast?«

Er schaute sich um, obwohl sie allein im Flur waren. »Weil es nicht stimmt. Aber mir ist nichts anderes eingefallen, was die Bullen auf seine Spur führen könnte. Du hast sein Auto doch auf den Überwachungsfotos erkannt, oder? Ich habe ihn zwar nicht gesehen, aber er war auf jeden Fall dort.«

»Ethan, ist dir klar, dass du dich damit in Teufels Küche

gebracht hast?«, zischte Emma. »Lüg die Polizei nie wieder an – nicht einmal für mich. Es ist schon schlimm genug, dass *ich* die ganze Zeit lügen musste.«

Ethan ließ seine Hand sinken und schaute auf seine Füße. »Entschuldige. Ich dachte nur, es würde vielleicht helfen.«

Irgendwo im Haus öffnete sich eine Tür und die Tonspur einer Werbesendung wurde lauter. Ethan schaute in die Richtung des Geräuschs. Kurze Zeit später hörten sie eine Toilettenspülung, dann schloss sich die Tür wieder, und der Fernseher wurde leiser. Mrs Landry hatte sich wieder in ihrer Höhle verkrochen.

Emma holte tief Luft. Garrett war wirklich im Canyon gewesen. Vielleicht hatte Ethan das Richtige getan – jetzt mussten die Cops auch Suttons Ex überprüfen. »Du hast recht«, sagte sie und berührte seine Schulter. »Danke. Sorry, dass ich dich angepflaumt habe. Ich habe nur solche Angst davor, dass die Polizisten dich auch in den Mordfall reinziehen.«

Er schüttelte den Kopf. »Emma, ich würde alles für dich tun. Ich will dich beschützen.« Er öffnete den Reißverschluss seines Rucksacks, holte etwas heraus und drückte es ihr in die Hand. Es war ein Wegwerfhandy in Originalverpackung. »Ich habe mich außerdem beim Elektrogeschäft vorbeifahren lassen und dir das hier besorgt.«

Emma verlagerte ihr Gewicht. Die Schachtel fühlte sich seltsam schwer an. »Du hast schon so viel Geld für mich ausgegeben, Ethan.«

»Schon, aber du brauchst ein Handy«, sagte er. »Jetzt bin ich nur einen Anruf weit entfernt. Wenn du mich brauchst, eile ich herbei.« Er schlang ihr die Arme um die Taille und zog sie an sich. Die Berührung erfüllte sie mit Wärme und sie umarmte ihn.

»Okay. Ich muss wirklich meine Matheaufgaben machen«, sagte Ethan und legte die Stirn an ihre. »Aber sollen wir uns was zu essen bestellen und ein Picknick machen, wenn ich fertig bin? Ich kenne da ein lauschiges Plätzchen nicht weit von hier, wo uns die Paparazzi niemals finden werden. Es befindet sich direkt hinter meinem Haus.«

Emma lächelte. »Du meinst euren Hintergarten?«

»Du hast also davon gehört!«, neckte er sie. »Komm schon. Du und ich, der warme Schein von Zitronellakerzen. Das beste Tom Kha Gai der Stadt …«

»Ich bin dabei«, sagte Emma lachend.

Während ich sie beobachtete, wurde mir ganz warm ums Herz. Zwischen all dem Chaos in meinem Leben hatte meine Schwester jemanden gefunden, der sie wirklich liebte. Wenn ich sah, wie er sie anschaute, hoffte ich, dass die beiden irgendwann, wenn all das hier vorbei war – falls es jemals vorbei sein würde –, ganz neu anfangen konnten. Und ich war froh darüber, dass sie es gemeinsam tun würden.

25

Emma Paxton, die Frau mit den tausend Gesichtern

»Schönen Nachmittag, Miss.« Ein dünner Mann mit weißem Bart, der eine Schürze und ein Flanellhemd trug, reichte ihr ihre Einkäufe und schaute sie neugierig an.

Emma zupfte verlegen an ihrem Rock. Es war Mittwoch und sie war wieder inkognito unterwegs. Sie trug Mrs Landrys blonde Perücke, ein mit Schmetterlingen besticktes Jeans-Trägerkleid und einen roten Rollkragenpulli, den sie im Secondhandshop erstanden hatte. Eine billige Plastikbrille mit Fensterglas vervollständigte das Ensemble. Sie sah genauso aus wie die Sonntagschullehrerin, die sie in ihrer kurzen Zeit bei den Morgans gehabt hatte, einer besonders frommen Pflegefamilie in Nevada. Unglaublich, dass sie sich verkleiden musste, um Milch zu kaufen; aber die Reporter – oder Garrett – konnten überall sein.

Sie verließ das Geschäft und ging über den Parkplatz zu Ethans Auto. Ihr Schatten tanzte über den Asphalt.

Neben dem Supermarkt befand sich ein Burger King, an dessen Drive-in-Schalter eine lange Autoschlange wartete. Gerade als sie ihre Einkäufe ins Auto legte, hupte einer der Wartenden laut und ungeduldig.

Was sie als Nächstes sah, ließ Emma wie angewurzelt stehen bleiben.

Travis verließ gerade den Burger King, einen gigantischen Getränkebecher in der Hand. An der Tür blickte er sich um, setzte eine billige Pilotenbrille auf und schlurfte dann davon.

Emma verlor keine Zeit. Sie knallte den Kofferraumdeckel zu und folgte ihm.

Die Gegend war hauptsächlich von billigen Geschäften belegt; hier gab es Kettenrestaurants und Baumärkte. Ein schmaler Grünstreifen verlief zwischen der Straße und dem Gehweg, auf dem überquellende Mülltonnen standen. Emma ging langsam und wahrte sorgsam einen großen Abstand zwischen sich und Travis. Aber sie ließ ihn nicht aus den Augen. Er trug seine Baseballkappe verkehrt herum und seine Baggy-Jeans fielen ihm beinahe vom Po. Eine Geldbeutelkette verlief von seinem Gürtel in seine Gesäßtasche. Als er sich umsah, blieb sie bei einer Gruppe Pendler stehen, die auf den Bus warteten, und setzte genau denselben gelangweilten Gesichtsausdruck auf wie sie. Als er wieder nach vorn schaute, folgte sie ihm weiter.

Travis ging an einer verlassenen, mit Graffiti beschmierten Autowerkstatt vorbei und dann über einen Parkplatz zu einem billigen Hotel. Der Pool leuchtete hinter dem Eisengitter und am flachen Ende planschten drei kleine Kinder mit Schwimmflügeln im seichten Wasser. Emma blieb stehen und beobachtete, wie Travis die Treppe hinaufging und ein Zimmer aufschloss.

Emma stellte sich in den Schatten eines Baumes und überlegte, was sie tun sollte. Warum war er noch hier? Er wusste doch nichts über den Mörder – oder etwa doch?

Sie riss den Kopf hoch, als ihr einfiel, was Ethan gesagt hatte. *Wenn wir uns Zugang zu Garretts SMS oder Mails verschaffen könnten, wüssten wir gleich, ob er den Link geschickt hat.*

An Garretts Handy kamen sie nicht ran. Aber vielleicht hatte Travis die Mail aufgehoben.

Sie schaute sich noch einmal um, stieg dann die Treppe hinauf und klopfte an Travis' Tür. Nichts geschah. Sie klopfte noch einmal lauter. Zwei Männer in Hawaiihemden, die gerade aus ihrem Auto stiegen, hielten inne und schauten zu ihr hoch. Emma schluckte, Schweiß lief ihr über den Nacken. Sie hob die Hand und wollte schon ein drittes Mal klopfen, da wurde die Tür geöffnet. Travis stand barhäuptig im Türrahmen. Er trug ein weißes Unterhemd, das eng an seiner fleischigen Brust anlag. An seinem Hals baumelte eine dicke Goldkette. Er reckte aggressiv das Kinn. Hinter ihm röhrte Arnold Schwarzenegger auf einem Motorrad über den Fernsehschirm. »Was wollen Sie, Lady?«

Einen Moment lang hatte Emma vergessen, dass sie

kostümiert war. Sie blinzelte, dann nahm sie die Brille ab. »Ich bin's. Emma.«

Er riss den Mund auf und musterte sie von Kopf bis Fuß. Die kleinen Schweinsäuglein fielen ihm beinahe aus dem Kopf. Er stank nach Tabakrauch und Schweiß.

»Ich brauche deine Hilfe«, sagte sie so zuckersüß wie möglich. »Alle glauben, ich hätte meine Schwester umgebracht.«

»Ja, ich weiß«, sagte er grinsend. »Dieser eine Bulle, Quinlan? Er will ständig, dass ich ihm alles Mögliche über dich erzähle.«

Emma knabberte an ihrem Daumennagel. Sie musste ihre Rolle perfekt spielen. »Was hast du ihm denn erzählt?«

Achselzuckend lehnte sich Travis gegen den Türrahmen und schaute auf sie herab.

»Bisher nur von deinem verrückten Fetisch«, sagte er.

»Du meinst, von dem Video, das dir jemand geschickt hat?«, sagte Emma. Sie wählte jedes ihrer Worte mit Bedacht.

»Jepp«, sagte er. »Mann, das hat mir gefallen. Schade, dass es nicht mehr online ist.«

Bingo. Garrett hatte ihm tatsächlich den Link geschickt. Ihr Herz klopfte vor Aufregung. Wenn sie es schaffte, Travis sein Handy abzuknöpfen, konnte sie es beweisen. Sie holte tief Luft.

»Ich habe Sutton nicht getötet«, sagte sie leise und flehend. »Du glaubst mir doch, oder?«

Er grinste. »Keine Ahnung, Emma. Mir gegenüber

warst du ziemlich grob. Du hattest schon immer einen miesen Charakter.«

Emma verspannte sich und schluckte den beißenden Kommentar herunter, der ihr auf der Zunge lag. Sie hatte Travis einmal das Knie in die Eier gerammt, nachdem er versucht hatte, sie zu befummeln. Deshalb hatte er auch behauptet, sie habe Clarices Geld gestohlen.

Travis' Stimme senkte sich zu einem verschwörerischen Flüstern. »Außerdem ist Tucson ganz nett. Die Cops haben mich für die ganze Woche hier eingemietet – gratis Pay-TV, Zimmerservice. Nur damit ich ihnen alles über dich sage, was ich weiß.«

Emma schaute zu ihm auf und klimperte mit ihren dichten Wimpern, die Augen weit aufgerissen.

Ich war beeindruckt. Sie wirkte so verletzlich. Früher war ich eine Meisterin des Hundeblicks gewesen. Wenn sie es jetzt noch schaffte, auf Kommando loszuheulen, dann war sie mir beinahe ebenbürtig.

»Warum tust du mir das an?« Sie legte ein leises Zittern in ihre Stimme und wischte sich imaginäre Tränen aus den Augen.

Travis schaute sich um, als wolle er sichergehen, dass sie niemand hörte. Dann beugte er sich zu ihrem Ohr und flüsterte geheimnistuerisch: »Na ja, du bist eben ein richtiges Miststück, Emma.« Sein Atem roch faulig nach Zucker und Hasch.

Sie musste all ihre Willenskraft aufbringen, um ihm keine zu scheuern.

Aber sie musste ihn einwickeln. Mit leicht geöffneten Lippen legte sie ihm die Hand auf den nackten Oberarm. Travis' Augen wanderten zu der Stelle, an der sie ihn berührte.

»Ich bin verzweifelt«, flüsterte sie und ignorierte den Würgereiz, der sie dabei befiel. »Ich tue alles für dich. Du musst mir helfen, Travis. Nur du kannst das.«

Er starrte sie einen Moment lang sprachlos an. Seine Überraschung war noch größer als seine Bosheit. Emma musterte seinen Körper bewundernd, versuchte dabei verführerisch auszusehen und suchte fieberhaft nach dem rechteckigen Umriss seines Handys. Da. Es steckte in seiner vorderen Hosentasche.

Travis lächelte träge. »Wirklich alles?«

Er wich einen Schritt zurück und hielt ihr die Tür auf.

Als sie an ihm vorbeiging, gab er ihr einen Klaps auf den Po, und sie zuckte zusammen. Einen Moment lang fragte sie sich, ob sie gerade einen riesigen Fehler machte. Travis war gefährlich.

Aber Emma war auch nicht von Pappe. Und sie brauchte sein Handy.

Sie griff nach der juckenden Perücke, um sie abzunehmen, aber Travis packte ihre Hand. »Lass sie auf«, murmelte er, sein Atem heiß auf ihrem Gesicht. »Die gefällt mir.«

Emma legte ihre Hände auf Travis Hüfte und behielt die Perücke auf. Langsam ließ sie die Finger in seine Hosentasche gleiten. Er schloss die Augen und atmete schneller. Sie tastete sich an Münzgeld und einem Plastiktütchen vorbei, das wahrscheinlich Gras enthielt, bis sie das harte Rechteck aus Plastik erreichte. Als sie es ihm aus der Tasche riss, öffnete er die Augen.

»Was …« Aber er konnte seine Frage nicht beenden. Emma riss ihr Knie, so kraftvoll sie konnte, zwischen seinen Beinen hoch. Er verdrehte die Augen, sackte rücklings aufs Bett und hielt sich stöhnend den Schritt.

Sie war aus dem Zimmer gerannt und hatte die Tür hinter sich zugeknallt, bevor er sich wieder bewegen konnte. Adrenalin pulsierte durch ihre Adern. Sie nahm drei Stufen auf einmal. Als er die Tür aufriss, war sie schon auf dem Parkplatz.

»Du irre Schlampe!«, brüllte er und hinkte ihr nach. »Ich bring dich um!«

»Stell dich hinten an!«, schrie Emma ihm zu und sprintete los. Sie umrundete einen pickligen Mann, der den hoteleigenen Polyesterblazer trug, rannte quer über den Parkplatz, schlug Haken um Autos und sprang über Begrenzungssteine. Ihre Beinmuskeln brannten, aber sie bemerkte es kaum. Es war, als seien ihr Flügel gewachsen.

Und ich schwebte neben ihr und feuerte sie an. Endlich hielt meine Schwester ein Beweisstück in den Händen, das ihr dabei helfen konnte, ihren Namen reinzuwaschen. Und endlich hatte sie es geschafft, Travis an seiner empfindlichsten Stelle zu treffen.

26

Zeig mir deine SMS

Eine halbe Stunde später stürzte Emma in Ethans Zimmer, das Handy immer noch fest umklammert. Er sprang überrascht vom Schreibtisch auf, wo er Hausaufgaben gemacht hatte. Sie riss sich die Perücke vom Kopf und warf sie triumphierend in die Luft. Dabei grinste sie bis über beide Ohren.

Ethan starrte auf den Blackberry in ihrer Hand und schaute sie fragend an. »Was …?«

»Das ist Travis' Handy!« Schnell erklärte sie, was passiert war, verschwieg aber, dass sie Travis dafür schamlos angebaggert hatte.

»Emma, du bist fantastisch!« Ethan nahm ihr lächelnd das Handy aus der Hand. Sie ließ sich aufs Bett sinken und strich ihr wirres Haar glatt. Sie würde hundertmal duschen müssen, um die Erinnerung an Travis abzuwaschen, aber das war die Sache wert. Sie hatte das Handy.

Ethans Finger tanzten über die Tasten des Blackberry und sie beobachtete ihn mit angehaltenem Atem. Nach einer Minute schüttelte er den Kopf. »Sieht so aus, als seien sein SMS-Speicher und seine E-Mails kürzlich gelöscht worden.«

Emmas Lächeln erstarb. »Es war also alles umsonst?«

»Nicht unbedingt.« Ethan nahm die SD-Karte aus ihrem Schlitz und hielt sie zwischen Daumen und Zeigefinger fest. »Die Daten bleiben für immer lesbar, wenn man weiß, wo man sie suchen muss. Und zufällig kennt sich dein Freund ganz gut mit Computern aus.« Er grinste ihr zu und ging zu seinem Laptop.

»Was hast du vor?«

Ethan hielt inne. »Ich lese sie ein. Willst du nicht wissen, was drauf ist?«

»Aber … sollten wir das nicht lieber in der Bibliothek machen?«, fragte Emma ängstlich. »Kann man die Karte nicht zu deinem Computer zurückverfolgen? Ich will nicht, dass es so aussieht, als hättest du sie gestohlen.«

Ethan schüttelte ungeduldig den Kopf. »Die nächste Zweigstelle hat schon geschlossen und bis morgen können wir nicht warten. Emma, das könnte alle unsere Fragen beantworten. Vielleicht ist das die Lösung, nach der wir gesucht haben!«

Emma rieb sich die Augen. Dann nickte sie. »Okay. Du hast recht. Schieb sie rein.«

Ethan steckte die Karte in ein Lesegerät und schloss es an seinen USB-Anschluss an. Sofort ging ein Fenster auf seinem Desktop auf, in dem der Inhalt des Telefons aufgelistet war. Ethan klickte auf *alle Dateien ansehen* – und wurde knallrot, als Travis' komplette Pornosammlung auf dem Bildschirm erschien.

Er hechtete vor und schirmte den Rechner mit seinem Oberkörper vor ihr ab. »Tut mir so leid«, murmelte er und beeilte sich, die Bilder wieder zu schließen. Emmas Wangen brannten auch, aber sie musste kichern.

»Das war alles auf seinem Handy?«, prustete sie. »Das heißt, das trägt er immer bei sich?«

»Lass mich kurz …« Ethan verbarg den Monitor weiterhin mit seinem Körper und tippte hastig. Sein Nacken war knallrot. Und plötzlich musste Emma lachen. Nach allem, was sie durchgemacht hatte, lag die Wahrheit zum Greifen nah vor ihnen. Nur ein paar Hundert Busenbilder trennten sie noch von ihr.

Als Ethan es geschafft hatte, alle Fotos zu schließen, war auch Emma wieder ernst. Sie ging zum Schreibtisch und legte ihm die Hand auf die Schulter. Er war immer noch knallrot und mied ihren Blick. »Das war, als würde mein schlimmster Albtraum Wirklichkeit«, murmelte er.

Sie schaute über seine Schulter hinweg auf den Schirm. »Hatte er überhaupt noch Platz für irgendetwas anderes auf seinem Handy?«

»Das finden wir gleich raus.« Ethans Finger huschten über die Tastatur. Er tippte einige Befehle, die Emma nicht verstand, zögerte dann einen Moment und tippte dann mit dem Zeigefinger kräftig auf »Enter«. Seitenweise SMS und E-Mails öffneten sich. Sie riss den Mund auf.

»Wer ist hier fantastisch?«, hauchte sie und küsste ihn auf die Wange. Er wurde noch einmal rot.

Die neuesten SMS bestanden aus einem Gespräch zwischen Travis und einem Mädchen namens »Sapphire«, das mit der Zeile »Hey Süße, was trägste gerade?« begann. Ethan verzog angeekelt das Gesicht. »Und du hast mit diesem Typen zusammengewohnt?«

»Die Leute von der Fürsorge haben mir leider keine Wahl gelassen«, sagte Emma und beugte sich vor. »Wo sind seine Mails vom August?«

Ethan zögerte. »Glaubst du, wir finden da Nacktbilder von Travis?«

Sie zog eine Grimasse. »Ich habe nie gesagt, dass es leicht werden wird.«

Ethan scrollte zu den Mails vom August. Alle Freunde von Travis trugen Namen wie *superstecher96* oder *jointmeister*. Sie verdrehte die Augen. Dann sah sie es. Am 29. August hatte jemand namens *hollier_hölle* eine Mail mit der Betreffszeile *Schau dir das an* geschickt.

Mit zitternden Händen zeigte sie darauf. Ethan riss die Augen auf. »Hollier_hölle?«

Emma strich sich das Haar hinter die Ohren, griff dann nach einer Strähne und zwirbelte sie um den Finger. »Mach sie auf.«

Ethan klickte auf die Nachricht.

Hey Mann. Willst du ein Video von deiner süßen kleinen

Pflegeschwester sehen? Tu mir den Gefallen und zeig es ihr auch.

Darunter befand sich eine Linkadresse. Emma hätte Geld darauf verwettet, dass der Link jetzt tot war, aber sie war sich genauso sicher, dass er im August zu dem Sutton-in-Arizona-Video geführt hatte, mit dem alles begann.

»Zwei Tage vor dem Mord«, sagte sie mit einem unguten Gefühl. Das bedeutete, der Mord an Sutton war geplant gewesen – weder ein Unfall noch ein Verbrechen aus Leidenschaft. Und es bedeutete, dass Garrett auch Emma beobachtet hatte; er hatte gewusst, wo und bei wem sie wohnte. Sie war von Anfang an Teil seines Plans gewesen.

Travis hatte geantwortet: *Das ist krank, Mann. Danke für den Link. Aber was ist für mich drin, wenn ich es ihr zeige?*

Hollier_hölle hatte geantwortet: *Klingen 5000 Dollar gut? Lösch diese Mails. Wenn Emma die Stadt verlässt, hast du deine Aufgabe erfüllt. Und dann triff mich am 15. September in Tucson, Speedway 5784W. Dort warte ich mit dem Geld.*

Die letzte E-Mail der Konversation stammte von Travis: *Bin dabei. 15. September. Sei dort.*

Emma ballte die Fäuste, bis ihre Nägel sich in ihr Fleisch bohrten. Travis hatte sie für 5000 Dollar an den Mörder ihrer Schwester verkauft. »Ethan. Kennst du die Adresse?«

»Bin dran.« Er öffnete einen Routenplaner und gab die Adresse ein. Sie befand sich in den westlichen Ausläufern von Tucson. Als Ethan auf den Punkt klickte, erschien der Name eines Unternehmens.

»Ach du Scheiße«, murmelte Ethan.

An der Adresse, die der Mörder Travis geschickt hatte, befand sich das Rosa-Linda-Lagerunternehmen.

Langsam griff Emma an ihm vorbei nach dem Knauf der obersten Schreibtischschublade. Darin befand sich der kleine silberne Schlüssel, den sie in Garretts Schließfach gefunden hatten. Sie hielt ihn neben den Bildschirm und starrte wieder auf das weggekratzte Wort. Auf einmal wurde sie ganz ruhig. Der glitzernde Schlüssel hing zwischen ihr und Ethan im Licht der einfallenden Sonne. Und da war es. Unter den Kratzern war das zweite Wort plötzlich eindeutig lesbar. Es konnte nur Linda heißen.

Emma zog das Wegwerfhandy aus ihrer Tasche und tippte wortlos die angegebene Telefonnummer ein. Ethan öffnete den Mund, um zu fragen, was sie vorhatte, aber sie legte nur den Finger an die Lippen. Es klingelte fünf Mal, bis jemand antwortete.

»Rosa-Linda-Lagerunternehmen«, krächzte eine Männerstimme aus dem Hörer. Emma holte tief Luft.

»Hi, ich bin die Mieterin von Einheit 356«, sagte sie forsch und ungeduldig. »Ich rufe an, weil ich wissen will, wann meine nächste Zahlung fällig ist.«

Am anderen Ende der Leitung knisterte es. Nach einem Augenblick antwortete die Krächzstimme skeptisch: »Sie sind Arthur Smith?«

Emma rutschte das Herz in die Magengrube. Sie hatte

gehofft, Garrett habe die Einheit unter seinem eigenen Namen gemietet – dann hätte sie nur den Schlüssel und Travis' Handy der Polizei übergeben müssen. Aber natürlich war Garrett nicht so dumm gewesen.

Sie räusperte sich. »Hier ist Mrs Arthur Smith, ja.«

»Oh, Entschuldigung, Mrs Smith.« Sie hörte Papier rascheln. »Bis Ende des Monats ist alles bezahlt. Zahlen Sie nächstes Mal wieder bar?«

Emma legte auf und steckte das Handy in ihre Tasche zurück. Dann sah sie Ethan an, der wortlos auf ihre Erklärung wartete.

»Hol deine Jacke«, sagte sie. »Wir fahren zu Rosa Linda.«

Hätte ich noch Fäuste gehabt, hätte ich sie triumphierend in die Luft gereckt.

Endlich würden wir herausfinden, was sich hinter Türchen Nummer zwei verbarg.

27

Memento Mori

Das Rosa-Linda-Lagerunternehmen befand sich an einem verlassenen Stück Autobahn vor Tucson, zwischen einem schäbigen Motel namens Flamingo und einem verbarrikadierten Schnapsladen. Das Neonschild am Eingang war teilweise ausgebrannt und verkündete nur noch OS LIN LAG. Um das Grundstück wand sich ein Maschendrahtzaun, dessen Bekrönung aus Stacheldraht mit extrem unpassenden roten Schleifchen weihnachtlich geschmückt war.

Emma berührte die Initialen ihrer Schwester auf dem Schlüssel, als Ethan auf den Parkplatz fuhr. Sie wusste, dass sie in dem Lagerraum weder alte Möbel noch eine Fußballausrüstung finden würden. Was auch immer sie dort erwartete, es hatte etwas mit Sutton zu tun.

Ich wusste es auch. Ich spürte die Wahrheit knapp außerhalb meiner Reichweite, wie einen Traum, der beim Aufwachen bereits verblasst ist.

Ethan parkte den Wagen, und sie betraten den Eingang, dessen Boden aus fest gestampfter Erde bestand. Verschlossene Lagerräume erstreckten sich stumm in alle vier Himmelsrichtungen. Außer ihnen war niemand hier.

»Bist du bereit?«, fragte Ethan mit leiser Stimme.

»Keine Ahnung«, gestand Emma. Sie atmete tief ein und die trockene Wüstenluft füllte beruhigend ihre Lungen. »Komm«, sagte sie und drückte seine Hand. »Bringen wir's hinter uns.«

Hand in Hand gingen sie den Gang zwischen den Lagerräumen entlang. Die Flutlichter, die an den Einheiten angebracht waren, ließen ihre Schatten grotesk, verkrümmt und unheimlich über den Boden tanzen. Ihre Schritte hallten in der Stille wider. Draußen in der Wüste jaulte ein Kojote auf.

Die Nummern der Einheiten standen in grell orangefarbener Schrift auf den Türen. Sie begannen bei 100. Emma zählte laut mit, während sie durch den Gang marschierten. »150«, flüsterte sie. »200 … 300 … 350 … hier müsste es irgendwo sein, Ethan.« Sie schaute um eine Ecke.

Einheit 356 sah genauso aus wie alle anderen. Die Ziffern waren direkt auf die Lamellen des Rolltors gesprüht.

Emma beugte sich vor und wollte gerade das Vorhängeschloss berühren, als Ethan sie am Ellbogen fasste.

»Warte«, sagte er und reichte ihr ein paar rosafarbene

Handschuhe, die zweifellos seiner Mutter gehörten. Aus einer anderen Tasche seiner Cargohose zog er ein Paar schwarze Kletterhandschuhe und zog sie sich selbst an.

»Gute Idee«, sagte Emma, schlüpfte in die Handschuhe und nahm sich noch einmal das Vorhängeschloss zur Brust. Der Schlüssel passte perfekt hinein. Mit einem leisen Klicken löste sich der Bügel.

Emma packte den Türgriff und zog die Tür heftig nach oben.

Drinnen war es stockdunkel. Sie suchte an der Wand nach dem Lichtschalter und die einsame Neonlampe an der Decke erwachte zum Leben. Das Innere war geräumig – es hätte problemlos die Einrichtung einer ganzen Wohnung hineingepasst. Oder Hunderte von Kartons. Aber der Raum war beinahe leer.

Beinahe.

In der Mitte des riesigen Raums lag ein großer Umschlag auf dem Boden, direkt unter der Lampe. Daneben lag ein Plüschoktopus, dem ein Knopfauge fehlte. Emma kannte diesen Oktopus. Sie hatte die blauen Stricktentakel als kleines Mädchen unzählige Male an sich gedrückt, wenn sie Trost brauchte. Es war ihr Socktopus, und er gehörte zu den wenigen Dingen, die sie aus Vegas mitgebracht hatte.

Langsam ging sie zu ihm, hob ihn auf und starrte auf ihn herunter. Socktopus war in der Reisetasche gewesen, die ihr an ihrem ersten Abend in Tucson auf der Bank beim Sabino Canyon gestohlen worden war. Der Dieb hatte schnell gehandelt – sie hatte die Bank nur ein paar Minuten lang aus den Augen gelassen, bevor sie zurückgekommen war, um danach zu suchen.

Ethan blieb hinter ihr und schaute immer wieder zur offenen Tür, als fürchte er, jemand könnte sich auf sie stürzen.

»Was ist das?«, fragte er mit gefurchter Stirn.

»Meine Mom hat ihn mir geschenkt«, sagte Emma. Ihre Stimme klang in ihren Ohren, als käme sie von weit, weit her. »Als ich noch klein war.«

Einen Moment lang verschwand der schäbige Lagerraum um sie herum, und sie spürte, wie Becky im Supermarkt zwei Arme des Oktopus um ihren Hals band, sodass er ihr wie ein Cape über den Rücken hing. *So kann er dich beschützen,* hatte Becky erklärt und ihr eines ihrer seltenen Lächeln geschenkt, die ihr hübsches Gesicht aufleuchten ließen.

Emma blinzelte die Tränen weg und sah sich in dem staubigen Lagerraum um. Sie klemmte sich Socktopus unter den Arm, bückte sich und hob den Umschlag auf. Sie fummelte an dem Verschluss herum, da die Handschuhe ihre Finger steif und gefühllos machten. Dann glitt ein dicker Stapel Papiere und Fotos heraus. Ganz oben lag eine DVD in einer durchsichtigen Plastikhülle, die mit rotem Edding beschriftet war. Sutton in AZ, stand darauf.

»Das Video«, flüsterte Ethan.

Emma nickte, aber sie durchsuchte bereits die Blätter

unter der DVD. Sie fand einen Ausdruck der allerersten Facebook-Nachricht, die Emma Sutton geschickt hatte. *Du wirst mich für verrückt halten, aber ich glaube, wir sind verwandt. Wir sehen genau gleich aus und haben dasselbe Geburtsdatum.* Dahinter lag ein Blatt, auf dem Suttons E-Mail-Adresse und ihr Passwort vermerkt waren. Und dahinter folgten Fotos – ein dicker Stapel glänzender Schwarz-Weiß-Fotos.

Emma hatte sich so daran gewöhnt, überall Suttons Gesicht zu sehen, dass sie zuerst dachte, auf den Fotos sei ihr Zwilling abgelichtet. Aber das stimmte nicht – auf dem obersten Bild stand das Mädchen hinter einem Schalter für Eintrittskarten. Emmas Herz setzte einen Schlag aus. Es war die New-York-New-York-Achterbahn in Las Vegas, an der sie vergangenen Sommer gearbeitet hatte. Auf dem Bild gab sie gerade einem Kunden Wechselgeld heraus und hatte offenbar keine Ahnung, dass ein Fotograf sie im Visier hatte.

Auf dem nächsten Bild joggten sie und Alex Seite an Seite über einen Pfad im Red Rock Canyon. Auf einem anderen Bild reckte sie sich gerade nach einem Buch in der Stadtbibliothek. Auf dem nächsten ging sie gerade mit resignierter Miene zu Clarices Haus. Die Fotos waren körnig und offensichtlich heimlich und aus merkwürdigen Blickwinkeln aufgenommen – aber auf allen war sie klar zu erkennen.

Die alte Emma war Expertin darin gewesen, anonym und unsichtbar zu bleiben und den Kopf unten zu halten, damit sie nicht verletzt wurde. Der alten Emma wäre es peinlich gewesen, dass jemand sie die ganze Zeit beobachtet hatte.

Aber die neue Emma? Die neue Emma war stinkwütend.

Und ich auch.

Emma legte die Fotos hinter die Dokumente und blätterte den Rest der Seiten durch. Stirnrunzelnd betrachtete sie ein Blatt, auf dem ausschließlich Zahlenfolgen standen. Einen Moment lang begriff sie nicht, was sie vor sich hatte. Dann erkannte sie eine Nummer.

Es war der Sicherheitscode der Mercers.

Ihr Mund klappte auf. Unter der Zahlenkombination stand der Code der Chamberlains. Und die Zahlen darunter erkannte sie ebenfalls: 0709.

Der siebte September. Mrs Banerjees Geburtstag.

Nisha hatte Emma vor beinahe einem Monat denselben Code gegeben, um ihr Zugang zu den Krankenakten der psychiatrischen Abteilung der Klinik zu verschaffen. Emma hätte wetten können, dass es auch der Code der Alarmanlage am Haus der Banerjees war. Garrett hatte ihn benutzt, um bei ihnen einzubrechen, weil er das Beweisstück sichern wollte, das Nisha dort versteckt hatte. Aber Dr. Banerjee war ihm in die Quere gekommen.

Doch jetzt hatte Dr. Banerjee die Stadt verlassen.

»Ethan«, hauchte Emma und hielt ihm das Blatt entgegen. »Wir können in Nishas Haus. Wir können die Beweise finden.«

Ethan starrte sie an. »Emma, wir müssen sofort zur Polizei. Das Zeug hier reicht, um Garrett in den Knast zu bringen.«

»Das stimmt nicht«, wandte Emma ein. »Nichts hier weist eindeutig auf Garrett hin. Der Lagerraum wurde unter falschem Namen angemietet und bar bezahlt – und ich wette mit dir, auf diesen Bildern findet sich kein einziger Fingerabdruck«, setzte sie bitter hinzu. »Das Einzige, was Garrett mit diesem Lager verbindet, ist der Schlüssel, den wir in seinem Spind gefunden haben. Und da steht unser Wort gegen seins. Aber das, was Nisha gefunden hat, war so belastend, dass Garrett sie dafür umgebracht hat.«

Ethan stieß den Atem aus. Er schaute sich in dem Lagerraum um und wandte sich dann wieder Emma zu. »Okay. Du hast recht. Wir gehen bei Nisha vorbei und schauen uns noch einmal dort um. Dann gehen wir zu den Bullen und übergeben ihnen alles, was wir haben.«

Emma nickte und Hoffnung blubberte in ihr empor wie Wasser aus einer Quelle. Sie fühlte sich so leicht wie seit Wochen nicht.

Sie waren so nah dran – sie brauchten nur noch ein entscheidendes Beweisstück, dann konnten sie nachweisen, was Garrett ihrer Schwester angetan hatte.

»Wir sollten alles genauso hier lassen, wie wir es gefunden haben. Das ist jetzt ein Tatort.« Sie schob die Papiere und die Fotos in den Umschlag zurück und legte ihn wieder auf den Boden. Dann nahm sie Socktopus, drückte ihn noch einmal fest an sich und platzierte ihn wieder neben den Umschlag.

Sie schlossen den Lagerraum ab und gingen zum Auto zurück.

Ethan bog auf den Highway ein und fuhr schnell, aber vorsichtig zurück. Die Wüste breitete sich rechts und links von ihnen aus, ein paar Meter von der Straße entfernt bereits in tiefe Dunkelheit getaucht. Emma umklammerte den winzigen Lagerschlüssel.

Los geht's!, schrie ich lautlos und wünschte, ich hätte meiner Schwester ein High Five geben können. Endlich, endlich hatte Garrett ausgespielt.

28

Eine Nachricht aus dem Jenseits

Emma schob das schmiedeeiserne Gartentor der Banerjees auf. Ethan war direkt hinter ihr. Das Haus war völlig dunkel, die Fenster wirkten wie leere Augenhöhlen. Nur der Mond schimmerte auf der glatten Oberfläche des Pools. Bei dem Anblick wurde Emma flau. Es fiel ihr leicht, sich vorzustellen, wie Nisha dort mit dem Gesicht nach unten im Wasser getrieben war, ihr langes Haar wie eine Wolke um sie ausgebreitet.

»Ich finde es schrecklich hier«, flüsterte sie. Ethan nickte, nahm ihre Hand und drückte sie.

Zwei große Glastüren verbanden die Terrasse mit der Küche. An der linken glühte ein Tastenfeld der Alarmanlage rot durch die Nacht. Emma ging mit flatternden Nerven darauf zu. Einen Fehler konnte sie sich nicht erlauben. Falls der Alarm losging, würde Dr. Banerjee den Code ändern, und sie hätten ihre Chance verspielt. Sie ließ ihre Finger über dem Tastenfeld schweben und hätte beinahe 0709 eingegeben. Aber dann dachte sie daran, dass Garrett ja bereits hier eingebrochen war.

»Natürlich hat Dr. Banerjee den Code geändert«, flüsterte sie. »Schließlich hat er Garrett in seinem Haus erwischt. Es ist bestimmt nicht mehr Mrs Banerjees Geburtstag.«

Ethan schaute sie enttäuscht an. »Du hast recht. Wir können nicht …« Aber er verstummte, als Emma sich wieder dem Tastenfeld zuwandte. Bevor sie es sich anders überlegen konnte, tippte sie eine neue Nummer ein. 2004. Nishas Geburtstag. Einen Moment lang geschah nichts. Sie hielt den Atem an und bereitete sich darauf vor, Alarmglocken durch die Nacht gellen zu hören und, so schnell sie konnte, zu Ethans Haus zurückzurennen.

Aber nach einer gefühlten Ewigkeit wurde das Licht grün. Sie hörte ein leises Klicken. Die Tür war offen.

Mit einem triumphierenden Grinsen drehte sie sich zu Ethan um. Er schaute mit offenem Mund zwischen ihr und der Alarmanlage hin und her. »Woher wusstest du den richtigen Code?«

»Ich hatte den richtigen Riecher«, sagte Emma achselzuckend.

Ethan schluckte mühsam. »Wow, Emma. Du hättest den Alarm auslösen können.«

»Auch ein blindes Huhn findet manchmal ein Korn. Und bei mir war das lange überfällig.« Sie öffnete leise die Tür und betrat das Haus. Ihre Augen gewöhnten sich nur langsam an die Düsternis der Küche.

Seit sie das letzte Mal hier gewesen war, hatte jemand den Raum blitzblank geputzt. Es roch nach Möbelpolitur und die bronzenen Armaturen blinkten im Dämmerlicht. Neben der Tür stand eine überquellende Schüssel mit Katzenfutter.

Ich folgte Emmas Blick und erinnerte mich an all die Partys und Tennis-Dinner, die bei Nisha stattgefunden hatten. Hier war ich mit meinen Freundinnen an der Kücheninsel gestanden, hatte Karottensticks geknabbert und getratscht. Jetzt war das Haus still und leer, als seien selbst die Mauern in Trauer. Ein kleiner blauer Lichtkegel leuchtete plötzlich auf. Emma wirbelte herum und sah, dass Ethan eine Mini-Taschenlampe in der Hand hielt. Sie war an seinem Schlüsselbund befestigt. Er reichte sie ihr. »Wir sollten das Licht nicht anmachen«, flüsterte er. »Sonst sieht uns vielleicht jemand von der Straße aus. Ich suche im Wohnzimmer und in Dr. Banerjees Büro. Du nimmst Nishas Schlafzimmer. Treffen wir uns in fünf Minuten wieder hier?«

»Okay«, sagte Emma, stellte sich auf die Zehenspitzen und küsste ihn auf die Wange. Dann schlich sie den Flur entlang, wobei ihr die Taschenlampe den Weg wies.

Staub wirbelte durch den schwachen Lichtkegel. Die Fotos an den Wänden schienen sie anzustarren und wirkten in der Dunkelheit grotesk.

Als eine Diele unter ihren Füßen quietschte, zuckte sie zusammen, denn in der Stille klang das Geräusch so laut wie ein Alarm. Hoffentlich hatte nicht auch Garrett gerade beschlossen, noch einmal ins Haus der Banerjees einzubrechen. Nicht auszudenken, was er tun würde, wenn er Emma und Ethan hier fände. Sie erschauderte.

Vor Nishas Zimmertür blieb sie stehen. Obwohl sie den Raum schon einmal durchsucht hatte, konnte sie das Gefühl nicht abschütteln, dass die Beweise hier sein mussten. Sie wusste aus ihren Jahren als Pflegekind, dass man Dinge nur in unmittelbarer Nähe wirklich sicher verstecken konnte.

Mit hämmerndem Herzen blieb Emma im Türrahmen stehen, ließ den Strahl der Lampe langsam über Nishas Sachen wandern, mied aber sorgfältig das Fenster. Alles sah genauso aus wie bei ihrem letzten Besuch. Kristallfläschchen voll Parfum standen auf Nishas Kommode, neben ihrer kleinen Sammlung Tennis-Trophäen. Gelesene Bücher standen alphabetisch geordnet im Bücherregal und die Tagesdecke war glatt gestrichen und unberührt. Neben dem Laptop auf dem Schreibtisch lag die Hülle der BBC-Serie »Stolz und Vorurteil« – Nisha musste sie kurz vor ihrem Tod geschaut haben.

Alles war völlig unauffällig. Emma schlug sich frustriert die Fäuste auf die Oberschenkel und grub ihre Nägel in die Handballen.

Nisha hatte etwas Wichtiges gefunden – und es war immer noch hier. Das wusste Emma einfach. Aber wo konnte sie es nur versteckt haben?

Eine Idee bohrte sich langsam in ihr Bewusstsein. Emma hatte in ihrem Leben schon viele Dinge versteckt –

sie hatte ihre Kindheit damit verbracht, ihre armseligen Schätze vor neugierigen Pflegeeltern und kleptomanischen Mitbewohnern zu verbergen. Sie sog scharf den Atem ein. Zu weit hergeholt. Zu simpel. Aber einen Versucht wert.

Auf Zehenspitzen schlich sie sich zu Nishas Bad und schob die Tür auf. Ein kleines Nachtlicht, das in der Steckdose neben dem Spiegel steckte, leuchtete auf. Emma kniete sich neben den Waschbeckenunterschrank und öffnete die Schubladen.

Und dort, im Halbdunkel unter dem Waschbecken, stand ein riesiger Karton Tampax.

Emma hatte Angst, sich zu bewegen. Angst davor, auch ihre letzte Hoffnung begraben zu müssen. Jahrelang hatte sie wichtige Dinge in Tamponschachteln versteckt. Aber es war doch unmöglich, dass Nisha auf dieselbe Idee gekommen war … oder?

Langsam zog sie die Schachtel heraus. Ihr Herz raste. Sie tastete sich im Inneren des Kartons an den einzelnen Packungen vorbei, bis ihre Finger ganz am Boden etwas berührten, das sich wie eine Röhre anfühlte.

Es war ein Umschlag, fest zusammengerollt und mit einem Gummiband gesichert. Mit schwirrendem Kopf löste sie das Gummi und strich den Umschlag glatt. Daran geheftet war ein Stück pinkfarbenes Hello-Kitty-Notizpapier. Sie erkannte Nishas ordentliche Handschrift sofort.

Sutton, es tut mir so leid. Ich hatte nach unserem Gespräch ein komisches Gefühl und ich musste es einfach überprüfen. Du musst die Wahrheit erfahren.

Mit angehaltenem Atem öffnete sie den Umschlag und zog den Inhalt heraus.

Es war ein Ordner, auf dem die Worte »Patientenakte der Universitätsklinik Tucson, Arizona« aufgedruckt waren.

Unter »Abteilung« hatte jemand handschriftlich Psychiatrie eingetragen.

Als ich den Namen sah, der im Feld »Patient« stand, begriff ich zuerst gar nichts. Die Buchstaben wirkten wie Hieroglyphen, seltsam und unleserlich. Aber dann wurde meine Welt plötzlich entsetzlich klar.

Der Name setzte etwas in meinem Geist in Gang und mit ohrenbetäubendem Rauschen zog mich die Flutwelle mit sich in den Canyon zurück. Und ich wusste mit grausamer Gewissheit, dass ich nun endlich, endlich, meine letzten Augenblicke noch einmal durchleben würde.

29

Die letzte Erinnerung

Ich kann nicht atmen, der Kragen meines Pullis schneidet mir in den Hals und schnürt mir die Luft ab. Ich strampele mit den Beinen, aber vor meinen Augen tanzen bereits bunte Flecken, und Garrett ist viel zu stark für mich. Weit unter meinen Füßen jault der Wind klagend durch die Schlucht wie eine verlorene Seele. Garretts Gesicht ist nur Zentimeter von meinem entfernt, zu einer Maske der Wut verzerrt, die im Mondlicht beinahe nicht mehr zu erkennen ist. Ich merke, dass mein Shirt zerreißt, als er mich wild schüttelt. Ich werde hier in diesem Canyon sterben, in dem ich als Kind mit meinem Dad campen war, wo Thayer und ich uns zum ersten Mal geküsst haben, wo Laurel und ich uns am Lagerfeuer Spukgeschichten erzählt haben.

Endlich lässt Garrett locker, und meinen gequälten Lungen entflieht ein Schrei, der von den Wänden des Canyons widerhallt.

Aber ich falle nicht weit.

Ich sacke vor Garretts Füßen auf dem Boden zusammen. Dicht hinter mir gähnt der Abgrund. Mein Herzschlag dröhnt in meinen Ohren, durch mein Blut rauscht Adrenalin. Ich bin am Leben und kralle meine wunden Hände in den Erdboden. Es brennt. Mein Gesicht ist nass, und mir wird klar, dass ich weine.

Garrett steht vor mir und zittert so heftig, als zerreiße ihn seine Wut. Dann schaut er mich an und sein Gesicht ist genauso rot und tränenüberströmt wie mein eigenes. Er weint?

Ich schaue wie erstarrt zu ihm auf und plötzlich tut mir alles so leid.

Wir verharren eine Zeit lang so: ich regungslos am Rand der Klippe, Garrett stehend, gebrochen durch die Macht seiner Wut.

Irgendwann setzt er sich neben mich, die Wangen tränennass. »Es tut mir leid.« Er streckt die Hand aus, um mich zu berühren, aber ich zucke vor ihm zurück. Er zieht die Hand zurück und wirkt so verletzt, als hätte ich ihn geschlagen.

Ich wische mir die Augen. Der Wind beißt in meine wund geweinten Wangen.

»Wolltest du mich wirklich in den Abgrund werfen?«, frage ich leise.

Garrett starrt mich entsetzt an.

»Sutton, das würde ich nie …« Er verstummt. Langsam hebt er die Hände und hält sie sich vors Gesicht. Entsetzen steht in seinen Augen, und es ist, als betrachte er nicht seine, sondern die Hände eines anderen. Als würde ihm erst in diesem Augenblick klar, wie stark sie sind und wie wenig er sie unter Kontrolle hat. Wie kurz er davor stand, mir wehzutun. Er schaut

wieder zu mir her und diesmal steht Angst in seinem Gesicht. »Ich will niemanden verletzen«, flüstert er.

Ich schweige. Es ist mir inzwischen egal, was er will.

Garrett ist schon seit langer Zeit viel zu unbeherrscht. Der Angriff auf seine Schwester hat etwas ihn ihm ausgelöst, hat ihn seine Selbstkontrolle verlieren lassen.

Die Sterne leuchten bläulich weiß über uns. Garrett ringt immer noch nach Atem und noch lange steigen immer wieder Schluchzer in ihm auf. Irgendwo in der Nähe höre ich Zweige brechen – wahrscheinlich eine Beutelratte oder ein Waschbär, ein Nachtgeschöpf, das ungeschickt durchs Unterholz streicht.

»Garrett, ich muss dich etwas fragen. Hast du ... mein Auto gestohlen? Bist du ... auf mich zugefahren?« Ich will Thayers Namen nicht aussprechen, aus Angst, ihn damit erneut zu reizen.

Garrett schaut mich fassungslos an, und sein Gesicht verrät mir alles, was ich wissen muss. »Jemand hat dein Auto geklaut und versucht, dich damit zu überfahren?«

Nur eines der Geheimnisse dieser scheinbar endlosen Nacht, denke ich sarkastisch.

»Ja ... so ähnlich.«

Garrett fällt in sich zusammen. »Traust du mir so etwas wirklich zu?«

Unsere Blicke treffen sich, und ich zwinge mich, nicht wegzuschauen. »Das weiß ich nicht mehr, Garrett.«

Er beißt sich so heftig auf die Lippe, das Blut fließt. Dann kriecht er langsam zum Rand der Klippe, setzt sich und lässt die Beine über den Abgrund baumeln. Sein Körper schwankt *ganz leicht, was wohl an dem Alkohol liegen muss, der ihm immer noch den Verstand vernebelt.*

»Sei vorsichtig, Garrett«, sage ich scharf. »Da geht's wirklich tief runter.«

Er schaut zu mir auf und in der Dunkelheit wirken seine Augen bodenlos. Sein Gesicht ist vor Qual verzerrt, er wirkt völlig verzweifelt. Plötzlich habe ich wieder Angst, aber ich weiß nicht genau, warum.

»Wäre es nicht besser, wenn ich nur mich selbst verletzen würde?«, flüstert er. Er schaudert wieder. Sein wirres Haar umgibt seinen Kopf wie ein blonder Heiligenschein, der vor der tiefen Dunkelheit hinter ihm leuchtet.

»Garrett.« Ich knie mich hin. Die scharfen Felskanten schneiden mir schmerzhaft ins Fleisch.

»Es wird alles wieder gut, das verspreche ich. Aber du musst vom Rand weggehen.«

Garrett schüttelt den Kopf. »Gar nichts wird wieder gut«, sagt er leise. Er beugt sich mit großen Augen vor und starrt in den Abgrund. »Vielleicht kann ich es wenigstens für alle anderen besser machen.«

Meine Angst ist zurück, aber es ist nicht dieselbe. Ich fürchte nicht mehr um mein eigenes Leben. Langsam rücke ich näher.

»Glaubst du wirklich, Louisa fände es besser, wenn du nicht mehr da wärst? Oder deine Mom?« Der Wind wirbelt aus dem Abgrund, bläst durch meine Kapuze und dringt bis in meine Knochen. »Wie würden sie sich fühlen, wenn sie dich verlieren?« Ich schlucke mühsam. »Und ich?«

Ich höre das leise Echo meiner Stimme im Abgrund wider-

hallen. Was würde ich empfinden, wenn er nicht mehr da wäre? Ich weiß, dass ich Garrett nicht liebe. Aber mir liegt etwas an ihm. Als wir zusammenkamen, dachte ich, ich könnte ihm über seine schrecklichen Erlebnisse hinweghelfen. Ich dachte, wenn ich hübsch genug, charmant genug, lustig genug wäre, könnte ich ihn von seinem Schmerz ablenken, und es würde ihm besser gehen.

Jetzt kommt mir das wahnsinnig narzisstisch vor, sogar für meine Verhältnisse.

»Bitte, Garrett«, sage ich mit zitternder Stimme. Ich strecke ihm die Hand entgegen. »Komm da weg, okay? Bitte.«

Er starrt auf meine Hand. Sein Gesicht wirkt abwesend. Er kann kaum den Blick fokussieren und sein Kopf schwankt leicht hin und her.

Einen Moment lang rühren wir uns nicht. Ich halte die Luft an.

Dann packt er meine Hand und ich lasse erleichtert die Schultern sinken.

Seine Handfläche ist feucht. Sein salziger Schweiß brennt in meinen Wunden. Ich ziehe ihn zu mir, weg von dem albtraumhaften Abgrund. Er taumelt gegen mich. Ich lege ihm stützend die Arme auf die Schultern und so verharren wir einen Augenblick. Ich spüre, dass er wie Espenlaub zittert.

»Wir sollten weg von hier«, flüstert er. Der Schreck scheint ihn ein bisschen ernüchtert zu haben. Seine Pupillen sind in der Dunkelheit riesig, aber sein Blick ist klarer als vorhin.

Ich lasse ihn los. Auf einmal bin ich entsetzlich erschöpft, mein Körper ist so schlaff wie eine Lumpenpuppe. Einen Mo-

ment lang überlege ich, ob ich mit Garrett mitgehen soll. Sein Auto steht sicher auf dem Parkplatz und er könnte mich nach Hause bringen. Er wirkt inzwischen nüchtern genug, um zu fahren. Außerdem sehe ich, wie schlecht er sich fühlt, weil er mich angegriffen und beinahe über die Klippe geworfen hat.

Aber … ich fühle mich mit ihm nicht sicher. Ich weiß, wie verletzt er war, und ich weiß, dass er mir eigentlich nichts tun will – aber ich habe sein Verhalten viel zu lange entschuldigt.

»Geh du schon vor«, sage ich sanft, aber bestimmt. »Ich will noch ein bisschen allein sein, okay?«

Er runzelt die Stirn. »Aber nachts ist es hier draußen gefährlich. Ich sollte dich hier nicht allein lassen.«

Ich schüttele den Kopf. »Es war ein irrer Abend für mich. Ich muss noch ein bisschen runterkommen, okay? Mach dir keine Sorgen. Ich gehe zu Nisha, wenn ich mich beruhigt habe. Aber jetzt will ich noch ein bisschen allein sein.«

Er lässt meine Hand nicht los und sieht mir kurz in die Augen. Einen Moment lang sehe ich dort alles, was er mir gerne sagen würde: Wie leid es ihm tut, wie traurig er ist, wie sehr er mich liebt. Ich schaue weg, zu den hellen Lichtern der Stadt.

»Rufst du mich morgen an?«, fragt er, ein leichtes Zittern in der Stimme.

Ich zögere. Ich möchte so gerne endgültig mit ihm Schluss machen. Einen echten Neuanfang wagen, sowie ich von diesem Berg hinuntergestiegen bin. Aber was ist, wenn ihn das wieder in Rage versetzt?

»Ja«, sage ich. »Ich rufe dich morgen an.«

Morgen, wenn er wieder nüchtern ist und wir nicht in der

Wildnis sitzen, werde ich das Pflaster abreißen. Ich werde mit ihm Schluss machen und ihm klipp und klar sagen, dass mein Entschluss feststeht. Aber im Moment halte ich mich lieber bedeckt.

Er hält meine Hand immer noch fest und drückt meine Finger leicht. Irgendetwas an der Geste – seine Zärtlichkeit und seine Scham – bricht mir beinahe das Herz. Dann lässt er mich los, dreht sich immer noch ein bisschen unsicher auf den Beinen um und geht ohne ein weiteres Wort langsam den Weg zum Parkplatz hinunter. Ich höre noch lange, wie er über Felsen stolpert und die Zweige unter ihm knacken.

Als er fort ist, senkt sich eine gewaltige Stille über den Canyon. Alle Geräusche der Stadt – Hundegebell, Sirenengeheul und Motorengedröhne – sind erstorben.

Ein merkwürdiges Gefühl. Den ganzen Tag lang bin ich von Stimmen umgeben, die mir sagen, wohin ich gehöre, was ich tun soll, wer ich bin. Aber heute Nacht, in dieser tiefen dunklen Stille, kann ich das ganz allein entscheiden.

Ich klettere auf einen niedrigen Felsbrocken und schaue auf die Stadt hinaus. Von hier oben aus betrachtet, ist sie wunderschön und friedlich. Die Bewohner schlafen tief und fest in ihren Betten und haben keine Ahnung davon, dass ein einsames Mädchen hier oben auf ihre Straßenlaternen hinunterblickt.

Ich bin nur ein paar Stunden hier oben gewesen, aber es fühlt sich an, als seien Jahre vergangen. Ich habe heute Abend so viel darüber erfahren, wer ich bin und woher ich komme. Darüber, wer ich sein will. Ich weiß nicht, was mich morgen erwartet – ich muss meinem Dad gegenübertreten, nachdem ich all seine Geheimnisse erfahren habe. Ich muss Laurel begegnen, die die Nacht bei Thayer in der Notaufnahme verbracht hat. Dann denke ich an den E-Mail-Entwurf auf meinem Handy. Ich ziehe es aus der Tasche, aber wie ich befürchtet habe, gibt es hier oben keinen Empfang. Ich lese den Text noch einmal und ein Schauer durchfährt mich. Ich meine jedes einzelne Wort ernst. Sobald ich wieder Empfang habe, werde ich Thayer diese Mail schicken. Und ich werde meine verlorene Zwillingsschwester finden – und wenn es das Letzte ist, was ich tue.

Und tief im Innern meines steifen, geschundenen Körpers spüre ich ein Gefühl von Frieden.

Ab morgen wird alles anders.

Ich stehe auf und klopfe mir den Dreck von den Oberschenkeln. Für heute habe ich genug gegrübelt. Es ist Zeit für meinen Pyjama und eine Tasse Pfefferminztee. Zeit, diesen Berg zu verlassen und eine Mitfahrgelegenheit nach Hause zu finden.

Aber dann räuspert sich jemand hinter mir.

Ich drehe mich langsam um und sehe einen Jungen dort stehen. Er ist groß, hat hohe Wangenknochen und dunkles Haar. Seine ausgefransten Wandershorts bringen seine muskulösen Waden zur Geltung. An den Händen trägt er schwarze Kletterhandschuhe. Und er lächelt schüchtern.

Es ist Ethan Landry.

»Oh. Hallo«, sagte ich überrascht. »Was machst du denn hier draußen?«

Sogar im schwachen Licht sehe ich, wie er errötet. Er tritt mit der Spitze seines Turnschuhs nach einem Kiesel. »Sorry, dass ich dich erschreckt habe. Ich habe dich von meinem Haus aus den Weg hinaufgehen sehen«, sagt er und zeigt in die Dunkelheit unter uns. »Ich habe Sterne beobachtet. Heute Nacht gibt es einen Sternschnuppenregen.«

»Oh.«

Ethan betrachtet mich forschend und plötzlich bin ich verlegen. Mein aufgekratztes Schienbein ist blutverkrustet und ich bin x-mal in den Dreck gefallen. Ich fahre mir durchs Haar und habe danach ein paar Blätter in der Hand.

Ethan kommt näher und ich sehe ihn jetzt klarer. Er schaut mich besorgt an. Es ist komisch, dass er so spät nachts hier draußen ist, aber Ethan war schon immer ein bisschen komisch – ich weiß noch, dass er in der siebten Klasse eine Zeit lang eine Tarantel in einem Einmachglas mit sich herumgetragen und im Sport lieber die Blumen auf dem Baseball-Spielfeld betrachtet als auf den Ball geachtet hat. Er gehört nicht zu meinem Freundeskreis – er sieht zwar gut aus, aber er ist schrecklich schüchtern. Aber vor Kurzem ist er in einen Lügenspiel-Streich geplatzt, der außer Kontrolle geraten war.

Es war Laurels dämliches Snuff-Video, und Ethan hatte sie von mir weggezogen und war bei mir geblieben, bis ich wieder ganz bei Sinnen war.

Jetzt verlagert er sein Gewicht und schiebt die Hände in die Hosentaschen.

»Bist du okay? Du siehst … na ja, du siehst aus, als wäre es ein langer Tag gewesen.«

»Oh, ja … alles okay.« Mein Lächeln zittert und erstirbt. »Es war einfach ein extrem schräger Abend.«

Er berührt meine Schulter mit seiner warmen Hand. »Willst du darüber reden?«, fragt er.

Und plötzlich will ich das. Mit zitternder, schwacher Stimme erzähle ich ihm alles. Dass Thayer in der Stadt war, wir uns gestritten haben und er angefahren wurde. Darüber, dass mein Vater mein leiblicher Großvater ist und dass ich Becky kennengelernt habe, die leibliche Mutter, über die ich so viel nachgedacht habe. Und wie Garrett die Beherrschung verloren hat und so wütend geworden ist, dass er mir beinahe etwas angetan hätte. Alles strömt aus mir heraus. Ethan unterbricht mich nicht und er bietet auch keinen Rat an. Er nickt nur hin und wieder und beobachtet mich durch seine langen Wimpern.

»Ich bin ein anderer Mensch als die Sutton, die heute Abend hier raufgeklettert ist«, schließe ich. »Ich weiß, dass das blöd klingt, aber es ist so viel passiert.«

»Das klingt nicht blöd«, sagt er. »Du hast heute Abend eine Menge durchgemacht.« Er schaut mir direkt ins Gesicht. Plötzlich wird mir bewusst, dass ich ihm gerade Dinge erzählt habe, die ich noch nicht einmal meinen besten Freundinnen erzählen will. Dabei kenne ich ihn kaum. Der Gedanke macht mich ein bisschen nervös. Aber Ethan ist ein extrem guter Zuhörer und er hat schließlich auch niemandem von dem Video erzählt. Ich habe das Gefühl, dass ich ihm vertrauen kann.

Als er mir den Arm um die Schultern legt, fühle ich mich zum ersten Mal heute Abend sicher.

»Bitte erzähl niemandem etwas«, flüstere ich. »Ich bin noch nicht bereit dafür, dass alle es wissen.«

»Klar«, sagt er. »Ich werde deine Geheimnisse hüten, Sutton.«

Ich muss lächeln. Ich fühle mich so viel leichter, nachdem ich alles, was heute Abend geschehen ist, endlich losgeworden bin. Mich Ethan anzuvertrauen, fühlt sich so natürlich und vertraut an – warum reden wir in der Schule eigentlich nie miteinander? Er war immer so still, beinahe ablehnend. Aber wahrscheinlich habe ich auf ihn auch nicht sehr zugänglich gewirkt.

Jetzt, wo ich darüber nachdenke, haben Ethan und ich uns nicht nur in der Schule gesehen. Wir sind uns unzählige Male über den Weg gelaufen, im Café, im Kino. Manchmal hängt er in dem Park herum, in dem ich Tennis trainiere, sitzt auf einer Parkbank und liest ein Buch. Wir sind uns tausendmal begegnet und haben doch nie Kontakt zueinander aufgenommen. Bis heute Nacht.

Ich lächele ihn an. »Ich habe mich noch gar nicht bei dir bedankt. Dafür, dass du … na ja, mir neulich Abend geholfen hast. Als meine Freundinnen mir diesen Streich gespielt haben.«

»Ihr geht ganz schön ruppig miteinander um«, sagt er achselzuckend.

»Ja«, sage ich mit einem verlegenen Lächeln. »Das ist ziemlich aus dem Ruder gelaufen.«

»Freunde sollten sich gegenseitig nicht so verletzen.« Seine Stimme klingt seltsam erstickt. Ich lege ihm den Arm um die Taille und umarme ihn kurz.

»Du hast recht«, sage ich leise. »Man sollte sich auf seine Freunde verlassen können.«

Die Sterne über uns strahlen jetzt hell. Ich lege den Kopf in den Nacken und betrachte ihr glänzendes Licht. Ich sehe einen, der weiß und beständig leuchtet und nicht wie die anderen flackert. Er ist so schön, dass ich Ethans Hand auf meinem Kinn erst gar nicht bemerke. Dann beugt er sich über mich und legt sanft den Mund auf meinen.

Ich erstarre vor Überraschung. Küsst Ethan Landry mich gerade? Einen Moment lang bin ich so perplex, dass ich regungslos stehen bleibe. Dann lege ich ihm die Hände auf die Brust und schiebe ihn sanft zurück.

»Oh, Ethan, nein. Es tut mir leid, falls ich nicht eindeutig war, aber ich … ich mag dich nur als Freund.« Ich spreche, so sanft ich kann. »Ich liebe Thayer.«

»Sag das nicht, Sutton«, murmelt er. Ich starre zu ihm hoch. Seine Augen sind ernst und zärtlich. »Ich liebe dich schon seit Jahren.«

»Du liebst mich?« Ich kann mir nicht helfen. Ich lache auf. Sogar in meinen Ohren klingt das schrill und grausam und es tut mir sofort leid. »Du kennst mich doch gar nicht«, sage ich leiser.

»Doch, das tue ich. Ich weiß alles über dich«, sagt er. Seine Stimme ist merkwürdig ruhig und bestimmt, als verkünde er eine unbestreitbare Tatsache.

Als könne er mich mit Argumenten davon überzeugen, ihn zu wählen. »Ich weiß, dass du den ganzen Sommer lang versucht hast, Garrett Austin zu verführen. Ich weiß, dass du eine Affäre mit Thayer Vega hast. Beide sind nicht gut genug für dich, aber das scheinst du nicht zu kapieren. Ich weiß, dass du adoptiert bist und nie geglaubt hast, dass deine Eltern dich genauso sehr lieben können, wie sie Laurel lieben. Ich weiß, dass du Angst hast, dass Nisha dich diesen Herbst bei der

Staatsmeisterschaft schlagen wird, weil du den ganzen Sommer kaum trainiert hast. Ich weiß, dass du willst, dass deine Freundinnen Angst vor dir haben. Erstens, damit sie dir nicht zu nahe kommen, und zweitens, damit es dir nicht wehtut, falls sie dich jemals verlassen.«

Ich starre ihn mit offenem Mund an. In meinem Kopf schrillen Alarmglocken los. Das muss ein Witz sein. Irgendein Streich. Aber er ist noch nicht fertig.

»Und ich weiß sogar etwas, das du nicht weißt.« Ein Lächeln umspielt seine Mundwinkel, als hätte er schon lange darauf gewartet, mir dieses Geheimnis zu verraten. »Ich weiß, wo deine Zwillingsschwester Emma ist. Ich beobachte sie schon seit Wochen. Ich habe sie für dich gefunden, Sutton.«

Einen Augenblick lang bin ich wie gelähmt. Dann schießt die Wut in mir hoch, wild und heiß. Ich selbst habe erst vor ein paar Stunden von Emma erfahren. Woher zum Teufel weiß er von ihr?

»Hast du mir den ganzen Abend lang hier draußen nachspioniert?« Meine Stimme ist kalt. Ich löse mich von ihm und weiche einen Schritt zurück. »Das ist nicht cool, Ethan.«

Ein Schatten huscht über sein Gesicht. »Hast du mir nicht zugehört? Ich habe Emma gefunden. Für dich. Weißt du, wie schwierig das war? Ich bin sogar nach Las Vegas gefahren, um sicherzugehen, dass es das richtige Mädchen war. Es war richtig unheimlich. Ihr beide seit komplett identisch.«

»Darum geht es nicht!« Meine Muskeln verspannen sich. Irgendetwas stimmt hier ganz und gar nicht. »Ethan, ich weiß nicht, wie du von Emma erfahren hast, aber …«

»Das habe ich dir doch gesagt.« Seine Stimme ist ruhig, aber bestimmt, als rede er auf ein kleines Kind ein. »Ich habe sie für dich gefunden. Weil ich dich liebe.«

Mir wird immer übler, während er das sagt. Wie lange folgt er mir schon? Belauscht meine Gespräche? Er weiß Dinge über mich, die ich nicht einmal meinen besten Freundinnen erzählt habe. Nicht einmal Thayer. Und er hat offenbar vor, mir meine Schwester zu schenken – als sei sie eine Sache. Aber vielleicht sieht er mich ja auch so. Eine Sache, um die man kämpfen und die man gewinnen kann.

»Wow, Ethan.« Ich schüttele angeekelt den Kopf. »Ich glaube nicht, dass du weißt, was Liebe ist.« Damit drehe ich mich um und will den Berg hinuntergehen, aber seine Hand schießt vor und schließt sich um mein Handgelenk. Er zieht mich an sich und küsst mich noch einmal. Sein Mund schmeckt beinahe ekelerregend süßlich. In mir steigt Panik auf, und ohne nachzudenken, beiße ich ihm heftig auf die Lippe. Er schleudert mich zu Boden und hält sich den schmerzenden Mund.

»Bist du wahnsinnig?«, kreische ich. Dann sehe ich seine Augen, umrahmt von langen dunklen Wimpern. Leer und emotionslos. Und mir wird klar: Ja, das ist er.

Ich rappele mich auf, renne los, als er sich auf mich stürzen will, und sprinte, so schnell ich kann, den Pfad hinunter. Nur weg von ihm.

Kakteen und Dornen reißen an meinen Knöcheln. Ich höre Ethan hinter mir nicht – seine Schuhe gleiten geräuschlos über den harten Erdboden –, aber ich spüre ihn, nur wenige Zentimeter von mir entfernt. Ich denke an die Scheinwerfer in der

Dunkelheit, mein Auto, das auf mich und Thayer zudonnert. Plötzlich bin ich mir sicher, dass Ethan am Steuer gesessen hat.

Aber ich bin schneller als er. Ich muss Trainerin Maggie für all das Sprinttraining danken, zu dem sie mich jemals gezwungen hat, nehme ich mir vor. Ich werde ihn abhängen. Ich renne zur Touristeninformation, und sobald ich Empfang habe, rufe ich die Polizei und lasse sie seinen gruseligen Stalker-Hintern ins Gefängnis verfrachten. Ich gehe nach Hause zu meiner Familie und zu Thayer und vergesse diesen vermaledeiten Abend für alle Zeiten.

Mein Turnschuh bleibt an einer Wurzel hängen, und ich kämpfe darum, das Gleichgewicht nicht zu verlieren.

Zu meiner Linken gähnt hungrig der Abgrund. Bevor ich wieder sicher stehe, packt er mich um die Taille und hebt mich hoch. Sein Atem ist heiß an meinem Ohr. »Warum wehrst du dich?«, knurrt er. Seine Arme drücken mir die Luft ab. »Du sollst mich lieben! Wir sind füreinander bestimmt!«

Er dreht mich zu sich um, die Zähne frustriert gebleckt. Unter uns höre ich den Wind durch die Schlucht heulen. Kiesel rutschen unter meinen strampelnden Füßen über den Rand und fallen wie Regentropfen ins Nichts. Ich schreie in die Nacht hinaus. Wut durchfährt mich und sie brennt heißer als meine Angst. Er ist ein Lügner, ein Manipulator – und er hat mir jahrelang nachgestellt.

»Ich werde dich niemals lieben«, zische ich und spucke ihm ins Gesicht.

Er heult vor Wut auf und verdreht mein Handgelenk so brutal, dass glühend heißer Schmerz durch meinen Arm schießt.

Ich winde mich in seinem Griff und einen Moment lang kämpfen wir erbittert um die Oberhand.

Dann rutschen meine Füße unter mir weg, mein Körper entgleitet seinem Griff, und ich falle. Als Letztes sehe ich sein blasses, geschocktes Gesicht, seine nach mir ausgestreckte Hand. Dann verschluckt mich die Dunkelheit und meine Welt besteht nur noch aus Wind und Stein.

Ich falle. Genauer gesagt, stürze ich, und mein Körper prallt dabei auf jeden Felsvorsprung und jeden hervorstehenden Ast. Wild zappelnd versuche ich mich irgendwo festzuhalten. Einen Moment lang schließen sich meine Finger um ein Büschel Luftwurzeln. Dann reißen sie ab und ich bin erneut der Schwerkraft ausgeliefert.

Als ich auf dem Grund lande, dauert es eine Ewigkeit, bis meine Lungen bereit dazu sind, Luft aufzunehmen. Die Welt ist nur noch greller Schmerz, schillernd und surreal. Als meine Augen wieder in der Lage sind, etwas wahrzunehmen, sehe ich ein Stück Knochen aus meinem linken Bein ragen.

In der Nähe hörte ich lautes Rascheln. Ich versuche, mich auf die Ellbogen zu stützen, aber mir wird flimmernd weiß vor Augen, und ich muss aufhören. Schweiß und Blut rinnen mir übers Gesicht.

Und jetzt ist er hier. Ethan. Er steht direkt vor mir.

»Bitte hilf mir«, krächze ich. »Mein Bein ist gebrochen. Ich kann nicht laufen.«

Ethan kniet sich neben mich. Sein Gesicht liegt im Schatten. Er sucht etwas neben mir – aber ich kann nicht genau sehen, was er tut. Wenn ich versuche den Kopf zu bewegen, dreht sich alles um mich. Aber dann erleuchtet kühles, weißes Licht sein kantiges Gesicht. Er hat mein iPhone aus meiner Tasche gezogen – ich erkenne die Punkte auf der Schutzhülle.

»Hier gibt es keinen Empfang«, sage ich. Übelkeitserregende Schmerzwellen breiten sich von meinem Bein aus. »Bitte. Lauf zurück zum Parkplatz und ruf den Notarzt.«

Er blickt auf mich herab. Sein Gesicht ist in dem elektronischen Schein des Handydisplays seltsam leer. Beinahe so, als erkenne er mich nicht. Und das jagt mir mehr Angst ein als alles, was oben auf der Klippe passiert ist. Ich beginne zu weinen, erstickte, schmerzhafte Schluchzer schütteln meinen Körper.

»Sieh nur, wozu du mich gebracht hast«, sagt er mit hohler, enttäuschter Stimme. »Und das nach allem, was ich für dich getan habe. Ich wollte das nicht. Ich dachte, du wärest anders, Sutton.«

Dann beugt er sich über mich und nestelt an meinem Kragen. Seine Finger schließen sich um das Medaillon an meiner Kehle, und er zieht so heftig daran, dass die Kette reißt.

»Gib das zurück!«, schreie ich mit rauer Kehle. »Gib es zurück, du Arschloch!« Aber er ist schon in den Schatten verschwunden. Das sanfte Glitzern der Sterne beginnt rhythmisch im Takt meines Herzschlags zu pulsieren. Aufleuchten, Verblassen. Aufleuchten, Verblassen.

Dann ist er wieder da, ein dunkler Umriss, der die Sterne hinter sich auslöscht. In der Hand einen gezackten, spitzigen Stein. Er hält ihn hoch über seinem Kopf.

»Wenn ich dich nicht haben kann, soll dich keiner bekommen«, sagt er.

Ich schließe die Augen, aber ich höre den Stein pfeifend auf meinen Kopf zukommen.

Bevor ich noch schreien kann, explodiert die Welt zu gleißendem Licht – dem großen Finale eines sommerlichen Schaufeuerwerks. Und wird dann genauso plötzlich für immer dunkel.

30

Den Umschlag, bitte

Emma starrte auf die Akte in ihrer Hand. In schwarzer Tinte geschrieben, prangte der Name des Patienten auf dem Deckblatt. Ethan Landry.

Kurz war sie in Versuchung, die Papiere wieder in den Umschlag und zurück in die Tampon-Schachtel unter dem Waschbecken zu stecken. Sie hatte schon einmal die Möglichkeit gehabt, sich Ethans Akte anzusehen, und zwar bei ihrem Einbruch ins Krankenhaus vor einem Monat. Aber sie hatte sich dagegen entschieden, in Ethans Privatsphäre einzudringen – und daran hatte sich nichts geändert.

Ethan hatte ihr offen und ehrlich von der Sache erzählt. Auf ihre Frage hin hatte er ihr die ganze Geschichte erklärt: dass sein Dad seine Mom geschlagen hatte. Ethan war eingeschritten und hatte seinem Dad einen Stuhl über den Kopf gezogen – woraufhin seine Mutter ihn bei der Polizei anzeigte, ihn als »gewalttätig« bezeichnete und ihn in die Psychiatrie einweisen ließ. Emma tat jedes Mal das Herz weh, wenn sie daran dachte. Auch Ethan war von seiner Familie im Stich gelassen worden, genau wie sie.

Aber dann las sie Nishas Zettel noch einmal. *Es tut mir so leid, Sutton.* Emma war so sicher gewesen, dass Nisha Beweise dafür gefunden hatte, dass Garrett Suttons Mörder war. Aber aus der Nachricht ging klar hervor, dass Nisha Sutton für lebendig hielt. Warum hatte sie Emma dann so panisch angerufen und mit SMS bombardiert? Warum hatte Garrett sie umgebracht, wenn sie keine Beweise gegen ihn in der Hand hatte? Emma umklammerte die Akte heftig. Sie verstand gar nichts mehr.

Aber ich schon.

»Hau ab!«, schrie ich voller Entsetzen. Die Welt stand kopf. Meine Schwester war mit meinem Mörder allein in diesem Haus – und sie vertraute ihm. Sie liebte ihn. Sie hatte nicht den geringsten Verdacht.

Emma biss sich auf die Lippe. Was Nisha in Ethans Akte gelesen hatte, musste ihr ziemliche Angst eingejagt haben, auch wenn es nichts mit Suttons Tod zu tun hatte. Sie schaute zum Schlafzimmer. Sie hörte, wie Ethan auf der anderen Seite des Hauses in Dr. Banerjees Büro Schubladen öffnete und schloss. So leise wie möglich schloss Emma die Badezimmertür ab und begann zu lesen.

BEHANDLUNGSGRUND: *Der Patient wurde nach dem Umzug der Familie nach Tucson entsprechend einer ge-*

richtlich angeordneten psychiatrischen Behandlung an unsere Abteilung überwiesen. Sein Freispruch vor dem Familiengericht von San Diego war an die Erfüllung dieser Auflage geknüpft.

Emma gefror das Blut in den Adern. Sie schaute auf das Datum auf dem ersten Blatt. Die Akte war beinahe acht Jahre alt – damals musste Ethan zehn gewesen sein. Was konnte er mit zehn Jahren getan haben, wofür er freigesprochen werden musste?

Im April wurde Ethan (damals zehn Jahre alt) dabei gesehen, wie er in einem Abzugskanal mit einem Mädchen aus der Nachbarschaft (acht Jahre alt) spielte. Ein Kanalarbeiter, der in der Nähe Reinigungsarbeiten verrichtete, sagte vor Gericht aus, er habe gesehen, wie Ethan das Mädchen gewürgt habe. Als er bei den Kindern angelangt war, kam für das Mädchen jede Hilfe zu spät.

Bei der Vernehmung durch die Polizei gab Ethan an, er habe nur gespielt und nicht die Absicht gehabt, das Mädchen zu töten. Wegen seiner Jugend wurde er dem Familiengericht vorgeführt und vom Vorwurf des Totschlags freigesprochen. Ethan zeigte Reue für seine Tat und beteuerte, es sei ein Unfall gewesen. Er habe beim Raufen seine Kraft nicht richtig eingeschätzt.

Emma hatte das Gefühl, als legten sich kalte Eisenbänder um ihr Herz und schnürten es ein. Das hatte Ethan ihr nicht erzählt. Einen Moment lang dachte sie an einen Fehler oder einen schlechten Witz. Vielleicht hatte Nisha dem Lügenspielclub beitreten wollen und die Akte gefälscht, um ihr einen Schrecken einzujagen. Aber tief im

Innern wusste Emma, dass die Akte echt war. Flach und stoßweise atmend blätterte sie um.

Im Laufe unserer Sitzungen vertraute Ethan mir an, die Verstorbene sei seine »beste Freundin« gewesen, habe aber kurz vor ihrem Tod mit einem anderen Kind aus der Nachbarschaft gespielt. Wieder und wieder sagte er mir, »man darf nur einen besten Freund haben«. Schließlich gestand Ethan mir, er habe Elizabeth Pascal vorsätzlich umgebracht und vor Gericht gelogen. Da er nach einem Freispruch nicht noch einmal für dieselbe Tat belangt werden kann, gibt es für mich keinen Weg, diese Informationen an das Gericht weiterzuleiten.

Völlig benebelt schüttelte Emma den Kopf, als lese ihr jemand die Akte laut vor. Der Psychiater musste sich getäuscht haben. Hier musste ein Missverständnis vorliegen. Das kleine Mädchen war Opfer eines tragischen Unfalls geworden, Ethan hatte einen Fehler gemacht und trug schon sein ganzes Leben lang die Zentnerlast seiner Schuld mit sich herum. Kein Wunder, dass er Emma nicht die Wahrheit gesagt hatte. Die Erinnerung an das schreckliche Ereignis musste ihn entsetzlich quälen. Sie las weiter, schneller diesmal, und suchte nach den Worten, die ihren Ethan beschreiben würden, den liebevollen, einfühlsamen Jungen, in den sie sich verliebt hatte.

Ethan ist ein extrem begabter Schauspieler. Ich habe ihn in den vergangenen sechs Monaten bei etlichen Lügen erwischt, die alle dazu gedient haben, meine Meinung über ihn positiv zu beeinflussen. In unserer ersten Sitzung wirkte er verwirrt und traurig über seine Tat; sobald er aber sicher war, dass ich nicht gegen ihn aussagen konnte, erzählte er mir in allen Einzelheiten den Hergang der Tat, die nun Mord genannt werden muss.

Er hat das Bedürfnis, seine Intelligenz und Cleverness zu demonstrieren, weshalb er mir in diesem Fall ein Verbrechen gestand, für das er nicht mehr belangt werden kann. Meiner Einschätzung nach leidet Ethan an einer antisozialen Persönlichkeitsstörung mit obsessiven Tendenzen an der Grenze zur Psychopathie. Es ist wahrscheinlich, dass sich gewalttätiges Verhalten in Zukunft wiederholen wird.

Emma durchsuchte den Bericht panisch nach einem Zettel, auf dem die Diagnose als Fehler bezeichnet wurde, da Ethan Landry offensichtlich keiner Fliege etwas zuleide tun konnte. Sie suchte nach dem Wort »Geheilt« in dicken roten Lettern. Aber die Sitzungsprotokolle, die an den Bericht angehängt waren, schienen die Diagnose des Arztes zu bestätigen. *»Wenn sie nicht mehr meine Freundin sein wollte, war sie auch nicht mehr wichtig. Sie hatte den Tod verdient«*, hatte Ethan in einer Sitzung gesagt. In einer weiteren prahlte er: *»Die Polizisten in San Diego sind dumm. Ich konnte sie ganz leicht reinlegen. Sie sind ehrlich gesagt auch ziemlich dumm, Dr. White, aber das macht nichts. Ich rede trotzdem gerne mit Ihnen.«*

Emma schmeckte bittere Galle im Mund. Während ihr Verstand noch panisch versuchte, Entschuldigungen und Erklärungen zu finden – das war nicht ihr Ethan, der Psychiater hatte sich getäuscht, die Akte war gefälscht –, fielen in einer dunklen Ecke ihres Geistes Gedanken wie eine Reihe Dominosteine um.

Nur Ethan hatte gewusst, dass sie nicht Sutton war. Weder Suttons Freundinnen noch ihre Familie hatten es gemerkt. Aber Ethan, ein Junge, den Sutton kaum kannte, hatte Emma schon in ihrer ersten Woche in Tucson auf den Kopf zugesagt, dass sie nicht ihre Schwester war. *Du bist nicht Sutton. Du bist jemand anders.* Emma erinnerte sich mit eiskaltem Entsetzen, dass sie ihn sofort beschuldigt hatte, ihre Schwester getötet zu haben – wie sonst hätte er wissen können, dass Sutton fort war? Er war zurückgezuckt, als hätte sie ihn geschlagen. *Sutton ist tot?*, hatte er wiederholt, leichenblass, ganz offensichtlich geschockt. Und Emma – die vertrauensselige, verzweifelte Emma – hatte ihn nie wieder verdächtigt. Sie war einfach zusammengebrochen und hatte ihm die ganze Geschichte erzählt, denn sie hatte unbedingt einen Verbündeten gebraucht.

Ein weiterer Dominostein fiel um. Ethan lebte direkt beim Canyon. Ethan hatte ein Teleskop, das immer in diese Richtung zeigte. Ethan war perfekt positioniert gewesen, um Sutton an ihrem letzten Abend zu beobachten – und auch zu sehen, wie Emma ankam und ihre Reisetasche auf der Bank vergaß.

Die Zeit blieb stehen, während Emma im Geiste noch einmal die vergangenen drei Monate durchging und alle Momente, alle Gespräche mit Ethan noch einmal durchlebte. Wie er ihr Informationen zugespielt und sie dazu ermutigt hatte, all ihre Freunde zu verdächtigen. Wie er sie von Thayer und Garrett fernhalten wollte. Wie verzweifelt er versucht hatte, sie davon abzuhalten, in Nishas Haus nach Beweisen zu suchen. Wie Ethan am Abend von Nishas Tod zu spät zum Abendessen bei den Mercers erschienen war – und dass er an jenem Tag nicht in der Schule gewesen war. Außerdem war er ein begabter Hacker.

Ihr Herz erstarrte zu Eis und zersplitterte unter dem Gewicht der schrecklichen Gewissheit: Ethan hatte Nisha getötet. Ethan hatte ihre Schwester getötet.

Und jetzt war sie in einem dunklen Haus mit ihm allein.

Schritte hallten durch die Küche und sie erstarrte.

»Hallo, Kätzchen«, rief Ethans Stimme. Sie klang seltsam verzerrt, als gehöre sie einem Fremden. Emma lauschte angestrengt und holte dann mit zitternden Händen ihr Wegwerfhandy aus der Tasche.

Sie musste ein paar Mal wählen, um die richtige Nummer zu erwischen. Als es klingelte, biss sie sich auf die Faust, um nicht laut loszuschluchzen.

»Hallo?«, durchschnitt Laurels Stimme die bleischwere Stille.

Emma zuckte zusammen und bedeckte den Lautsprecher mit der Hand. In der Küche hörte sie etwas zu Boden fallen.

»Hallo? Wer spricht da?«

»Ich bin's«, zischte Emma. Sie legte sich die Hand vor den Mund und umklammerte mit weißen Knöcheln das Handy. »Emma.«

»Emma?« Laurels Stimme wurde eine Oktave höher. »Was ist los? Bist du okay?«

»Laurel«, keuchte Emma und schluckte einen Schluchzer hinunter. »Es ist Ethan. Er hat es getan, hier bei Nisha ist seine Akte, und es klingt so, als habe er nicht zum ersten Mal getötet.«

»Langsam, langsam, Emma«, sagte Laurel beruhigend.

Aber Emma konnte nicht langsamer sprechen, die Worte sprudelten ihr nur so aus dem Mund: »Ich weiß nicht, was ich tun soll. Ich bin allein mit ihm im Haus …«

Emma verstummte, als sie Schritte auf dem Flur hörte. Sie begann zu zittern. Sie legte auf, drückte dann den Ausschaltknopf und schob das Handy tief in ihre Tasche. Dann bemerkte sie, dass sie die Akte immer noch in der Hand hielt. Sie schaute sich hektisch um und suchte nach einem Versteck. Vor der Tür knarrte eine Diele. Schnell schob sie die Akte in die Schublade unter dem Waschbecken, hinter den Tamponkarton. Sie richtete sich auf und öffnete die Badezimmertür. Ethan stand direkt vor ihr.

»Hast du mit jemandem geredet?«, fragte er.

»Mit … mit mir selbst. Das hilft mir beim Denken«, sagte sie und faltete schnell ihre zitternden Hände hinter dem Rücken. Sie konnte nur an die Akte denken, die gerade mal ein paar Zentimeter von ihnen entfernt lag. Sie zwang sich, nicht zum Waschbecken zu sehen. »Hast du was gefunden?«

Er schüttelte den Kopf. »Nichts. Und du?«

»Nein, nichts.« Sobald sie die Worte ausgesprochen

hatte, wusste Emma, dass sie zu schnell geantwortet hatte. Ihre Stimme klang schrill in ihren Ohren. Ethan blinzelte und starrte sie merkwürdig an. Dann atmete er aus.

»Tja. Was auch immer Nisha gegen Garrett in der Hand hatte, sie hat es verdammt gut versteckt.« Er schaute sich im Bad um. Emma hätte schwören können, dass sein Blick einen Moment auf dem Unterschrank ruhte. Dann schaute er sie an. »Wir müssen einfach hoffen, dass die Sachen in dem Lagerraum dafür ausreichen, Garrett hinter Gitter zu bringen.«

Emma nickte schweigend. Ihre Eingeweide fühlten sich an, als habe sie Nägel gegessen. Vor ihr stand Ethan, derselbe Ethan, der er auch vor zehn Minuten gewesen war. Der Ethan, der ihr seine Liebe gestanden und ihr Gesicht mit zärtlichen Küssen bedeckt hatte. Der Ethan, dem sie ihre Jungfräulichkeit geschenkt hatte. Aber dieser Ethan war er nie gewesen. Nicht wirklich.

Er verschränkte seine Finger mit ihren, wie er es schon tausendmal getan hatte. Aber jetzt durchzuckte sie Panik bei der Berührung. Diese Hand hatte ihre Schwester getötet. Emma kämpfte gegen das verängstigte Zittern, das ihren Körper zu überwältigen drohte. Sie durfte sich nichts anmerken lassen.

»Lass uns gehen«, flüsterte Ethan. »Hier finden wir nichts mehr.«

»Du hast recht«, sagte sie und folgte ihm den Flur entlang.

Agassi kauerte vor seiner Schüssel und knabberte krachend an seinem Trockenfutter. Ethan schob die Verandatür auf, drehte sich dann um und schaute sie an. Einen Moment lang versagten Emmas Beine ihr den Dienst. Sie stand wie erstarrt in der Küche, die Augen weit aufgerissen. Ihr Herz hämmerte. Einen Augenblick lang glaubte sie, auf Ethans Gesicht ein unsicheres Stirnrunzeln zu entdecken. Sie schluckte mühsam, dann ging auch sie durch die Tür.

Sie hatte nur eine Chance: Sie musste so tun, als habe sich nichts geändert, bis sie auf der Polizeiwache ankamen. Wenn sie erst dort in Sicherheit war, würde sie sich ein anderes Vorgehen überlegen. Sie zwang sich zu einem Lächeln, als sie durch das schmiedeeiserne Gartentor zu Ethans Auto gingen. »Ich kann nicht glauben, dass es beinahe vorbei ist«, flüsterte sie.

»Ich auch nicht.« Er strich ihr sanft über den Arm und sie erzitterte unter seiner Berührung. Vor Ekel wurde ihr die Kehle eng.

Ethan öffnete die Beifahrertür des Honda.

Panik stieg in mir auf, als mir klar wurde, dass meine Schwester mit ihm ins Auto steigen würde. Am liebsten hätte ich sie am T-Shirt gepackt und wieder herausgezerrt.

Emma schien denselben Gedanken zu haben – sie blieb stehen, einen Schuh auf dem Rahmen. In ihr tobte Angst, aber da war auch noch ein anderes Gefühl. Weicher und trauriger. Ethan stand neben ihr und wartete wie immer darauf, dass sie Platz genommen hatte. Er schaute sie fragend an. Emma legte ihm die Hand auf die Wange.

»Danke, Ethan«, sagte sie. Dann stellte sie sich langsam auf die Zehenspitzen und küsste ihn sanft auf die Lippen.

Ihr war selbst nicht klar, ob der Kuss dazu dienen sollte, ihn in Sicherheit zu wiegen – oder ob es ein Abschiedskuss gewesen war.

Ethan sah sie lange und zärtlich an und berührte mit der Hand ihre Lippen. Dann schloss er sorgsam die Tür hinter ihr und ging zur Fahrertür. Emma klammerte sich mit weißen, schmerzenden Knöcheln am Sitz fest, als sie losfuhren.

Die wenigen Häuser, an denen sie vorbeikamen, waren mit roten und grünen Lichtern geschmückt. Plastikrentiere standen auf den Giebeln und in Wüstenlandschaftsgärten. Eine Familie hatte eine riesige Neon-Zuckerstange an ihre Vierfachgarage gehängt. Hier draußen waren die Straßen kurvig und in der Dunkelheit verlor Emma die Orientierung.

Bei jeder Biegung hob sich ihr Magen und sie atmete schnell und flach. Sie beobachtete Ethan aus dem Augenwinkel. Er hatte beide Hände ans Steuer gelegt und sein Gesicht wirkte im hellblauen Licht des Armaturenbretts fahl, geisterhaft und außerirdisch. Nicht ganz menschlich.

Erst allmählich wurde Emma klar, dass etwas nicht

stimmte. Eigentlich hätten sie längst auf der Hauptstraße sein müssen. Sie starrte aus dem Fenster und versuchte, sich zu orientieren. Als sie die Neon-Zuckerstange zum zweiten Mal sah, drehte sie sich zu Ethan um.

»Ich glaube, du bist falsch abgebogen«, sagte sie. Ihre Stimme klang gequetscht vor Angst.

In meinem Kopf schrillten Alarmglocken und ich starrte Ethan wachsam an. Er löste den Blick nicht von der Straße.

»Ich weiß, dass du die Akte gefunden hast, Emma.« Seine Stimme war so leise, dass sie einen Augenblick lang glaubte, ihr Gehör spiele ihr einen Streich.

»Du weißt genauso gut wie ich, dass wir nicht zur Polizei fahren.« Das Auto schaltete hoch, als er langsam aufs Gaspedal drückte.

Für einen Augenblick verschwamm alles vor Emmas Augen, als wäre die Welt hinter trübem Glas versunken. Sie spürte, wie das Auto beschleunigte. Vor sich sah sie Nishas Haus und daneben Ethans auftauchen, aber sie wurden nicht langsamer. Ethan steuerte direkt auf die Wüste zu.

Ohne nachzudenken, tastete Emma an der Autotür entlang, bis ihre Finger sich um den Öffner schlossen. Sie stieß die Tür auf, bevor er reagieren konnte. Sie legte den Kopf auf die Brust, rollte sich zusammen und ließ sich aus dem fahrenden Auto fallen.

Der Aufprall presste ihr die Zähne schmerzhaft aufeinander. Vibrationen dröhnten durch ihren Schädel.

Asphalt und Kies rissen an ihrer Haut, als sie in Richtung Straßengraben rollte. Einen Moment lang rang sie nach Atem. Dann hörte sie, wie das Auto quietschend zum Stehen kam.

Sie hatte keine Zeit zu verlieren. Sie rappelte sich auf und sog keuchend Luft in ihre Lungen. Dann rannte sie blindlings und verzweifelt los.

Ethan war nur um ein paar Blocks gefahren – das wäre ihr aufgefallen, wenn sie nicht solche Angst gehabt hätte. Das Haus der Banerjees neben ihr war dunkel und still – aber weiter unten an der Straße brannte noch Licht. Fremde – aber ihre einzige Hoffnung. Sie legte einen Zahn zu und schrie, so laut sie konnte: »Hilfe! Hilfe!«

Mit aufheulendem Motor schnitt Ethans Auto ihr den Weg zu den Häusern ab. Sie taumelte gegen die Beifahrertür, bevor sie das Gleichgewicht wiedererlangte. Das Auto stand mit laufendem Motor vor ihr und sie sah Ethans Gesicht am Steuer: angespannt und hoch konzentriert. Er war nur einen Meter weit entfernt – wenn er wollte, konnte er aussteigen und sie sofort überwältigen.

Emma blieb keine Wahl.

Sie rannte vom Auto weg – direkt zum Sabino Canyon.

Genau wie ich an dem Abend, an dem er mich getötet hatte.

31

Endspiel

Emma rannte blind in die Tiefen des Canyons hinein. Zweige rissen an ihren Knöcheln und peitschten ihr ins Gesicht. Irgendwo hinter ihr fiel Ethans Autotür ins Schloss, aber sie blickte sich nicht um. Adrenalin strömte durch ihr Blut, während sie zwischen den Bäumen hinter dem Parkplatz hindurchsprintete.

Eine Krähe, die auf einem Felsbrocken saß, krächzte laut und warnte den Wald vor ihr.

Der Pfad war steil und unter ihren Turnschuhen lösten sich Erdklumpen und rollten bergab. Hinter ihr hörte sie Ethan, der schnell aufholte. Sie wimmerte verzweifelt. Es war genau wie in einem Albtraum – nur, dass man aus einem Albtraum aufwachen konnte.

Je tiefer sie in den Canyon eindrang, desto stärker wurde der Sog, den er auf mich ausübte – die schreckliche, magnetische Anziehungskraft, die er auf mich hatte. Hier draußen wirkte die Welt schärfer und gefährlicher als sonst. Aber hier fühlte ich mich auch stärker; die Sinne, die ich mit Emma teilte, waren empfindsamer. Hier war mein Körper zerstört worden. Und jetzt rannte meine Schwester demselben Schicksal entgegen. »Emma, geh zurück!«, schrie ich. »Du musst weg von hier!«

Als Emma am Aussichtspunkt ankam, erstreckte sich Tucson unter ihr. Aus weiter Ferne hörte sie das Rauschen des Verkehrs, den Bass eines Autoradios. Sie riskierte einen Schulterblick und sah, dass Ethan ihr verbissen folgte. Ein erstickter Schluchzer erstarb in ihrer Lunge, und sie rannte wieder los und versuchte, ihre Geschwindigkeit zu steigern.

Stattdessen blieb sie mit dem Fuß an einer aus dem Pfad aufragenden Wurzel hängen. Mühsam hielt sie das Gleichgewicht, doch dann stürzte sich Ethan auf sie und warf sie zu Boden. Ihr Kopf schlug gegen einen Felsen und sie sah nur noch Sterne.

Als ihre Augen wieder funktionierten, schaute sie zu Ethan auf.

Er kniete mit brennenden Augen über ihr, die Lippen zu einer angespannten Grimasse verzerrt. Plötzlich spürte Emma Metall an ihrem Hals. Sie schielte nach unten und sah ein Messer in seiner Hand.

Mir wurde schwindelig, und einen Moment lang wusste ich nicht mehr, wo meine Erinnerung endete und Emmas Gegenwart begann. Sie waren identisch. Und jetzt würde sie sterben – genauso wie ich.

»Warum tust du das?«, flüsterte Emma. Seine Hand

drückte ihre Schulter nach unten. Hatte er auch Sutton verfolgt, sie zu Boden geworfen und sie dann über den Klippenrand gestoßen? Bei dem Gedanken schluchzte sie auf.

Ethan runzelte die Stirn und knirschte mit den Zähnen. »Ich habe alles, alles für dich getan. Gott, Emma!« Seine Halsmuskeln spannten sich an, als er seine nächsten Worte ausspuckte. »Ich habe dir so oft gesagt, du sollst aufhören zu suchen. Aber du hast einfach nicht gehorcht. Für dich war das wie ein krankhafter Zwang, stimmt's? Warum konntest du nicht einfach mit dem zufrieden sein, was ich dir gegeben habe? Warum musstest du alles ruinieren?«

Emma starrte flehend zu ihm auf. Dabei überlegte sie flüchtig, ob Laurel wohl nach ihr suchte – aber Laurel dachte, sie sei bei den Banerjees. Niemand würde ihr helfen.

»Warum hast du meine Schwester getötet?«, fragte sie, in dem verzweifelten Versuch, ihn zum Reden zu bringen und so Zeit zu gewinnen. »Wegen dem Streich in der achten Klasse?« Damals hatte der Lügenspielclub Ethan irgendeinen Streich gespielt, der ihn ein Stipendium gekostet hatte. War der Mord an Sutton die späte Rache dafür gewesen?

Ethans verächtliches Schnauben hallte im Canyon wider. Neben ihnen raschelte ein kleines Tier durchs Unterholz.

»Das? Das ist Jahre her. Inzwischen ist mir das egal.«

»Warum dann?«

Einen Moment lang änderte sich seine Miene. Seine Augen wurden weich und er wirkte traurig, beinahe reumütig. Er schüttelte den Kopf. »Ich wollte nicht, dass das passiert«, sagte er leise.

»Lügner!«, kreischte ich, und elektrischer Zorn durchströmte mich. Emmas Körper verspannte sich unter seinem, und sie schloss die Augen, als lausche sie auf eine ferne Stimme. Ich hatte schon einmal mit ihr kommuniziert, an dem Abend, an dem sie Becky hier draußen getroffen hatte. Konnte ich es noch einmal schaffen?

Langsam löste Ethan die Klinge von Emmas Kehle und lehnte sich zurück. Das Messer behielt er jedoch griffbereit in der Hand. Jetzt konnte Emma es deutlich sehen, ein Jagdmesser mit lederüberzogenem Griff und langer spitzer Klinge. Das Mondlicht schimmerte auf dem polierten Stahl. Sie versuchte es zu ignorieren.

»Ich habe sie geliebt«, sagte Ethan knapp, den Mund verbittert verzogen. »Ich bin hierhergekommen, um ihr das zu sagen. Ich dachte, ich könnte ihr begreiflich machen, dass wir zusammengehören.«

Eine neue Welle der Verzweiflung schlug über Emma zusammen. Verwirrung und bittere Enttäuschung tobten in ihrem Herzen. Er hatte Sutton geliebt? Hatte er in Emma nur einen Ersatz für die Schwester gesehen, die er nicht haben konnte?

Ethan starrte auf Emma herab, aber seine Augen wirkten abwesend und nachdenklich. Einen Moment lang überlegte sie, ob sie versuchen sollte, sich loszureißen und zu entkommen, aber der Gedanke an das Messer hielt sie davon ab. »Ich war seit Jahren in sie verliebt gewesen, obwohl sie mich wie ein Stück Dreck behandelt hat. Aber ich wusste, dass sie noch nicht bereit war, dass ich geduldig sein musste. Als ich an jenem Abend hierherkam, hatten alle anderen sie verlassen. Alle anderen hatten sie verletzt, sie angelogen und sie dann verlassen.« Er krallte die Hand schmerzhaft in Emmas Schulter, während er sprach. »Ich dachte, jetzt begreift sie sicher, dass ich der Einzige bin, der immer für sie da ist. Aber sie wollte nur Thayer Vega.«

Ich dachte an die dunkle Gestalt, die am Steuer meines Wagens gesessen und Thayer angefahren hatte. Ich hörte wieder das Bersten von Knochen.

»Du hast ihn überfahren?«, flüsterte Emma.

Ethans Augen leuchteten auf. »Ich wünschte, ich hätte ihn umgebracht. Ich habe diesen Typen schon immer gehasst. Ich habe ihn gehasst, als Sutton in ihn verknallt war, und ich habe ihn gehasst, als du dich mit ihm angefreundet hast. Er hatte es nicht verdient, in ihrem Leben eine Rolle zu spielen. Ich musste ihr das zeigen.«

Tränen liefen Emma übers Gesicht und hinterließen heiße, salzige Spuren auf ihren Wangen. »Du und ich – es ging also die ganze Zeit um Sutton? Du hast mich nur gewollt, weil ich aussehe wie sie?«

»Emma, nein!«, hauchte Ethan. Seine Miene wurde plötzlich weich. »Das musst du mir glauben.« Aufgewühlt suchte er einen Moment lang nach Worten. Dann holte er tief Luft und ließ ihre Schulter los. Langsam half er ihr aufzusitzen und kauerte sich neben sie. Aber das Messer glänzte immer noch gefährlich in seiner Hand.

Emma schaute sich panisch um. Das Mondlicht schimmerte durch die Bäume und malte filigrane Muster auf die Lichtung. Hinter dem Unterholz glitzerten die Lichter der Stadt. Ein Felsbrocken ragte in den Pfad hinein, der danach noch steiler zu werden schien. Es gab kein Entrinnen. Ihre einzige Hoffnung war, ihn dazu zu bringen, weiterzureden.

Plötzlich wusste ich, wo wir waren. Ich kannte diesen Felsen. Hier hatten Garrett und ich uns gestritten. Auf der Lichtung war vor Kurzem jemand gewesen – die Polizisten, die die Gegend nach Hinweisen auf meinen Tod abgesucht hatten. Man sah noch überall ihre Fußspuren. Aber jetzt war niemand mehr hier. Ein paar Meter weiter den Berg hinauf riss die Baumlinie auf und gab den Blick auf die Schlucht frei, die dahinter klaffte.

Ethan nahm Emmas Hand und schaute sie beschwörend an. »Ich wollte mich nicht in dich verlieben«, flüsterte er. »Ich habe nicht geglaubt, dass es auf der Welt einen Menschen geben könnte, der mir so viel bedeutet wie du.«

Er wirkte so ernst, so verletzt, dass Emma trotz allem einen Hauch Zweifel in ihrem Herzen spürte. Ein Teil von ihr wollte ihm so gerne glauben – wollte vergessen, was sie gerade erfahren hatte, wollte Ethan in seliger

Unwissenheit dumm weiterlieben. Hätte Emma die Möglichkeit dazu gehabt, hätte sie sie in Betracht gezogen. Denn sie hatte ihn geliebt, mehr als irgendjemanden sonst. Und das war das Schlimmste.

Aber dann dachte sie daran, was er ihr in den vergangenen drei Monaten alles angetan hatte. Der Scheinwerfer, der sie beinahe erschlagen hätte, das Medaillon, mit dem er sie gewürgt hatte. Er hatte dafür gesorgt, dass sie Angst hatte, einsam war und sich nur an ihn wenden konnte. Er hatte sie dazu gezwungen, zu schweigen, ihre eigene Identität zu verlieren und die einzige Familie zu betrügen, die sie auf der Welt hatte. So ging man nicht mit dem Menschen um, den man liebte.

Sie schaute auf seine Hand in ihrer. Vor Ekel kribbelte ihre Haut. Aber sie wagte es nicht, loszulassen. Ein leiser Hoffnungsschimmer stieg in ihr auf. Wenn sie sich verständnisvoll – und liebevoll – gab, dann würde er sie nicht töten. Zumindest *noch* nicht.

»Hast du dann die Fotos gemacht, die wir im Lagerraum gefunden hatten?«, fragte sie.

Er nickte. »Zuerst habe ich versucht, eure Mom zu finden. Ich wusste, dass Sutton adoptiert war. Ich weiß noch genau, dass sie weinen musste, als sie in der neunten Klasse ihren Stammbaum erstellen sollte.« Nachdenklich starrte er ins Leere und schwelgte in der Erinnerung. »Sie war so wunderschön an diesem Tag – sie gehörte zu den Mädchen, die sogar noch hübscher sind, wenn sie weinen.«

Emma unterdrückte ein Schaudern. »Du hast also nach ihrer leiblichen Mutter gesucht?«

»Ja. Ich habe Nachforschungen über die Mercers angestellt und beinahe sofort kapiert, dass Becky ihre leibliche Tochter gewesen sein musste. Ich habe die Krankenhausarchive gehackt – und dabei auch erfahren, dass sie einen Zwilling hat.«

»Das muss schwierig gewesen sein«, sagte Emma. Sie versuchte, beeindruckt oder sogar ein bisschen bewundernd zu klingen, auch wenn sie nur kaltes, nacktes Entsetzen fühlte.

Aber er schien sich über ihren Tonfall zu freuen – als brauche er ihre Zustimmung. Seine Augen leuchteten, als er weitersprach.

»Danach war es ziemlich einfach. Ich habe deine Daten alle online gefunden. Ich war ein paarmal in Vegas, um dich zu beobachten und sicherzugehen, dass ich das richtige Mädchen erwischt habe. Einmal bin ich sogar mit der Achterbahn gefahren. Ich habe bei dir eine Eintrittskarte gekauft.«

Emma starrte ihn ungläubig an und versuchte sich vorzustellen, wie er an ihrem Kiosk stand. Es kam ihr unfassbar vor, dass er ihr nicht aufgefallen war – seit Monaten konnte sie den Blick nicht von ihm wenden, verzückt von seiner Attraktivität, besessen von dem Schwung seiner Lippen, seinem nachtschwarzen Haar. Aber schließlich hatte sie ja auch nicht sein wahres Ich gesehen – den Mörder.

»Sobald mir klar wurde, dass Becky völlig irre ist, wusste ich, dass sie als romantisches Geschenk für Sutton nicht geeignet war.« Er kicherte, schaute dann Emma an und wurde ernst.

»Aber du? Du warst perfekt. Ich konnte es kaum abwarten, Sutton alles über dich zu erzählen. Du warst der Beweis dafür, wie sehr ich sie liebte – mehr als Thayer oder Garrett oder sonst jemand. Die konnten ihr schließlich keine Schwester schenken.« Er seufzte. »Sie hätte sich so darüber gefreut, wenn sie erfahren hätte, dass ich sie zu dir bringen kann. Aber dann lief alles schief und ich musste dich anders einsetzen.«

Emma schluckte. »Und die Mails auf Travis' Handy?«

Ethan grinste schief und selbstzufrieden. »Gefälscht. Ich hatte die Datei schon seit Wochen fertig und habe nur auf eine Gelegenheit gewartet, sie zu benutzen. Ich habe ihm den Link zwar geschickt, aber ich musste ihm gar nichts versprechen. Solche Typen sind vorhersehbar. Ich wusste genau, dass er dir das Video zeigen würde.«

Emma nickte. Tiefe Resignation überkam sie. Nach und nach fanden alle Puzzleteile mit unerbittlicher Genauigkeit ihren richtigen Platz. Obwohl ihr Herz wie ein verängstigter Vogel in ihrem Brustkorb flatterte, drückte sie ein Zentnergewicht auf den Boden. Ethan hatte an alles gedacht. Er hatte die ganze Zeit die Zügel in der Hand gehabt. »Und von dem Video wusstest du, weil du die Mädels bei dem Streich überrascht hast. Dir war klar, dass es auf Laurels Computer sein musste, also hast du ihn gehackt. Genau wie Charlottes Alarmanlage, damit du dort einbrechen und mir das Medaillon geben konntest.« Sie leckte sich über die trockenen Lippen. Seine Hand fühlte sich in ihrer hölzern an, aber sie drückte sie sanft und ließ dabei das Messer nicht aus den Augen. »Das war ziemlich brillant, Ethan.«

Sie merkte sofort, dass sie das Richtige gesagt hatte. Er blinzelte überrascht und seine Wangen röteten sich vor Freude. Emma erinnerte sich daran, was der Psychiater geschrieben hatte. Ethan prahlte gerne mit seinen Verbrechen. »Und Nisha?«

Wieder flackerte seine Miene, als kämpfe er gegen Emotionen, die lange unterdrückt worden waren. »Ich hatte keine Wahl. Ich wusste, dass sie die Akte gefunden hatte. Nachdem du mir gesagt hattest, dass du sie im Krankenhaus gesehen hast, habe ich geahnt, dass sie nach ihr suchen würde. An dem Montag hat sie sich nach ihrer Schicht im Krankenhaus komisch verhalten – sonst hat sie mich immer gegrüßt, wenn sie mich auf der Veranda gesehen hat, aber da hat sie so getan, als ob sie mich gar nicht sähe. Sie ist mit einem Umschlag in der Hand ins Haus gehuscht. Ich habe im Krankenhaus angerufen und darum gebeten, ob meine Akte zu meinem neuen Therapeuten gefaxt werden könnte. Aber leider war die Akte verschwunden.« Er zuckte traurig mit den Schultern. »Nisha hätte alles kaputt gemacht. Also habe ich ein paar Valium von meiner Mutter geklaut und sie in ihre Wasserflasche gesteckt. Danach musste ich ihr nur noch einen kleinen Stoß geben.«

Einen kleinen Stoß, dachte ich schaudernd. Ich stellte mir vor, wie Nisha langsam in den Pool gerollt war. Wie ihre Lungen sich mit Wasser gefüllt hatten. Wie sie die Augen geöffnet und die Gestalt betrachtet hatte, die am Rand des Pools stand und ihr beim Sterben zusah.

»Ihr beide wolltet alles kaputt machen«, sagte Ethan. Er kniff die Augen zusammen und starrte Emma an, als habe sie etwas Falsches gesagt. Sein plötzlicher Stimmungswechsel verstärkte ihre Angst. »Ich hatte mich um alles gekümmert, aber du musstest ja weiter Detektiv spielen.« Er holte mit dem Messer aus, die Zähne plötzlich gefletscht wie bei einem Raubtier. Emma winselte und wappnete sich gegen das Gefühl der Klinge in ihrem Fleisch. Aber stattdessen trieb er das Messer in den Boden und grunzte frustriert. »Du hattest nichts, als du hier ankamst. Ich habe deine Tasche durchsucht. Ein Stofftier und ein paar alte Klamotten? Oh, und die Tagebücher. Seite um Seite nur, wie traurig du warst, wie sehr du dir eine Familie wünschst, wie einsam die arme Emma Paxton war. Wie gerne du einen Freund hättest.« Emma starrte ihn an. Ihr Herz schrumpfte in ihrer Brust, als habe eine Seuche es aufgefressen. Ethans Augen brannten. »Ich habe dir alles gegeben, was du dir gewünscht hast! Du solltest mir dankbar sein!«

Emma zwang sich zu einer ausdruckslosen Miene und kämpfte die Tränen und den Schmerz nieder, die aus ihr herauszubrechen drohten. »Du kannst mich nicht töten«, flüsterte sie. »Wenn du das tust, wissen sie, dass ich Sutton nicht umgebracht habe. Sie werden es herausfinden und dich erwischen. Du brauchst mich. Ich bin dein Cover.«

Er schüttelte den Kopf. »Kapierst du es immer noch nicht? Ich will dich nicht töten. Das wollte ich noch nie. Ich wollte mich nur um dich kümmern, Emma, und jetzt zwingst du mich dazu, dir wehzutun. Genau wie sie es getan hat.« Er löste seine Finger aus den ihren und umfasste ihr Handgelenk. »Eine sehr traurige Geschichte. Alle werden denken, du hättest Selbstmord begangen, aus Reue darüber, was du Sutton angetan hast.«

Emma wurde es eiskalt und sie schüttelte heftig den Kopf.

»Nein, Ethan. So muss es nicht enden.« Sie schaute ihm tief in die Augen, verspürte Selbstekel darüber, was sie jetzt sagen würde, und hoffte zugleich inständig, dass er ihr glaubte. »Du hast recht. Ich sollte dir dankbar sein. Ich bin dir dankbar. Es ist alles nur so verwirrend. Aber es ist mir egal, was du getan hast. Ich will mit dir zusammen sein.«

Ethans Mund klappte auf und all seine Wut verflog augenblicklich. Unsicher runzelte er die Stirn. Aber sie sah, dass er ihr zuhörte.

»Es ist zu spät, Emma.« Ihr Handgelenk schmerzte in seinem Griff, aber sie sah ihm unverwandt in die Augen. »Jetzt, wo du alles weißt, ist es zu spät.«

»Warum?«, fragte Emma leise. »Wenn du wirklich mich liebst und nicht nur einen Ersatz für Sutton gesucht hat, dann ist nichts anderes wichtig. Wir könnten gemeinsam abhauen. Irgendwohin fliehen, wo uns niemand kennt. Wir können überall hin.« Sie drehte ihre Hand in seinem Griff und streichelte sanft seine Finger.

Sie sah in seinem Gesicht und an seiner ihr zugewandten Haltung, dass er ihr glauben wollte. Aber Zweifel verdüsterten seine Miene. Es brach ihr beinahe das Herz, wie hoffnungsvoll er wirkte, wie gerne er auf ihren Vorschlag eingehen wollte.

Beinahe.

»Das würdest du tun?«, fragte er. Er ließ den Messergriff los und legte ihr die Hand an die Wange. Seine Finger waren kühl und trocken, aber seine Berührung ließ ihr die Haare zu Berge stehen.

Irgendwie schaffte sie es, lächelnd zu nicken.

»Ethan, ich liebe dich. Ich gehe mit dir bis ans Ende der Welt.«

Er ließ ihr Handgelenk los und zog sie in seine Arme. Sie schmiegte ihren Kopf in seine Halsbeuge, wie sie es schon so oft getan hatte, an den Platz, der sich anfühlte, wie für sie gemacht. Sie unterdrückte ein Schluchzen. Sie hatte Ethan so sehr geliebt.

Dann rammte sie ihm mit all ihrer Kraft den Ellbogen in die Rippen.

Seine Arme schnellten zurück und er grunzte vor Schmerz auf. Sie griff nach dem Messer, während sie losstürzte, aber sie erwischte es nicht. Keine Zeit. Ihre einzige Chance war, Abstand zwischen sich und ihn zu bringen. Sie suchte verzweifelt nach Halt auf dem rutschigen Pfad. Seine Hand schloss sich um ihren Knöchel, und sie trat zu, so fest sie konnte. Aber sein Griff war zu stark. Da öffnete sie den Mund und schrie guttural und schrill um ihr Leben.

Ich schrie mit ihr und wünschte, die ganze Stadt könnte meine Schreie hören. Ich war bereits von Ethan ermordet worden, und jetzt sollte ich hilflos mit ansehen, wie meine Schwester dasselbe Schicksal ereilte.

Ethan legte Emma die Hand auf den Mund. Seine Pupillen waren riesig und schwarz. »Ich dachte, du wärest anders«, zischte er. »Aber du bist genau wie deine Schwester. Eine verlogene Schlampe.«

Emma biss ihm heftig in die Hand und spürte den metallischen Geschmack von Blut. Ethan zog fluchend die Hand weg und sie schrie wieder.

»Du Monster!«, kreischte sie, und die Felswände verstärkten es hundertfach. »Glaubst du wirklich, ich würde mit dir abhauen, nachdem du meine Schwester ermordet hast?«

Er brüllte wortlos auf und stieß sie brutal zu Boden. Diesmal zog er ein Taschentuch aus der Tasche, knüllte es zusammen und schob es ihr so tief in den Mund, dass sie würgte. Und dann spürte sie das Messer an ihrer Kehle.

Mit tränenüberströmten Wangen starrte sie zu ihm hoch, als er einen flachen Schnitt in ihren Hals ritzte.

Bei dem Anblick durchfuhr mich eine weiß glühende Wut, die so rein und stark war, dass sie den Schleier zwischen Leben und Tod zerreißen konnte.

Und dann war ich auf einmal Emma. Oder zumindest ein Teil von ihr. Ich ergriff nicht von ihr Besitz, sondern verband irgendwie meine Seele für einen Moment mit ihrer. Ich verlieh ihr die Kraft meines Zorns. Mit einer plötzlichen Bewegung befreite sie ihr rechtes Bein von seinem und gemeinsam trieben wir ihr Knie mit all unserer Kraft in seinen Schritt.

Er stöhnte auf, und sein Griff um Emmas Handgelenke löste sich so lange, dass sie unter ihm hervorrollen konnte. Dann war sie auf den Beinen. Sie rang nach Atem, und einen Sekundenbruchteil lang sah sie etwas Unmögliches: Ihre Schwester – schimmernd und durchsichtig im Mondlicht – stand neben ihr wütend über Ethan, die Hände zu Fäusten geballt. Dann verschwand sie wieder.

Auch Ethan war bereits wieder auf den Beinen. Sein Gesicht war bis zur Unkenntlichkeit verzerrt, eine Maske des Hasses, die dem Jungen, in den sie sich verliebt hatte, nicht mehr glich. Sie taumelte zurück, drehte sich auf dem Absatz um, wollte losrennen – verlor aber das Gleichgewicht und stürzte vornüber.

Ethan stand vor ihr, das Messer in der Hand. Ein Tropfen ihres Blutes klebte an der Klinge. »Ihr Mercer-Mädchen seid alle gleich«, sagte er und stürzte sich auf sie. Sein Messer glänzte im Mondschein.

Einen Moment lang stand die Zeit still. Emma sah in der Klinge ihr eigenes Spiegelbild, bleich und regungslos.

Aber dann ertönte hinter Ethan ein leises Knurren und auf einmal flog er kopfüber in den Dreck. Thayer landete auf ihm und verdrehte ihm die Arme auf dem Rücken.

Von weit unten hörte Emma plötzlich Polizeisirenen auf der Passstraße. Thayer verdrehte Ethan das Handgelenk, bis er das Messer losließ. Es fiel in den Staub. Ethan wehrte sich und spuckte Blut und Dreck aus.

Laurel trat hinter ihnen ins Licht, die Arme in die Seiten gestemmt. »Du hast recht. Wir Mercer-Mädchen sind alle gleich«, sagte sie mit eiskalter Stimme. »Schlampen, mit denen du dich besser nicht anlegen solltest.«

32

Auf der Wache

»Bitte erzählen Sie mir noch einmal, was geschehen ist, nachdem Miss Paxton aufgelegt hat.« Detective Quinlan reichte Laurel, Emma und Thayer je eine Tasse heißen Kakao. Seine Augen glänzten hell in seinem vor Erschöpfung tief zerfurchten Gesicht. Es war nach Mitternacht, aber der diensthabende Beamte hatte Quinlan zu Hause angerufen. Er war mit noch nicht ganz zugeknöpftem Hemd und wirrem Haar auf der Wache erschienen, wirkte aber hellwach und ausgeruht.

»Ich habe Thayer angerufen«, sagte Laurel. Ihre Wangen waren von der Kälte gerötet. Sie warf Emma einen Seitenblick zu und drehte sich dann zu Quinlan um. »Er hat mich abgeholt und wir sind zu Dr. Banerjees Haus gefahren. Aber dort war Ethans Auto nicht mehr. Wir haben trotzdem in alle Fenster geschaut – niemand war drinnen.«

Die drei saßen auf einer Vinylcouch in einem Zimmer,

das offensichtlich für Kinder bestimmt war. Tiger und Affen grinsten von den mit einer Dschungelkulisse tapezierten Wänden. Eine Weinkiste voller kaputter Spielsachen stand neben einem Spielteppich. Emma starrte ausdruckslos auf eine hölzerne Murmelbahn auf einem Stapel Jugendzeitschriften. Sie folgte der verschlungenen Bahn, ihre Gedanken so ziellos und verloren, als sei sie in einem echten Labyrinth gefangen.

Bisher hatte Quinlan Laurel und Thayer reden lassen und dafür war sie dankbar. Sie versuchte, einen Schluck Kakao zu trinken, aber ihre Hände zitterten so sehr, dass sie die Tasse vorsichtig abstellte. Ihr taten alle Knochen weh. Immer wieder stiegen Bilder in ihr auf, unerwünscht und erschreckend. Das Glitzern des Messers in Ethans Hand. Suttons verweste Leiche, die mit leeren Augenhöhlen in den Himmel starrte. Ethans Gesicht, der sich zu ihr beugte, um sie zu küssen. Ethans Hand in der ihren. Sie erschauderte bei jeder Erinnerung. Alles was sie geglaubt und gewusst hatte, war eine Lüge gewesen – und nun war nichts mehr übrig, an dem sie sich festhalten konnte.

»Woher wusstet ihr, dass sie in den Canyon gegangen sind?«

Laurel starrte in ihre Tasse. »Es war eine Vermutung. Wir dachten, er bringt sie vielleicht zu dem Ort, an dem er auch Sutton getötet hat. Wir wussten, dass wir richtig lagen, als wir sein Auto beim Eingang stehen sahen. Also haben wir die Polizei alarmiert und sind ihnen dann gefolgt.«

Quinlans Schnurrbart zuckte. »Nachdem der Beamte am Telefon euch ausdrücklich verboten hat, die Verfolgung aufzunehmen.«

»Wir konnten nicht einfach dort sitzen bleiben und nichts tun«, fiel ihm Thayer ärgerlich ins Wort. »Wir wussten nicht, wie lange es dauern würde, bis die Polizei eintrifft.«

»Und es war gut, dass wir ihnen gefolgt sind«, fügte Laurel scharf hinzu. »Er wollte sie gerade umbringen.«

Jetzt schaute Emma zu dem Detective auf. Seine sonst stählernen grauen Augen waren weich, als sie in ihre blickten. Sie schluckte. »Sie haben recht. Ethan hätte mich getötet, wenn sie ihn nicht aufgehalten hätten.« Die Rettungshelfer hatten den Schnitt an ihrer Kehle bandagiert – er hatte nur die Haut verletzt, schien aber jetzt im Rhythmus ihres Herzschlags zu pulsieren.

Sie griff noch einmal nach ihrer Tasse und diesmal trank sie einen Schluck. Es war billiger Wasserkakao, aber süß und warm. Der Knoten in ihrem Magen löste sich ein bisschen. Thayer und Laurel flankierten sie beschützend. Laurels Bein berührte Emmas, und Thayers Hand ruhte warm und sanft zwischen ihren Schulterblättern. Emma fühlte sich nicht wirklich sicher – sie wusste nicht, ob sie das jemals wieder tun würde. Aber sie hatten sie gerettet und waren seitdem nicht von ihrer Seite gewichen. In ihre Verwirrung, ihren Schock und ihre Trauer mischte sich ein Gefühl von Dankbarkeit. Sie hatte so viel verloren. Aber nicht diese beiden.

Ich konzentrierte mich auf Thayer. Er war blass und müde. Der verletzliche Ausdruck seiner Augen bildete einen scharfen Kontrast zu seinem entschlossen vorgeschobenen Kiefer. Das hatte ich immer an ihm geliebt – wie stark er war und wie tief er fühlte.

Quinlan legte beide Hände um sein Knie und wippte mit seinem Schuh. »Ich muss mich bei Ihnen entschuldigen, Miss Paxton. Bei Ihnen und bei Sutton.« Seufzend öffnete er eine Mappe. »Wir interessieren uns ehrlich gesagt schon eine Weile für Ethan. Ich habe mir die Fotos der Parkplatzkamera von den letzten drei Monaten angesehen und er taucht in vielen davon auf. Er ist ständig dort draußen. Wir dachten, das sei …«

»Ein bisschen zu viel Zufall«, sagte Emma elend.

Er nickte.

»Polizisten glauben nicht an Zufälle«, sagte er. »Also haben wir ein wenig nachgeforscht. Zuerst hielt ich ihn für Ihren Komplizen. Ich dachte, Sie hätten den Plan gemeinsam ausgeheckt oder er hätte sich in Sie verliebt und sei so in die Sache verwickelt worden. Aber heute Morgen haben wir herausgefunden, dass eine versiegelte Akte über ihn existiert. Wir haben per Gerichtsbeschluss erwirkt, dass sie geöffnet wird, doch als das genehmigt wurde, saß er bereits in Untersuchungshaft.«

Laurel reckte arrogant das Kinn. »Dann ist es ja gut, dass Thayer und ich dort waren. Sie haben sich ja ordentlich Zeit gelassen.«

Quinlan verdrehte die Augen. »Bitte macht aus eurer

Gang keine Kopfgeldjägerbande. Das fehlte gerade noch.« Er wandte sich wieder an Emma. »Natürlich sind die Untersuchungen noch nicht abgeschlossen. Aber nach den Ereignissen von heute Abend und dem Inhalt seiner Patientenakte können wir ihn bis auf Weiteres festhalten. Ich habe ein CSI-Team zu ihm nach Hause geschickt und ein weiteres zu der Lagerfirma. Ethan ist ein kluger Junge – ich bin mir sicher, dass er die Beweise gut versteckt hat. Aber wenn es sie gibt, finden wir sie. Das tun wir immer.«

Emma nickte. Innerlich war sie meilenweit von dem Verhörzimmer, von Quinlan, Laurel und Thayer entfernt. Sie fühlte sich hohl und leer. Ethan hatte sie von Anfang an angelogen. Sie hatte ihn geliebt und er hatte sie nur belogen.

Aber jetzt war es vorbei. Ethan war gefasst worden, und es war nur eine Frage der Zeit, bis die Polizisten genug Beweise fanden, um ihn anzuklagen. Also fragte ich mich allmählich, warum ich noch hier war. Ich wusste nicht, was ich erwartet hatte, aber ich hatte mir vorgestellt, dass sich irgendetwas ändern würde, sobald mein Mörder gefasst war. Wo waren das Himmelstor und der lange Tunnel, an dessen Ende ein helles Licht wartete? Oder der kosmische Fahrstuhl, der zu dem himmlischen Einkaufszentrum führte, in dem mein Heiligenschein gleichzeitig eine goldene Kreditkarte war? Ich war immer noch hier, immer noch der stumme Schatten meiner Schwester. Würde ich für immer hier bleiben und ihr nachspuken müssen, bis sie eines Tages starb und zu mir ins Jenseits kam?

Die Tür flog auf und Mr und Mrs Mercer stürzten ins Zimmer. Sie hatten sich offenbar in höchster Eile angezogen. Mr Mercer trug immer noch sein altes Schlaf-T-Shirt und Mrs Mercer Jogginghosen und eine Bluse mit Weinflecken, die sie wohl aus dem Wäschekorb gezogen hatte. Thayer und Laurel standen auf, um sie zu begrüßen. Emmas Großmutter drückte Laurel mit verängstigtem Gesicht fest an sich. Mr Mercer schnappte sich inzwischen Thayer und umarmte ihn. Thayer wirkte verlegen, aber er klopfte Mr Mercer auf den Rücken und lächelte schwach.

Emma beobachtete sie vom Sofa aus. Der Anblick brach ihr das Herz. Zum ersten Mal verstand sie, wie sich die Familie gefühlt hatte, als ihre wahre Identität ans Licht kam. Sie hatte ihnen genau dasselbe angetan wie Ethan ihr. Sie hatte vorgegeben, jemand zu sein, der sie nicht war. Sie konnte ihnen nicht vorwerfen, dass sie nichts mehr mit ihr zu tun haben wollten.

Aber dann ließ Mr Mercer Thayer los und nahm Emma mit glänzenden Augen in seine Arme.

Einen Moment lang versteifte sie sich, aber dann begann sie zu zittern und legte ihm die Arme um den Hals. »Es tut mir alles so leid«, murmelte sie an seiner Schulter.

»Ich weiß«, flüsterte er und wiegte sie sanft. »Es wird alles wieder gut.«

Emma bezweifelte, dass irgendetwas jemals wieder

gut werden würde. Sich an Mr Mercers Schulter ausweinen zu dürfen, war ein Trost, den sie nicht verdiente, aber sie schaffte es einfach nicht, sich von ihm zu lösen.

Das gilt für alle Familien. Sie sind ein Trost, den niemand von uns verdient. Ich dachte an die letzten, wütenden Worte, die ich meinem Vater entgegengeschleudert hatte, und an die ständigen Streitereien mit meiner Mutter. Aber sie liebten mich trotzdem, egal, was ich getan hatte.

Schließlich setzte sich auch Mrs Mercer neben Emma auf die Couch. Sie rang nervös die Hände und schaute Emma lange und unsicher an. Dann nahm sie ihre Hand. Ihre blauen Augen waren wach und ernst.

»Es ist so unfair, dass du all das allein durchstehen musstest«, sagte sie leise. »Ich verstehe immer noch nicht alles … aber ich weiß, dass du die ganze Zeit schreckliche Angst gehabt haben musst.«

Emma nickte mit Tränen in den Augen. »Ich hätte es euch so gerne gesagt.«

Mrs Mercer drückte ihre Hand. »Wir alle müssen uns umgewöhnen. Kannst du uns die Zeit schenken, unsere Gefühle zu verarbeiten?«

Emma runzelte die Stirn. »Zeit?«

»Wir haben schon zwei Töchter verloren«, sagte Mr Mercer mit erstickter Stimme. »Wir wollen nicht noch eine verlieren.«

»Wir fänden es schön, wenn du bei uns wohnen würdest«, sagte Mrs Mercer. »Jedenfalls vorläufig. Ich weiß, dass du volljährig bist, und vielleicht willst du nach allem, was passiert ist, woanders einen Neuanfang wagen. Aber wir hätten gerne die Chance, dich kennenzulernen, Emma. Als dich selbst.«

Emma öffnete den Mund, um zu antworten, aber sie fand keine Worte. Sie schaute Mr Mercer an, der ermutigend nickte. Quinlan saß mit seinem üblichen Pokerface stumm in einem Sessel, aber sie glaubte, auf seinem Gesicht einen Hauch von Mitgefühl zu entdecken.

»Natürlich wohnt sie bei uns«, sagte Laurel brüsk. »Ich habe ihr nicht mitten in der Nacht den Arsch gerettet, damit sie gleich wieder abhauen kann.« Während sie sprach, ließ sie Emma nicht aus den Augen.

Emma schaute der Reihe nach all ihre Familienmitglieder an, die gespannt auf ihre Antwort warteten. Sie hatten ihr wahrscheinlich noch nicht vergeben – aber sie wollten es versuchen. Und wenn sie es schafften, dann konnte sie irgendwann vielleicht auch sich selbst vergeben.

»Das wäre schön.« Sie lächelte unter Tränen.

Ich saß in ihrer Mitte, wieder umgeben von meiner Familie. Und ich spürte ihre Liebe zu mir sogar über den Graben hinweg, der die Lebenden von den Toten trennte.

33

Zu Hause

»Es gibt eine neue Wendung in dem sensationellen Fall des Zwillingsmörders von Tucson«, erklang Tricia Melendez' Stimme aus Suttons Laptop. »Am Mittwochabend wurde der achtzehnjährige Ethan Landry wegen Entführung, Körperverletzung und versuchten Mordes verhaftet. Das Opfer? Emma Paxton, Zwillingsschwester der ermordeten Sutton Mercer und bis Mittwoch die Hauptverdächtige in ihrem Mordfall.«

Emma lag zusammengerollt auf Suttons Bett. Sie hatte den Rechner auf Suttons Nachttisch gestellt, wo sie ihn von ihrem Kissennest aus sehen konnte. Sie schaute schon seit heute früh Nachrichten, klickte sich durch verschiedene Blogs und Websites von Nachrichtenagenturen, nur um dieselbe Geschichte zwanzig Mal zu hören – dass Emma Paxton nicht mehr unter Anklage stand und dass Ethan Landry offenbar Nisha Banerjee und Sutton Mercer ermordet hatte.

In ein paar Minuten musste sie sich bewegen. Sie musste aufstehen, obwohl ihre Glieder sich anfühlten wie Blei. Sie musste nach unten zu den Mercers gehen. Heute Nachmittag würde Sutton beerdigt werden – und endlich Frieden finden.

Würde ich das? Ich stellte mir meine eigene Beerdigung schon seit Monaten vor, aber jetzt war ich mir nicht mehr so sicher, dass sie das Ende sein würde. Würden die letzten Grüße meiner Freundinnen und meiner Familie mich ins Jenseits schicken? Oder würde ich Emma für den Rest ihres Lebens verfolgen, stimmlos, machtlos und entsetzlich einsam?

»Laut Polizeiangaben hat Landry Paxton unter dem Vorwand nach Tucson gelockt, sie werde hier endlich ihre verlorene Zwillingsschwester kennenlernen.« Tricia Melendez konnte ihre Freude nicht verbergen. Sie stand vor der Polizeiwache und trug ein Armani-Tweedjacket, das deutlich teurer als ihre sonstige Garderobe war. Vielleicht hatte sie eine Gehaltserhöhung bekommen. »Nach ihrer Ankunft schickte er ihr Drohbriefe und zwang sie so, sich als ihre Schwester auszugeben, um den Mord an ihr zu vertuschen. Die Ermittlungen laufen noch, aber Channel Four erfuhr aus zuverlässiger Quelle, dass am Mittwochabend ein Lagerraum bei Tucson durchsucht wurde. Er war zwar unter falschem Namen angemietet worden, doch der Betreiber hat Ethan Landry als den Mieter identifiziert. Bisher ist noch nicht bekannt, was der Lagerraum enthielt, aber es ist davon auszugehen, dass die Polizei dort stichhaltige Beweise entdeckt hat.«

Emma lächelte und fragte sich, was Tricia Melendez wohl gesagt hätte, wenn sie beim Öffnen des Lagerraums von Socktopus begrüßt worden wäre. Ihr Stofftier war immer noch ein »Beweismittel«, aber sie wünschte sich, es wäre hier. Sie wusste, dass das kindisch war, aber sie hätte ihn sich am liebsten so um den Hals gebunden, wie Becky das früher getan hatte. Ein Teil von ihr war immer noch unglaublich schutzbedürftig. Wahrscheinlich würde sich daran niemals etwas ändern.

Ethan. Ein dunkler, bodenloser Abgrund öffnete sich in ihrer Brust, wenn sie an ihn dachte – an seine ernsten, meerblauen Augen, sein Lachen, seine Lippen auf den ihren. Wenn sie an ein Gespräch mit ihm dachte, an ihre Flirts und ihre Versprechen, dann spürte sie, dass dort, wo ihr Herz gewesen war, ein tiefes Loch klaffte. Ihr war etwas genommen worden – etwas Reines, Unschuldiges und Zerbrechliches. Sie wusste nicht, ob sie jemals wieder einem Menschen würde vertrauen können.

»Gestern habe ich mit Beverly Landry, der Mutter des Angeklagten, gesprochen, als sie das Gericht verließ«, fuhr Tricia Melendez fort. Emma schoss im Bett hoch und starrte auf den Schirm. Mrs Landry stand unsicher auf der Treppe zum Gericht, das mausgraue Haar zu einem schiefen Knoten geschlungen. Im hellen Tageslicht wirkte sie nicht mehr feindselig, sondern verängstigt. Die Augen in ihrem dünnen, eingesunkenen Gesicht waren groß und verletzlich. »Ich habe ihn an dem Tag, an dem Nisha starb, um drei Uhr nachmittags zu den Banerjees gehen sehen«, sagte Mrs Landry und beugte sich nervös zum Mikrofon vor. »Und vor ein paar Wochen habe ich auf dem Dachboden eine grüne Reisetasche gefunden. Drinnen lagen ein Tagebuch und Mädchenkleidung. Ich habe mir eingeredet, er hätte sie nur gestohlen. Aber … ich bekam Angst. Ich habe nicht gewagt, darüber nachzudenken, was er sonst noch getan haben könnte.«

Gegen ihren Willen spürte Emma Mitleid mit Mrs Landry in sich aufsteigen. Kein Wunder, dass sie ihr gegenüber so seltsam gewesen war. Sie hatte die ganze Zeit gewusst, wer Emma war und wozu ihr Sohn fähig war – und sie hatte es entweder nicht glauben wollen oder zu viel Angst gehabt, um einzugreifen.

Die Kamera schwenkte wieder zu der Reporterin. »Die Staatsanwaltschaft Tucson plant, Landry wegen zweifachen Mordes, eines Mordversuches, Betrug, Erpressung, Entführung und Körperverletzung anzuklagen«, sagte sie. »Der Antrag auf Kaution wurde abgelehnt. Dies war Tricia Melendez für Channel Four.«

Emma klappte den Laptop zu. Gestern hatte sie sich mit der Bezirksstaatsanwältin getroffen, einer brüsken Frau im roten Kostüm. Sie hatte eingewilligt, vor Gericht auszusagen und nach besten Kräften zur Aufklärung des Falls beizutragen. Dafür war ihr Straffreiheit angeboten worden – die Anwältin hatte sie darauf hingewiesen, man könnte sie wegen Betrugs und Identitätsmissbrauchs anklagen –, aber sie hatte nicht deswegen eingewilligt. Sie hatte geschworen, den Mörder ihrer Schwester zur Rechenschaft zu ziehen, und das würde sie bis zum Ende durchstehen. Die Vorstellung, mit Ethan im selben Raum zu sein, selbst durch den Zeugenstand und ein Dutzend bulliger Justizhelfer getrennt, ließ die tiefe Wunde in ihrem Herzen noch mehr schmerzen. Aber bis zur Verhandlung würde es noch Monate dauern. Sie hatte also Zeit, um sich abzuhärten. Und vor allem Zeit, um zu heilen.

Der Staatsanwältin zufolge ließ sich nachweisen, dass Ethan von seinem Laptop aus Suttons und Emmas persönliche Daten gehackt hatte – ihre Handys, ihre Rechner und ihre Patientenakten. Außerdem hatten sie Kopien all der Fotos von Emma gefunden, die er auf seiner Reise nach Las Vegas geschossen hatte. Dazu noch unzählige Fotos von Sutton. Er hatte alles verschlüsselt, aber im Forensik-Labor arbeitete ein Informatikgenie, das es geschafft hatte, Ethans Codes zu knacken.

Emma ließ sich erschöpft wieder in die Kissen sinken. Es war Ethan so leichtgefallen, sie zum Narren zu halten, sie dazu zu bringen, ihn zu lieben. Er war der perfekte Freund für sie gewesen – lustig, sensibel und taktvoll. Hatte er nur seine Rolle gespielt, um sie in Tucson festzuhalten? War überhaupt etwas davon echt gewesen? Und wollte sie das überhaupt? Sie wusste nicht, was schlimmer war: von einem Monster hinters Licht geführt zu werden oder einen Mörder zu lieben.

Es klopfte leise an der Tür. Emma zuckte zusammen und schaute auf die bohnenförmige Wanduhr über Suttons Fenster. Es war kurz nach eins – sie würden bald aufbrechen müssen. »Herein.«

Mrs Mercer öffnete die Tür einen Spaltbreit und schaute ins Zimmer. Ihr Lächeln war schüchtern, aber ihre blauen Augen voller Wärme. »Wie geht's dir?«

»Ich bin beinahe so weit«, sagte Emma. Einen Augenblick lang schwiegen beide verlegen. Zwischen Tür und Türrahmen war gerade so Mrs Mercers Gesicht zu sehen.

»Kann ich reinkommen?«, fragte sie schließlich. Emma blinzelte. Ihr war nicht klar gewesen, dass ihre Großmutter auf eine Einladung gewartet hatte.

»Natürlich! Sorry ... Komm rein.«

Mrs Mercer öffnete die Tür, kam ins Zimmer und setzte sich vorsichtig aufs Bett. Sie trug ein schlichtes schwarzes Kostüm und hatte ihr Haar glatt zurückgekämmt. Wenn die Fältchen in ihren Augenwinkeln nicht gewesen wären, hätte sie Beckys ältere Schwester sein können. Sie verschränkte die Beine und sah sich im Zimmer um. Der Hauch eines Lächelns umspielte ihre Lippen.

»Es fühlt sich so seltsam an hier. Als sei sie nur kurz ins Bad oder in ihren Schrank gegangen. Und dann bist du hier und siehst genauso aus wie sie.«

Emma wusste nicht, was sie sagen sollte. In den vergangenen Tagen waren sie und die Mercers sehr vorsichtig und höflich miteinander umgegangen, als näherten sie sich einander über eine große Entfernung an. Emma wusste, dass sie Raum für ihre Trauer um Sutton brauchten, und sie versuchte, sich ihnen nicht aufzudrängen. Aber gleichzeitig wollten sie sie auch kennenlernen. Gestern hatte Mrs Mercer sie nach ihrem Lieblingsessen gefragt und am selben Abend hatte eine Hähnchenpastete dampfend auf dem Tisch gestanden. Dazu gab es grünen Salat und süßen Tee. Mr Mercer hatte mit ihr Drake ausgeführt und ihr während des Spaziergangs Fragen zu ihrem Leben vor Tucson gestellt. Sie alle vermieden es, über Sutton oder Ethan zu reden – vermutlich weil ihr Schmerz und ihre Wut noch zu groß waren –, aber ihre Annäherungsversuche waren aufrichtig, und zumindest war es ein Anfang.

Der einzige Skeptiker blieb Oma Mercer, die gestern Abend für die Beerdigung eingeflogen war. Als sie ins Haus gekommen war, hatte sie Emma lange mit rot geweinten Augen angestarrt und war dann würdevoll ins Gästezimmer geschwebt. »Sie hat Sutton sehr geliebt«, flüsterte Mr Mercer Emma zu. »Es war ein schwerer Schlag für sie. Aber sie wird sich wieder fangen.« Bislang war das allerdings nicht passiert. Großmutter Mercer nannte Emma nur »dieses Mädchen« und saß beim Essen so weit wie möglich von ihr entfernt. Emma versuchte es nicht persönlich zu nehmen, aber das war schwer.

»Ich weiß, dass es auch für dich nicht leicht ist«, sagte Mrs Mercer und schaute Emma in die Augen. »Du weißt gar nicht, wie sehr wir uns wünschen, wir hätten dich schon früher kennengelernt. Wir hätten dich schon vor langer Zeit zu uns geholt.« Sie lächelte traurig. »Aber es hat keinen Sinn, sich das Unmögliche zu wünschen.«

»Ich hätte sie so gern kennengelernt«, sagte Emma abrupt. Sie schlang die Arme um sich und vergrub die Hände in der grauen Strickjacke, die sie für die Beerdigung angezogen hatte. Als sie wieder aufschaute, wischte sich Mrs Mercer eine einsame Träne ab.

»Ich weiß.« Sie klopfte neben sich aufs Bett und Emma rückte zu ihr. Ihre Großmutter nahm ihre Hand und drückte sie.

»Und ich hoffe, dass du weißt, dass nur Ethan an dieser Sache schuld ist.« Emma schwieg. Ihre eigenen Lügen hatten beinahe dazu geführt, dass er ungeschoren davongekommen wäre. Hätte sie doch am ersten Tag nur nicht so schnell aufgegeben, sondern darauf bestanden, dass die Polizisten ihre Angaben überprüften. Hätte sie doch nur nicht solche Angst gehabt.

Mrs Mercer schüttelte den Kopf, als lese sie ihre Gedanken. »Wir werfen dir ganz bestimmt nichts vor, Emma. Wir alle haben schon Fehler gemacht. Wenn Ted und ich Becky besser unterstützt hätten, wärst du vielleicht kein Geheimnis geblieben. Wenn Becky ihr eigenes Leben nicht zerstört hätte, wärt ihr vielleicht beide bei ihr geblieben, oder sie hätte euch wenigstens beide zu uns gebracht. Wenn wir von deiner Existenz gewusst hätten, hätte Ethan dich nicht so benutzen können. Natürlich tut es weh, dass du das Gefühl hattest, uns nicht die Wahrheit sagen zu können. Aber du hast eine schreckliche, schmerzhafte Last ganz allein getragen. Ich glaube nicht, dass sich irgendeiner von uns anders verhalten hätte als du.« Mrs Mercers Lippe zitterte. »Auch wenn wir alle noch so viele Fehler gemacht haben sollten: Es war Ethan, der den Entschluss gefasst hat, meiner Tochter das Leben zu nehmen. Niemand sonst.«

Emma schluckte. Sie wollte Mrs Mercer so gerne glauben. Sie wollte sich so gerne verzeihen. Vielleicht war sie irgendwann einmal dazu fähig.

Ich legte meine Hand auf Emmas. »Ich vergebe dir«, flüsterte ich und wünschte, ich könnte sie von ihren Schuldgefühlen erlösen.

Mrs Mercer räusperte sich wieder. »Ted und ich haben einiges besprochen, und wir möchten gerne, dass du bei uns bleibst – wenn du das auch willst, natürlich.« Ihre Wimpern flatterten. »Du kannst deinen Abschluss an der Hollier machen. Wir werden uns mit Ms Ambrose zusammensetzen und dir deinen eigenen Stundenplan erstellen. Und wir suchen mit dir gemeinsam nach Universitäten. Deine Noten aus Las Vegas sind sehr beeindruckend.«

Emma wurde rot. Dies war das erste Kompliment, das Mrs Mercer ihr, Emma, gemacht hatte. Irgendwo in dem tiefen Loch in ihrer Brust erwachte ein kleiner Funke Hoffnung zum Leben.

»Sutton hatte ein Sparkonto fürs College«, fuhr Mrs

Mercer fort. »Ich glaube, es wäre ihr recht, wenn wir es für dich benutzen.«

Natürlich war mir das recht. Nach allem, was geschehen war, und nach allem, was Emma für mich getan hatte, verdiente sie es.

Emma schaute in die Augen ihrer Großmutter, die ihren so ähnlich waren. »Danke«, flüsterte sie mit erstickter Stimme. »Ich ... ich wusste vorher nicht, wie das ist. Eine Familie zu haben.«

Mrs Mercer umarmte sie fest. Emma roch ihr Elizabeth-Arden-Parfum und einen Hauch Earl-Grey-Tee.

Sie lösten sich voneinander und blieben noch einen Augenblick lang schweigend sitzen. Emma sah sich in dem vertrauten Schlafzimmer um. Halb geschmolzene Kerzen standen in Einmachgläsern auf dem weißen Holzschreibtisch. Weinflaschen voller getrockneter Blumen säumten die Fenstersimse. Suttons üppige, weiche Kissen lagen überall herum. Auf der Kommode waren Erinnerungsstücke um den großen Fernseher herum arrangiert – glänzende Muscheln, eine winzige Schachtel mit Perlmutt-Intarsien, eine weiße Keramikeule. Es duftete nach Minze und Maiglöckchen, genau wie am ersten Abend. Emma hatte nicht viel verändert, seit sie als sie selbst zu den Mercers zurückgekehrt war. Auf dem Nachttisch lagen ein paar Bücher, und über einem Sessel hing der retromäßige Hermès-Schal, den sie beim Trödel ergattert hatte. Sie hatte Suttons Fotos hängen lassen – aber ein paar eigene hinzugefügt. Eins von Alex vor dem

Springbrunnen des Bellagio, das Gesicht von den bunten Lichtern erleuchtet. Und eins von Emma und Laurel Arm in Arm.

Sie hatte in diesem Haus, in diesem Zimmer so vieles erlebt. Vieles war schmerzhaft gewesen, aber das löschte die guten Erlebnisse nicht aus. Sie hatte endlich ihre Familie gefunden. Sie hatte ein Zuhause.

Mrs Mercer folgte ihrem Blick. »Das ist jetzt dein Zimmer«, sagte sie leise und strich über Suttons pinkfarbene Tagesdecke. »Wir können es ganz nach deinem Geschmack einrichten.«

Emma schüttelte den Kopf. »Ich will es noch eine Weile so lassen. So fühle ich mich ihr näher.«

Mrs Mercer lächelte. »Ich auch.« Sie ging zur Tür und legte eine Hand auf den Rahmen. »Wir fahren in einer halben Stunde los. Komm runter, wenn du fertig bist.« Und damit verschwand sie.

Emma blieb noch einen Augenblick lang schweigend sitzen. Nebenan hörte sie den Bass aus Laurels Anlage wummern. Unten stritten sich Oma Mercer und Mr Mercer über die Krawatte, die er sich ausgesucht hatte.

Dies waren die Geräusche einer normalen Familie – einer, zu der sie tatsächlich gehörte. Eine Familie, die hoffentlich noch Zuwachs bekommen würde. Sie hatte den Mercers gleich am Mittwochabend erzählt, dass Becky noch eine weitere Tochter hatte, irgendwo in Kalifornien. Sie musste inzwischen dreizehn sein. Emma wusste nicht einmal ihren Namen, aber die Mercers hatten ihr geschworen, sie ausfindig zu machen. Hoffentlich war sie glücklich, egal wo sie lebte, aber falls nicht – nun, die Mercers hatten ein großes Haus.

Aber das konnte warten. Heute würde Emma sich von ihrer Zwillingsschwester verabschieden. Um ihre kleine Schwester konnte sie sich ab morgen kümmern.

34

Die Königin ist tot (Lang lebe die Königin!)

Suttons Beerdigung fand in einer wunderschönen spanischen Kirche in den Vorhügeln der Catalinas statt. Cremeweiße Adobemauern erhoben sich am Rand der dicken roten Teppiche und trafen sich über ihnen in hohen Rundbögen. Auf allen Oberflächen standen üppige Blumenarrangements. Die Kirche war brechend voll – die gesamte Schule war hier und außerdem offenbar die halbe Stadt. Emma musterte die Menge. Suttons Lehrer saßen zwischen den Schülern, Rektorin Ambrose saß steif in der ersten Reihe, ein schwarzes Hütchen auf dem toupierten Haar. Auch einige Polizeibeamte in Paradeuniform waren in den Bänken verteilt. Quinlan saß neben einer hübschen Asiatin, die seine Frau sein musste. Emma staunte. Hinter den beiden saß Corcoran, seine Miene so stoisch wie immer.

Vor dem Altar stand ein riesiges Porträt von Sutton. Im Gegensatz zu vielen anderen Fotos, auf denen sie für die Kamera posierte oder Grimassen zog, zeigte dieses Bild ein ruhiges Mädchen, das irgendwie nachdenklich wirkte, schwer durchschaubar. Ihre Augen waren groß und klar, ihre Lippen zu einem geheimnisvollen Lächeln verzogen. Der Ausdruck war aber nicht spöttisch oder gerissen, sondern deutete darauf hin, dass sich in ihr ein geheimes Selbst verbarg, tiefer und schöner als vermutet.

Ich folgte dem Blick meiner Schwester. Viele Gesichter erkannte ich kaum; es waren Menschen, die durch mein Leben geflitzt waren, ohne einen bleibenden Eindruck zu hinterlassen. Kids, an denen ich auf dem Flur vorbeigelaufen war, Leute, über die ich gelästert hatte, Nachbarn, mit denen mich nichts verband. Es machte mich traurig, dass so viele Leute gekommen waren. Wie viele interessante Menschen hatte ich mir entgehen lassen?

Emma setzte sich mit dem Rest von Suttons Familie in die erste Reihe. Sie hatte die Hände im Schoß zu Fäusten geballt. Neben ihr schluchzte Laurel in Mr Mercers Taschentuch. Ihre Schultern zuckten. Mr und Mrs Mercer klammerten sich wie Ertrinkende aneinander fest. Neben ihnen saß Großmutter Mercer in einem schwarzen Kostüm, den Mund zu einer roten Linie der Trauer zusammengepresst.

Emma starrte mit trockenen Augen auf den glänzenden Holzsarg vor ihr. Ihr Schmerz war zu überwältigend, um durch Tränen gelindert zu werden. Sie lebte schon seit Monaten damit, dass sie ihre Schwester verloren hatte – Monate, in denen sie nicht trauern durfte und in ständigem Schrecken leben musste. Aber jetzt, da sie die Möglichkeit hatte, sich zu verabschieden, wusste sie nicht, was sie fühlen sollte. Sie hatte jemanden verloren, den sie nicht gekannt hatte. Aber irgendwie fühlte sie sich Sutton näher als sonst einem Menschen auf der Welt. Sie dachte wieder an die schimmernde Gestalt im Canyon. Durchscheinend und blendend schön. Sie und Sutton waren durch etwas unbegreiflich Tiefes, Starkes verbunden gewesen – und sie wusste nicht, wie sie das loslassen sollte.

Das wusste ich auch nicht.

Auf der anderen Seite des Ganges saßen die Mädchen aus dem Lügenspielclub. Charlotte drehte ein Taschentuch in ihren Händen. Madeline und Thayer saßen Seite an Seite. Er hatte den Arm beschützend um seine weinende Schwester gelegt. Er wirkte fassungslos und hatte nur Augen für Suttons Bild. Sogar die sonst so fröhlichen Twitter-Zwillinge stützten sich gegenseitig. Gabby starrte zu Boden. Tränen kullerten ihr die Wangen hinunter. Lili hatte das Gesicht in den Armen ihrer Schwester vergraben. Ihre Schultern zitterten.

Die Mercers hatten den Krankenhauspriester gebeten, die Trauerfeier zu halten – sie waren nicht religiös, aber Father Maxwell hatte Sutton schon seit ihrer Kindheit gekannt. Er weinte hemmungslos, als er den Nachruf verlas und von dem ungebärdigen, fröhlichen Kind sprach, das zu einer so vielversprechenden jungen Frau herangewachsen war. Emma hörte kaum zu. Die Worte des

Priesters waren mitfühlend und gut gewählt, aber er konnte nicht mit der Sutton sprechen, die sie kannte. Denn obwohl sie einander nie getroffen hatten, kannte sie Sutton inzwischen besser als alle anderen. Sie kannte ihre Arroganz und ihren Egoismus – aber auch ihre Loyalität, ihre Entschlossenheit, ihre Leidenschaft. Ihre Schwester war eine Kämpferin gewesen, das wusste sie. Denn an jenem Abend im Canyon hatte Sutton ihr einen Teil ihrer Stärke geliehen.

Sie bemerkte beinahe nicht, wie der Priester den letzten Segen sprach. Dann standen alle Gäste auf und ein leises Raunen ging durch die Kirche. Trauergäste umringten die Mercers, um ihnen ihr Beileid auszusprechen. Laurel wurde bereits von Suttons Tennistrainerin umarmt, und Mr Mercer war in ein Gespräch mit Dr. Banerjee vertieft, zwei Männer, die durch den Verlust ihrer Töchter verbunden waren. Plötzlich bekam Emma Platzangst. Sie schlich sich zu einer Nische hinter einer Säule. Nachdem sie so lange Zeit als Sutton und dann als Mordverdächtige gelebt hatte, fühlte es sich seltsam an, sich genau wie die alte Emma davonzustehlen und unsichtbar zu machen.

Sie prallte gegen jemanden und stolperte. »Oh! Das tut mir so leid …« Sie verstummte, als sie Garrett Austin sah, der einen schwarzen Anzug mit hellblauer Krawatte trug. Ihre Wangen brannten, als sich ihre Blicke trafen.

»Öh … hi«, sagte er und wurde genauso rot wie sie.

»Hi«, wiederholte Emma. Über ihren Köpfen erklang

jetzt zarte Gitarrenmusik aus den Lautsprechern der Kirche. Garrett holte tief Luft.

»Du kannst dir nicht vorstellen, wie leid es mir tut«, sagte er und wich ihrem Blick aus. »Ich kann nicht fassen, wie mies ich dich behandelt habe.«

Emma schüttelte den Kopf. »Du hast es nicht gewusst.«

»Das ist egal.« Er verlagerte sein Gewicht und schob die Hände in die Hosentaschen. »Selbst wenn du Sutton gewesen wärest, hätte ich mich nicht so verhalten dürfen.«

»Es war bestimmt ... eine verwirrende Situation.« Emma zupfte den Saum ihres Rocks gerade. »Es tut mir leid, dass ich es dir nicht sagen konnte. Die Sache mit meinem Geburtstag – ich weiß, dass es so aussah, als hätte ich dich fies abblitzen lassen. Ich wollte dich nicht demütigen, aber ich konnte schließlich nicht ...«

»Ich weiß«, sagte er schnell und wurde noch röter. »Das ist doch klar.« Er lehnte sich gegen die Säule und schaute wieder zu Boden.

»Die Wahrheit ist, dass Sutton mit mir Schluss machen wollte. Ich wusste es seit jenem Abend im Canyon. Als ich dich am nächsten Tag getroffen habe und du nichts gesagt hast, konnte ich mein Glück kaum fassen. Ich dachte, Sutton hätte sich umentschieden.« Er senkte die Stimme. »Weißt du, was meiner Schwester passiert ist?«

»Ja«, murmelte Emma und biss sich auf die Lippe.

»Ich weiß, das ist keine Entschuldigung. Aber ich bin so ... so wütend, seit das passiert ist. Ich weiß nicht, warum ich nicht darüber hinwegkomme.« Eine Träne rollte ihm über die Wange. »Sutton war viel zu geduldig mit mir.«

Emma hörte voller Mitgefühl zu.

»Es ist schwer, das allein durchzumachen.« Impulsiv griff sie nach seiner Hand und drückte sie.

Garrett schüttelte den Kopf. »Ich will mich nicht mehr drücken. Am Montag beginne ich eine Therapie. Wenn ich so instabil bin, dass mich jemand für einen Mörder halten kann, dann brauche ich Hilfe.«

»Du hast also erfahren, dass Ethan dir den Mord anhängen wollte?«

»Ja.« Er schüttelte wortlos den Kopf. »Dieser Typ ... Wir hatten alle keine Ahnung. Wir dachten, er sei verrückt nach dir.«

Emma bekam einen Kloß im Hals. Sie schaute zu dem kleinen Kruzifix, das in der Nische hing. »Ja«, sagte sie kaum hörbar. »Das dachte ich auch.«

Garrett wollte noch etwas sagen, als es plötzlich im Kirchenschiff zu einer Art Aufruhr kam. Die beiden schauten hinüber zur Trauergemeinde, die auf etwas hinter dem Altar zu blicken schien. Die Musik erstarb und die Lichter gingen aus.

Eine körperlose Stimme drang durch die Lautsprecher und hallte durch die Kirche:

»Sutton Mercer ... wir ziehen den Hut vor dir!«

Emma hatte gerade Charlottes Stimme erkannt, als die langsamen Beats von Fun.s »We Are Young« aus den Lautsprechern dröhnten. In diesem Moment schaltete sich ein im hinteren Teil der Kirche verborgener Projektor ein. Videos von Sutton und ihren Freundinnen huschten, im Takt der Musik geschnitten, über die Kirchenwand. Eines zeigte Sutton, Madeline, Charlotte und Laurel mit ihren Flachmännern in den heißen Quellen, in die sie gerne heimlich schlichen. Es folgte eine Achterbahnfahrt mit Wackelkamera. Suttons Gesicht war in Großaufnahme zu sehen. Sie schrie vor Lachen, ihr Haar wehte ihr ins Gesicht. Es gab ein Video, auf dem Sutton einen Bauchklatscher in Charlottes Pool machte, eins, auf dem sie mit Laurel Karaoke sang und mit Thayer tanzte. In einem veranstalteten sie, Gabby und Lili eine Essensschlacht, bei der die Twitter-Zwillinge sie schließlich überwältigten und ihr eine Sahnekrone aufsprühten. Alle drei kicherten. Und schließlich folgte Sutton, die sich in einem eleganten Silberkleid in Pin-up-Pose geworfen hatte. Sie stand auf Charlottes Veranda und hinter ihr tobte eine der exklusiven Partys des Lügenspielclubs.

»Eine echte Diva lässt sich nicht unterkriegen«, sagte sie kokett, und ihre Stimme hallte durch die Kirche. Dann warf sie der Kamera eine Kusshand zu. Das Bild wurde dunkel.

Emma merkte, dass ihre Wangen tränenüberströmt waren. Als die Lichter wieder angingen, herrschte betroffenes Schweigen in der Kirche. Mr Mercer war zusammengebrochen und barg sein Gesicht an der Schulter seiner Frau. Die gesamte Tennismannschaft heulte hemmungslos.

Während ich das Video betrachtete, das meine Freundinnen mir als letzten Tribut gewidmet hatten, öffnete sich mein Herz wie eine Blüte an der Sonne. Licht und Farbe erfüllten mich, und plötzlich durchströmte mich alles – alle Erinnerungen, jeder Moment meines Lebens. Alles, was ich für verloren geglaubt hatte, wurde mir zurückgegeben. Ich erinnerte mich an meine Teepartys mit meiner Mutter, für die sie ihr geerbtes Teeservice hergegeben hatte. Ich erinnerte mich daran, dass mein Vater mir ein Fernglas reichte, damit ich ein Falkennest sehen konnte. Hier baute ich mit Laurel eine Kissenburg an einem Regentag. Hier lernte ich Charlotte in der dritten Klasse im Schulbus kennen und im Jahr darauf Madeline auf dem Schulhof. Das Weihnachten, an dem ich meinen ersten Tennisschläger bekommen hatte. Schwimmen im Pazifik, allein in der endlosen blauen Weite. Der Tag, an dem wir bei Charlotte die offiziellen Lügenspielclub-Visitenkarten ausdruckten und über unsere selbst erfundenen Titel lachten.

Der erste Kuss mit Thayer, und der zweite, und der dritte. Alle unsere Küsse, alle sonnengetränkten Augenblicke, die wir miteinander geteilt hatten, kamen kristallklar zu mir zurück.

Alle Streiche, alle Geheimnisse und alle Abenteuer kamen zurück. Und es war alles so schön, so lebendig, so real. Es war mein Leben. Das hatte Ethan mir nicht nehmen können.

Im hinteren Teil der Kirche hörte Emma Geraschel.

Sie drehte sich um und sah, wie eine ältere Frau mit grauen Locken Lili und Gabby an den Ohren aus der Sakristei zerrte. Die Zwillinge machten das Heavy-Metal-Zeichen, während sie ihr folgten. Father Maxwell eilte zum Altar und nahm Charlotte das Mikrofon aus der Hand und ein Mann mit Fliege scheuchte Madeline von der Lichtanlage weg.

Aber bevor die Lügenspiel-Mädchen aus der Kirche entfernt wurden, begann jemand zu klatschen.

Emma wusste nicht, wo es angefangen hatte, aber der Applaus wurde immer lauter. Jemand pfiff auf den Fingern. Ein Mädchen, das Emma noch nie gesehen hatte, schrie: »Ich liebe dich, Sutton!«

»Sutton, wir werden dich vermissen!«, rief jemand hinter ihr. Und bald schrien, klatschten, trampelten und riefen alle für Sutton.

»Ohne dich wird Hollier nicht mehr dasselbe sein!«

»Wir wollen nur dich als Ballkönigin!«

Oma Mercer klatschte am lautesten und neben ihr weinte Laurel. Die grau gelockte ältere Dame ließ Gabby und Lili geschockt los, und sie rannten schnell zu Charlotte und Madeline, die unter einer Statue der Jungfrau Maria standen. Dann klatschten die vier ebenfalls und betrachteten mit feuchten Augen Suttons Porträt.

Ich schwebte über ihnen. Der Applaus vibrierte durch mein Wesen. Einen Moment lang hätte ich ihn fast für einen Herzschlag gehalten.

35

Neue und alte Freunde

Ein paar Minuten später trat Emma in die sanfte Nachmittagssonne hinaus. Die Trauerfeier fand auf der Veranda der Kirche statt, unter duftenden Eukalyptusbäumen. Einige der Trauergäste hatten sich bereits am Buffet die Teller mit Blätterteigpasteten, Gurkensandwiches und Scones mit Erdbeermarmelade gefüllt. Emma sah Dr. Banerjee, der zerbrechlich aussah, sich aber angeregt mit Trainerin Maggie unterhielt. Auch Quinlan war hier, trank ein Glas Limonade und plauderte mit Father Maxwell. Louisa stand bei Celeste und teilte sich mit ihr einen Teller Häppchen. Jetzt, da Emma wusste, was Louisa durchgemacht hatte, konnte sie einfach den Blick nicht von ihr abwenden. Irgendwie hatte Louisa es geschafft, die Dunkelheit hinter sich zu lassen und weiterzuleben. Und wenn ihr das gelungen war, konnte Emma es vielleicht auch schaffen.

»Emma?«, sagte eine unsichere Stimme zu ihrer Linken.

Sie drehte sich um und sah Alex Stokes, die einen Kopf kleiner war als sie und in ihrem schwarzen Unterkleid und ihren Doc Martens wie eine Punk-Elfe aussah.

»Alex!«, rief Emma strahlend.

Alex rannte auf sie zu und schloss sie in die Arme. »Ich wusste, dass du unschuldig warst«, sagte sie gedämpft an Emmas Schulter. »Es tut mir so leid, dass ich den Polizisten die SMS gezeigt habe. Ich wusste nicht, was ich sonst tun sollte.«

»Das macht nichts«, sagte Emma. »Sie hätten sie ohnehin gefunden. Es tut mir nur leid, dass du in die Sache mit reingezogen wurdest. Und es tut mir unendlich leid, dass ich dich angelogen habe.«

Alex löste sich aus der Umarmung und schaute sie mit großen Augen mitfühlend an. »Das Ganze klingt ziemlich … kompliziert.«

»Ja«, murmelte Emma. Sie biss sich auf die Lippe. »Ich kann noch nicht darüber reden. Aber ich verspreche dir, sobald ich so weit bin, erzähle ich dir alles.«

»Ich bin für dich da«, sagte Alex und drückte ihren Unterarm.

Die Türen der Kirche öffneten sich wieder und der gesamte Lügenspielclub trat geschlossen heraus. Die Augen der Mädchen waren rot geweint, aber sie hielten sich mit einer Würde, die Sutton stolz gemacht hätte. Charlottes Lippen waren knallrot und Madeline reckte das Kinn mit Primaballerina-Arroganz. Lili und Gabby hielten sich an den Händen, Lili in Spitzenstrumpfhose mit schwarz umrandeten Augen, Gabby mit Perlenkette und den passenden Ohrringen. Auch Laurel war bei ihnen. Ihr honigblondes Haar war zurückgekämmt und in der Hand hatte sie ein besticktes Taschentuch.

Alex schaute auf die Clique und dann wieder zu Emma. »Sie sehen, äh … nett aus.«

Emma musste grinsen. »Das sind sie nicht. Aber das macht nichts. Sie sind nämlich absolut fantastisch.«

Charlotte schaute Emma als Erste in die Augen. Sie ging langsam die Treppe hinunter und kam auf sie zu. Die anderen Mädchen folgten ihr. Laurel lächelte ihr schüchtern zu, aber die Mienen der anderen blieben steinern. Alex verlagerte unsicher ihr Gewicht von einem Fuß auf den anderen.

Nach einer langen Pause streckte Charlotte Emma die Hand hin.

»Wir haben uns noch nicht offiziell kennengelernt«, sagte sie steif. »Ich bin Charlotte Chamberlain. Mein Beileid.«

Emma schluckte. Dann nahm sie Charlottes Hand. Sie war warm und weich. Emma hielt sie einen Moment lang fest, dann zog sie Charlotte an sich und schloss sie in die Arme.

»Es tut mir so leid, Char«, flüsterte sie. Charlotte zitterte in ihren Armen, dann umschlang sie Emma heftig.

»Es tut uns leid, dass wir dir nicht die Chance gegeben haben, alles zu erklären«, sagte Madeline und legte die

Arme um Emma und Charlotte. Emma spürte, dass beide Mädchen wieder weinten.

»Ich kann euch das nicht vorwerfen«, sagte sie. »Sutton war eure beste Freundin. Und ich habe euch monatelang angelogen.«

»Ja, aber du hattest keine andere Wahl«, schniefte Charlotte.

»Unglaublich, dass du versucht hast, den Mord an ihr ganz allein aufzuklären.«

»Unglaublich, dass Ethan …«, begann Lili, aber Laurel warf ihr einen bösen Blick zu.

»Zu früh«, zischte sie.

Nach einem langen Moment des Schweigens lösten sich die Mädchen verlegen voneinander. Emma wusste, dass die Situation merkwürdig für sie sein musste. Sie kannte sie gut, aber sie kannten sie gar nicht. Würden sie ein Mädchen wie Emma überhaupt mögen? Sie war ganz anders als Sutton. Aber trotz alledem hatte sie mit den Mädchen viel Spaß gehabt. Sie hatten sie dazu gebracht, Risiken einzugehen, die sie in ihrem alten Leben niemals eingegangen wäre, und sie hatten ihr Mut gegeben, als sie ihn am nötigsten brauchte. Und sie hoffte, dass auch sie einen positiven Einfluss auf die Gruppe ausgeübt hatte. Seit sie Suttons Rolle übernommen hatte, waren die Mädchen ein bisschen netter zueinander geworden.

»Das ist meine Freundin Alex aus Henderson«, sagte sie, und Alex nickte langsam. Emma verspannte sich ein bisschen – hier prallten Welten aufeinander. Alex war genau die Sorte Mädchen, denen der Lügenspielclub gern Streiche spielte. Und Suttons Freundinnen waren die Mädchen, die Alex früher »Modeopfer« und »Trendhuren« genannt hatte.

Lili musterte Alex. »Mir gefallen deine Stiefel«, sagte sie. »Ich hatte ein Paar kniehohe, aber mein Hund hat sie gefressen.«

»Wie blöd«, sagte Alex.

Lili nickte ernst.

»Henderson ist bei Las Vegas, oder?«, fragte Charlotte. »Wir haben letzten Sommer mal einen Lügenspielclub-Ausflug dorthin gemacht. Sutton hat es geschafft, uns im Bellagio die Präsidentensuite zu ergattern.« Sie lächelte traurig. »Es muss schön sein, dort zu leben. Man kann so viel unternehmen.«

»Es ist okay«, sagte Alex. »Nicht ganz so lustig ohne Emma.«

»Und … bleibst du jetzt eigentlich in Tucson?«, fragte Madeline zögernd.

Emma nickte. »Ich hoffe es. Die Mercers haben mich eingeladen, bei ihnen zu wohnen.« Sie schaute Alex an. »Ich werde dich schrecklich vermissen, aber ich hatte noch nie eine Familie. Ich muss das machen.«

»Ich weiß«, sagte Alex. »Das verstehe ich. Außerdem bist du ja nicht aus der Welt. Vielleicht könnt ihr ja mal wieder einen Lügenspielclub-Ausflug machen und mich besuchen.« Sie stolperte über den Namen ihrer Clique, aber das schien niemandem aufzufallen. Emma lächelte.

Charlotte wechselte einen Blick mit Madeline, die kaum merklich nickte. »Wo wir gerade davon reden, wie wär's mit einer Pyjamaparty am Wochenende? Willst du auch kommen?«

Emma wurde rot vor Freude. »Unheimlich gern.« Sie hielt kurz inne und fuhr dann fort: »Aber eines werde ich nicht tun.«

Madeline legte neugierig den Kopf schief, aber Laurel sah aus, als wisse sie, was Emma gleich sagen werde.

»Keine Streiche mehr. Das kann ich einfach nicht.«

Die Mädchen schwiegen. Charlotte schaute auf ihre schwarzen Pumps und Madeline schlang die Arme um sich. Die Twitter-Zwillinge standen geschockt hinter ihnen. Alex hob nur fragend eine Augenbraue. Aber Laurel nickte.

»Ich stimme Emma zu«, sagte sie. »Es sind zu viele Leute dabei verletzt worden. Außerdem hat Ethan mein Snuff-Video benutzt, um ...« Sie verstummte.

Madeline holte tief Luft. »Ihr habt recht. Vielleicht ist es an der Zeit, dass wir einfach nur langweilige, beliebte Mädchen werden. Keine Frage, wir sind so toll, dass wir diesen Extrakick nicht brauchen!«

Charlotte warf ihr langes Haar zurück. »Ich spiele schon lange mit dem Gedanken. Wir sind schließlich keine Kinder mehr.«

Emma schaute Lili und Gabby an, die aufmüpfig wirkten. Lili flüsterte Gabby etwas ins Ohr und Gabby nickte. Sie waren erst vor ein paar Monaten in den Club aufgenommen worden und offensichtlich noch nicht so weit, um damit gleich wieder abzuschließen.

Von mir aus. Die Twitter-Zwillinge konnten ja in Eigenregie arbeiten – solange sie Emma in Ruhe ließen.

»Außerdem haben wir gerade keine Zeit für Streiche«, sagte Charlotte. »Ich muss einen neuen Badeanzug für Barbados finden. Ich kann ja nicht die ganze Zeit in einem Strandkleid rumlaufen, wenn ich Farbe kriegen will.« Sie lächelte schüchtern. »Emma, du bist immer noch eingeladen, falls du mitkommen willst. Strand, Schnaps und Jungs könnten genau das Richtige für dich sein, nach alldem hier …« Sie wedelte hilflos mit der Hand. Emma klopfte ihr aufrichtig gerührt auf die Schulter.

»Danke, Char. Aber ich möchte dieses Weihnachtsfest mit meiner Familie verbringen.« Sie schaute Laurel an und beide lächelten.

»Bleibt umso mehr für uns übrig«, sagte Madeline fröhlich. »Dann bringen wir dir Rum mit.«

Emma lachte. Plötzlich fühlten sich die Wintersonne auf ihrem Gesicht und die Dezemberbrise an ihren nackten Beinen beinahe himmlisch an.

Ich sah, wie meine Freundinnen sich gegenseitig trösteten. In ihren Augen standen Tränen und ihr Lächeln kam nur zögernd. Ich wusste, wie sehr sie mich vermissen würden und wie lange sie dieses Leid tief in ihren Herzen tragen würden. Aber es würde alles gut werden. Sie würden leben, glücklich sein und sich liebevoll an mich erinnern. Und irgendwann würden sie mich gehen lassen, wie es die Lebenden nun mal mit den Toten tun. Dann sah ich etwas, das mir das Herz in der Brust umdrehte.

Thayer, der die Hände in die Taschen geschoben hatte und etwas abseits stand. Er war allein. Und er beobachtete Emma.

36

Für immer dein

Thayer stand ein wenig abseits von der Menge und lehnte sich an das niedrige weiße Mäuerchen, das das Kirchengrundstück umgab. Er trug ein perfekt geschnittenes Burberry-Jackett und Anzughosen, keine Krawatte. Sein dunkles Haar fiel ihm in die Augen und er hatte die Hände tief in den Hosentaschen vergraben. Als er Emma auf sich zukommen sah, hob er die Hand und winkte.

»Hallo«, sagte er.

»Hallo.« Schweigen senkte sich über sie.

Emma beobachtete, wie Garrett zu Celeste und Louisa ging und sich die Tränen aus den Augen wischte. Oma Mercer war aus der Kirche gekommen und hatte sich bei Mr Mercer eingehakt. Laurel ging schnell zu ihr, nahm ihren freien Arm und murmelte ihr etwas ins Ohr.

Ein paar Meter neben Emma und Thayer saßen zwei Tauben in einem Kaktus. Sie gurrten leise, als wären sie in ein Gespräch vertieft.

»Warum verletzen sie sich eigentlich nicht an den Dornen?«, fragte Thayer abrupt.

Emma legte nachdenklich den Kopf schief. Er nickte in Richtung der Vögel.

»Wahrscheinlich, weil sie so leicht sind«, sagte Emma. Sie schluckte den Kloß in ihrem Hals hinunter.

»Thayer, es tut mir so unendlich leid.«

Langsam wanderte sein Blick zu ihr. Seine haselnussbraunen Augen waren voller Schmerz, aber klar. »Ich bin nicht wütend auf dich, Emma.« Er schaute sie an und wandte dann schnell den Blick ab. »Es ist nur … du siehst genauso aus wie sie. Sogar jetzt, wo ich alles weiß, will ein Teil von mir dich küssen.«

»Aber das wäre falsch«, sagte Emma. Sie lächelte traurig. »Ich bin nicht Sutton. Ich war nicht mal ein guter Ersatz für sie.«

Er lachte leise und zeigte sein perfektes Grübchen. »Verkauf dich nicht unter Wert. Du bist nicht sie, aber du bist auch ziemlich toll.«

Er zog seinen Geldbeutel aus der Hosentasche und nahm ein gefaltetes Blatt Druckerpapier heraus. Sobald ich es sah, wusste ich, was es war. Eine elektrische Leitung verband mich mit diesem Blatt.

»Die Polizisten haben mir das hier gegeben«, sagte er und starrte auf den Zettel. »Sie haben es auf ihrem Handy gefunden. Wahrscheinlich wollte Ethan es löschen, aber ihr Computergenie hat es von der SD-Karte zurückgeholt. Sie hat den Brief an dem Abend im

Canyon geschrieben und ihn als Entwurf in unserem geheimen E-Mail-Account gespeichert. Ich glaube … ich glaube, es würde ihr nichts ausmachen, wenn du ihn liest.«

Emmas Kehle war eng, als sie den Brief in die Hand nahm. Sorgfältig faltete sie ihn auseinander.

Lieber Thayer,

ich muss noch verarbeiten, was ich heute Abend alles erlebt habe. Es kommt mir vor, als sei meine ganze Welt auf den Kopf gestellt worden. Aber all diese Unsicherheit hat mir eins klar gemacht: Ich liebe dich. Ich liebe dich so unglaublich, Thayer, und ich will mit dir zusammen sein.
Ich weiß, ich habe dir viel angetan. So soll es nicht mehr sein. Es ist mir egal, wo du warst. Ich bin nicht wütend. Du kannst es mir sagen, wenn du bereit dafür bist – aber es wird keinen Unterschied für mich machen. Du bist der Einzige für mich. Ich weiß, dass es eine solche Liebe nur einmal im Leben gibt. Ich werde sie nicht loslassen.
Für immer deine Sutton

Emma stiegen Tränen in die Augen, und sie wischte sie schnell ab, bevor sie auf den Brief fallen konnten. Sie schaute zu Thayer auf, dessen braune Augen voller Leid waren.

»Als sie mir plötzlich nicht mehr schrieb, war ich so durcheinander«, sagte er, und seine Stimme brach. »Ich hatte Angst, es sei aus zwischen uns. Ich dachte, sie hasst mich, nach dem, was ich ihr im Canyon an den Kopf geworfen habe. Aber sie war die ganze Zeit … schon nicht mehr da.«

Ich war noch da, murmelte ich. *Ich bin noch da. Und ich vermisse dich so sehr.*

»Du konntest es nicht wissen«, sagte Emma. »Ethan hat seine Spuren zu gut verwischt.«

»Ethan.« Thayers Gesicht verdüsterte sich. »Wenn ich an den denke, könnte ich sofort losprügeln.«

»Er bekommt jetzt, was er verdient.« Emmas Stimme war fest, aber während sie sprach, spürte sie die Kälte, die ihr jedes Mal ins Herz kroch, wenn sie an ihn dachte. Thayer blinzelte und schaute sie besorgt an.

»Bist du okay?«, fragte er und beugte sich leicht zu ihr vor.

Sie erinnerte sich an den Abend von Charlottes Party, wo er ihr dieselbe Frage gestellt hatte.

Seh ich nicht okay aus?, hatte sie ihn geneckt.

Und Thayer hatte geantwortet: *Du siehst immer toll aus. Aber ich habe gefragt, wie du dich fühlst. Da gibt es einen Unterschied.*

Thayer war so aufmerksam. Emma seufzte. Er durchschaute sie, so wie er Sutton immer durchschaut hatte.

»Ich sage allen, dass es mir gut geht. Aber die Wahrheit ist, dass das nicht stimmt. Ich weiß nicht, ob es mir jemals wieder gut gehen wird.« Ihre Stimme brach und sie verstummte einen Moment. »Ich bin einfach nur froh, dass es vorbei ist. Bis jetzt hatte ich solche Angst, dass ich gar nicht richtig um sie trauern konnte.«

Thayer zog sie fest an sich.

»Danke dafür, was du für sie getan hast«, flüsterte er.

»Thayer«, flüsterte ich nahe an seinem Ohr. Einen Moment lang stellte ich mir vor, ich könnte die Wärme seines Körpers und seine weiche Haut spüren. »Ich werde dich immer lieben. Aber wir müssen beide loslassen. Ich will, dass du glücklich wirst. Ich will, dass du lebst.«

Tränen glitzerten in seinen Augen. Er legte seinen Kopf auf Emmas Scheitel. »Auf Wiedersehen«, flüsterte er. Emma musste nicht fragen, mit wem er redete.

37

Auf Wiedersehen

Am folgenden Nachmittag stand Emma vor dem Spiegel in Suttons und Laurels Bad. Sie hielt eine Tube Lipgloss in der Hand und schaute in ihre marineblauen Augen. Es war immer noch surreal für sie, sich selbst im Spiegel zu sehen. Sie war so lange jemand anders gewesen. Und nach allem, was sie durchgemacht hatte, war sie sich nicht mehr sicher, wer ihr wahres Selbst denn nun war.

Heute Morgen war die ganze Familie auf dem Markt gewesen und hatte einen Christbaum gekauft. Jetzt hörte Emma, wie Mrs Mercer und Oma Mercer die Möbel im Wohnzimmer verrückten, um Platz für den Baum zu schaffen. Über sich hörte sie Mr Mercers und Laurels Schritte auf dem Dachboden knarren, wo sie nach den Schachteln mit Christbaumschmuck suchten. Schon den ganzen Tag lang war es im Haus angenehm still gewesen – es herrschte ein friedvolles Schweigen, eine Stille, in der Wunden zu heilen beginnen und die tiefer Traurigkeit ihren angemessenen Raum gibt.

Emmas Blick wanderte zu der Postkarte, die sie an den Spiegel zu den Fotos von Suttons Freundinnen, den Konzertkarten und den Zeitungsausschnitten gesteckt hatte, die ihre Zwillingsschwester dort sammelte. Die Postkarte zeigte ein Bild des Alamo bei Sonnenuntergang und den Schriftzug »Grüße aus San Antonio«. Hinten hatte jemand unordentlich »Es geht mir gut – B.« gekritzelt. Die Karte war heute Morgen gekommen und an Mr Mercer adressiert gewesen. Er hatte sie neben Emmas Frühstücksteller gelegt. Becky wusste immer noch nicht, dass Sutton tot war und Emma jetzt in Tucson bei den Mercers lebte. Aber es war eine Erleichterung, zu erfahren, dass Becky in Sicherheit war. Emma stellte sich gerne vor, wie ihre Mutter ein neues Leben begann. In ihren Gedanken war Becky stark und gesund, sie hatte ein bisschen zugenommen und wirkte nicht mehr so hohlwangig. Vielleicht strich sie Häuser in bunten Farben, verkaufte Obst an einem Straßenstand oder lernte, wie man ein Floß den Fluss entlangsteuerte. An der Seite einen geduldigen, gütigen Mentor. Sie wollte einfach glauben, dass Becky sich ändern konnte. Sie wollte gerne glauben, dass sie alle das konnten, wenn sie es nur wollten.

Ihr Blick wanderte zu ihrem Spiegelbild und sie hob den Lipgloss an den Mund. Aber was sie im Spiegel sah, ließ ihr vor lauter Schreck die Tube aus der Hand rutschen. Klappernd fiel sie ins Waschbecken. Einen Herzschlag lang hatte sie sie im Spiegel gesehen, einen Schimmer, ein Flackern. Sutton.

Ihre Zwillingsschwester stand direkt neben ihr. Sie trug den pinkfarbenen Kapuzenpulli und die Frotteeshorts, die sie am Abend ihres Todes getragen hatte. Ihr Haar fiel ihr in weichen Wellen über die Schultern. Ihre Blicke trafen sich im Spiegel und ein Lächeln umspielte ihre Lippen. Und dann … war sie verschwunden.

»Sutton?« Emma wirbelte herum. Aber sie wusste, dass sie hinter sich niemanden sehen würde. Sie drehte sich wieder zum Spiegel um und betrachtete ihre hohen Wangenknochen, ihre Stupsnase. Die Grenze zwischen Emma und Sutton war so lange verwischt gewesen. Wo endete das Leben ihres Zwillings und wo begann das ihre?

Meine Schwester hatte den Rest ihres Lebens Zeit dafür, herauszufinden, wer sie war. Aber ich hatte das Gefühl, dass ich immer ein Teil von ihr bleiben würde. Dass wir uns irgendwie gegenseitig verändert hatten.

Es klopfte leise. »Komm rein«, rief Emma. Laurel öffnete die Tür und starrte Emma einen langen Augenblick an.

»Was ist?«, fragte Emma.

Laurel schüttelte den Kopf. »Es ist immer noch unheimlich. Sorry. Ich weiß, dass du es wahrscheinlich nicht mehr hören kannst. Es ist, als wärest du gleichzeitig Sutton … und auch wieder nicht.« Sie stellte sich neben Emma und fuhr sich mit der Bürste durch das honigblonde Haar.

»Nein, du hast recht. Ich finde es auch unheimlich«, sagte Emma und starrte wieder in den Spiegel. Sie trug ein Vintage-Tootsie-Pop-T-Shirt aus den 1970ern und einen Rock, den sie aus ein paar alten Jeans gemacht hatte. Sie hatte ihr Haar lose zurückgeflochten und ihren Pony geschnitten, der ihr seit ihrer Ankunft in Tucson immer in die Augen gehangen war. »Diese Sachen fühlen sich nicht mal mehr nach mir an. Aber Suttons Kleider fühlen sich auch nicht nach mir an.«

Laurel flocht ihr Haar zu einem nachlässigen Dutt nach oben. »Ach, das heißt bloß, dass wir bald einen Identitätskrisen-Einkaufsbummel veranstalten müssen. Vielleicht schauen wir diese Woche bei La Encantada vorbei.«

»Das klingt toll«, sagte Emma. Ihre Augen trafen sich im Spiegel und sie lächelten.

»Alles klar«, sagte Laurel, die vor Freude errötet war. »Ich glaube, die anderen warten auf uns, um mit dem Baum anzufangen. Bist du bereit?«

Emma atmete tief durch. Davon hatte sie so lange geträumt. Ein Weihnachtsfest mit der Familie. Jetzt, da es Wirklichkeit geworden war, fühlte sie sich seltsam nervös. Was, wenn es nicht so war, wie sie es sich erträumt hatte? Vielleicht würden es ihr die Mercers übelnehmen, dass sie hier bei ihnen war. Vielleicht wollten sie gar nicht, dass sie runterkam und mithalf.

»Meinst du, das wird was?«, fragte sie und biss sich auf die Lippe.

Laurel hob eine Augenbraue. »Du hast Erpressung, Entführungen und Mordanschläge überstanden, und jetzt hast du Schiss davor, den Baum zu schmücken? Na hör mal.« Sie hakte sich bei Emma unter und drückte ihr beruhigend den Arm. Zusammen liefen sie nach unten.

Mrs Mercer hatte bereits eine Girlande um das Treppengeländer gehängt. Der Duft von Vanille und Zimt wehte durch das Haus. Im Wohnzimmer war ein Sessel verschoben worden, um Platz für die silbergraue Tanne zu schaffen. Jemand hatte bereits kleine funkelnde Lichter um ihre Zweige gewickelt. Bing Crosby säuselte aus der Anlage und eine Servierplatte mit Plätzchen lag auf dem Deckel des Stutzflügels. Drake, der ein Rentiergeweih aus Plüsch trug, schnüffelte hoffnungsvoll an dem Teller.

Die Mercers warteten bereits auf sie und im Kamin knisterte ein Feuer. Mrs Mercer saß auf dem Boden und sortierte eine Schachtel Dekorationen, während Mr Mercer, der eine rote Nikolausmütze trug, nachdenklich den Baum ansah. Auch Oma Mercer saß bereits auf dem Sofa, das Haar perfekt onduliert, Hals und Ohren mit Perlen geschmückt. Emma schluckte. Die Großmutter hatte immer noch nicht mehr als das Nötigste mit ihr gesprochen.

»Oh Gott, es läuft schon *White Christmas*«, stöhnte Laurel und verdrehte die Augen, aber Emma sah, dass es ihr insgeheim gefiel. Mrs Mercer grinste selbstzufrieden.

»Genau«, sagte sie. »Und danach müsst ihr noch John Denver und Judy Garland durchhalten.«

Laurel tat so, als würge sie, und Emma kicherte. Sie hatte Weihnachtsmusik schon immer gemocht – denn die gehörte zu den Freuden, die man genießen konnte, auch ohne dafür zu bezahlen. Sie hatte viele Weihnachten damit verbracht, über den Vegas Strip zu schlendern und der Show beim Bellagio-Springbrunnen zu lauschen, wo alte Weihnachtsschlager gespielt wurden. Sie hatte sich gerne die wunderschön dekorierten Weihnachtsbäume angeschaut, die vor den Kasinos standen. Jetzt summte sie mit, nahm sich ein Plätzchen vom Teller und biss hinein.

Oma Mercer schaute Mr und Mrs Mercer ängstlich an. Mr Mercer legte ihr die Hand auf die Schulter und es fand ein wortloser Austausch zwischen ihnen statt. Er nickte ihr ernst und ermutigend zu. Emmas Herz setzte einen Schlag aus.

Die Großmutter schluckte und wandte sich Emma zu. Sie musterte ihr Gesicht, die Züge, die Suttons so sehr glichen.

Dann räusperte sie sich. »Ich möchte dir etwas schenken, Emma.«

Emma spitzte die Ohren, als sie ihren Namen hörte. Oma Mercer hatte ihn zum ersten Mal laut ausgesprochen. Sie warf Laurel einen Blick zu und die lächelte.

Der Feuerschein tanzte in ihren hellgrünen Augen. Dann drückte die alte Dame Emma eine kleine Schachtel in die Hand.

Emma hielt sie einen Augenblick lang ehrfürchtig fest, weil sie sich nicht traute, die hübsche Verpackung zu beschädigen. Die Schachtel war so groß wie eine Schmuckschatulle und mit einer Satinschleife verziert. Emma konnte die Anzahl der Geschenke, die sie in ihrem Leben bekommen hatte, an einer Hand abzählen. Nun wusste sie nicht, was sie tun sollte.

»Na los«, sagte Oma Mercer mit amüsierter Stimme. »Mach es schon auf.«

Emma zog an der Schleife. In der Schachtel lag ein Weihnachtsbaumanhänger, ein schlichter fünfzackiger Stern aus Sterlingsilber. Vorn waren in kursiver Schrift ihr Name und ihr Geburtsdatum eingraviert.

»Das haben alle Mädchen zu ihren ersten Geburtstagen bekommen«, sagte Großmutter mit einem traurigen Lächeln. »Sutton und Laurel. Und die arme Becky auch, vor vielen, vielen Jahren. Ich dachte … ich dachte, du möchtest vielleicht auch einen.«

Emma fehlten die Worte. Sie starrte mit geöffnetem Mund auf den Stern in ihrer Hand. Er verschwamm vor ihren Augen, die sich mit Tränen gefüllt hatten. Aber zum ersten Mal seit langer, langer Zeit waren es keine Tränen der Angst, der Trauer oder der Frustration. Sie weinte vor Freude.

Plötzlich merkte sie, dass alle sie anstarrten. Mr und

Mrs Mercer lächelten sanft und Laurel hatte die Beine angezogen und stützte nachdenklich den Kopf darauf. Oma Mercer lächelte sie besorgt und unsicher an. Emma wischte sich schnell die Augen und schaute alle der Reihe nach an. »Danke«, flüsterte sie. »Der ist wunderschön.«

»Wir dachten, du … könntest dieses Jahr vielleicht auch Suttons aufhängen«, sagte Mr Mercer mit zitternder Stimme.

Emma nickte. Ihre Kehle war vor Rührung wie zugeschnürt, als Mr Mercer ihr den anderen Stern reichte. Einen Moment lang war er kalt und hart, dann erwärmte er sich langsam in ihrer Hand. Sie hielt beide Sterne vor ihr Gesicht und las die beiden identischen Geburtstage. Dann wandte sie sich dem Baum zu und hängte die Sterne sorgfältig nebeneinander auf, so nahe, dass ihre Zacken sich berührten.

Die Schwestern-Sterne, dachte sie. Endlich sind sie beieinander.

Ich beobachtete sie alle noch ein paar Minuten lang. Meine Mom versuchte »Stille Nacht« zu singen und musste lachen, als ihr der Text nicht mehr einfiel. Mein Dad legte den Arm um Oma, in deren Augen Tränen glitzerten, als sie einen Baumschmuck fand, den ich in der ersten Klasse aus meinem Jahrgangsfoto gebastelt hatte. Laurel hielt ihren Strumpf hoch und fragte alle, ob der auch groß genug war. Drake lag unter dem Flügel und öffnete heimlich die Serviette, in der Emmas vergessenes Plätzchen lag.

Und Emma. Emma, die jeden Anhänger einzeln auspackte und liebevoll berührte. Sich fragte, welche Geschichten hinter ihnen steckten – woher sie stammten, was sie bedeuteten, wer sie ausgesucht hatte. Aber sie hatte noch Zeit, um das alles zu lernen. Zeit, um die Geschichten ihrer Familie zu erfahren und ein Teil von ihnen zu werden.

Und dann spürte ich, wie ich mich langsam von der Welt löste, die mir so lange vertraut gewesen war. Einen Augenblick lang bekam ich Angst. Ich war noch nicht so weit, ich wollte sie nicht verlassen. Aber dann fiel mein Blick auf unsere beiden Silbersterne, die am Christbaum hingen. Laurel hatte ihren direkt unter Emmas gehängt. Und da verstand ich. Wir waren ein Sternbild. Wir würden immer zusammen sein.

Ich drehte mich zu Emma um, der Zwillingsschwester, die ich nie persönlich kennenlernen durfte, die mein Leben gelebt und mir Frieden geschenkt hatte, obwohl sie dabei fast alles verloren hatte. »Danke«, flüsterte ich.

In den schimmernden Sternen sah ich, wie meine Gestalt leuchtend silbergolden funkelte, heller und heller, bis ich mich nicht einmal mehr selbst ansehen konnte. Ich verwandelte mich in Energie, reine, lebendige Energie. Ich schaute noch ein letztes Mal auf meine Familie, mein Sternbild, leuchtend und wunderschön.

»Erinnert euch an mich«, sagte ich. Ich wusste, sie würden es tun. Und dann verschwand ich, so schnell und leuchtend wie eine Sternschnuppe am Himmel.

Sara Shepard

Pretty Little Liars

Vier Mädchen, ein dunkles Geheimnis

Hinter perfekten Outfits und dunklen Sonnenbrillen verstecken vier Mädchen ihre geheimsten Geheimnisse: Spencer flirtet mit dem Freund ihrer Schwester, Aria hat eine Affäre mit ihrem Englischlehrer, Emily knutscht mit einem Mädchen aus der Parallelklasse und Hanna steckt sich heimlich den Finger in den Hals. Außerdem: Die vier sind verantwortlich für die Erblindung von Jenny – eine schreckliche Tat, die jahrelang unerkannt blieb. Doch jetzt versetzen mysteriöse SMS die vier in Angst und Schrecken. Denn A. weiß alles. ALLES!

Unschuldig
340 Seiten, ISBN 978-3-570-30562-1

Makellos
320 Seiten, ISBN 978-3-570-30563-8

Vollkommen
340 Seiten, ISBN 978-3-570-30564-5

Unvergleichlich
340 Seiten, ISBN 978-3-570-30565-2

Teuflisch
320 Seiten, ISBN 978-3-570-30774-8

Mörderrisch
320 Seiten, ISBN 978-3-570-30775-5

Herzlos
320 Seiten, ISBN 978-3-570-30776-2

Vogelfrei
288 Seiten, ISBN 978-3-570-30777-9